Marina Blue
Reitclub Cavallio: Verlassen

AF288146

Marina Blue

Verlassen

Jugendroman

*Bibliografische Information der Deutschen Nationalbib-
liothek:*
*Die Deutsche Nationalbibliothek verzeichnet diese Pub-
likation*
in der Deutschen Nationalbibliografie;
detaillierte bibliografische Daten sind im Internet
über http://dnb.dnb.de abrufbar.
Die automatisierte Analyse des Werkes, um daraus
Informationen insbesondere über Muster, Trends und
*Korrelationen gemäß §44b UrhG („Text und Data Min-
ing")*
zu gewinnen, ist untersagt.
*Coverdesign und Buchsatz: Sieke Wullkopf unter Ver-
wendung von Bildern von Envato elements (Coverbild:*
balls340, Kapitelzirden; Maxicons)
Korrektorat/Lektorat: HPB
Verlag: BoD · Books on Demand GmbH,
In de Tarpen 42, 22848 Norderstedt
Druck: Libri Plureos GmbH, Friedensallee 273,
22763 Hamburg
ISBN: 978-3-7693-0677-4

Vorwort/Triggerwahnung

In diesem Buch gibt es ***Darstellung von suizidalen Tendenzen***. Sollte es dir mit diesem Thema nicht gut gehen, dann lies bitte nicht weiter.

Hilfestellen solltest du mit psychischen Problemen zu kämpfen haben, findest du hier:

Telefonseelsorge, jederzeit erreichbar und bietet kostenlose anonyme Beratung an:(0800)1110111 oder (0800)1110222

Nummer gegen Kummer, kostenloses Kinder- und Jugendtelefon, montags bis samstags von 14 bis 20 Uhr: 116111 oder montags bis freitags von 9 bis 11 Uhr: (0800)11105 unter der Telefonnummer können auch Eltern dienstags und donnerstags von 17 bis 19 Uhr die kostenlose Beratung in Anspruch nehmen .

Montags, dienstags und donnerstags bietet die **deutsche Depressionshilfe** ein Infotelefon von 13 bis 17 Uhr und mittwochs und freitags von 8.30 bis 12.30 Uhr. Erreichbar sind sie unter (0800) 33 44 533. Außerdem bieten sie auf ihrer Internetseite Hilfe und Informationen an zu allen Themen rund um Depressionen.

Ansonsten wünsche ich dir ganz viel Spaß beim Lesen!

Liebe Grüße
Marina

Marina Blue

Pferdebücher, die begeistern

Inhaltsverzeichnis

Kapitel 1........9
Kapitel 2........17
Kapitel 3........25
Kapitel 4........31
Kapitel 5........39
Kapitel 6........45
Kapitel 7........53
Kapitel 8........61
Kapitel 9........67
Kapitel 10......77
Kapitel 11......83
Kapitel 12......87
Kapitel 13......93
Kapitel 14......101
Kapitel 15......109
Kapitel 16......117
Kapitel 17......123
Kapitel 18......129
Kapitel 19......139
Kapitel 20......145
Kapitel 21......149
Kapitel 22......153
Kapitel 23......157
Kapitel 24......163
Kapitel 25......169
Kapitel 26......177
Kapitel 27......183
Kapitel 28......193
Kapitel 29......201
Kapitel 30......209
Kapitel 31......215

Kapitel 32......223
Kapitel 33......233
Kapitel 34......241
Kapitel 35......251
Kapitel 36......257
Kapitel 37......263
Kapitel 38......269
Kapitel 39......277
Kapitel 40......283
Kapitel 41......291
Kapitel 42......301
Kapitel 43......307
Kapitel 44......315
Kapitel 45......321
Kapitel 46......329
Kapitel 47......335
Kapitel 48......339
Kapitel 49......347
Kapitel 50......355
Kapitel 51......363
Kapitel 52......369
Kapitel 53......377

Kapitel 1

Mit wässrigen Augen starrte ich auf das immer dunkler werdende Bild auf meinem Laptopbildschirm. So gemütlich dieses Schwedenhaus auch aussah, so sehr machte es den Umstand auch greifbarer, dass meine beste Freundin nicht mehr zehn Minuten von mir entfernt lebte. Das Bild darunter, auf dem sie in einem leichten Sommerkleid mit niedlichem Blümchenprint einen Schlüssel stolz und mit einem breiten Grinsen in die Kamera hielt, machte es nicht leichter. Ich musste schlucken, aber der Knoten in meinem Hals ging nicht weg. Im Gegenteil. Er schien nur noch größer werden zu wollen.

Was sollte ich nur ohne Liz machen? Warum hatte Ole auch dieses verdammte Angebot in Schweden annehmen müssen und warum war sie mitgegangen? Das war doch nicht fair! Auch Ole vermisste ich. Er hatte immer so viel Ruhe in unsere Gespräche gebracht, besonders nachdem Lukas, sofort nach dem Abi abgehauen war. Ohne ein verdammtes Wort! Allein bei dem Gedanken daran brodelte in mir wieder die Wut hoch. Das würde ich ihm nie vergessen!

Der Bildschirm wurde schwarz, mir blickte nur noch mein verzweifeltes Spiegelbild entgegen. Ich ließ den Kuli in meiner Hand sinken und senkte meinen Blick wieder auf das Lehrbuch vor mir. Anatomie des Pferdes. Ich war gerade dabei gewesen, die Abbildung eines Auges und seiner einzelnen Bestandteile in meine No-

tizen zu übertragen, und dann war diese Mail gekommen und hatte mir den Boden unter den Füßen weggezogen. Jetzt hatte ich auch keinen Nerv mehr dazu, für meine Zulassung zu lernen. Die Konzentration war schon vor der Mail nicht wirklich da gewesen.

Durch das fehlende Licht vom Laptop war es eh zu düster zum Zeichnen und Schreiben. Seufzend lehnte ich mich auf meinem Schreibtischstuhl zurück. So konnte ich die vorlesungsfreie Zeit eindeutig nicht genießen.

Mit wem sollte ich denn jetzt ausreiten gehen? Wer sollte mich jetzt in Steffis Stunden ermutigen, den höheren Sprung zu nehmen? Wer sollte sich jetzt auf Turnieren mit mir eine Waffel teilen und über einen Kaffee über die Konkurrenz lästern?

Fuck! Ich fing jeden Moment an zu heulen. Also doch weiter lernen! Mit den Fingern tastete ich nach dem Schalter meiner Schreibtischlampe. Eigenartig, so spät war es doch noch gar nicht. Wir hatten höchstens vier. Ich wagte es allerdings auch nicht, aus dem Fenster zu gucken in der Angst, dass ich jetzt auch noch Haddy sah. Das würde mir wohl den Rest geben. Ebenso wie dem Spediteur in wenigen Tagen zu helfen, auf Oles und Liz Bitten die Pferde zu verladen. Dann wären auch sie auf der Reise nach Visby oder viel mehr einem kleinen Hof, den Oles Eltern eigentlich für ihre Rente gekauft haben, kurz vor dem Stadtrand der kleinen Stadt auf Gotland.

Liz hatte mir beteuert, dass sie in vier Jahren wieder zurück wären, aber ein Teil von mir bezweifelte es. Besonders nach dem Foto von Liz mit dem Schlüssel in der Hand.

Der Schalter meiner Lampe klickte. Nichts passierte. Die Glühbirne flackerte nicht einmal. War ich jetzt bescheuert? Ich legte ihn noch einmal um, aber wieder nichts. Schnell rutschte ich mit dem Stuhl zurück und suchte im Kabelwirrwarr unter dem Schreibtisch nach dem zugehörigen Kabel. Ernüchtert musste ich feststellen, dass die Lampe eingesteckt war. Dann war wohl die Glühbirne durchgebrannt.

Seufzend zog ich den Stecker und rutschte schließlich wieder vor zur Schreibtischplatte. Vorsichtig drehte ich die Lampe heraus, dabei wischte ich fast mit dem Ellenbogen meinen Laptop gefolgt von drei Fachbüchern vom Tisch. In letzter Sekunde hielt ich noch inne und zog die Lampe lieber näher zu mir. Alles war besser, als dass mein Laptop, der gerade mal zwei Monate alt war, genau jetzt die Biege machte.

Mit der milchig weißen Glühbirne in der Hand hastete ich die knarzende Flurtreppe herunter. Über dem Knauf am Ende hing schon wieder irgendeine Laufjacke von Papa. Er hatte bestimmt vergessen, sie heute Morgen wegzuhängen und würde heute Abend von Mama einen drüber bekommen, die beim Verlag in Hamburg in mehreren Meetings saß, um ihr Artkonzept für den vierten Teil von »Maja und die Zaubergerte« vorzustellen. Dass eigentlich auf jeder Seite eine Zeichnung von einem Donatello im Ponyformat zu sehen war, macht es fast schon wieder witzig.

Ohne zu klopfen, rauschte ich in Papas Büro, in dem er schon wieder über dem Computer saß und mit steiler Denkerfalte seine Lebensentscheidungen zu hinterfragen schien. »Papa, wo haben wir die Glühbirnen?«

Er seufzte auf. »Da, wo sie schon immer waren. Kellertreppe runter und direkt links. Die wirst du wohl selber reinschrauben können, oder muss ich dafür nach oben kommen?«

»Danke.« Den letzten Teil seines Kommentars ignorierte ich einfach.

Ich wollte die Tür schon schließen, da füg-

te er an. »Wenn du allein lebst, kann ich dir
auch nicht immer sagen, was du brauchst.«

Schnell schloss ich die Tür hinter mir. Diese Sprüche
durfte ich mir anhören, seit ich im ersten Studienjahr nur
drei Monate im Wohnheim in Kiel ausgehalten hatte. Mein
Vater fand es völlig übertrieben von meiner Seite, dass ich
schon nach drei Monaten wieder nachhause gewollt hatte.
Mama hingegen war froh gewesen. So hatte Viva nicht
in einen noch teureren Stall ziehen müssen und sie konnte sich immer melden, sollte was mit den Pferden sein.

Lustlos lief ich zur Kellertür. Ich hatte wenig
Lust, in staubigen Regalen, in der modrigen, etwas feuchten Kellerluft nach der richtigen Glühbirne zu suchen. Da flog Papas Bürotür wieder auf.

»Marie? Hast du Hannah nicht versprochen, heute selber
reinzustellen? Es sieht gerade wirklich sehr nach Regen
aus. Vielleicht solltest du rüber.« Er seufzte und lehnte
sich an den Türrahmen. »Dann kümmere ich mich um
die Lampe. Geht ja nicht, dass du nicht lernen kannst.«

Endlich sah ich mal aus dem Fenster. Dunkle Wolken türmten sich vom Meer her auf. Jeden Moment konnte es losgehen und das sah auch
eher nach Sturm aus als nach reinem Regen.

»Scheiße!« Fluchend drückte ich ihm die Birne in die
Hand und sprang in meine Stiefeletten, die noch von heute
Morgen an der Tür standen. In der Eile hätte ich fast meine
Schlüssel vergessen. Gerade noch, bevor die Tür hinter mir
ins Schloss fiel, angelte ich sie aus der Schale bei der Tür.

Viva und Doni bekam ich noch vor dem Wolken-
bruch in den Stall. Beide hatten auf einer Weide
sehr nah am Stall gestanden. Sie waren allerdings
nicht die Einzigen, die ich momentan bewegte.

Im Laufschritt hastete ich über den schmalen Grasweg

zwischen Weidezäunen zur vorletzten Weide. Ein feiner schwarzer Pferdekopf schaute schon über das Gatter und brummelte erwartungsvoll. Hinter ihm tauchte ein Brauner mit breiter Blässe und großen dunklen Augen auf. Er trat ebenfalls ungeduldig von einem Bein aufs andere.

Mit wild kopfendem Herzen und schon einer grauen Vorahnung, was mich erwarten würde, knotete ich die Führstricke vom Gatter los und legte schließlich den Riegel um.

Pantas drückte sich sofort dagegen, dass es weiter aufschwang, als es sollte.

»Lass das!« Ich klinkte den Strick gerade so in sein Halfter. Fehlte nur Blaze, der noch nervöser war als sonst. Verdammt. Mein Blick glitt wieder gen Himmel. Gefühlt war es noch dunkler geworden. »Mach kein Drama, Blaze! Bitte!«

Natürlich zuckte er zurück, als ich auch ihn ans Halfter nehmen wollte. Pantas drängte derweil schon aus dem Gatter. Ich ruckte einmal sachte am Strick, dann hörte zumindest der Rappe auf, mit was auch immer er da schon wieder versuchte. Blaze bekam ich dann auch endlich mal an sein schwarzes Weidehalfter. »Na dann mal los Jungs!« Ich versuchte mich an einem Lächeln und einem motivierten Tonfall, aber mein Bauchgefühl sagte mir, dass das ein nerviges Unterfangen werden würde mit den beiden unversehrt zum Stall zu kommen.

Blaze trabte schon wieder beinahe auf der Stelle, Pantas warf seinen Kopf hoch und versuchte zu ziehen, als wir den Weg herunterliefen. Bei der Elektrizität in der Luft kein Wunder. Ich konnte sie auf meiner Haut fühlen. Wie musste es da erst bei ihnen sein?

Wir betraten den gepflasterten Weg zu den Stallungen, da brachen die Wolken auf. Mit einem schnellen

Blick auf die beiden Pferde entschied ich loszulaufen. Ich hoffte nur, ich würde das nicht bereuen!

Der Regen durchweichte in wenigen Augenblicken meinen beigen Lieblingspulli, der mir etwas zu groß war, aber ich mich bisher nicht von ihm trennen wollte. Die Pflastersteine glänzten vor Feuchtigkeit. Vor dem Halleneingang hatte sich eine Pfütze gebildet. Reitschüler liefen neben ihren Eltern zum Parkplatz. Sogar die junge braun gefleckte Hündin Krümel, die Hannahs Vater letzten Sommer aus dem Tierheim geholt hatte, galoppierte in einen der Ställe. Wahrscheinlich würde Hannah sie wieder in einer der Boxen finden und sich riesig aufregen.

Pantas schnaubte aufgeregt. Die beschlagenen Hufe hallten unheilvoll von den Gebäuden wieder. Wenigstens leuchteten die Laternen uns den Weg zum Stalltor.

Durch die Regenwand sah man erst nur Umrisse im Schein einer der Lampen stehen. Eindeutig ein Mann. An seiner Stelle würde ich auch unter dem kleinen Dachvorsprung zwischen Stall und Putzplatz stehen.

Blaze zog an und ich musste langsamer werden. Wenn er sich jetzt losreißen würde, dann war das Risiko nur noch viel höher, dass er auf dem nassen Boden mit den Eisen wegrutschte. Widerwillig parierten beide Pferde durch. Pantas ließ ein genervtes Brummeln hören. Blaze hingegen schlug nervös mit dem Schweif und tänzelte schon wieder neben mir her, als wenn es jeden Moment auf irgendeine große Vielseitigkeitsstrecke gehen würde. Er blähte die Nüstern und wölbte den Hals auf, während die Ohren aufgeregt spielten.

Ich blickte noch einmal zu dem Mann im Schein der Laternen. Kurz davor ihn zu fragen, ob er mir helfen konnte, hielt ich inne und blieb viel zu abrupt stehen. Pantas schlingerte auf dem Pflaster, dann sah er sich aufgeregt um. Blaze hingegen schlug mit der Vorderhand und ruckte am Führstrick. Normalerweise hätte ich versucht, beide

zu beruhigen, aber gerade sah ich einfach nur fassungslos zu der Gestalt, die sich da aus dem Lichtkegel löste.

Kapitel 2

Mit schnellen, aber nichtsdestotrotz ruhigen Schritten kam er auf mich zu. Dumpf hallten seine Schritte über den Platz.

Ich musste schwer schlucken.

Er sah aus wie das Postermodel der Horse and Hound. Die schwere Wachsjacke, mit dem gegen den Regen aufgestellten Kragen, wirkte wie für ihn gemacht. Die beige Reithose sah aus, als wenn sie noch keinen Tag getragen worden wäre. Das Bild rundeten noch die klassischen Hunter Gummistiefel ab.

Scheiße! Nach damals, hatte ich immer gehofft, wir würden uns nie wieder sehen oder erst, wenn wir beide alt sind, und ich mir einreden konnte, dass ich ihn nicht mehr auch nur ansatzweise attraktiv finde.

Jetzt stand ich hier komplett nass, in einem verwaschenen ausgeleierten Pulli, dreckiger grauer Reithose und einer Frisur, die wohl an einen Dutt erinnern sollte. Kurzum, ich sah aus, als hätte ich mein Leben nicht mal ansatzweise im Griff, während er wie der Posterboy des verdammten britischen Landadels daher kam.

Das Leben wollte mich doch in letzter Zeit verarschen! Erst war Liz nach Schweden gezogen und jetzt tauchte er aus dem Nichts wieder hier auf. Wo war die versteckte Kamera?

Mit großen Augen beobachtete ich, wie er mir Blazes Strick aus der Hand nahm. Er stand gerade dicht genug, dass er nach dem kratzigen und ausgebleichten Baumwollding greifen konnte. Ich hielt trotzdem die Luft an.

Er war nicht hässlicher geworden, obwohl ich mir das insgeheim gewünscht hatte. War er vor über fünf Jahren als Junge einfach weggewesen, war das da vor mir eindeutig ein Mann.

»Danke.«

Irritiert starrte ich ihn nur weiterhin an. Danke? War das sein verdammter Ernst? Nach allem, was zwischen uns passiert war? Nach der verdammten Erklärung, die er mir seit sechs Jahren schuldete?

Der Bannkreis, den er um sich wob, war schon wieder zurück und lähmte mich. Bei jedem anderen wäre ich wohl ausgeflippt und hätte ihm noch im Regen eine Ansage gemacht! Ich war doch eh schon nass, ob ich da nun noch etwas länger im Regen stand oder nicht war nebensächlich.

Anstatt etwas zu sagen, dreht er sich einfach um und schnalzte. Blaze folgte ihm, ohne ein Anzeichen von Unmut. Auch ich setzte mich langsam in Bewegung.

Das musste ein Traum sein! Er konnte unmöglich zurück sein!

Im warmen Schein der Oberbeleuchtung des Stalls glänzte seine dunkelgrüne Jacke und ich konnte sehen, dass auch seine dunklen Haare an seinem Kopf klebten. Er schien sich immer noch verdammt gut auszukennen, denn er hatte Blaze ohne Umschweife in seine Box gebracht, obwohl wir die beiden, seit er weg war, schon ein paar Mal innerhalb des Stalls umgestellt hatten.

Das noch frische Stroh knackte, als ich Pantas Box betrat und den Hengst so um mich herum dirigierte, dass er mit dem Kopf zur Stallgasse stand. Mit einem Klacken rastete der Panikharken aus und ich versuchte, mit klammen

Fingern den Verschluss seines Halfters zu öffnen. Immer wieder blickte ich verstohlen in die Nebenbox, als hätte ich Angst, Lukas würde sich wieder in Luft auflösen, wenn ich ihn länger aus den Augen ließ.

Mit einem leisen Schnappen bekam ich endlich den Verschluss des Halfters auf und stürzte beinahe schon aus der Box, die ich mit zitternden Händen hinter mir schloss, ehe Pantas auf Wanderschaft ging.

Lukas kam mir da schon mit zwei Abschwitzdecken aus dickem Fließstoff entgegen. Wortlos reichte er mir eine dunkle Grüne mit dem Logo eines Turniers, das sie vor Jahren mal gewonnen hatten. Ich musste mich zusammenreißen, nicht stehenzubleiben und ihn wieder anzustarren wie eine seelenlose Statur.

Ich hängte das Halfter an die Boxentür. Neben das Schild, auf dem vermerkt worden war, dass Pantas nur wenig Pellets bekommen sollte und mehr Hafer. Nervös biss ich mir auf die Unterlippe und überlegte, was ich sagen sollte. Bestimmt schob ich die Boxentür auf und betrat Pantas Reich wieder.

Wie fing man ein Gespräch mit jemandem an, der einen am Abend seines Abiballs nach der Afterparty heftig geküsst hatte? Mit dem man in dem Moment bereit gewesen wäre, auf einem piksigen Strohballen Sex zu haben. Der einen so zärtlich berührt hatte wie danach nie wieder jemand. Der sich einfach umgedreht hatte, einem zu gelächelt hatte und dann verschwunden war. Von dem man nie wieder etwas gehört hatte.

An jenem Abend war es mir zum ersten Mal vorgekommen, als hätten wir eine Zukunft, als wären wir doch deutlich mehr als Freunde. Eigentlich hatten wir so viele Chancen schon damals längst verpasst.

Pantas drückte mir seine Nase an den Bauch und holte mich damit zurück ins Hier und Jetzt. Zurück in den warmen, nach Stroh, Heu und Pferd duftenden Stall. Zurück in seine geräumige Box, vor deren Fenster der Sturm wütete und Blitze über den Himmel zuckten, als wäre irgendetwas unheimlich wütend auf die Welt und eine andere Macht so sehr am Weinen darüber, dass sie die ganze Welt überschwemmen wollte. Letzterer fühlte ich mich sehr nah.

Ich verzog die Lippen zu einem unzufrieden Gesichtsausdruck und breitet neben dem Rappen seine Decke aus. Gehorsam blieb er stehen und ließ sich brav eindecken, auch wenn ich nicht ganz bei ihm war, und beinahe es nicht ganz geschafft hätte, die Kreuzgurte unter seinem Bauch zu schließen. Der vordere Gurt war ihm bei meinem kläglichen ersten Versuch gegen die Fessel geschlagen. Nicht heftig, aber genug, dass er genervt mit dem Schweif schlug und einen Schritt nach vorne machte.

Ich atmete auf, als ich die Gurte geschlossen hatte und Pantas noch einmal durch den nassen schwarzen Schopf fuhr. Auch wenn er seit Jahren kein Turnier mehr gegangen war, hatte Lena die Sportmähne beibehalte, genauso wie den teuren Stollenbeschlag.

Mit mächtigem Herzklopfen öffnete ich die Boxentür gerade genug, dass ich hinausschlüpfen konnte. Natürlich stand Lukas schon auf der Stallgasse und blickte mir undefinierbar entgegen. Sein Pokerface hatte er also beibehalten.

Unschlüssig blieb ich, nachdem ich die Box geschlossen hatte, vor ihm stehen. Die hohen Wangenknochen waren definierter als noch vor sechs Jahren. Der Kiefer war ebenfalls markanter geworden. Nur die grünen Augen waren immer noch so faszinierend und stechend wie früher. Erwachsen sein stand ihm, zumindest optisch. Seine Anwesenheit verunsicherte mich deutlich. Auf die Frage, über was ich mit ihm reden konnte, hatte ich auch immer noch keine Antwort gefunden. Dass er mich musterte, tat sein Übriges dazu, dass ich wieder einfach nur unbeweglich auf der Stallgasse stand und gedanklich ständig zwischen ihn anstarren und verlegen auf den Betonboden schauen wechselte.

»Mensch du!« Ich fuhr zusammen, als ich plötzlich Hannahs Stimme links von mir hörte. Blitzschnell und dankbar nicht mehr alleine mit ihm zu sein, drehte ich mich zu ihr. Mit der Ausstrahlung einer ausgewachsenen Naturgewalt eilte Hannah mit breit ausgebreitet Armen auf Lukas zu.

Noch bevor er etwas sagen konnte, fand er sich in ihren Armen wieder.

»Was sagen, dass du zurück bist, hältst du auch nicht für nötig, oder!«, rügte Hannah ihn auch augenblicklich. »Allgemein hättest du dich mal melden können! Alles musste ich mir aus dem Internet holen. Aber schön, dass du wieder Vielseitigkeit reitest! Du musst mir alles über dein Projekt da erzählen.«

Lukas drückte sie von sich. »Ich hatte viel um die Ohren.« Dann setzte er ein charmantes Lächeln auf. »Vergessen habe ich dich natürlich nicht.«

Hannah boxte ihn auf den Oberarm. »Das entschuldigt die Funkstille in keiner Art!«

»Tut mir wirklich leid, Hannah.« Abwehrend hob er die Hände. Der Stoff seiner Jacke raschelte dabei leise.

Hannah sah zu mir herüber. »Och, nee! Sag mir nicht, du hast gerade die Pferde geholt, als es angefangen hat so pladdern? Soll ich mal schauen, ob ich hier irgendwo eine Jacke habe?«

Schnell schüttelte ich den Kopf. »Ich habe noch eine im Spind und wollte auch sofort wieder rüber, wenn es aufhört.« Alleine schon, um Lukas nicht mehr sehen zu müssen.

Wie auf Bestellung sah Hannah zwischen uns hin und her. »Da hatte ich mir auch mehr Wiedersehensfreude erwartet.

Ihr wart doch so dicke. Wir waren uns alle nicht ganz sicher, ob …« Sie unterbrach sich, selbst als sie meinen Blick sah. Sie musste nun wirklich nicht auch noch den Finger in die Wunde legen. »Na ja, wie dem auch sei.« Sie lachte auf. »Ist ja auch egal. Ich dachte nur, gerade weil Marie deine Pferde in letzter Zeit geritten ist.«

Überraschung zeichnete sich auf Lukas Gesicht ab und er musterte mich wieder, als, müsste er sichergehen, dass ich mir in der Zeit nicht wehgetan hatte.

»Deine Mutter hatte mich und Ole darum gebeten, nachdem sie von Pantas gefallen war und sich das Schlüsselbein gebrochen hatte.«

Langsam nickte Lukas. Auch diese Geschichte schien neu für ihn zu sein.

»Hat ihr, wie ich finde, auch wirklich gutgetan«, warf Hannah ein. »Steffi war ganz begeistert, als sie mit Pantas die Stunde mitgeritten ist.«

Lukas presste die Lippen zusammen und nickte, während sein Blick zu Boden wanderte.

»Auch Blaze Kolik vor fünf Wochen hat Marie wirklich gut gehändelt. Aber was erwartet man von einer Veterinärmedizinerin im vorletzten Semester?«

Da wurde Lukas kurz mal etwas blass. Ich hatte ihm geschrieben. Lena hatte mir seine Nummer gegeben, aber es war nichts gekommen. Nicht mal eine Nachfrage, ob es Blaze gut ging und wie er die Kolik überstanden hatte. Ich hatte gut drei Stunden mit Frank um sein Leben gekämpft.

Das einzige Gute, neben Blaze Überleben ohne operativen Eingriff, war, dass Dr. Frank Liebermann, der Veterinär of choice in Kleinblommen, mir noch in derselben Nacht angeboten hatte, ihm zu assistieren, wann immer nötig. So war ich mehr oder weniger zu einem Mentor gekommen, dem ich schon seit Jahren immer klammheimlich über die Schulter geschaut hatte.

So schnell mal der Anflug einer Emotion über sein Ge-

sicht gehuscht war, war das Pokerface auch schon zurück.
»Da war er wirklich in sehr kompetenten Händen.«
Arschloch! Dieser Typ machte mich noch wahnsinnig!

Am liebsten hätte ich mich einfach umgedreht und wäre mit
schnellen Schritten über den Vorplatz, die Einfahrt herunter
nachhause gestürzt. Nur der Starkregen hielt mich davon
ab, ihn nicht einfach stehenzulassen.

Hannah fuhr sich durch die blonden Haare, die unordentlich
in einem Pferdeschwanz frisiert waren. Seit sie Mutter war,
hing sie nicht mehr in einer Tour am Handy, und auch die
falschen Fingernägel hatten einen festen Platz in der Vergangenheit gefunden. Dafür hatte ihre Tochter Rieke nun
das Zentrum ihres Lebens gebildet. Es stand ihr eindeutig.
Sie wirkte sortierter, orientierter und vor allem wirklich
glücklich. Wie ihr Mann Jürgen dazu beitrug, wusste ich
nicht. Man sah ihn nur ab und an mal mit Rieke auf dem
Arm über den Hof laufen und eigentlich einen großen
Bogen um jedes Pferd machen. Ironischerweise hatte er
allerdings keine Angst vor den Shetlandponys.
    »Da fällt mir ein. Flora ist schon wieder von Bounty
gebissen worden. Weiß der Geier, was da schon wieder
los war, aber du kannst das vielleicht später mal angucken. Ich will ungern Frank holen für eine einfache kleine
Bisswunde.«
    Typisch Hannah. Seit ich mich auf Pferde angefangen
hatte zu spezialisieren, war ich ihre erste Adresse, und
Frank wurde immer erst gerufen, nachdem ich es ihr klipp
und klar angeraten hatte. Wie sollte das erst werden, wenn
ich fertig war? Das dauerte höchstens noch ein Jahr.
    »Kann ich machen. Hast du schon Blauspray darauf ge-
macht? Oder muss genäht werden? Dann musst …«
    Hannah rollte mit den Augen. »Ich weiß, dann muss ich
Frank anrufen, weil du noch nicht darfst. Doni hast du vor

zwei Wochen auch genäht.«

»Das ist etwas anders. Er gehört uns. Hätte ich da ge-
pfuscht, hätte ich das selber ausbaden müssen. So übernimmt das keine Versicherung und ich könnte mir jede
Chance auf eine Zulassung verbauen.«

»Ach, das bisschen nähen. Was soll da schon schiefgehen!« Hannah winkte ab und wandte sich wieder an Lukas.
»Lena meinte, du wärst für drei Monate in London gewesen. Was hast du da denn gemacht?« Es klang beinahe vorwurfsvoll, als hätte er eigenhändig die Queen ermordet.

»Ich habe da bloß gearbeitet. War nicht meins.«
Sein Tonfall machte mir klar, dass das nur die halbe
Wahrheit war.

Bevor ich Hannahs Antwort hören konnte, drehte ich
mich schon weg und lief zum großen Stalltor. Es wurde
langsam wieder heller. Mein Ticket, aus dieser Nummer
rauszukommen.

Kapitel 3

Die Haustür fiel hinter mir ins Schloss. Ich fror und die Begegnung mit Lukas saß mir immer noch in den Knochen. Kein einziges Mal hatte er es gewagt, mir in die Augen zu sehen. Warum hatten wir uns nicht erst in zwanzig Jahren wieder über den Weg laufen können!

Ich öffnete den Reißverschluss meiner Stiefeletten und strich mir die immer noch feuchten Haare aus dem Gesicht.

Warum hatte er heute da sein müssen? Ausgerechnet heute.

»Oh Gott, wie siehst du denn aus?« Ich hatte gar nicht bemerkt, dass Mama schon wieder zu Hause war.

Ich schlüpfte aus meinen Schuhen und stellte sie neben die Tür. »Es hat geschüttet wie aus Kübeln.«

»Warum bist du dann nicht direkt nachhause?«

»Hannah wollte, dass ich mir noch eine Bisswunde angucke. War nichts Schlimmes.«

»Mhm.« Mama zog die Augenbrauen zusammen. »Aber sie kann nicht immer dich fragen. Noch bist du keine Tierärztin.«

»Das habe ich ihr auch gesagt, aber das trifft auf taube Ohren.« Matt lächelte ich und wischte mir die dreckigen Hände an der Reithose ab.

Verständnislos schüttelte Mama den Kopf und holte eine große Tasche unter der Garderobe hervor. »Guck mal!« Sie

zog eine hellblaue Schabracke heraus und hielt sie stolz vor ihre Brust. »Die habe ich heute von der Autorin geschenkt bekommen. Ein Fliegenmützchen war auch dabei, aber ob das auf Donis Eselsohren passt.« Sie kicherte und wies auf die Stickerei. Eine ihrer schönsten Zeichnungen des Mädchens und ihres Ponys waren ordentlich in den Stoff gestickt worden und darunter stand in Schnörkelschrift »Zauberdoni«.

»Das ist ja nett.«

»Ja, oder! Ich muss die Morgen unbedingt mit in den Stall nehmen und ihr ein Foto schicken. Das wird bestimmt alles ganz toll an dem Dickerchen aussehen.«

Ich rang mir ein Lächeln ab. Wenn Lukas morgen immer noch in Kleinblommen war, dann war mir eindeutig die Lust auf den Stall fürs Erste vergangen. »Bestimmt.«

»Wie ist das Lernen gelaufen?«

»Ganz gut. Liz hat mir Bilder geschickt. Das ist wirklich so ein Klischee Schwedenhaus.«

»Wie schön. Ich hoffe, ihr gefällt es da. Da hab ich neulich erst in einem Podcast von gehört …«

Ich unterbrach sie. »Habt ihr jetzt eigentlich eure Reise gebucht?«

»Äh …« Mama blinzelte und ließ die Schabracke sinken. »Keine Ahnung. Ich wollte ja mal wieder nach Amsterdam, aber dein Vater meinte, er kennt da bald jede Straße. Jetzt will er nach Milan.« Sie schüttelte verständnislos den Kopf. »Ich würde ihm zutrauen, dass er heute schon etwas gebucht hat.«

»Wann wollt ihr denn fahren?«

»In zwei Wochen, meine ich, aber dieses Meeting hat mich noch so im Griff. Ich könnte mich auch irren.« Sie strahlte wieder. »Wir haben den Auftrag für noch zwei weitere Bände bekommen. Kannst du dir das vorstellen? Und ich darf eine neue Merchkollektion illustrieren. Dieses Mal soll es sogar die Zaubergerte geben. Die muss ich unbedingt in mein Büro hängen.«

Fragte sich nur, wo da noch Platz war zwischen den Konzeptzeichnungen zum ersten Band und den vielen Bildern von Donatello.

»Herzlichen Glückwunsch. Dann müssten wir ja eigentlich gleich darauf anstoßen.«

»Womit denn? Mit Wasser? Und du ziehst dich jetzt erstmal um, Kind! Nicht, dass du mir krank wirst.«

Wenig später kam ich in trockenen Sachen und frisch geduscht wieder die Treppe herunter. Papa saß schon am Küchentisch und redete mit Mama über die bevorstehende Reise.

»Milan wird dir gefallen. Es ist doch das Zentrum für Design.«

»Design.« Mama seufzte und füllte Wasser in eine Blumenvase. »Ich möchte auch einmal Pause von meinem Job. Außerdem geht es da eher um Industriedesign.«

»Aber nicht schon wieder nach Amsterdam. Lou, ich kenne die Stadt bald in- und auswendig.«

»Dann vielleicht Kopenhagen?« Sie ließ den auf der Arbeitsfläche abgelegten bunten Blumenstrauß in die Vase gleiten. »Oder Malmö?«

Papa schüttelte den Kopf. »Mit Malmö war was. Da habe ich mich neulich noch mit dem Freund von Liz drüber unterhalten.«

Ich lehnte mich in den Türrahmen. »Ole ist Stockholmer, das ist, als würdest du einen Kölner fragen, ob es in Düsseldorf schön ist.«

»Hast du noch was von ihnen gehört?« Mama blickte vom Richten des Blumenstraußes auf.

Ich presste die Lippen aufeinander und atmete ein.

»Nein. Ich weiß nur, dass momentan noch das Chaos regiert

und Liz sich bei mir melden will, sobald sie alles zusammen haben.«

»Das wird sie auch tun.« Ein aufmunterndes Lächeln legte sich auf ihre Lippen. »Liz wird dich da oben in Skandinavien schon nicht vergessen.«

Das hoffte ich auch. Sonst hatte ich niemanden mehr wirklich außer ihr.

»Sie sind jetzt also in Visby angekommen?«, fragte Papa interessiert.

»Mhm, Liz ist ganz angetan von dem kleinen Hof.«

»Die haben wirklich einen ganzen Hof gekauft?« Die Blumenvase stellte Mama in die Tischmitte und lehnte sich an die Arbeitsfläche. »Das Geld hätte ich auch gerne.«

»Das sind Architekten. Außerdem sind die Immobilienpreise in Schweden nicht mit hier zu vergleichen.« Papa zückte sogleich sein Handy.

»Du kannst sie bestimmt nach der Zulassung besuchen. Und Charly, Emma und Bea kommen doch auch noch ab und an her.« Aber viel zu selten!

Ich rang mir ein verhaltenes Lächeln ab. Ich hatte meine gesamte Kindheit und Jugend mit Liz verbracht. Sie war nicht wegzudenken. Diese drei Monate in Kiel waren auch nur drei Monate gewesen, weil ich kaum Anschluss gefunden hatte und trotzdem jede freie Minute mit Liz in Kleinblommen verbracht hatte.

»Wann sind die Mädels denn mal wieder hier?« Papa sah von seinem Handy auf.

Ich zuckte mit den Schultern. »Sie schreiben immer erst kurz, bevor sie herkommen.«

»Mach dir wirklich nichts draus. Vielleicht ist das auch mal ganz gut, dass du und Liz nicht ständig zusammenhängen könnt. So kommst du vielleicht wieder unter neue Leute.« Ich wollte aber keine neuen Leute. Ich wollte meine beste Freundin! Mama trommelte mit den Fingern auf der

Arbeitsfläche herum und ließ ihren Blick durch die Küche gleiten. »Lena hat erzählt, dass Lukas auf unbestimmte Zeit wieder hier ist. Vielleicht wollt ihr ja mal wieder etwas zusammen machen.«

Ich musste schwer schlucken. Nur über meine Leiche.

»War der Job in London nichts, von dem sie so angetan war?« Papa klang missmutig.

Mama zuckte mit den Schultern. »Keine Ahnung. Davon hat Lena nichts gesagt.« Dann wandte sie sich wieder an mich. »Wir gehen morgen früh einfach zusammen ausreiten. Hmh? Ein bisschen Kopf freibekommen, bevor du zurück an den Schreibtisch musst und ich wieder ans Grafiktablett.«

Widerwillig nickte ich. Ein Ausritt mit Liz am Meer, nach dem Checken des Gezeitenkalenders, war mir trotzdem lieber. »Können wir machen. Dann kann ich auch die Fotos für dich machen.«

Papa sah verwundert zwischen uns hin und her. »Welche Fotos?«

Mama strahlte sofort wieder von einem Ohr zum anderen. »Ich habe heute vor dem Meeting von der Autorin ein neues Set für Doni geschenkt bekommen. Total süß. Hellblau mit den Protagonisten aufgestickt.«

»Aha«, kam es nur gedehnt von Papa. »Am Wochenende kann ich auch mal wieder mit dem Fahrrad mitkommen, oder habt ihr da schon wieder ein Turnier genannt?«

Mama sah zu mir. Ich schüttelte den Kopf. Inzwischen fuhr ich nicht mehr allein. Über M war ich sehr zu Steffis Unmut auch bisher nicht gestartet. Bald war Mama mit mir wieder auf einem Niveau.

»Na dann Till, heißt das wohl Kette reparieren und mental schon mal auf Samstag vorbereiten.«

»Sag mal was, hat eigentlich am Stall so lange gedauert. Ich dachte, du wolltest nur eben reinstellen.« Papa legte sein

Handy auf den Tisch. »Die Glühbirne habe ich übrigens gewechselt.«

»Viva und Doni gingen sehr schnell. Pantas und Blaze waren etwas schwerer, dann war es so am Schütten und Hannah wollte auch noch, dass ich mir eine Bisswunde an einem Schulpferd angucke.«

»Bald bist du ihre Privattierärztin, wie es aussieht.«

»Das habe ich auch schon gesagt.« Mama lachte und drehte sich zu den Küchenschränken hinter ihr. »Haben wir eigentlich noch Brot?«

»Ich habe heute Mittag Neues geholt und ansonsten sind da auch noch Brötchen von Ellie. Die fragte auch gestern noch, wann du mal wieder aushelfen kannst. Ich habe ihr gesagt, sie soll dir schreiben, Marie.«

»Bisher hat sie mir noch nicht geschrieben.« Eigentlich eigenartig. Seit ich wieder in Kleinblommen lebte, war ich Ellies erste Adresse, wenn sie kurzfristig eine Aushilfe brauchte. »Aber kommt wohl noch.«

»Na dann ist ja alles gut. Und du wahrscheinlich beschäftigt, wenn wir weg sind.« Mama zog drei Teller aus dem mittleren Fach.

Kapitel 4

Am nächsten Tag betrat ich schon um acht Uhr den Stall. Die Luft roch noch intensiv nach Heu und Hafer. Mama saß vor einer Besprechung und ich hatte die wundervolle Aufgabe bekommen, schon einmal die Pferde zu putzen. So einen Service hätte ich auch gerne.

Haddy brummelte mir entgegen und streckte neben Viva den Kopf über die Boxentür. Sofort wurde mir wieder schwer ums Herz. Übermorgen wäre sie schon auf dem Weg nach Schweden.

Tief atmete ich ein und rieb ihr sanft über den Nasenrücken. Sie streckte die Schnauze vor und knabberte an meinem Reißverschluss. »Ich vermisse sie auch.«

Viva trat da schon ungeduldig vor die Tür.

»Ja, ja. Sie frisst dir schon nicht die Hagebutten weg!«

Ich langte in meine Jackentasche und hielt Haddy eine der getrockneten Knospen hin. Ohne genau zu riechen, was es war, nahm Haddy das Leckerli zwischen die Lippen. Der Kiefer malmte und sie forderte schon das Nächste. Ich strich ihr noch einmal wehmütig durch den Schopf, dann begab ich mich zu meinem Pferd.

Viva schnaubte und stieß mich sofort fordernd an. Doni in der Nebenbox mümmelte immer noch sein Heu und hob, als ich neben Viva stehen blieb, nur kurz den Kopf.

Ich mochte diese Morgen im Stall. Diese Ruhe, nur durch-

brochen vom rhythmischen Malmen der Pferdekiefer und dem Rascheln von Heu und Stroh.

Ich schnappte mir Vivas Halfter von dem Harken an ihrer Box und öffnete die schwere Schiebetür. Ihr Frühstück hatte Viva schon längst inhaliert und schob mir ungeduldig ihren rotbraunen Kopf entgegen. Ich streifte ihr das schmutzige Nylonhalfter über und kraulte sie dann hinter den Plüschohren. Sie quittierte die Behandlung mit einem weiteren tiefen Schnauben. »Im nächsten Leben wirst du noch Schmusepony.« Ich musste lachen.

Gerade führte ich Viva aus ihrer geräumigen Fensterbox, da hörte ich Schritte auf der Stallgasse. Lächelnd wandte ich mich in die Richtung, um demjenigen freundlich einen guten Morgen zu wünschen, das guten Morgen blieb mir jedoch im Halse stecken, als sich sah, wer da durch die Stalltür getreten war.

Immer noch ein elendiges Pokerface auf dem Gesicht schlenderte er, die Hände tief in den Taschen der abstoßend gut sitzenden grauen Reithose vergraben, die Stallgasse hinab. Die teure Sonnenbrille hatte er nicht einmal von der Nase genommen. So wie früher nach heftigen Stufenpartys.

Ich musste schlucken und sah sofort wieder weg. Warum musste ich ihm gerade jetzt über den Weg laufen? Wo war Mama, wenn man sie brauchte? Konnte ihr Meeting nicht früher enden?

Pantas brummelte leise, als er Lukas bemerkt hatte. Auch Blaze tänzelte nervös vor seiner Boxentür hin und her.

»Beruhigt euch mal wieder.« Seine Stimme ging mir immer noch runter wie Öl. Wie auf Bestellung zog sich mein Herz schmerzhaft zusammen.

Kurz blickte ich zu Viva, die mich sanft aus ihren großen dunklen Augen ansah. Ich seufzte ganz leise, worauf sie aufmerksam mit den Ohren spielte. Sanft drückte sie ihre

Nase an meine Wange und pustete mir ihren warmen Atem tröstlich ins Gesicht.

Zärtlich strich ich ihr über die zarte Nase und lächelte meine Stute an. Sie war so verdammt süß!

»Ich störe ja nur ungern, aber hast du gerade einen Moment?« Überrascht fuhr ich zusammen. Lukas lehnte lässig wie eh und je neben mir an der Box, die Arme vor der Brust verschränkt und die Sonnenbrille in der linken Hand. Einige Haarsträhnen hingen ihm ins fein geschnittene Gesicht.

Ich öffnete die Lippen und wollte zu einer halbherzigen Ausrede ansetzen, aber er ließ mich gar nicht erst zu Wort kommen.

Ein einnehmendes Lächeln bildete sich auf seinen Lippen. Die Grübchen in seinen Wangen kamen zum Vorschein. Sein Blick hatte dieses Verruchte, das mich damals schon so fasziniert hatte.

»Danke, dass du dich um die beiden gekümmert hast, nach Mums Unfall.«

Ich schluckte. Mein Mund fühlte sich plötzlich so trocken an. »War doch kein Problem.« Das Blut schoss mir in die Wangen. Wie ich es hasste, wenn er mich so ansah. Er sah immer aus, als wüsste er, dass er mich so handzahm bekam.

»Eigentlich wäre das meine Aufgabe gewesen.« Er lachte. Seine grünen Augen funkelten schelmisch auf. »Ich schulde dir wohl was.«

Ich vergaß in dem Moment zu atmen. Das, wie er es sagte, jagte mir eine Gänsehaut über den Rücken. In meinen Gedanken war ich wieder bei der Afterparty vor über fünf Jahren. Was sollte er mir schulden?

Viva hob die Nase und schnüffelte an seiner Jacke. Er strich ihr über die Stirn. »Immer noch so verfressen wie früher.« Er hatte immer noch dieselbe Liebe für die Pferde im Blick wie damals. Mein Herz schlug schneller. Viva zog derweil enttäuscht den Kopf wieder weg. Streicheln war gut, aber Leckerlis eben doch um einiges besser.

Ich musste hier weg! Sofort! Sonst tat ich noch etwas Dummes. Mit gestrafften Schultern machte ich einen großen Schritt aus der Box. »Kannst du die Tür hinter uns schließen?« Innerlich klopfte ich mir für meinen festen Tonfall auf die Schulter. Das zwischen uns war vorbei.

Er biss sich auf die Unterlippe. Ich meinte sowas wie Ernüchterung aus seinem Blick lesen zu können. Es hätte alles anders sein können, wenn er nicht einfach abgehauen wäre. Vielleicht hätte ich mich dann sogar gefreut, ihn wiederzusehen.

Vivas Hufe klapperten über die Pflastersteine auf der Stallgasse. Hinter uns wurde die Tür zugeschoben und schnelle Schritte folgten uns.

Den Blick nach vorn gerichtet lief ich stur weiter. Bloß nicht umdrehen. Scheiße! Warum konnte er mich nicht einfach in Ruhe lassen?

Warum konnte er nicht vor einer Woche zurückkommen? Liz hätte ihm wohl was gehustet und Ole ihm ebenfalls die Hölle heiß gemacht. Er war mindestens genauso verletzt gewesen über Lukas Verschwinden, wie ich. Bei ihm hatte der Dickschädel sich jedoch wenigstens nach drei Wochen Funkstille gemeldet.

Ich knirschte mit den Zähnen. Eigentlich hatte ich alles Recht, ihm gegenüber auszuflippen. Was hielt mich davon ab, ihm eine Szene zu machen? Verdient hätte er es!

Fest presste ich die Lippen aufeinander und beschleunigte meine Schritte. Hoffentlich merkte er, dass ich kein Interesse an einer weiteren Konversation mit ihm hatte.

Am Anbindebalken blieb ich stehen. Viva streckte sich, um

den Boden abzuschnüffeln. Er holte zu uns auf.

»Was hast du jetzt vor?« Ein Teil wollte, dass er sich wie früher Pantas schnappte und mitkam, ein anderer, dass er zur Hölle fuhr. Letzter überwog.

»Ich gehe mit Mama ausreiten.« Ich zog Vivas Kopf vom Boden hoch und klinkte den Anbinder in ihr Halfter. Mit fest zusammengebissenen Zähnen öffnete ich den Führstrick.

»Ist Liz nicht hier?« Ich sah aus dem Augenwinkel, wie er seinen Blick über, den noch viel zu ruhig daliegenden Hof wandern ließ.

Augenblicklich schossen mir die Tränen in die Augen. Natürlich musste er mit Anlauf ins Fettnäpfchen springen. Viva drückte mir schon wieder ihre Nase tröstend an die Wange. Mit einer Hand griff ich Halt suchend in ihre Mähne. Er sollte ja nicht merken, wie sehr mich das mitnahm. »Ole und sie sind letzte Woche nach Schweden gezogen.«

»Krass. Die beiden sind immer noch zusammen?« War das alles, was er dazu zu sagen hatte. Ich dachte, Ole wäre sein bester Freund? »Ich habe echt eine Menge verpasst.«

Mein Griff in Vivas kurzer Mähne wurde wieder lockerer. Vielleicht zog er endlich Leine.

»Was ist hier eigentlich los? Hannah hätte doch sonst schon die ersten Kinder zum Ferienkurs auf der Matte stehen. Oder vertue ich mich?«

»Betriebsferien. Hannah will mehr Zeit mit ihrer Tochter verbringen.«

»Und dann wirft sie mir vor, dass ich mich nie gemeldet hätte.« Missmut schwang in seiner Stimme mit. Die Anbindestange knackte leise, als er sich dagegen lehnte und mich schon wieder mit schief gelegtem Kopf betrachtete. Der Flaum in meinem Nacken stellte sich auf.

Zittrig atmete ich ein und trat zögerlich von Viva weg. Er sollte einfach wieder in seinem Loch verschwinden und nie wieder an der Erdoberfläche auftauchen.

Lukas grinste wissend. »Sicher, dass du heute nicht doch

noch irgendwie Zeit hast?«

»Da muss ich dich enttäuschen, Lukas. Meine Tochter gehört heute Morgen mir und danach muss sie sich um ihre Zulassung kümmern.« Selten war ich so erleichtert, Mama zu sehen. Mit Schwung schmiss sie die neue Schabracke über den Balken.

Charmant lächelnd, wie eh und je, hob er abwehrend die Hände. »Dann darf sie heute nicht zum Spielen kommen?« Er lachte. »Hallo Louise, lange nicht mehr gesehen.«

Mama hob nur beide Augenbrauen. »Kann man so sagen.« Es war ein offenes Geheimnis zwischen ihr und mir, das er hinter meinem gebrochenen Herzen gesteckt hatte. »Wie lange ist deine Mutter noch in Lüneburg?«

Er zuckte mit den Schultern. »Sie wollte sich melden. Das war gestern Abend. Ich schätze mal, übermorgen ist sie spätestens zurück.«

»Dicke Luft?«

Er verzog das Gesicht. »Eigentlich nicht.«

Mama nickte langsam und warf mir einen Seitenblick zu. »Ich hole mir dann mal mein Pferd, der macht sich leider noch nicht selbst fertig.«

Wenig später ritten wir nebeneinander durch das Wäldchen. Die Zügel lang und die Hälse gesenkt trotteten Viva und Doni einträchtig nebeneinander über den weichen Weg aus festgetretener Erde, Laub und auch einigen Pfützen.

»Wie geht es dir damit, dass er zurück ist?«, tastete sich Mama vorsichtig vor.

Ich musste schlucken. »Gut.«

»Marie, bitte!«

»Was? Was willst du hören?« Mit schnippischem Zug um die Lippen nahm ich Viva wieder auf.

Mama seufzte. »Ich will nicht wissen, was zwischen euch passiert ist, das geht mich auch nichts an, aber England scheint ihm ganz gutgetan zu haben. Liz ist weg, ich weiß, das ist gerade schwierig. Ganz vielleicht, ich meine ja nur,...«

»Nein! Vergiss es!« Energisch ritt ich vorwärts.

»Vielleicht überlegst du dir das ja noch mal. Als Kinder wart ihr jedenfalls wirklich süß zusammen.«

Als Kinder. Jetzt waren wir erwachsen, und ich schaffte es nicht mal, ihm länger in die Augen zu sehen.

»Wo wollen wir hin? Deich? Strand? Oder schon wieder zurück?«

»Strand«, entschied ich. Ein Strandgalopp würde mir eindeutig guttun.

Kapitel 5

Am Donnerstagnachmittag machte ich mir ausnahmsweise einmal Doni fertig. Mama saß total vertieft in ihren Zeichnungen am Schreibtisch und war nur kurz aus ihrer Höhle gekrochen, um mich darum zu bitten Doni ebenfalls zu reiten.

Die Sonne brannte vom Himmel und keine Wolke war weit und breit zu erkennen. Hannah war auch vor wenigen Minuten mit einem ihrer Pferde und ihrer kleinen Tochter auf einem Shetty als Handpferd losgeritten in die Felder. Sie hatte angeboten, zu warten, bis ich fertig war, aber mich zog es eher an den Strand.

Wie immer wartete Doni geduldig darauf, dass ich mit dem Putzen fertig wurde, und schlug nur gelangweilt mit dem Schweif. Viva hätte da schon längst wieder den halben Putzkasten auf der Fläche vor ihr verteilt.

In solchen Momenten beneidete ich meine Mutter für ihren ruhigen Wallach.

Als ich den Sattel und die Trense aus ihrem Spind in der Sattelkammer holte, musste ich feststellen, dass Pantas Spind nur angelehnt war.

Sofort wurde mir schlecht. Lukas war also auch hier. Na super. Ich hatte es geschafft, ihm die Woche über weitge-

hend aus dem Weg zu gehen. Bisher.

Blieb zu hoffen, dass ich schnell genug vom Hof kam, um ihm nicht in die Arme zu laufen. Bei meinem Glück würde ich ihm wohl auf den letzten Metern geradewegs vor die Füße fallen.

Ich schluckte schwer, zog Donis Sattel, unter dem immer noch die neue Schabracke befestigt war, und die mexikanische Trense aus dem Schrank. Mit einem Knallen fiel die Schranktür zu. Das Vorhängeschloss ließ ich einfach offen am feststehenden Teil des Schrankes baumeln.

Im Schritt ritt ich eine Stunde später den schmalen Dünenweg zum Strandabschnitt des Reitclubs hoch. Das Dünengras wog sich in der kräftigen Brise, die vom Meer kam. In meinem dünnen gelb-weiß gestreiften T-Shirt kam ich ganz schön ins Frösteln.

Doni lief fleißig und mit gespitzten Ohren vorwärts. So lahmarschig, wie er sonst auch sein mochte, wenn es zum Strand ging, dann entdeckte er plötzlich, dass er seine langen Beine nutzen konnte.

Schon von weitem konnte man hören, dass sich etwas Massiges zwischen den Wellen bewegte. Stimmen wehten verzerrt zu mir herüber.

Wahrscheinlich hatten sich wieder fremde Reiter an diesen Abschnitt verirrt, oder Spaziergänger mit einem großen Hund.

Wir bogen auf die offene Strandfläche ab. Zur Sicherheit hielt ich mich in der Nähe der Dünen und ritt Doni, sehr zu seinem Unmut, weiterhin im Schritt.

Neugierig suchte ich nach dem Ursprung des Geräuschs, nur um sofort darüber nachzudenken, einfach kopflos davon zu galoppieren.

Pantas trabte aus den Wellen. Sein schwarzes Fell glänzte wie polierter Onyx in der Sonne und er bog den beeindruckenden Hengsthals bis kurz vor der Senkrechten. Elegant pflügten seine Hufe durch den feuchten Sand auf einen jungen Mann mit Kamera in der Hand zu.

Auf seinem blanken Rücken saß natürlich Lukas. Ein fröhliches Grinsen auf den Lippen, ohne Reithelm und das wohl abstoßendste, oberkörperfrei.

Die Spiegelreflex in der Hand des anderen Mannes klickte. Immer und immer wieder. Pantas warf sich nur noch mehr in den Trab hinein. Es war, als würde er beweisen wollen, dass er für ein Springpferd auch durchaus passabel seine Beine zu schmeißen wusste.

Lukas ritt ihn genau bis kurz vor die Senkrechte. Etwas, das ich zugegeben sehr beneidete. Steffi sagte immer, dass das »Rundreiten« Schwachsinn wäre. Als Veterinärmedizinstudentin musste ich ihr da recht geben und beneidete Lukas nur noch mehr. Viva rollte sich oft viel zu sehr ein.

Sie riefen sich wieder etwas zu und Lukas drehte den Rappen wieder um. Gespannt beobachtete ich, wie er Pantas nach wenigen Metern wieder wendete. Der Hengst schlug mit dem Schweif und spielte erwartungsvoll mit den Ohren.

Der andere Mann trat zur Seite und verstellte etwas an seiner Kamera. Der Wind zerzauste seine kurzen blonden Haare. Mit einem Handheben gab das Startzeichen.

Mit einem großen Satz stob Pantas los. Tief gruben sich die Hufe in den festen Sand. Die kurze Mähne wehte über dem langgestreckten Hals.

Lukas lachte und trieb ihn nur noch mehr an.

Diese Leichtigkeit riss mich mit. Er ritt noch wie früher. Jede Hilfe kam punktgenau, kaum sichtbar. Seine ganze Körperhaltung war entspannt und strahlte eine solche Lebensfreude aus. Ich hatte ihn nie so glücklich gesehen, wie auf dem Pferderücken.

Vor Jahren wäre ich noch neben ihm über den Strand gefetzt. Meine Kehle wurde trocken und ich biss mir auf die

Unterlippe.

Liz würde jetzt sagen, ich solle die Leichen im Keller lassen. Aber sie war nicht hier, um mich daran zu erinnern, dass er mir das Herz gebrochen hatte und nicht andersherum.

Doni unter mir nutzte meine Unaufmerksamkeit, um anzutraben. Schnell zügelte ich ihn und dankte ihm gleichzeitig dafür, dass er beim Starren gestört hatte. Wäre ja noch schöner gewesen, hätte Lukas das mitbekommen.

Ich nahm die Zügel weiter auf und blickte noch einmal zu dem Reiter auf dem schwarzen Pferd.

Sie hatten inzwischen angehalten und Lukas mich auch entdeckt. Zumindest hob er die Hand und lächelte in meine Richtung.

Kurz überkam mich die Angst, dass er jeden Moment zu mir herüber traben und wieder einen dieser unangebrachten Flirtversuche starten würde. Das tat er sowieso nur aus Langeweile. Ich sollte ihn eigentlich zu gut kennen, um mich von der Masche aus dem Konzept bringen zu lassen.

Dann fiel mir jedoch ein, dass ich auf Doni unterwegs war und auf die Distanz nach meiner Mutter aussah. Zufrieden grinste ich in mich hinein. Manchmal war es anscheinend doch für etwas nützlich, meiner Mutter sehr ähnlich zu sehen.

So grüßte ich lediglich zurück und ließ Doni gemächlich antraben. Bloß weg hier, ehe er noch blickte, dass ich heute den Schecken ritt. Mit einem Schnalzen trieb ich Doni in den Galopp.

Kurz vor der Abzweigung zurück auf den Feldweg zum Deich parierte ich den Wallach wieder durch. Er prustete und Schweiß glänzte auf seiner braun-weiß gescheckten Schulter. Das Gebiss klackte, als er den Kopf hochriss und deutlich zeigte, dass er gerne noch weiter galoppiert wäre.

Tief atmete ich noch einmal die salzige Meerluft ein. Heute hatte ich wohl doch einen kleinen Schutzengel auf meiner Seite. Der Tag konnte nur noch besser werden.

Und wie auf Bestellung klingelte mein Handy, als ich auf den Dünenweg einbog. Sofort fingerte ich es aus meiner Hosentasche und hätte am liebsten vor Glück laut aufgelacht, als ich Liz' Namen sah. Korrigiere, der Tag konnte nicht noch besser werden, er war schon verdammt gut!

Kapitel 6

Mit wild pochendem Herzen saß ich am Nachmittag vor meinem Laptop. Die Webcam blinkte grün und ich blickte mir selbst von der unteren Ecke entgegen. Die schwitzigen Hände wischte ich mir nachlässig an der dreckigen Reithose ab. Ich sah abgekämpft aus, was hauptsächlich daran lag, dass ich Lukas aus dem Weg gehen musste, als er Blaze ritt und ich mit Viva eigentlich auch auf dem Platz wollte. Ich hatte mich dann auf ein naheliegendes Stoppelfeld verzogen. Viva da erstmal zu verklickern, dass sie nicht einfach losfetzen durfte, war ein mehr als schweres Unterfangen gewesen.

Das Bild flackerte und dann sah ich das erste Mal seit einer Woche meine beste Freundin. Mir kamen beinahe die Tränen. Es kam mir immer noch so surreal vor. Sie in Schweden. Liz, die mit Fremdsprachen die ganze Schulzeit über Probleme gehabt hatte und der wohl niemand im Traum zugetraut hätte, ins Ausland zu ziehen.

»Oh mein Gott, du glaubst gar nicht, wie gut es tut dich zu sehen!« Aufgeregt stellte sie die Kamera richtig ein. »Wenn ich noch einen Farbeimer sehe, dann bekomme ich einen Anfall.«

»Ihr seid noch am Streichen?« Der Hintergrund sah zumindest schon ziemlich fertig aus. Ein modernes Regal, gefüllt mit Büchern und kleinen Modellen von Projekten, die

Ole an der Uni umgesetzt hatte. Mit einem davon musste er auch irgendeinen Nachwuchspreis gewonnen haben.

»Noch? Du meinst wohl wieder! Hätte mir auch mal jemand sagen können, dass diese Schwedenhäuser so irre viele Schichten brauchen.« Sie schob die Unterlippe vor und plusterte die Wangen auf. Ihre blauen Augen blitzten in die Kamera.

»Aber sonst gefällt es dir?«

Sie wiegelte den Kopf hin und her. Mein Herz schlug höher. Würde sie zurückkommen? »Schon alles cool und so.«

»Aber?«

»Na ja, Anschlussfinden ist nicht so leicht. Ole ist schon wieder mittendrin und ich? Ich stehe immer nur blöd daneben.« Sie richtete ihren langen dunklen Pferdeschwanz.

»Das gibt sich.« Ich versuchte mich an einem Lächeln, merkte allerdings, selbst wie gequält es aussah. »Ich vermisse euch!« Schnell musste ich blinzeln und sah auf die Platte meines Schreibtisches. Nicht weinen!

Liz seufzte. »Ich dich auch! Es ist so komisch, nicht mehr jeden Tag neben dir im Stall zu stehen.«

Ich hörte Oles Stimme im Hintergrund. »Marie?«

Liz nickte und kurz darauf lugte auch er in die Kamera. »Hey, wie ist es in Kleinblommen?«

»Wie soll es schon ohne euch sein? Langweilig wie eh und je!« Ich musterte ihn. Er hatte eine Folie auf dem Arm verklebt. »Neues Tattoo?«

Er nickte und grinste stolz. »Ich muss es nutzen, dass die Pferde noch nicht hier sind. Wir waren vorgestern auf dem Festland in Lund zum Stechen.« Er schob den Ärmel seines Pullis weiter hoch und man konnte grob unter der Folie dunkle Ranken erkennen, die sich filigran seinen Unterarm entlang schlängelten und immer wieder in schmalen dunklen Blättern mündeten.

»Ich fühle mich danach nur bestätigt, dass ich die Nadeln ihm überlasse. Allein das Geräusch!« Liz schüttelte sich und verzog das Gesicht.

Ole musste schmunzeln und strich ihr liebevoll über den Rücken. »Du gefällst mir auch ohne Tinte unter der Haut.«

»Das will ich auch hoffen!« Liz warf ihm einen beleidigten Blick zu.

Ich lachte leise. »Ihr klingt schon fast wie ein altes Ehepaar!«

»Sind wir ja fast schon! Wusstest du, dass wir als Sambo, oder wie das heißt, mit einem Ehepaar vor dem schwedischen Gericht gleichgestellt sind?« Ich konnte meiner besten Freundin ihre Begeisterung über den Fakt an der Nasenspitze ansehen.

»Fast«, korrigierte Ole und stütze sich mit den Unterarmen auf die Tischplatte. Seine blonden Haare standen wie so oft in alle Richtungen. »Die Steuer muss trotzdem jeder einzeln machen.«

»Wenn, das das Einzige ist, habt ihr trotzdem noch genug Vorteile.«

Liz nickte. »Zum Beispiel, dass er immer und überall Auskunft bekommen darf, wenn etwas passiert. Meine Eltern hätten diese Idee sonst wohl noch schlimmer gefunden.«

»Sprechen sie immer noch nicht mit dir?« Ich konnte mich gut daran erinnern, wie sie mir im Stall von der Reaktion ihrer Eltern auf ihre Auswanderungspläne reagiert hatten.

Liz nickte langsam und sah weg.

»Gibt es wirklich nichts Neues aus Kleinblommen? Was macht Hannah? Hat Steffi jetzt endlich mal Urlaub gemacht?«, lenkte Ole schnell ab.

Ich zuckte mit den Schultern. »Die Schulpferde haben sich wieder mal gekloppt und ich durfte verarzten, Hannah hat für die Reitschule das erste Mal in Jahrzehnten Betriebsferien angemeldet und Steffi … keine Ahnung. Ich habe morgen Stunde bei ihr. Soll ich sie grüßen?«

»Da fragst du! Natürlich!« Entrüstet zog Liz die dichten, dunklen Augenbrauen zusammen. »Hannah und Betriebsferien kann ich mir kaum vorstellen.«

»Konnte …« Ich unterbrach mich selbst. Fest presste ich die Lippen aufeinander und fuhr die Maserung der Tischplatte mit dem Zeigefinger nach.

»Marie, was ist los?« Besorgnis schwang in Liz Stimme mit. Sie kannt mich viel zu gut.

Ich atmete tief durch und hob den Blick wieder. »Lukas ist zurück.«

Beide blicken unbeweglich in die Kamera und ich hatte Angst, dass mein Bildschirm eingefroren war, da zischte Liz, »Dass er sich das traut!«

Ole schüttelte einfach nur den Kopf.

»Marie, ich habe nur eine Bitte an dich! Lass ihn auflaufen, tu ihm meinetwegen weh, aber lass ihn nie wieder, nie, nie wieder seine kalten Hände nach deinem Herz ausstrecken. Ich bin gerade nicht da, um dich zu beschützen, also musst du dieses Mal leider auf dich selbst aufpassen.« Flehend sah Liz mich an.

Ole rollte mit den Augen. »Vielleicht ist Lukas auch erwachsen geworden und es gibt keinen Grund, Marie vor ihm zu beschützen. Wenn er zu charmant wird, dann heißt es rennen, aber das weißt du besser als ich.«

»Ich habe ihn die Tage schon getroffen. Erst hat er mir nicht in die Augen sehen können und am nächsten Tag hat er mich nach allen Regeln der Kunst angebaggert.« Ich schnalzte mit der Zunge. »Aber er darf meinetwegen zur Hölle fahren!«

»Richtig so! That's my girl!« Liz klatschte begeistert in die Hände. »Ich hatte wirklich einen Moment Angst, dass du ihn zurück in dein Leben lässt.«

»Was machen die Weiden?« Lukas war ein scheiß Thema.

»Sind abgesteckt und warten auf ihre neuen Bewohner.« Liz hielt demonstrativ ihre geschundenen Hände in die Kamera.

»Apropos.« Ole grinste und wandte sich an Liz. »Vilken färg vill du ha på stallet?«

»Oh, ich hasse dich! Nicht rot!«

»Sag mir noch mal, dass du kein Wort Schwedisch verstehst!« Er blickte zurück auf den Bildschirm. »Vielleicht stimmst du mir da ja zu, aber ich finde, den Stall sollten wir auch rot streichen. Liz will ihn unbedingt hellgelb haben.«

»Im Zweifel bin ich auf der Seite meiner besten Freundin, sorry!«

Liz grinste breit und streckte ihm die Zunge heraus. »Ich sag's ja. Hellgelb finden alle gut, nur du nicht.«

»Auch nur weil du nur Leute fragst, die noch nie hier waren.«

»Kommst du uns bald mal besuchen?«, kam auch prompt die Frage von Liz. »Ist gar nicht kompliziert, herzukommen. Nimm einfach den Flieger von Hamburg nach Göteborg und dann den Zug bis zum Fähranleger …«

Ole unterbrach sie. »Das geht auch leichter, aber das können wir alles besprechen, wenn es so weit ist.«

»Wenn das Wintersemester vorbei ist, vielleicht. Ansonsten spätestens nach dem Examen im Sommer.«

»Aber das ist noch ewig hin!«

»Musst du nicht auch noch eine Bachelorarbeit schreiben?«

Liz' Grinsen war wie aus dem Gesicht gewischt. »Erinnere mich nicht daran! Macht er schon fast täglich. Musst du nicht auch lernen?«

»Touché.« Ich strich mit den Fingern über das Gehäuse meines Laptops. »Was habt ihr heute noch geplant?«

Gähnend zuckte Liz mit den Schultern und verschränkte

die Arme vor der Brust. »Wahrscheinlich weiter den Stall soweit fertig bekommen.«

»Wie lange habt ihr dafür noch Zeit?«

»Zu wenig!« Ole seufzte und richtete sich wieder auf. Er trug ein altes Bandshirt, das einige Farbsprenkel abbekommen hatte.

Damit wurde mir auch wieder bewusst, dass ich morgen die huldvolle Aufgabe hatte, die Pferde meiner Freunde an den Spediteur zu übergeben. »Ich melde mich, wenn hier morgen alles geregelt ist. Wann kommt der noch mal?«

»Um sieben. Sorry. Hannah hat dafür schon alles mit dem Amtstierarzt geregelt und was weiß ich nicht alles.« Bedauern blitzte in Liz Augen auf.

»An einem Freitag früh im Stall stehen wird mich schon nicht umbringen.« Ich grinste.

Liz holte tief Luft. »Ich will nicht, aber ich weiß, ich muss. Marie, wir müssen, irgendwann anders weiter reden. Hab dich lieb, pass auf dich auf und wenn du Lukas Stüwe siehst, dann nimmst du deine Beine in die Hand und rennst!«

Im ersten Moment hätte ich gerne losgelacht, aber dann wurde mein Herz wieder schwer. Es hat sich angefühlt, als hätte sie tatsächlich mir gegenüber gesessen, wie so oft in Ellies Café. Es hatte nur der Latte mit viel zu viel Milchschaum gefehlt, den Ellie ihr immer mit einem Zwinkern in die Tasse gefüllt hatte. »Können wir die Woche noch irgendwie miteinander reden?« Meine Stimme klang plötzlich ganz dünn.

»Ganz bestimmt! Und ich schicke dir jeden Tag Fotos. Ich glaube, du würdest es hier mögen.«

Zittrig atmete ich ein und biss mir auf die Unterlippe. Der Bildschirm verschwamm zusehends vor meinen Augen.

»Marie, du bist hier auf jeden Fall immer willkommen.

Und sollte Lukas irgendwie Scheiße bauen … Sagen wir es so, er ist zwar mein bester Freund, aber ich kenne noch genug Leute, die eine Rechnung mit ihm aufhaben.«

Widerwillig musste ich auflachen. Am liebsten hätte ich Ole gerade umarmt. Und Liz direkt danach, mit dem Unterschied, dass ich sie bestimmt für mindestens eine halbe Stunde nicht mehr losgelassen hätte.

»Werde ich ihm ausrichten.« Ich schluckte schwer. »Wir hören voneinander.«

Sie winkten noch einmal beide in die Kamera, dann war der Bildschirm wieder schwarz. Einen Augenblick sah ich noch wie betäubt auf den Ort, von dem mich meine Freundin gerade noch angelächelt hatte, dann rollte mir schon die erste Träne die Wange herunter.

Mit zitternden Händen klappte ich den Laptop zu und griff nach meinem Handy. Ich musste mich ablenken und wie ging das besser als mit Instagram.
Oder auch nicht.

Das Erste, was mir in meinem Feed angezeigt wurde, war natürlich ein oberkörperfrei über den Strand galoppierender Lukas Stüwe. Ein bitterer Geschmack machte sich in meinem Mund breit. *»Back to the roots. The Horse of my youth, the one, the only. #gentlemanrideblackstallions«*, das Video hatte natürlich zig Likes und in den Kommentaren tummelten sich die Fangirls nur so. Kopfschüttelnd scrollte ich schnell weiter.

Das war nicht Lukas. Dieses Profil wirkte wie eine billige Kopie. Der Lukas, den ich kannte, würde niemals so etwas online posten. Er hätte es einfach nicht nötig. Ich öffnete doch sein Profil. Der Rest sah schon eher nach ihm aus.

Lachend auf einem Pferd, komplett in Geländemontour und matschbesprenkelt, neben einem anderen jungen Mann mit Wasserflasche in der Hand und Turnierjacket über dem Arm. Ein Video, auf dem er und derselbe junge Mann in

Geländeklamotten über einen Turnierplatz liefen. Ein Mädchen, vielleicht höchstens achtzehn zwischen sich und eine weitere Frau, schloss lachend zu ihnen auf, dicht gefolgt von noch einem jungen Mann und einem Mädchen. Darunter stand nur ein Wort »Team«.

War er neben dem Studium als Bereiter aktiv gewesen? Finanziell hatte er das eindeutig nicht nötig, die Stüwes gehörten mit Abstand zu den reichsten Familien Kleinblommens. Schnell schüttelte ich über mich selbst den Kopf. Es ging mich nichts an!

Lukas Stüwe war Vergangenheit. Lukas Stüwe war tabu!

Kapitel 7

Um genau 7.30 Uhr hatte ich dem LKW mit Haddy, Nigal und drei weiteren Pferden nachgesehen, wie er sich die plötzlich so schmal aussehende Einfahrt runter quetschte.

Mein Magen hatte sich verkrampft und nur mit Mühe, war es mir möglich gewesen, die Nachricht an Liz zu schreiben. Um ein Haar hätte ich den Spediteur gefragt, ob er mich nach Schweden mitnahm. Seit dem Telefonat gestern fehlte in allem das Licht, nur Viva war als strahlender Stern der Hoffnung zurückgeblieben.

Und genau der Stern räumte mir am Nachmittag vor meiner Stunde mit wachsendem Eifer die Putzkiste aus. Genervt nahm ich ihr eine Wurzelbürste aus dem Maul. »Du bist doch auch irgendwann einmal falsch abgebogen! Guck dir alle anderen an, die machen sowas nicht!«

»Du hast ihr nur einfach nie Manieren beigebracht.« Lukas lehnte wie schon Anfang der Woche gelangweilt am Anbinder.

Erschreckt zuckte ich zusammen, nur um ihn dann zur Hölle zu wünschen. Er hatte leicht reden! Seine Pferde hatten kaum Marotten, außer dass sie schon mal einfach losrannten und am Sprung ein Rad ab hatten. Säuerlich verzog ich das Gesicht.

Er grinste selbstzufrieden. Wie schon früher hatte er

treffgenau meinen wunden Punkt gefunden. Ich konnte mir jetzt sicher sein, dass er den noch irgendwie für sich nutzen würde.

»Was willst du?« Ich vermied, ihn anzusehen.

»Wer sagt, dass ich etwas will?«

»Du wirst immer genau dann nervig, wenn dir langweilig ist. Und nein, ich habe auch heute keine Zeit für dich.«

»Schade. Hätte meinen Tag deutlich spannender gemacht.« Hatte er keine Videos mehr zu drehen oder Instagramfotos zu machen, bei denen seine Fangirls allesamt feuchte Höschen bekämen? »Was steht denn auf dem Plan?«

Ich entwirrte Vivas Mähne. »Springstunde.«

»Bei Steffi?« Seine Stimme hob sich hoffnungsvoll. Fehlte nur noch, dass er sich selbst einlud. Mit ihm wieder durch denselben Parcours zu reiten hätte mir vor Jahren vielleicht noch gefallen, aber nach dem Spruch eben. Konnte er mir gestohlen bleiben.

Als keine Antwort von mir kam, stöhnte er auf. »Können wir mit dem Theater aufhören?«

»Welchem Theater?« Meine Knie wurden weich. Sein Blick brannte förmlich auf meiner Haut.

Er seufzte. »Habe ich dir irgendetwas getan, oder können wir einfach wie erwachsene Menschen miteinander reden?«

Da war er wieder. Der alte Lukas. Vor mir stand kein viel zu charmanter, sprücheklopfender junger Mann, sondern der Junge, der vor fünf Jahren einfach seine Tasche gepackt hatte und ohne ein Wort nach England abgehauen war. Seine Augen hatten denselben ruhigen und abgeklärten Ausdruck. Auf seinen Lippen lag ein ehrliches Lächeln, dessen Weichheit mir die Tränen in die Augen trieb.

Ich sah wieder weg und wischte mir unauffällig über das Gesicht. »Ist gerade nur etwas viel.«

Aus dem Augenwinkel konnte ich ihn verständnisvoll nicken sehen. »Scheiße, wenn die Freunde weg sind, oder?«

Fest presste ich die Lippen zusammen. Das war gerade mal die Spitze des Eisberges. Sein Auftauchen hier war auch alles andere als förderlich für mein Seelenheil!

Viva stieß mir ihre weiche Nase in die Seite. Sofort schnappte ich mir eine Bürste aus der Putzbox und fing an, sie fahrig zu bürsten. Das rostrote Fell glänzte in der Sonne und ich dankte dem Schweinchen, dass sie sich mal nicht in den Matsch geworfen hatte. »Hast du nichts zu tun?«

»Nicht wirklich.«

Trotzdem hatte er doch drei Pferde zu bewegen. Warum stand er dann hier herum?

Viva war zügig gesattelt und Steffi hatte in der Halle schon einen Parcours aufgebaut, als ich reinkam. Breit grinste sie mich an und ich wusste schon, bevor ich einen näheren Blick auf meine Aufgabe geworfen hatte, dass ich heute eindeutig verschwitzt vom Pferd steigen würde.

»Na, wie war die letzte Woche?«

Ich schwang mich in den Sattel. »Ganz okay.«

»Wie immer, ganze Bahn, viele Wechsel.« Motiviert klatschte sie in die Hände und lehnte sich entspannt an einen der Steilsprünge in der Hallenmitte.

Viva setzte sich in einem gemächlichen Schritt in Bewegung. Heute hatte Madame anscheinend mal wieder alle Zeit der Welt.

»Fleißiger reiten!«, kommandierte Steffi von der Mitte. »Die kann auch direkt von Anfang an richtig Schritt gehen.«

Vorsichtig drückte ich die Beine ran und versuchte, sie mehr über das Kreuz zu reiten.

»Besser.« Steffi folgte uns aufmerksam mit dem Blick. »Sonst alles in Ordnung?«

»Geht schon.« Vivas Schritte wurden länger und fleißiger.

»Das klang auch schon mal optimistischer. Stress in der

Uni, oder hat das mit Liz zu tun?«

Ich presste die Lippen aufeinander und ritt Viva noch energischer vorwärts. Sie fiel mir in einen zuckeligen Trab.

»Marie, negative Emotionen haben nichts auf dem Pferd zu suchen!«

»Ich weiß.«

»Gut, dann Konzentration auf das Reiten. Schau, dass du sie heute wirklich gut locker, bekommst. Ich fand sie die letzten Male nicht sehr elastisch.«

»Körperlich ist sie in Ordnung.«

»Das war auch nicht der Punkt.« Sie seufzte. »Wie sage ich das jetzt freundlich …?«

»Ich weiß, dass ich das Problem bin.« Das sagte sie mir beinahe jede Stunde.

Steffi räusperte sich. »Ihr könntet schon längst in einen S-Parcours. Ich verstehe es einfach nicht, woran harkt es?«

»Noch mal! Ich will nicht so hoch springen.«

Allein bei dem Gedanken an einen S-Sprung wurde mir schlecht. Vor allem aber machte mir die lokale Konkurrenz aus hochdekorierten Ausbildern und Trägern des goldenen Reitabzeichens Angst.

»Weiter reiten gleich mal einen Handwechsel.« Steffi lief inzwischen entspannt neben uns her. »Du musst das nur mal im Training reiten. Übernächste Woche würde ich das gerne mal angehen. In aller Ruhe.«

»Das letzte Mal hatten wir nur Steher. Steffi, das macht doch keinen Sinn!« Bei M bog ich ab und wechselte einmal durch die lange Bahn. Bei X stellte ich vorbildlich um.

»Wir besprechen das später.«

Nach der Stunde ritt ich direkt nach dem Abreiten zum Anbindeplatz. Vor dem Holzbalken an dem man sowohl draußen, wie auch unter einem kleinen Abdach sein Pferd vorbereiten konnte. Blaze stand an der anderen Anbindestellen unter dem kleinen Abdach.

Der Wallach brummelte leise, als ich nur wenige Schritte entfernt an den nicht überdachten Teil Viva anband. Mit seiner breiten Blässe und dem vollbluttypischen Kopf sah er jünger aus, als er eigentlich war. Grinsend wuschele ich ihm nach dem Absitzen durch den Schopf. Sofort streckte er mir die Nase entgegen und ich drückte ihm ein Küsschen auf die weiche Haut. Er revanchierte sich damit, dass er mir sein Maul gegen die Wange drückte. Viva schubste mich daraufhin unwirsch in den Rücken.

»Kleine Zicke!« Dass sie auch immer neidisch wurde, wenn ich mal fremdkuschelte.

Ich strich Blaze noch einmal seinen dünnen Schopf aus der Stirn, dann wandte ich mich wieder meinem Pferd zu. Geschickt löste ich den Nasen- und dann den Kehlriemen, ehe ich ihr die Trense über die Ohren zog. Nur noch mit Zügeln über den Hals gähnte Viva einmal und streckte sich genüsslich, als wenn sie erst aufgestanden wäre.

Ich hatte ihr Halfter gerade geschlossen, da landete ein Sattel direkt neben uns auf dem Balken. Die dunkelgrüne Satteldecke sprang mich förmlich an. Irgendwo hatte ich das Logo schon mal gesehen. »S & R Sporthorses«

»Ist Steffi noch da?« Ertönte Lukas Stimme von der anderen Balkenseite.

»Sie wollte sofort wieder an ihren Stall. Wenn du dich jetzt beeilst, erwischst du sie vielleicht noch.« Langsam wandte ich den Kopf zu ihm.

Er grinste. »On My way.«

Da kam Steffi allerdings von selbst auf uns zu. Was wohl daran lag, dass ich beim Abreiten sehr erfolgreich unserem Gespräch über das nächste Training aus dem Weg gegangen war.

»So, da du mir jetzt nicht weglaufen kannst! Übernächste Woche bauen wir ganz langsam …« Sie brach ab und starrte Lukas fassungslos an. »Wa … was machst du denn hier?«

»Heimatbesuch, meine Mutter nerven, ... such dir was aus.« Er grinste sie nur noch breiter an.

»Und dann meldest du dich nicht? Verdammt noch mal! Ich will doch sehen, wie du dich in England weiterentwickelt hast.« Sie verschränkte die Arme vor der Brust und schüttelte missbilligend den Kopf.

»Ich bin noch nicht lange zurück.«

»Du hättest ja auch etwas sagen können. Ihr wart ja immer so dicke. Wir waren uns alle sicher, dass... ach lassen wir das!« Sie knuffte mich lächelnd in die Seite, dann sah sie wieder Lukas an. »Wie lange bleibst du?«

Er zuckte mit den Schultern. »Keine Ahnung.«

»Ich lasse euch dann mal wieder in Ruhe. Bei mir warten ein paar Berittpferde noch darauf, dass ich mich drauf schwinge. Ihr habt euch bestimmt auch viel zu erzählen. Wir sehen uns.« Sie hob die Hand und berührte mich noch einmal mit einem aufmunternden Lächeln an der Schulter. »Lukas reite doch einfach die Stunde in zwei Wochen mit.«

Zu meiner Ernüchterung nickte er begeistert. »Gerne.«

»Gut, also bis dann Kinder. Benehmt euch.« Sie zwinkerte uns zu, winkte noch einmal und spurtete dann zu ihrem Wagen.

»Als ob wir uns nicht benehmen würden.« Lukas lachte spitzbübisch. Seine grünen Augen funkelten und die Grübchen auf seinen Wangen traten hervor. »Also, wann hast du Zeit?« Ich löste Vivas Sattelgurt und atmete tief ein. »Komm schon. Nur ein Drink.« Seine Augen nahmen wieder diesen Ausdruck an, der mein Herz schneller schlagen ließ.

»Sorry, aber im Gegensatz zu dir muss ich lernen.« Fest umgriff ich Vivas Sattel und zog ihn von ihrem Rücken, um ihn neben Blazes auf dem Balken zu positionieren.

»Langweilerin. Einen Abend wirst du wohl haben. Und

ich kann dir hoch und heilig schwören, dass keine Hintergedanken dabei sind. Ich muss mich ja schließlich irgendwie
bedanken, dass du Blaze und Pantas geritten bist.«

»Das war selbstverständlich und etwas, wofür du dich
nicht bedanken musst. Ich muss wirklich lernen.«

»Wenn du meinst.« Er musterte mich mit einem charmanten Lächeln auf den verführerischen Lippen. »Schade.«

Kapitel 8

Die Sonne strahlte verführerisch in mein Zimmer und direkt auf meine aufgeschlagenen Lehrbücher. Mit den Gedanken war ich sowieso nicht bei der Anatomie des Pferdes und dem Erkennen von Chips auf Röntgenbildern. Nicht dass es mich generell nicht interessierte, aber ganz bestimmte grüne Augen geisterten durch meine Gedanken. Mir wurde schlecht.

Genervt warf ich meinen Kuli von mir. Er prallte an der Wand ab und kullerte verloren über die helle Tischplatte.

Sollte ich? Nein! Ich hatte Liz etwas versprochen.

Seufzend wandte ich mich doch wieder dem Lehrbuch zu und dem ellenlangen Text über die Notwendigkeit des chirurgischen Entfernens von Chips aus Gelenken. Nie hätte ich gedacht, dass ich mal so viel über diese kleinen gemeinen Dinger lesen würde.

In meinem Kopf war wieder das Bild von Lukas und Pantas am Strand, als mich das Wort »Sportpferd« mehr oder weniger ansprang. Sie hatten beide so glücklich ausgesehen. Würde Lukas dieses Mal beide mitnehmen? Es war eine Schande, dass sie momentan nur so halbherzig geritten wurden.

Schnell schüttelte ich den Kopf. Es ging mich nichts an, was er mit seinen Pferden machte. Wenn er sie mitnehmen

wollte, sollte er das tun!

Ich seufzte auf und griff nach meiner Wasserflasche. Das kühle, glatte Glas schmiegte sich in meine Hand. Das hatte doch alles keinen Sinn! Ich dachte über alles nach, nur nicht über das, was wirklich wichtig war.

Kurzerhand schlug ich das Lehrbuch zu und griff nach meinem Handy.

Wieder sprang mich Lukas Instagramseite förmlich an. Vor wenigen Minuten hatte er ein Foto vom Strand hochgeladen. Dieses Mal galoppierte er nicht wie ein Irrer über die offene Fläche, sondern Pantas trabte gesittet mit einer Haltung zum Niederknien auf den Fotografen zu.

Diese Bilder und mein Bild von Lukas wollten immer noch nicht wirklich zusammen gehen. Damals hatte sein Instagramaccount ausgesehen wie der eines Models, die Klamotten hatte er immer brav anbehalten und die meisten Bilder waren von seinen Pferden gewesen. Schon das hatte bei einigen weiblichen Individuen für Herzstillstände gereicht. Also warum tat er das?

Ich scrollte wieder auf das Bild von ihm auf einem Vollblut in Geländemontour. Auf dem Bild sah er so viel glücklicher aus. Das war so, Lukas. Ein breites Grinsen, strahlende Augen. Aus der Angst, heraus, ihn nie wieder so zu sehen, screenshottete ich das Bild. Das war doch alles eigenartig. Als ich näher hinsah, erkannte ich auf dem Ärmel seines Geländeoberteils, dasselbe Logo, das er heute auf der Schabracke gehabt hatte. Vielleicht war das auch einfach nur eine neue Reitsportmarke aus Großbritannien.

Ich biss mir auf die Unterlippe und scrollte noch mal weiter. Ein Bild, bei dem er mit vor der Brust verschränkten Armen, einer Wachsjacke über dem hellblauen Hemd, beigefarbener Reithose und hohen dunkelbraunen Reitstiefeln auf einem Sandplatz stand und mit den Augen etwas verfolgte. Er sah konzentriert aus. Keine Bildunterschrift. Die Umgebung sah wunderschön aus. Hohe sattgrüne

Hecken, strahlender Himmel und eine feste dunkle Reit-platzbegrenzung. Ganz verwischt konnte man jemanden auf einem Pony erkennen, der ins Bild trabte.

Seit wann gab er Unterricht? Und vor allem, wer buchte das? Mit seiner direkten Art brachte er die Schüler doch eher zum Heulen, als zum Strahlen.

Bei einem Klick in die Kommentare hatte sich die Frage erübrigt. Es gab zig Frauen und junge Mädchen, die gerne mal eine Stunde bei ihm buchen würden und nach Preisen fragten. Sie hatten allerdings alle keine Antwort erhalten. Eigenartig.

Schnell klickte ich zurück auf meinen Feed, nur um neue Bilder von Liz aus Schweden angezeigt zu bekommen. Mein Herz verkrampfte sich. Sie sah schon wieder so glücklich aus. Ihre blauen Augen blitzten in die Kamera, während sie frech die Zunge ausstreckte und den Pinsel mit hellgelber Farbe hochhielt.

Wäre das in Deutschland, dann hätte ich bestimmt neben ihr gestanden. Genauso eingesaut, genauso glücklich, strah-lend. Meine Kehle fühlte sich an, als würde sie mir jemand nach und nach zudrücken. Warum musste ich sie nur so vermissen?

Ich klickte auf ihre Story, in der Hoffnung, ihre Stimme zu hören.

Stattdessen hörte ich sie jedoch nur leise kichern, wäh-rend sie über eine Wiese auf den kleinen Stall zulief. Er war vielleicht gerade groß genug für acht Pferde. Gedämpft hörte man einen Heavy Metal Song aus einer der Boxen kommen. Als Liz näher kam und in die Box filmte, sah man Ole auf dem staubigen Boden sitzen und konzentriert einen Ecktrog aus Metall an die Boxenwand schrauben. Dabei murmelte er leise den Songtext mit, von dem man kein Wort verstehen konnte. »Schwede abzugeben, handzahm, beißt nicht, verträglich, hört nur zu laut Heavy Metal«, stand am unteren Rand der Story.

Sonst hatte ich diese liebevollen Sticheleien immer live mitbekommen. Es fühlte sich so komisch an, das nur zu lesen.

Ich zog geräuschvoll die Nase hoch und klickte weiter. Lukas Story wurde mir angezeigt. Ich musste gar nicht lange überlegen, um zu wissen, wo er saß. Diese Holzwand würde ich überall wiedererkennen. Er hatte die Knie angezogen und einen Ellenbogen auf seinem Knie abgestützt. Mit der Hand stütze er seinen Kopf und blickte gelangweilt aus diesen verboten schönen grünen Augen in die Kamera. »Bloody bored.«

Mit dem Daumen hielt ich den Bildschirm gedrückt. Sollte ich nicht vielleicht doch? Er hatte mir gesagt, er würde mir hoch und heilig schwören, dass er keine Hintergedanken hätte. Was sollte da also schiefgehen?

Stopp! Überlegte ich das nur, weil mir selbst auch langweilig, oder weil da auf diesem Bild meine erste große Liebe war, die nur wenige Meter von mir entfernt gelangweilt auf einem Strohballen auf der staubigen Stallgasse saß?

Allein bei einem Blick in seine Augen wurden meine Knie weich und ich umgriff meine Handyhülle nur noch fester, als hätte ich Angst, mein Handy würde mir jeden Moment aus der Hand rutschen. Unschlüssig knabberte ich an meiner Unterlippe.

Ich musste an diese Nacht im Stall denken, an seine weichen Lippen auf meinen. Daran, wie sich seine Finger in den leichten Stoff meines Sommerkleids gekrallt hatten. An die raue Naht seiner Jeans, die gegen die Innenseite meiner Oberschenkel gedrückt hatte. Daran, dass meine Haut sich angefühlt hatte, als würde sie brennen. Und leider auch an den Moment, in dem er sich von mir gelöst hatte. Seine Augen hatten einen so ungläubigen Ausdruck gehabt. Dann hatte er sich umgedreht und war mit einem letzten Lächeln über die Schulter verschwunden.

Ich schluckte schwer und legte mein Handy weg. Würde ich mich nicht eher unglücklich machen, wenn ich ihn jetzt wieder an mich heranließ? Die Chance, dass er so eine Nummer noch einmal abzog, war hoch.

Außerdem wusste er nicht, wann er zurück nach England fliegen würde.

Tief atmete ich ein und angelte mein Handy von der Tischmitte. Er war die einzige Person, die gerade etwas mit mir machen wollte, und vielleicht hatte Mama recht.

Vielleicht hatte England ihm gutgetan und wir könnten schließlich auch nur als Freunde etwas machen, oder nicht?

Mit zitternden Fingern öffnete ich seinen Kontakt und tippte, »Steht das Angebot noch?«

»Klar. Heute Abend?«, bekam ich auch prompt die Antwort.

Mein Herz wummerte gegen meine Rippen. Noch konnte ich nein sagen. »Ok. An der Strandpromenade.«

»Werde da sein. Gegen acht?«

»In Ordnung.«

Kaum dass ich die Nachricht abgeschickt hatte, schloss ich die Augen und sank in meinem Schreibtischstuhl in mich zusammen. Verdammt! Was hatte ich da nur getan? Dass Liz nicht hier war, tat mir eindeutig nicht gut!

Kapitel 9

Mein Fahrrad holperte über die breite Zufahrtsstraße zur Strandpromenade. Der steife Wind von vorn ließ mich frösteln. Ich trat automatisch schneller in die Pedale.

Es fühlte sich fast an wie früher, wenn ich mit den Mädels auf eine Stufenparty gegangen war, nur dass ich heute Jeans, einen dunkelgrünen Hoodie und eine schwarze Windjacke trug und kein sorgsam von Liz ausgewähltes Outfit. Nie im Leben hätte sie mich so auf eine der Partys gelassen.

Ich musste bei der Vorstellung schmunzeln, wie meine beste Freundin mich wieder mal belehrte, dass eine Party immer ein Grund war, sich schick anzuziehen. Genauso wie ein Date.

Scheiße, wenn Liz wüsste, was ich hier gerade tat, würde sie mir die Ohren langziehen! Und zwar gehörig!

Nur, das hier war kein Date. Wir tranken nur als Freunde etwas miteinander. Das war's!

Vor dem Sandweg stieg ich vom Rad und schob es zu dem kleinen Zaun, der Touris davon abhalten sollte, abseits der Wege in den Dünen herumzuklettern. Viele Fahrräder lehnten schon daran, die meisten angeschlossen. Auch das

erinnerte mich an früher.

Ich schloss mein Fahrrad an einer noch freien Stelle an und sah mich dann nervös nach Lukas um.

Noch war er nirgendwo zu sehen. Ich straffte meine Schultern, sah noch einmal über meine Schulter die Straße hoch und trat dann auf die erste Planke des breiten Dünenwegs runter zum Strand.

Ich konnte deutlich die Maserung des alten Holzes unter den Sohlen meiner Chucks spüren. Als ich mich auf die Zehenspitzen stellte, um weiter den Weg herunter zu spähen, rutschte ich beinahe auf der dünnen Sandschicht über dem Holz aus. Bevor ich jedoch Gesicht voran in den Sand fallen konnte, fasste mich jemand an der Schulter.

»Aufpassen.« Seine Stimme war ganz dich an meinem Ohr. Mein Herz klopfte schon wieder heftiger gegen meine Rippen. »Bisher fand ich es immer sehr angenehm, dass du mir nicht zu Füßen liegst.« Er zog seine Hand weg. Sofort sehnte ich mich danach, dass er mich wieder berührte.

Und wie ich ihm eigentlich zu Füßen lag! Das hier war eindeutig ein Fehler!

»Ich dachte, ich mache die Begrüßung mal etwas spannender.« Ich drehte mich mit einem Grinsen zu ihm um.

Er sah verboten gut aus. Sofort kam ich mir in meinem Hoodie und der alten Jacke fehl am Platz vor. Der blaugraue Pulli stand ihm, genauso wie die dunkelblaue Steppjacke. An ihm wirkte sie keinesfalls altbacken, eher wie etwas, das zu jeder guten Garderobe eines jungen britischen Landlords gehörte.

»Ein bisschen wie früher, oder?« Ein schiefes Grinsen legte sich auf seine Lippen und so etwas wie Wehmut spiegelte sich in seinen Augen wider.

Ich nickte. »Runter zum Strand, oder was ist der Plan?«

»Ich glaube kaum, dass wir uns bei uns in den Garten setzen wollen.« Er lachte und schob die Hände in die Einschubtaschen seiner Jeans. Das Licht der tief stehenden

Sonne brach sich in seinen dunklen Haaren.

»Ist deine Mutter inzwischen zurück?« Ich setzte mich in Bewegung und blickte den Strand entlang. Musik drang leise aus der Ferne an mein Ohr.

»Ja und auch nein. Sie war nur wieder da, um Matty abzuliefern.«

Tadelnd hob ich eine Augenbraue und drehte mich ihm wieder zu. »Warum hast du sie nicht mitgebracht?«

»Sie kann auch mal allein bleiben. Wir werden wohl kaum länger als zwei Stunden unterwegs sein.«

Vielleicht war es auch besser, dass er sie nicht mitgebracht hatte. So trennten sich unsere Wege zumindest innerhalb eines klar definierten Zeitraums.

Je näher wir der kleinen Strandbar kamen, desto lauter wurde die Musik. Und desto mehr Jugendliche mit Getränken in der Hand kamen uns entgegen. Lukas warf mir einen belustigten Blick zu. Es war noch gar nicht so lange her, dass wir auch mal so waren.

Das nächste Déjà-vu erwartete uns an der Bar. Kein Geringerer als Nico stand hinter dem Tresen, der kleinen Holzbude und schenkte Getränke aus.

Überrascht sah er zwischen uns hin und her, als wir näher kamen. »Moin.«

»Moin«, wünschte ich ebenfalls und wäre bei seinem Blick am liebsten in einem Loch im Boden verschwunden. Jeder wusste, dass wir nach der Abiparty vor Jahren zusammen verschwunden waren und vor allem auch, dass ich die Tage danach ziemlich durch gewesen war. Ich konnte ihm förmlich ansehen, was er dachte.

»Guten Abend.« Lukas schien das gar nicht aufzufallen.

»Seid ihr nicht etwas alt, um bei einer Stufenparty mitzufeiern?« Nico sah wieder zwischen uns hin und her.

»Wir können ja trotzdem, was zur Stufenkasse beitragen.« Ich lächelte ihn an. »Wir wollen nur was trinken.«

»Joa, da hast du recht. Was macht das Studium?« Lukas ignorierte er stumpf.

»Läuft, und bei dir?«

»Informatik halt.« Er zuckte mit den Schultern. »Was wollt ihr haben? Lasst mich raten.« Nico wies auf Lukas. »Wodka.« Und dann auf mich. »Sex on the Beach.«

Wir schüttelten beide den Kopf.

»Ich hätte gerne ein Mixbier.« Nico sah mich ernüchtert an und wandte dann widerwillig den Kopf zu Lukas.

»Einfach ein Bier.«

Nico seufzte und holte zwei Flaschen aus dem Kühlschrank unter dem Tresen. »Weißt du was von Bea?«

»Mhm, lebt jetzt in Köln, studiert was mit Medien und ist glücklich vergeben.«

In Nicos Blick trat ein Ausdruck von Erschütterung, während er mit einem Flaschenöffner die Kronkorken von den Flaschen entfernte. »Kann man nix machen. Na ja … macht dann drei Euro.«

Ich wollte gerade einen fünf Euroschein aus meiner Handyhülle ziehen, da war Lukas schneller.

»Sieh den Rest als Spende für ihren Abiball.«

Ich warf ihm einen genervten Blick zu, als ich meine Flasche von der Theke nahm.

»Was? Wir haben das vorher geklärt, also tu mal nicht so.« Lukas lachte auf und nahm ebenfalls seine Falsche von der Theke. »Danke.«

»Bitte. Flaschen könnte ihr später zurückbringen.« Nico nickte uns zu, dann wandte er sich an einen Jungen, der schon reichlich betrunken an die Theke wankte. »Nee, du. Für dich gibts jetzt nichts mehr. Nur noch Wasser.«

Ich musste grinsen und drehte mich um. Stumm wies ich auf die Dünen, etwas ab von den feiernden Oberstufenschülern.

Lukas nickte nur und entgegnete mein Grinsen.

Wir ließen uns in den weichen Sand sinken. Hinter uns strich der Wind durch das Dünengras und in der Ferne rollten rauschende Wellen an den Strand.

Unschlüssig drehte ich meine Bierflasche hin und her. Die Stille zwischen uns fand ich mehr als unangenehm. Ich wusste allerdings auch nicht, was ich sagen sollte.

Lukas räusperte sich. »Wie … wie waren die letzten Jahre?«

Ich hörte, auf die Flasche zu drehen, und blickte einfach nur auf meine Füße. »Waren schon okay.«

»Du wirst echt Tierärztin?« Er setzte seine Flasche an die Lippen und ich spürte seinen Blick brennend auf meiner Schulter.

Ich nickte und legte die Unterarme auf meine angewinkelten Knie. »Klang am interessantesten.«

»Überrascht mich nicht. Du hattest es immer mehr mit Tieren als mit Menschen.« Er lachte. »Weißt du noch mit dem Vogel damals?«

»Wie kann ich das vergessen? Ich war so sauer auf euren Hund!«

»Und er hat das gar nicht verstanden. Der Arme war so verwirrt, dass er alles für dich getan hätte.«

Ich musste schmunzeln und löste eine Hand von der Glasflasche, um mir ein paar Haare aus dem Gesicht zu streichen. Dann setzte ich meine Flasche mit einer Bier-Holundermischung an die Lippen. Es schmeckte eigentlich eher wie eine Limonade und das Bier kam in keinem Schluck durch. »Was hast du eigentlich in England gemacht?«, fragte ich, nachdem ich die Flasche wieder abgesetzt hatte.

»Erst Management studiert und dann noch einen einjährigen Master in Finance. Klassischer Werdegang. Nichts wirklich spektuläres.« Er atmete tief durch und presste die Lippen zusammen. Schnell nahm er noch einen Schluck von seinem Bier.

»Du hast in Cardiff studiert, oder?«

Er nickte. »Du bist gerade noch in Kiel?«

»Genau.«

»Warum lebst du nicht da? Ich hätte keine Lust, immer hinzufahren.«

Ich umfasste den Flaschenhals wieder fester. »War nicht meins.«

»Steckt da zufällig ein Typ hinter?«

»Ja und nein«, gab ich zu und spürte, wie ich rot wurde. »Ich hatte was mit einem Kommilitonen, aber …« Ich leckte mir über die Unterlippe. »Er wollte nicht mehr und mir war es irgendwann einfach zu blöd.« In Wahrheit hatte ich versucht, mich mit Karsten über ihn hinwegzutrösten. Dumme Idee und dass er mich, jedes Mal, wenn wir Sex hatten, kurz darauf wieder herausgeschmissen hatte, war mir nicht ganz unrecht gewesen.

Lukas hob nur beide Augenbrauen und blickte wieder auf den Strand. »Gibt schon Arschlöcher.«

Schloss er sich selbst da mit ein?

Ein junges Paar stolperte an uns vorbei. Sie kicherten und fingen an, sich heftig zu küssen.

Keine Party, ohne dass irgendwer anfängt zu knutschen.« Er lachte. »Manche Dinge ändern sich wohl nie.«

Ich musterte das Paar. Sie war sehr viel aktiver als er. »Er wird ihr wehtun.«

»Wie kommst du drauf? Mein Gott, dass man jemanden auf einer Party küsst, gehört doch irgendwie dazu.« Die Gleichgültigkeit in seiner Stimme ließ mir das Blut in den Adern gefrieren. So sah er das also. Erklärte auch, warum er nicht verstanden hatte, dass ich so ein Problem mit ihm hatte.

»Sie will allerdings etwas von ihm.«

»Gut, das ist dann schwierig.« Er trank einen weiteren

Schluck. Ich setzte ebenfalls meine Flasche wieder an.

»Wir hatten so ein Problem zum Glück nicht«, stellte er trocken fest und traf mich damit nur noch mehr.

Ich schüttelte den Kopf. »Zum Glück.« Schnell blinzelte ich ein paar Mal und legte den Kopf in den Nacken. Über uns glitzerten schon ganz schwach die ersten Sterne im dunkelblauen Himmel.

»Wir zwei … das wäre doch sowieso zum Scheitern verurteilt gewesen.« Natürlich legte er den Finger weiter in die Wunde. »Du hier … ich in Wales.«

Ich versuchte, mir die Überraschung nicht anmerken zu lassen, und musterte ihn misstrauisch aus den Augenwinkeln. Er blickte immer noch an mir vorbei auf das Meer. In seinen Augen lag allerdings plötzlich ein trüber Schleier.

Ich wusste nicht, was ich darauf sagen sollte. Was sollte mir das jetzt sagen? Verwirrt starrte ich wieder in den Himmel. Was zur Hölle?

Unsere Stille wurde je unterbrochen, als sein Handy klingelte. Sofort sprang er auf. »Entschuldige. Ich bin gleich wieder da. Ich muss da nur eben ran.«

Stumm nickte ich und schenkte ihm ein fahriges Lächeln. Sein letzter Satz spukte immer noch durch meinen Kopf.

Mit Handy am Ohr trat er wenige Schritte von mir weg. Trotzdem nicht weit genug, dass ich ihn nicht hören konnte.

»Cath? Why aren't you sleeping?« Er sah zu Boden und ein Schatten wanderte über sein Gesicht. Beim sanften Klang seiner Stimme zerbrach etwas in mir. Spitz bohrten sich Splitter in mein Herz. »Cathy, Cath! Calm. I'll come back. For sure. I just can't tell you when.« Was hatte das zu bedeuten? Hatte er … nein! Nein, das durfte nicht sein. Nicht nach dem, was er mir eben noch gesagt hatte. »I promise. Give me some time to finish everything off and then I'll take the first plane home. Alright?« Ein ungutes Gefühl biss sich in meiner Brust fest. »Sleep well. I'll call you tomorrow.« Vor meinen Augen verschwamm der Strand zunehmend. Mit wenigen Schlucken leerte ich meine Flasche. Ich konnte hier nicht mehr bleiben!

So plötzlich wie er aufgestanden war, ließ er sich wieder neben mir in den Sand fallen. »Sorry.«

Ich lächelte matt und zog mein Handy aus der Hosentasche. »Ich muss sowieso los.«

»Alles klar. Soll ich noch irgendwie …?«

Ich unterbrach ihn. »Nein alles gut. Ich komme allein nachhause.« Ich sprang auf die Füße und klopfte mir den Sand von der Jeans.

»Warte. Lass uns wenigstens noch zusammen bis zur Hauptstraße gehen.« Als wenn mir, kaum dass ich sein Blickfeld verlasse, jemand eine überziehen würde, um mich auszurauben. Er stand auf, klopfte sich ebenfalls den Sand von der viel zu gut sitzenden Jeans. Ich ärgerte mich sofort über diesen dummen Gedanken.

»Lieb von dir, aber …«

Er unterbrach mich. »Warum willst du eigentlich immer mit mir diskutieren? Steht nicht zur Debatte! Basta.« Da waren sie wieder, diese verdammten Grübchen. Ich seufzte. Wenn ich jetzt widersprach, würde es nur noch länger dauern, bis ich nachhause kam.

Ich zog die Schultern gegen den Wind hoch, der mir an den Haaren zerrte und meine glühenden Wangen kühlte. Die Hände versenkte ich, soweit ich konnte, in den Ärmeln.

Wir liefen zurück zur Strandbude von Nicos Vater. Lukas leerte seine Flasche im Gehen. Das hatte er früher schon gekonnt. An der Bude angekommen, hatte Nico alle Hände voll zu tun und lächelte uns nur gehetzt zu, als er die Flaschen entgegennahm.

Schweigend gingen wir nebeneinander den Dünenweg hoch und blieben schließlich am kleinen windschiefen Zaun stehen, an dem mein Fahrrad angeschlossen war.

»Sicher, dass du allein nachhause willst?« Lukas musterte mich dabei, wie ich mein Fahrrad aufschloss.

»Ja, ich bin schon groß und hier sagen sich Fuchs und Hase mitten auf der Straße gute Nacht.« Achtlos warf ich das Fahrradschloss in meinen Fahrradkorb und stopfte meinen Schlüssel zurück in meine Jackentasche.

Er schmunzelte. »Wenn du das sagst. Das Angebot steht.«

Vorsichtig hob ich das Vorderrad meines schweren Hollandrades aus dem Sand. »Und ich lehne immer noch ab. Wirklich, alles gut.« Ich lächelte und schob mein Fahrrad an ihm vorbei zur Hauptstraße. Nur noch wenige Schritte und ich wäre ihn los.

Am Bordstein blieb ich stehen. »Danke für den netten Abend.«

Er blieb direkt vor mir stehen. »Vielleicht etwas kurz, aber ja, war ganz nett.«

Sofort fühlte ich mich schlecht. Reagierte ich hier vielleicht gerade über?

Wie elektrisiert beobachte ich, wie er die linke Hand aus der Jackentasche zog. Mein Herz schlug wieder schneller. Sanft strich er mir eine Haarsträhne aus dem Gesicht. »Schlaf gut.« Wie ich diesen Klang seiner Stimme hasste und gleichzeitig auch so sehr liebte.

Unbeholfen ließ ich beinahe den Lenker meines Fahrrads los. Sein Finger verweilte einen kurzen Augenblick hinter meinem Ohr und er lächelte mich einfach nur an.

Meine Kehle war staubtrocken. Mit einem schweren Schlucken drehte ich mich von ihm weg. »Du auch, wir sehen uns am Stall.«

Kapitel 10

Immer schneller trat ich in die Pedale. Die Häuserreihen flogen an mir vorbei. Heftig blinzelte ich gegen die Tränen an.

Es war eine scheiß Idee gewesen! Wie konnte er mir das antun! Nicht nur mir …

Who the fuck is Cathy! Warum wollte sie so dringend, dass er zurückkam? Er hatte so liebevoll mit ihr gesprochen. Sie musste seine Freundin sein, oder gar seine Tochter.

Beim letzten Gedanken wurde mir schlecht. Wenn das stimmen sollte, warum sagte er dann nichts?

Mama hatte recht, er hatte sich verändert, aber war eher zu einem größeren Mysterium geworden als zuvor. Ich hatte das Gefühl, dass ich ihn eigentlich nicht mehr kannte.

Und dann berührte er mich so. Alles war wieder da. Das Herzklopfen, der Wunsch, ihn zu küssen. Scheiße! Ich dachte, ich wäre mit ihm durch gewesen!

Ich bog in den Feldweg ein, der vorbei am Wäldchen und einigen Weiden des Clubs in unserer Straße führte. Die Sterne glitzerten hell am dunklen Himmelszelt. Nur der Mond spendete mir genug Licht, dass ich erkennen konnte, wo ich entlangfahren musste.

Liz hatte recht. Ich hätte mich von ihm fernhalten sollen. Er war allerdings auch die einzige Option, die ich momen-

tan hatte.

Wenn diese Cathy seine Freundin wäre, hätte er dann nicht anders mit ihr gesprochen? Und hätte er sie dann nicht vielleicht mitgenommen?

Die Kindtheorie war bisher die plausibelste. Und auch die Schmerzhafteste. Er war anders als sein Vater, er drückte sich nicht vor Verantwortung. Wenn sie wirklich seine Tochter war, dann wäre er in wenigen Tagen schon wieder auf dem Rückweg.

Ich zog die Nase hoch. Er sollte zur Hölle fahren! Wie konnte er schon wieder anfangen, so mit meinem Herzen zu spielen? Das war doch nicht fair! Warum tat er mir immer weh?

Meine Lunge brannte und ich tat mir, als ich den ersten Weidezaun passierte, die Ruhe an. Egal, wie ich es drehte und wendete. Ich musste mich von ihm fern halten, und zwar weiträumig. Sonst würde ich nur etwas Dummes tun und mir selbst damit wieder einmal das Herz brechen.

Vor dem Gartentor schwang ich mich vom Rad. Im Haus brannte noch Licht. Quietschend öffnete es sich, als ich die kühle gusseiserne Klinke herunterdrückte und erst mein Fahrrad, dann mich durch die schmale Toröffnung schob. Meine Schritte hallten dumpf auf den Pflastersteinen wieder, als ich, nachdem ich das Tor geschlossen hatte, zur Haustür ging. Das Fahrrad lehnte ich einfach an das Geländer der Kellertreppe. Ich hatte keine Energie, mehr es hinunterzubringen.

Ich wischte mir noch einmal über das Gesicht und zog meinen Schlüssel aus der Tasche. Mit einem letzten tiefen Einatmen schloss ich die Tür auf und schlüpfte in den Flur.

Wie auf Bestellung hörte ich die Rollen von Mamas Bürostuhl über das Parkett schrappen. Nur einen Wimpernschlag später stand sie schon im Flur.

»Wie war's?«

»Was meinst du?« Ich zog meine Jacke aus und hängte sie über die Garderobe.

Enttäuscht schob Mama die Unterlippe vor. »Ach, komm. Du musst wenigstens ein bisschen meine Neugierde befriedigen.«

»Mama«, ich seufzte. »Ich bin keine sechzehn mehr.«

»Eben!« Worauf hoffte sie? Die Liebesgeschichte des Jahrhunderts? Dass ich ihr offen über alles erzählte, was jemals in meinem Liebesleben los gewesen war?

»Wir haben nur was zusammen getrunken. Das war's.«

»Trefft ihr euch wieder?«

Ich schüttelte den Kopf. »Von meiner Seite aus nicht. Außerdem glaube ich, dass er schnell wieder weg ist.«

Mama presste die Lippen zusammen und kräuselte die Nase. »Hast du noch mal was von Liz gehört? Der Wirbelwind fehlt eindeutig. Gerade heute, als ich …« Sie brach ab.

Wieder kamen mir die Tränen. Von einem scheiß Thema zum anderen. Das schaffte auch nur meine Mutter.

»Tut mir Lied, Mäuschen.« Sie lächelte matt und strich mir, wie Lukas es vor wenigen Augenblicken noch getan hatte, eine Haarsträhne hinter das Ohr. »Sie ist nicht aus der Welt.«

Ich nickte und wischte mir wieder über die Augen. Sie war vielleicht nicht aus der Welt, aber kilometerweit weg. Gerade jetzt hätte ich sie gebrauchen können. Sie hätte sich meine Theorien in Ruhe angehört und mir dann in ihrer bestimmten Art davon abgeraten, noch näher mit Lukas auf Tuchfühlung zu gehen.

»Hast du mit ihnen gesprochen, wann du sie mal besuchen kommst?«

»Vielleicht im Winter.« Ich musste wieder daran denken, dass Ole gesagt hatte, ich wäre jederzeit willkommen. »Ich will jetzt erst mal mein Studium durchbekommen.« Ich drehte mich weg und wollte schon die Treppe hoch verschwinden, da hielt Mama mich an der Schulter fest.

»Marie, hör auf, dich in deinen Büchern zu vergraben. Geh raus. Das heute war doch ein guter Anfang.«

Ein guter Anfang. Dass ich nicht lache. Mir ging es beschissener als vorher!

Ich rang mir ein mattes Lächeln ab und spurtete kaum, dass sie mich losließ in mein Zimmer.

Kaum dass die Tür hinter mir zu war, ließ ich den Tränen freien Lauf. Wann hatte mein Leben eigentlich angefangen, so eine Wendung zu nehmen?

Mein Handy pingte und eine Nachricht von Ellie blinkte auf. »Hey, kannst du morgen spontan aushelfen? Svenja ist krank und Frederike noch im Urlaub.«

Ich zog geräuschvoll die Nase hoch und entsperrte mein Handy. Bei Ellie würde ich zu 100 % auf andere Gedanken kommen und für Mamas Seelenheil weg von den Lehrbüchern. »Klar. Wann soll ich da sein?«

»Schaffst du's um 10?«

»Bin dann da.«

»Super! Bist die Beste! Könnte dich gerade küssen. Bis morgen. Ich lege dir ein Schokocroissant zur Seite.«

Vor wenigen Wochen waren es noch zwei gewesen. Ich hatte Liz dann immer eins in den Stall mitgebracht.

Wenn Ellie eins konnte dann backen! Ihre Kekse nannte sie immer lachend Seelentrösterchen, dabei waren es eher ihre Croissants, die einen jeden noch so blöden Morgen versüßten.

Ich legte mein Handy zur Seite und starrte einfach nur rücklings auf meinem Bett liegend an die Decke. Es konnte doch eigentlich nur besser werden, oder?

Mein Handy pingte schon wieder. Mit Ellie hatte ich doch eigentlich alles geklärt. Seufzend tastete ich auf meine weiche Bettwäsche nach diesem nervigen kleinen Ding.

Schon als ich den Sperrbildschirm sah, war der Konten in meinem Bauch zurück. Lukas. Am liebsten hätte ich mein Handy ans andere Zimmerende gepfeffert und bis morgen früh vergessen. Was wollte er jetzt noch?

Kapitel 11

Meinem Ärger zum Trotz öffnete ich die Nachricht.

»Bist du gut zu Hause angekommen?«

Mein Herz schlug sofort höher und ich war wieder siebzehn. Dieser Typ war auf so vielen Ebenen so scheiße unperfekt-perfekt.

»Bin zu Hause.« Ich löschte die Nachricht noch vor dem Senden wieder. Das hätte ich Liz geschrieben, aber es fühlte sich falsch an ihm, das zu schreiben. »Ja, ich bin gut zu Hause angekommen.«

»Sonst alles ok bei dir?«

Da waren sie wieder, die Tränen. »Alles gut. Sorry, dass ich so schnell weg bin.« Ich richtete mich auf meinem Bett wieder auf und rutschte so, dass ich das Kopfende im Rücken hatte.

Er schrieb … und schrieb … und schrieb. Je länger ich auf diese Anzeige starrte, desto schwindeliger wurde mir. Ein halber Roman hieß nie etwas Gutes. »Können wir vielleicht morgen ausreiten gehen?«

Und dafür hatte er so lange gebraucht. Ich atmete tief ein. »Ich habe einer Freundin versprochen, in ihrem Café auszuhelfen.« Das war ja nicht mal gelogen. Ich brauchte also kein schlechtes Gewissen zu haben.

»Du wirst ja kaum den ganzen Tag bei ihr zu tun haben.

Wie sieht es gegen 19 Uhr bei dir aus?«

Intelligenter Vollidiot! Schnell tippte ich. »Ich wollte Viva morgens bewegen.« Auch schon wieder eine Ausrede. Eigentlich hatte ich vor, abends nur eine kleine Runde zu longieren, wenn Hannah sie nicht ins Freispringen ihrer jungen Pferde nahm.

Natürlich hatte er auch darauf eine Antwort. »Du hast wohl vergessen, dass ich momentan drei Pferde reiten darf und hier niemanden habe, der mir die Pferde anreicht. Außer, du bietest dich dafür an. Du hast also freie Auswahl. Ich würde dir ja auch anbieten, dass wir morgens zusammen ausreiten gehen, aber ich habe noch was Geschäftliches zu erledigen.«

Lena war also immer noch irgendwo in der Weltgeschichte unterwegs. Ich biss mir auf die Unterlippe. Hatte ich noch eine Ausrede? »Ich muss auch noch lernen.«

»Deine Lehrbücher werden es mir verzeihen, wenn ich dich mal zwei Stunden von ihnen entführe.« Ein Zwinkeremoji. »Also? Morgen 19 Uhr am Stall. Kannst du dir ja schon mal überlegen, wen du gerne unterm Sattel hättest.«

Fuck! »Aber«, tippte ich. Was konnte ich jetzt noch erwidern? Irgendwie musste ich ihm doch einen Strich durch die Rechnung machen.

Kurzerhand öffnete ich den Chat mit Liz. Aus der Intuition heraus, wollte ich sie um Hilfe bitten, aber ich starrte einfach nur auf unsere letzten Nachrichten.

»Danke.« Kussemoji. Ein Bild vom neuen Stall. »Wird schön, glaube ich.« Sie hatte doch gar keinen Kopf für meinen Bullshit!

Ich tippte auf den Chat mit Charly. Wir hatten zuletzt vor Monaten geschrieben. Es fühlte sich falsch an, sie aus diesem Grund anzuschreiben. Charly würde es wohl nicht stören. Sie fände es wahrscheinlich sogar lustig. Die brave Marie sucht ihre Hilfe, um nicht als Affäre eines gelangweilten reichen Jungen zu enden. Ihre Antwort wäre jedoch nur sowas wie, »Mach mit, take his money and run«. Also wenig hilfreich.

Bei Bea und Emma musste ich es gar nicht erst versuchen. Beide hatte ich schon seit mehreren Monaten nicht mehr gesehen.

Mit einem Seufzen öffnete ich den Chat zwischen mir und Lukas wieder. Das »Aber« löschte ich und schrieb stattdessen ein »Okay« zurück. Liz durfte mich jetzt offiziell morcheln.

Was sollte auch schon groß passieren? Wir ritten nur zusammen aus. Ich machte mir wieder viel zu viele Gedanken. Und selbst wenn etwas passieren würde, ich wüsste, dass es nur von kurzer Dauer wäre. In wenigen Wochen wäre er wieder in England. Niemand musste streng genommen davon erfahren.

In meinem Magen kribbelte es. Ein kalter Schauer flog mir über den Rücken.

Rein aus Interesse klickte ich auf sein Profilbild. Es war das Bild, das ich auch gescreenshottet hatte. Keine Frau auf dem Bild. Ich dachte zurück daran, wie wir vor wenigen Stunden noch im Sand gesessen hatten. Kein Ring. Musste ich für diesen Gedanken wirklich ein schlechtes Gewissen haben? Höchstens dieser Cathy gegenüber. Aber nahm ich ihr wirklich etwas weg?

Unschlüssig kaute ich auf meiner Unterlippe herum. Die negativen Seiten dieser Idee lagen auf der Hand. Ich würde unsere Freundschaft ruinieren, wenn sie nicht sowieso schon ruiniert war. Die Gefahr, dass mir das Herz brach, war hoch, aber wenn ich es einfach schaffte, ihn immer noch eine Armlänge von mir fernzuhalten, kalkulierbar.

Auf der anderen Seite stand wohl der ausschlaggebende Punkt schlechthin. Ich konnte herausfinden, wie es gewesen wäre, wenn wir doch sowas wie eine Chance bekommen hätten. Außerdem würde mich diese kleine … wie nannte man sowas? Liebelei? Affäre?... was auch immer! Sie würde mich von meiner Traurigkeit über Liz Weggang ablenken. Ihn zu benutzen war doch auch nur fair, nachdem er mich damals so geküsst ...

Vielleicht sollte ich das einfach als ein Payback angehen. Er hatte mir das Herz gebrochen und tat jetzt so, als wisse er von nichts. Jetzt würde ich ihm das Herz brechen!

Damit überwogen wohl deutlich die positiven Aspekte dieses Plans. Und ich hatte auch niemanden, der mir diese Schnapsidee ausreden konnte.

Das Kribbeln in meiner Magengegend wurde stärker. Ich konnte das! Was sollte daran schon so schwer sein? Ich würde nett lächeln, wenn wir uns morgen zum Ausreiten trafen, über seine schlechten Witze lachen, und einfach um mich nicht noch schuldiger zu fühlen, so wenig Fragen stellen, wie ich nur konnte. Es würde schon schiefgehen. Ich hatte nichts zu verlieren, oder?

Ich sah ihm noch einmal in die Augen. Auf dem Bild strahlten sie so sehr, dass dieser Knoten in meinem Magen nur noch fester wurde. Bloß kein Mitgefühl, das hatte er damals bestimmt auch nicht. Es traf nicht den Falschen. Diese Cathy würde auch nie etwas erfahren.

Mein Handy ließ ich auf den Nachttisch sinken und blickte wieder an die Decke. Blieb abzuwarten, was morgen passieren würde. Wenn er die treibende Kraft war, dann musste ich mich doch erst recht nicht schuldig fühlen. Dann war es doch strenggenommen seine eigene Schuld. Fair enough!

Ein zufriedenes Lächeln schlich sich auf meine Lippen und in meinem Kopf entfaltete sich der Plan weiter. Es würde bittersüß werden!

Kapitel 12

Um zehn drückte ich die Ladentür zu dem kleinen Café im Pariserstil auf. Das Schild, auf dem die Kaffeespezialitäten und die hausgemachten Croissants angepriesen wurden, stand schon draußen auf dem Kopfsteinpflaster.

Ellie wuselte leise summend hinter dem Tresen herum. Gerade stellte sie die frische Sanddorntorte in die Auslage, neben dem kleinen Tafelschild mit »Linas Sanddorntorte«. Früher hatte es immer eine Gänsehaut bei mir ausgelöst, aber inzwischen mochte ich diese kleine Erinnerung an ihre beste Freundin. Es war einfach, Ellies Art, sie nicht zu vergessen.

»Morgen. Ich habe dir einen Teller mit dem Croissant und einen Kaffee nach hinten gestellt.« Ihre Augen strahlten, als sie mich sah.

»Danke schön.« Ich zog mir meine Jacke von den Schultern und schob mich an ihr vorbei hinter den Tresen. Es roch schon verführerisch nach Kaffee, süßer hausgemachter Limonade und den verschiedensten süßen Gebäcken. »Ich hole mir sofort die Schürze und komme nach vorne.«

»Quatsch! Komm erst mal an. Wir haben noch eine Stunde, bis der große Run anfängt.« Sie rückte den Tortenständer zurecht und lächelte dann zufrieden. »Bisher war auch

wenig los.«

»Warum brauchtest du mich dann?« Ich lachte und stieß die schwere Tür zur kleinen Backstube auf. Die Antwort kannte ich schon.

»Alleine ist es hier viel zu langweilig und irgendwer muss ja ab und an, Nachschub in den Ofen schieben.«

Die Langeweile war wohl das wichtigste Argument. Ellie redete gerne und genoss es jedes Mal sichtlich, wenn ich mit Liz da gewesen war und sie sich zu uns gesetzt hatte. Oder auch wenn meine Eltern da waren und sie sich nach allen Regeln der Kunst verquatschen konnten.

Ich schnappte mir die Schürze vom Harken neben der Tür und band sie mir um. Der lavendelfarbene feste Stoff schmiegte sich an meine Jeans und das Ringelshirt. Sofort drehte ich mich danach zur Ablage. Eine Tasse mit dampfendem Kaffee, ordentlich Milchschaum und ein klein wenig Kakao wartete dort neben dem besten Croissant der Welt auf mich. Das Croissant war richtig Gold gebacken und schien schon beim bloßen Ansehen zerblättern zu wollen. Den Kaffee ließ ich links liegen und brach das noch warme Croissant in der Hälfte durch. Flocken des Blätterteiges verteilten sich auf dem weißen Teller mit der kleinen Lavendelblüten am Rand. Es roch fantastisch. Die Schokolade in der Mitte war noch etwas flüssig. Nicht so flüssig, dass sie einem über die Finger rannte und eine Sauerei anrichtete, aber sodass sie zart im Mund schmolz. Herzhaft biss ich in eine Hälfte, die andere legte ich zurück auf den Teller. Mit dem Croissant zwischen den Zähnen band ich mir die Haare zu einem lockeren Dutt zusammen. Dann nahm ich Teller und Tasse in die Hände. Mit dem Rücken drückte ich gegen die Tür und schob mich wieder nach vorne.

»Und was macht das Studium?« Ellie lehnte am Tresen. Die

Ärmel ihrer hellen Bluse hatte sie hochgekrempelt und die dunklen Haare wie immer mit einer großen goldfarbenen Klammer hochgesteckt.

Ich schluckte und legte den Rest der Croissanthälfte zur anderen auf den Teller. »Läuft.«

»Super. Ich freue mich schon darauf, eine Tierärztin im Freundeskreis zu haben.« Sie zwinkerte mir lächelnd zu. »Wie geht es Liz in Schweden?«

Ich atmete ein und griff wieder nach der angebissenen Croissanthälfte. »Gut. Denke ich.«

Ellie musterte mich. »Du hast Angst, dass sie nicht zurückkommt, oder?«

Ich musste schwer schlucken und nickte zögerlich.

Plötzlich grinste sie breit und schnappte sich den weißen Kreidestift, der neben der Kasse lag. »Ich habe da eine Idee.« In ihren Augen glitzerte es gefährlich.

»Was hast du vor?«

»Wirst du gleich sehen!« Sie stieg auf den kleinen Tritt, der immer noch unter der großen Tafel hinter dem Tresen stand. Mit einer Hand stützte sie sich an der Wand ab, mit der Anderen schrieb sie in großen geschwungenen Lettern, »Ab morgen: Liz schwedische Zimtschnecken.«

Breit grinsend drehte sie sich zu mir um. »Jetzt muss sie zurückkommen. Sie muss schließlich die Zimtschnecken probieren, die nach ihr benannt wurden, oder nicht?« Mit einem eleganten Satz sprang sie von dem kleinen Hocker.

Ich lachte. »Ich schicke ihr das gleich mal.«

Ellie lehnte sich wieder an den Tresen und blickte durch das noch leere Café. Gegen elf würden, die Büroangestellten, einer nahen Telekommunikationsfirma, hier einfallen und uns auf Trab halte. »Die neuen Blumen sind schön geworden, oder?«

Überall standen kleine Glasvasen mit hohen Lavendelzweigen und Kamillenblüten auf den Tischen. »Wir sollten vielleicht ein Schild aufhängen, dass man die Kamille nicht in seinen Tee schmeißen soll«, witzelte ich und griff nach meiner Kaffeetasse.

Ellie lachte ihr schallendes, fröhliches Lachen. »Den muss ich mir merken.«

Ich stellte gerade meine Tasse neben die Kasse, da klingelte die Tür. Ein Paar kam herein. Ellie übernahm die Gäste, und ich verzog mich wieder etwas mehr in den Hintergrund.

Genau in dem Moment, als Ellie kassiert hatte und die beiden schon zur Tür herausliefen, klingelte mein Handy. Ich zog es umständlich aus der Hosentasche und entsperrte es, während ich immer noch mein Croissant aß.

»Kleiner Reminder, dass wir heute Abend zum Ausreiten verabredet sind.«

Ich musste grinsen und tippe flink zurück. »Habe ich dich jemals versetzt? Ich bin um 19 Uhr da, keine Sorge.«

Ellie stieß mich an. »Neuer Verehrer?«

Ich schüttelte den Kopf.

»Alter Verehrer?« Irritiert zog sie die Augenbrauen zusammen. »Aufgewärmtes schmeckt doch nicht.«

Ich prustete augenblicklich los. »So ist das nicht. Wir sind Freunde.«

»Mhm.« Sie hob die Augenbrauen und ließ ihren Blick über mich wandern. Die Hitze stieg mir in die Wangen. »So, Freunde …«

»Echt, kein Witz! Seit unserer Kindheit! Du kannst gerne Mama fragen, die ist ganz enttäuscht, dass da nie mehr draus geworden ist.«

»Ah!« Ihre Miene hellte sich auf. »Dann weiß ich Bescheid. Aber hatte ihr nicht was, als ihr jünger ward?«

»Nein! Wo denkst du hin!« Meine Antwort kam viel zu schnell.

»Ihr habt auf jeden Fall mal geknutscht.« Breit grinsend lehnte sie sich wieder gegen die Theke. »Oder, war da doch mehr?«

»Für ihn waren das Partyknutscherein.«

»Und für dich?«

Ich musste schlucken. »Hatte keine Bedeutung.«

»Eure Generation!« Schmunzelnd schüttelte sie den Kopf und griff dann nach einem Glas. »Hätte ich sowas damals über Jacob gesagt … Gott, dem wäre das Herz gebrochen.« Sie schüttete sich etwas von der Zitronen-Minz Limo ein.

»Wie lange seid ihr jetzt verheiratet?«

»Keine Ahnung. Wir haben uns nie viel aus Daten gemacht. Kommt mir vor wie eine halbe Ewigkeit. Abgeben will ich ihn nicht mehr.«

»Als ob du den jemals abgeben wolltest!« Das konnte ich mir beim besten Willen nicht vorstellen!

»Na ja«, Sie hob das Glas an die Lippen. »Zuletzt als er Stormie angeschleppt hat. Pferd von der Rennbahn. Was eine Schnapsidee. Konnte auch nur von ihm kommen!«

»Stormie ist doch süß.« Ich zumindest mochte das schwarze Vollblut mit dem großen weißen Flecken unter dem Bauch.

Ellie trank einen großen Schluck. »Ich habe immer das Bedürfnis, ihn Stormie-Baby zurufen, wie diese eine Kardashian. Wie heißt die noch?«

»Keine Ahnung.«

»Stormie war eine Wildcard. Ich würde mich nie im Leben auch nur eine Runde auf den draufsetzen. Egal, wie oft Jacob sagt, dass er wie eine Lebensversicherung ist. Longieren, meinetwegen, aber dann ist Schluss.« Sie lachte auf. »Aber zurück zum spannenderen Thema.«

Ich rollte mit den Augen.

»Warum hat er dir geschrieben und warum musstest du daraufhin so strahlen?«

Ich seufzte. »Wir sind zum Ausreiten verabredet.«

»Wann?«

»Heute Abend.« Ich hob mahnend einen Finger. »Aber

auch nur, weil er momentan drei Pferde hat, die er bewegen muss.«

»Ach so klar. Da braucht er natürlich deine Hilfe.« Sie kicherte. »Ich kannte zwei Stüwes und beiden hätte ich zugetraut, mindestens zwei Pferde gleichzeitig zu reiten.«

»Er hat davor noch geschäftlich zu tun.«

»Geschäftlich. Es wird ja immer spannender. Was macht er denn?«

Ich zuckte mit den Schultern. »Ich weiß nur, dass er Management studiert und einen Master in Finanzen hat.«

Mit einem enttäuschten Blick leerte Ellie ihr Glas. »Gar keine Idee? Hat er im Familienunternehmen zu tun?« Ich schüttelte den Kopf und angelte mir meine Kaffeetasse. »Nicht, dass ich wüsste. Er lebt in England.«

Ellie schnalzte mit der Zunge. »Dann eindeutig Finger weg. Du brauchst nicht auch noch ein gebrochenes Herz!«

»Er wird mir nicht das Herz brechen!« Dafür würde ich seins in zwei reißen.

»Dein Lächeln sagte was anderes. Du musst nicht jeden Ratschlag von mir annehmen, aber das kannst du mir glauben: Der wird nicht von heute auf morgen sein Leben in England für dich aufgeben. Du bist nur ein kleines Abenteuer.«

Ich wollte zu einer Antwort ansetzen, da kamen die nächsten Kunden.

Kapitel 13

Am Abend stand ich, wie abgesprochen, im Stall. Die Schwalben pfiffen, die meisten Privatpferde waren noch draußen auf der Weide und die meisten Reiter schon wieder Zuhause.

Mutterseelen allein wartete ich auf der Stallgasse und sah immer wieder auf mein Handy. 19:05 Uhr. So viel zum Thema wir treffen uns um 19 Uhr. Ich glaube, er hätte den Reminder eher gebraucht als ich.

Ungeduldig trat ich von einem Fuß auf den Anderen. Vielleicht sollte ich einfach schon mal losgehen, um Viva und Doni reinzuholen. Dann mussten die Pferdepfleger das nicht machen. Außerdem würde es meine Nerven beruhigen.

Ich griff gerade nach einem der Führstricke, die an Vivas Boxentür baumelten, da rauschte Lukas in den Stall. Sofort wurden meine Knie weich und ich musste mich zusammenreißen wieder an meinen Plan zu denken.

»Sorry.« Er blieb vor mir stehen. Die grünen Augen strahlten nicht so wie sonst. Er sah müde aus. »Es hat länger gedauert, als ich dachte.«

»Nicht schlimm, waren ja nur fünf Minuten.«

»Zehn«, verbesserte er und verzog die Lippen zu einem angespannten Lächeln.

Ich hängte die Stricke zurück über den Deckenhalter.

»Als ich das letzte Mal auf mein Handy gesehen habe, waren es fünf. Lass uns doch einfach dabei bleiben.«

Das belustigte Glitzern trat in seine Augen. In seine wunderschönen viel zu grünen Augen. Mein Herz schlug sofort schneller. Nervös biss ich mir auf die Unterlippe. »Und entschieden?« Entschieden? Fragend zog ich die Augenbrauen zusammen. Was sollte ich entscheiden? »Welches Pferd möchtest du mir abnehmen. Wir hätten ein Dressurpferd im Angebot, sehr gut gezogen, viel bergauf. Ein Springpferd, gut Go, einigermaßen Nerven, und ansonsten nur am Sprung komplett irre. Und zuletzt noch ein Vielseitigkeitspferd, Lebensversicherung, schnell, aber hat den Schuss nicht gehört.«

»Sympathisch, wie du deine Pferde charakterisierst.«

»Wieso?« Er grinste frech. »Wenn man jemandem etwas verkaufen will, sollte man bei der Wahrheit bleiben.«

»Und trotzdem höre ich einen gewissen Bias raus. Du würdest es bevorzugen, wenn ich mich auf Libby setze. Aber ich entscheide mich lieber für Pantas.«

»Nimmt sie mir einfach meinen kleinen schwarzen Teufel weg.« Lukas setzte einen mitleiderregenden Blick auf, bei dem ich wirklich fast gesagt hätte, dass ich lieber Libby ritt, da fing er schon wieder an zu grinsen. »Dann wollen wir mal die Jungs holen. Warum nicht Blaze? Neulich hast du noch mit ihm gekuschelt.«

»Er ist mir im Gelände nicht ganz geheuer.« Das Blut schoss mir in die Wangen. Für ihn war das bestimmt etwas Lachhaftes. Er ritt schon immer alles.

Irritiert zog er die Augenbrauen zusammen und ließ seinen Blick über mich gleiten. Ich wurde nur noch unsicherer. Sah ich überhaupt gut aus?

Im Vergleich zu ihm wahrscheinlich nicht. Er hatte schon wieder diesen Charme eines Landadeligen, diese mühelose Eleganz, die mir vollends fehlte.

»Der ist so Vollblut, der passt eher auf dich auf, als dass

er dich abbockt. Die sind so menschenbezogen.«

»Trotzdem ist mir Pantas lieber.« Der war auch leichter zu bedienen.

Lukas zuckte mit den Schultern und tastete seine Jacken-taschen ab. »Wenn die Dame meint.« Seine Hand blieb auf der rechten Jackentasche liegen.

»Hängen die Führstricke am Tor?«

Schließlich glitt seine Hand in die Jackentasche und beförderte sein Handy ans Tageslicht. Das durch die Dach-fenster einfallende Licht spiegelte sich auf dem schwarzen Bildschirm des Smartphones.

»Kann sein. Keine Ahnung.«

Der Screen leuchtete auf und zeigte zig verpasste Nach-richten an. »Entschuldigst du mich einen Moment?« Er sah mich aus dem Augenwinkel an. Etwas stimmte nicht. Ich nickte. »Nicht weglaufen.« Mit einem charmanten Lächeln auf den Lippen zwinkerte er mir zu.

Ich wusste, ich hätte nicht lauschen sollen, allerdings war ich viel zu neugierig und er ging wieder viel zu wenige Schritte von mir weg.

Er hob sein Handy ans Ohr und blickte angestrengt auf den Steinboden. Sein Brustkorb hob sich deutlich. Er stand nicht mehr so locker wie eben und eine steile Sorgenfalte bildete sich auf seiner Stirn. »Hey. Why wasn't Cathy at School?« Sein Kieferknochen trat deutlich hervor, als er die Zähne wieder zusammenbiss. »Quit your Bullshit! What the heck is wrong with you? You had one Job!« Er biss sich genervt auf die Unterlippe, während er angestrengt in sein Handy horchte. »No! Admit it! You don't have your life to-gether. I'm gone for how many days? Not even a week and nothing's working. I trusted you and now i'm questioning if that was a good choice. I should have taken Cath with me.« Wütend schnaubte er auf. »I actually have an Appointment. I'll call you later. We need to talk about this.« Er legte den

Kopf in den Nacken und atmete tief ein. »Later! I can't tell you when, but later. Till then, for once be responsible and take care of her.« Noch einmal atmete er tief durch und schloss die Augen. »Make her dinner for gods sake!« Er blickte wieder nach vorne und sah mich an. Als würde er mich beruhigen wollen, schenkte er mir ein niedliches Lächeln. »Yeah. Do that. Call you soon.« Dann nahm er sein Handy vom Ohr, wandte sich wieder von mir ab und straffte die Schultern.

Als wäre nichts gewesen, kam er wieder zu mir herüber. Ein freches Grinsen auf den Lippen, das nicht zu den Augen reichte, griff er an mir vorbei nach zwei Führstricken. Dabei kam er mir so nah, dass sein Atem mein Ohr streifte. »Wie ich sehe, bist du mir nicht weggelaufen.«

Ein wohliger Schauer rieselte mir über den Rücken und ich vergaß zu atmen. Die Endorphine überschlugen sich kribbelnd in meinem Blut. Mein ganzer Körper fühlte sich an, als wenn er in Flammen stehen würde. »Warum sollte ich?«, hauchte ich in die staubige Stallluft.

Sein Blick glitt zu meinen Lippen und dann wieder zu meinen Augen. Mein Herz schlug nur noch schneller. Tu es! Bitte tu es! Mit der Zungenspitze teilte er seine Lippen. Die Luft schien nur so zu flirren. »Keine Ahnung. Vielleicht, weil ich dich damit zum zweiten Mal blöd stehen gelassen habe.« Er stand so nah, dass ich seinen Geruch wahrnehmen konnte. Wie ein Schlag ins Gesicht trafen mich die so bekannten Nuancen, gemischt mit diesem ganz bestimmten Geruch, den Wachsjacken an sich hatten.

Um ein Haar hätte ich mich vorgebeugt und ihn einfach geküsst, so wie damals am Strand im Regen, da machte er zwei Schritte zurück. Wie eine Trophäe schwenkte er die

Führstricke durch die Luft. »Die Jungs warten!«

Kräftig atmete ich aus. Ich hatte gar nicht gemerkt, wie ich die Luft angehalten hatte. Noch einen Augenblick blieb ich an Ort und Stelle stehen, bis mein Herz wieder langsamer schlug, und folgte ihm.

Mit schnellen Schritten holte ich zu ihm auf. Vom Telefongespräch merkte man nichts mehr. Beinahe kam es mir vor, als stände eine ganze andere Person vor mir.

»Wie war's im Café?« Er schob die Hände in die Jackentaschen.

»Wie immer. Bis um elf war alles ruhig und dann kamen die ganzen Büroangestellten zum Mittagessen.« Wir liefen über den Hofvorplatz hinüber zur Reithalle. »Wie war dein Geschäftstreffen?«

Er schüttelte den Kopf. »Lass uns nicht darüber reden. Das hat hier nichts verloren.« Er blinzelte in die Abendsonne. »Was stehen die da denn schon wieder wie aufgereiht? Da können es wohl zwei nicht erwarten, reinzukommen.«

»Wir Menschen haben das Pferd zur Langeweile erzogen«, murmelte ich immer noch irritiert von seiner Aussage. Was machte er beruflich, dass er nicht darüber reden wollte? Langsam wurde es auffällig.

»Kann sein. Ja.« Lukas drückte mir einen grauen Führstrick in die Hand. »Dann schnapp dir mal den kleinen Spinner.«

Nebeneinander, je ein Pferd an der Hand, liefen wir wieder zurück zum Stall. Hannah kam uns mit Krümel entgegen. Die Hündin zog aufgeregt an der Leine, als sie uns sah und winselte leise.

»Geht ihr ausreiten?« Neugierig sah Hannah zwischen uns hin und her, die dunkelgrüne Tau-Leine fest umgriffen.

»Ja. Willst du mitkommen?«, bot ich freundlich an. Sie sah aus, als wenn sie diese Auszeit gut gebrauchen könnte.

Die Ringe unter ihren Augen sprachen mal wieder Bände.

Sie blieb stehen und lachte. »Nein. Geht nur. Ich habe alle schon bewegt und muss nicht noch ein Pferd reiten. Irgendwann ist auch mal Feierabend. Am Strand solltet ihr aufpassen. Für heute ist eine hohe Flut angesagt. Vielleicht reitet ihr lieber nur durch die Felder.«

»Machen wir. Danke, Hannah.« Lukas ruckte einmal sanft am Strick, als Blaze sich an ihm vorbeischieben wollte. Genervt legte der Wallach die Ohren an, lief dann aber gesittet neben ihm her.

Sie kraulte Krümel am bunt gefleckten Kopf. »Viel Spaß, euch zwei. Und Lukas, grüß deine Mutter. Ich habe sie diese Woche noch gar nicht gesehen.«

»Mach ich. Schönen Abend noch.« Er klang genervt. Ob es an Hannah oder an Blaze lag, wussten wohl nur die Götter.

»Tschüss, Hannah.« Ich lächelte ihr noch einmal zu, dann lief ich wieder ein Schrittchen schneller, um mit Blaze und Lukas mitzuhalten. Hannahs Blick spürte ich noch eine Weile im Nacken.

Wieder kam mir Ellies Warnung in den Kopf. Alle machten sich Sorgen und ich rannte mal wieder lächelnd in mein Verderben. Oder auch nicht, wenn ich mich an den Plan hielt.

Etwas später, stiegen wir in den Sattel. Blaze stand kaum still, als Lukas von der Aufstieghilfe aus in seinen Springsattel glitt. Ihn störte es gar nicht, dass das Vollblut einfach loslief, bevor er im Sattel saß. Eine Marotte, die ich ihm schon abgewöhnt hätte, wäre es mein Pferd.

Pantas stand hingegen wie ein Baum neben der festen Hilfe und wartete geduldig, bis ich mich in seinen Sattel geschwungen hatte. Aus Gewohnheit hatte ich mir die Steigbügel nicht wieder passend eingestellt und schlüpfte sofort wieder aus den Bügeln.

»Ich wollte gerade fragen, seit wann ich so lange Beine

habe.« Geübt zog ich am Steigbügelriemen.

»Die Motivation immer ohne Sattel zu reiten war ziemlich low.«

»Du hättest ja wenigstens ohne Bügel reiten können.« Grinsend stellte ich mir den Steigbügel kürzer.

Er musste lachen. »Ist bestimmt gut für den Rücken.« Seine Stimme triefte nur so vor Sarkasmus.

»Für wessen?«

»Beide.«

»Gut, ich kann fachlich nur für Pferde sprechen, aber das stimmt. Zu oft ohne Sattel und ohne Bügel ist nicht das Goldene für die Dornfortsätze.« Ich ließ den Bügel wieder runter und machte beim anderen weiter.

»Weißt du schon, was du machen wirst, wenn du deine Zulassung hast?«

Ich wiegelte den Kopf hin und her. »Frank hatte mir angeboten, in seine Praxis einzusteigen. Keine Ahnung, ob ich das will.«

»Klingt doch erstmal gut. Was hält dich davon ab?« Blazes Hufeisen schrappten über die Pflastersteine, als er unruhig tänzelte. Das Gebiss klackte leise.

Ich seufzte und schlüpfte wieder in die Steigbügel. »Da gibt es verschiedene Gründe. Ich brauche erst mal meine Zulassung und müsste dann direkt einen Kredit aufnehmen. In eine Tierarztpraxis kauft man sich nicht mal ebenso ein. Schon gar nicht mit Mitte zwanzig.« Als wenn er das nachvollziehen könnte. Er könnte sich das mit einem Fingerschnipsen leisten.

Verständnisvoll nickte er. »Das will überlegt sein.« Er wandte den Braunen auf der Hinterhand und ließ ihn in einem langgestreckten Schritt loslaufen. »Was hast du sonst für Optionen?«

»Die Pferdeklinik bei Hamburg sucht Leute. Ich arbeite allerdings auch gerne mit Frank. Ich habe so viel von ihm gelernt und denke, gerade im ersten Jahr nach der Zulassung wäre es nicht falsch mit einem erfahrenen Tierarzt zusammen zuarbeiten, den ich gut kenne.« Auch Pantas setzte sich nach einer kurzen Rückversicherung in Bewegung.

»Kannst du mir wenigstens einen Hinweis geben, was du in England machst?«

»Warum fragst du?«

»Warum nicht? Du hast mich schließlich auch über meine Zukunft ausgefragt.«

Er legte den Kopf schief und lächelte mich schon wieder auf diese Art an, die mein Herz verrückt spielen ließ. »Vielleicht mag ich meine Geheimnisse.«

»Ist es legal?«

Er musste herzlich lachen. »Legal ist es auf jeden Fall.«

Ich wusste nicht wieso, aber ich atmete augenblicklich auf.

Kapitel 14

Der Wald begrüßte uns mit einem sanften Rauschen. Die Pferdehufe sanken etwas in dem Matsch ein und tauchten schmatzend wieder aus den Pfützen auf. Die Vögel waren zur Abwechslung mal weitestgehend still. In der Ferne konnt man nur ab und an das Pfeifen eines Raubvogels hören.

»Hannah scheint recht gehabt zu haben.« Lukas legte den Kopf in den Nacken, um die wiegenden Baumkronen zu betrachten.

Ich schmunzelte. »Hat sie doch meist.«

»Lässt sich drüber streiten. Ich nehme es ihr immer noch übel, dass sie mir das Fahrradfahren mit Pferd an der Hand verbieten wollte.« Er lachte.

»So ne scheiß Idee kannst auch nur du haben.«

»Was soll das jetzt heißen?«

»Dass du gar kein Gefühl dafür hast, wann was angebracht ist. Da waren Kinder, die nehmen in dem Alter noch alles und jeden zum Vorbild.«

Er seufzte. »Stimmt. Mit siebzehn denkt man über sowas nicht nach.« Dann schlich sich ein breites Grinsen auf seine Lippen. »Ich würde es allerdings immer noch tun.«

»Unverbesserlich wie eh und je.«

Pantas schnaubte kräftig, als wenn er mir zustimmen wollen würde.

Das Rauschen in den Bäumen nahm zu.

»Mit den Feldern hat Hannah jedenfalls recht.« Er nahm Blaze Zügel auf. Sofort drehte der Wallach seine Ohren aufmerksam nach hinten. »Verdammt, habe ich das vermisst!«

»Was?«

»Dieses Zwanglose, einfach durch die Gegend reiten.« Ich musterte ihn. Wie meinte er das? Ritt er in Wales etwa nicht ohne jegliche Zwänge? Ich wollte gerade nachfragen, da wandte er sich mir zu. »Reitest du eigentlich noch Turniere?«

»Nicht mehr regelmäßig. So wie es eben passt.«

Nachdenklich nickte er. Mit einer Kopfbewegung deutete er auf Pantas. »Hättest ihn mitnehmen können.«

»Hätte ich nicht. Ich hätte ihn bei mir eintragen lassen müssen.«

»Und? Eine Nachricht und wir hätten das geregelt. So ein Pferd steht nicht einfach im Stall und wird alle Jubeljahre mal in einer Springstunde geritten.«

»Ich hatte nicht mal deine neue Nummer. Wenn Blaze keine Kolik gehabt hätte, dann …« Ich schüttelte den Kopf. »Warum hast du mir das nicht angeboten, als du … weg bist?«

Wir kamen an die Weggabelung. Nach links ging es zu den nächsten Nachbarn, nach rechts zum Deich und geradeaus zum Strand.

»Ich habe es ehrlich gesagt vergessen. Mum wollte das regeln.« Er ließ Blaze rechts abbiegen. »Sind die Stoppelfelder noch auf?«

»Glaube schon. Hannah hätte sonst wahrscheinlich auch was gesagt.« Pantas lief sofort in einem fleißigeren Schritt vorwärts. Der Wald fing an, sich wieder zu lichten.

»Nice.« Er grinste. »Oder traust du es dir nicht zu, den im Gelände zu galoppieren?«

Ich rollte mit den Augen. »Pantas ist nicht Blaze. Und wir müssen es ja nicht übertreiben.«

Er lachte. »Dann ist ja gut.«

»Darf ich mir das jetzt immer anhören?« Vor uns schlängelte sich ein langer grasbewachsener Feldweg zwischen Feldern mit Getreide hindurch auf den hohen grünen Deich zu.

»Vielleicht. Trab?«

»Mhm.«

Kaum hatte ich das gesagt, ließ er Blaze auch schon mit einem bestimmten Schnalzen lostraben. Der Wallach riss den Kopf hoch und blähte die Nüstern. Lukas kam kaum zum Leichttraben.

Pantas hingegen trabte gesittet und mit lediglich gespitzten Ohren hinter den beiden her. Trotzdem konnte ich spüren, dass nur ein kleiner Schenkeldruck ausreichen würde, um den Hengst anzugaloppieren.

Kurz vor dem Deich bremste Lukas mit einem Handzeichen an mich den Wallach wieder aus. Die Schafe blökten und beäugten die Pferde kritisch durch den Schafzaun hindurch.

»Jetzt weißt du, warum ich ihn nicht reiten wollte.« Pantas hielt ich wieder neben Blaze.

»Das war meine Schuld. Ich war gedanklich schon beim Galopp. Ich hatte vor drei Wochen eine Tochter von ihm unterm Sattel, da musste man auch nur denken, was man reiten wollte.« Lukas Blick wanderte über den Deich. »Den friesischen Privatweg gibt es also immer noch.« Er wies auf eine kleine Leiter über den Weidezaun mit dem Schild »friesischer Privatweg« versehen.

»Klar oder wie sollen die angetrunkenen Einwohner sonst aus der Bucht in die Felder kommen.«

»Stimmt, außenrumlaufen, ist besoffen viel zu schwierig.«

Wir hatten den Weg damals auch genommen, als wir nach der Abifeier in der hinter dem Deich liegenden Bucht, zum Stall waren.

Ein Schafbock rannte übermütig an den Zaun. Den Kopf gesenkt, nahm er Anlauf. Im nächsten Augenblick sprangen beide Pferde schon aufgeregt zur Seite.

»Meine Güte, man kann sich echt anstellen!« Blaze riss den Kopf hoch und biss aufgeregt auf das Gebiss. Das Weiß trat in seinen Augen hervor und er verfiel in einen nervösen Trab, dem sich Pantas mit Freude anschloss. Energisch ritt ich ihn vorwärts und an den Zügel.

»Vergessen wie gruselig Schafe sein können?«, witzelte ich und ließ die Zügel wieder lockerer.

Lukas drehte sich zu mir um. »Nö, aber wie bescheuert er ist. Sein Leben lang kennt der Schafe und dann flippt der so aus. Vielleicht versteht ihr euch deshalb?«

»Lustig!«

»Du weigerst dich doch jedes Mal aufs Neue, auch nur einen Millimeter höher zu springen.«

»Weil ich es nicht kann.«

»Quatsch! Du machst dir nur zu viele Gedanken.« Er bekam Blaze wieder in einen ruhigen Schritt.

Eine kleine Wolke zog über den sonst hellblauen Himmel.

Tief atmete ich ein. »Ich kann es nicht.«

Lukas schüttelte den Kopf und hob die Augenbrauen. »Du willst es viel eher nicht. Wenn du drüber willst, dann will auch Viva.«

»Du sagst das so leicht. Du springst alles, ohne mit der Wimper zu zucken. Tiefer Trakehner Graben? Komm, gib ihm!« Ich hatte leider gestern Abend noch ein paar Videos gesehen und auch ein Bild, auf dem er in einem wirklich, wirklich tiefen Trakehner Graben gestanden hatte.

»Wenn du genauso mutig wärst, wie....«

Ich unterbrach ihn. »Ich war einmal in meinem Leben mutig und wir wissen beide, was dabei rumgekommen ist.«

»Wie geht es dir damit inzwischen eigentlich?« Seine Stimme klang rau.

Mein Blick wanderte ziellos über den Weg und ich griff mit einer Hand in Pantas Mähne. »Es geht. Manchmal habe ich noch einen dieser Albträume.«

Ein Muskel in seiner Wange zuckte, als ich zu ihm herübersah. Über sein hübsches Gesicht legte sich ein dunkler Schleier. Es war nur ein Murmeln, trotzdem verstand ich jedes Wort, »Solange keine Neuen dazu gekommen sind.«

Kurz überlegte ich, nachzufragen, was er damit meinte, aber entschied mich dann dazu, lieber die Klappe zu halten. Wenn er schon nicht über seinen Job sprach, würde er noch weniger darüber sprechen wollen. Alles zwischen uns war eigentlich noch viel zu fragil, als dass ich so ein Thema überhaupt anschneiden konnte.

Wir kamen an das kleine Stoppelfeld, bevor es wieder zum Stall ging.

»Galoppieren wir, oder war dir der Trab schon genug?«, neckte er mich mit einem wohlwollenden Lächeln. Mein Herz wummerte nur noch lauter gegen meine Brust. Er flirtete doch mit mir.

Sofort musste ich an das denken, was Ole gesagt hatte. Wenn er zu charmant wird, dann heißt es rennen. Über den Punkt waren wir wohl schon hinaus.

»Geht schon. Sicher, dass du Blaze halten kannst?« Ich entgegnete seinem Lächeln und hielt Pantas am Rand des Feldes an.

»Immer. Oder hast du etwa Angst um mich?« Seine grünen Augen funkelten belustigt im Licht der tiefer stehenden Sonne.

»Sollte ich etwa?«

Er gab Blaze eine Parade und der Wallach machte einen kleinen Hopser über den schmalen Entwässerungsgraben. »Nein. Kommst du?«

Ich ritt Pantas über die Zufahrt auf das Feld. Aufmerksam spielte er mit den Ohren und legte sich stärker auf das Gebiss. »Bin bereit.«

In meinem Bauch kribbelte es und ich griff die Zügel kürzer. Noch gerade so setzte ich mich schwer genug in den Sattel, da stob Pantas auch schon los. Der Wind peitschte mir ins Gesicht. Die Stoppeln schlugen gegen die Hufe und lockere Erde flog hoch. Das Glücksgefühl setzte ein und berauschte mich. Am liebsten hätte ich laut gelacht und die Arme ausgestreckt.

Pantas streckte sich, prustete laut und entwickelte immer mehr Raumgriff. Trotzdem hatte er keine Chance, Blaze auch nur einzuholen.

Der Braune war schon fast am Ende des Feldes und ließ sich kaum zurücknehmen. Als ich mich wieder in den Sattel setzte und ihn an den Zügel ritt, drehte Lukas mit Blaze immer kleinere Kreise, bis der Wallach wieder trabte.

»Wir sollten zurück zum Stall. Sieht wieder nach Regen aus.« Lukas sah in den Himmel hinter dem Deich. Auch ich drehte mich um.

Dicke Wolken kamen schnell vom Meer her zu uns herüber. Hoch und dunkel türmten sie sich auf. Die Schafe hatten sich auch alle an die meerabgewandten Seite des Deichs zurückgezogen.

»Super.« Unser Ausritt hatte gerade angefangen, Spaß zu machen, und dann wurde er so jäh verkürzt.

Wieder am Stall sattelten wir die Pferde ab und brachten sie in ihre Boxen. Die anderen Pensionspferde standen ebenfalls schon in den Boxen und fraßen ihr Heu.

Friedlich lag die Stallgasse da. Wir standen einander unschlüssig gegenüber. Es war, als würde jeder etwas sagen wollen, aber wusste nicht was.

Ich lehnte mich gegen eine der Boxenwände. Das Pferd sah nicht mal von seinem Heu auf. Die Müdigkeit machte sich langsam bemerkbar. Die Schicht im Café war doch anstrengender, als ich gedacht hatte.

Lukas Blick brannte auf meiner Haut. »Du solltest

ins Bett.«

»Jetzt doch noch nicht.« Ich gähnte. »Außerdem wollen meine Lehrbücher mich zu Gesicht bekommen.«

»Ihr scheint eine sehr intensive Beziehung zu führen.« Er machte einen Schritt auf mich zu und versenkte seine Hände wieder in den Taschen seiner dunkelgrünen Wachsjacke.

»Kann man so sagen.«

»Dann darf ich mich ja geschmeichelt fühlen, dass du Zeit für mich hast.« Sein Blick wurde verruchter. Meine Kehle fühlte sich trocken an und die Knie immer weicher. »Tut mir leid, dass ich damals einfach so gegangen bin.« Er hob die Hand. Seine Fingerspitzen strichen hauchzart über meine Wange. Wie paralysiert sah ich ihm einfach nur tief in die Augen. Mein Gehirn hatte nicht ganz verstanden, was er da gesagt hatte. »Wirklich.«

Seine Worte hallten in meinem Kopf wieder. Ich musste schwer schlucken. »Schon … schon okay.«

»Nein, war es nicht.« Seine Hand blieb an meiner Wange liegen. Immer wieder glitt sein Blick zwischen meinen Lippen und meinen Augen hin und her.

Ganz viele kleine Schmetterlinge explodierten in meiner Brust. Kribbelnd tanzten sie durch meinen Bauch und schienen sich gar nicht beruhigen zu wollen. »Wenn du mich jetzt küssen willst, dann tu es.« Rau hallte meine Stimme in der Stallgasse wider.

Er schmunzelte. »Du kannst doch mutig sein.«

Mein Herz stolperte, als er sich vorbeugte. Zart strichen seine Lippen über meine. Sie waren noch so zart wie früher. Ein bittersüßer Schmerz fraß sich in meine Brust. Ich ließ meine Hände in seinen Nacken gleiten, zog ihn näher zu mir. Immer energischer ergriff er Besitz von meinen Lippen. Meine Finger krallten sich in seine Haare, während ich innerlich verglühte.

Fest drückte er mich an die Boxenwand. So intensiv hatte mich seit seinem Weggang niemand mehr geküsst. Schon gar nicht Karsten.

Als meine Hände auf seine Brust glitten, ließ er von mir ab. Entschieden machte er einen großen Schritt zurück. »Stopp! Das war ein Fehler.«

Verwirrt blinzelte ich ihn an. Er hatte mich doch küssen wollen. Sein Kuss prickelte immer noch auf meinen Lippen. »Wa …?«

Aber er drehte sich einfach um und stürzte aschfahl aus dem Stall.

Kapitel 15

Irritiert sah ich ihm nach. Was war das denn? Das konnte doch unmöglich sein Ernst sein!

Ungläubig berührte ich meine Lippen. Er hatte mich doch küssen wollen. Ich hatte mir das doch nicht eingebildet.

Seufzend ließ ich mich gegen die Boxenwand sinken. Und damit wären wir wieder da, wo wir vor mehr als fünf Jahren schon einmal gewesenen waren.

Wir küssten uns und er ließ mich einfach stehen. Ein Stich durchfuhr mein Herz. Hing das vielleicht mit der Person zusammen, die er vorhin am Telefon so zusammengestaucht hatte?

Wahrscheinlich! Es hatte fast geklungen, als wenn er die Mutter des Mädchens angefahren hätte, weil sie sich ohne ihn nicht um die Kleine kümmerte. Irgendwas ging da trotzdem nicht ganz in meinem Kopf zusammen.

Ich schloss die Augen. Verdammtes Arschloch!

So ungern ich es auch zugab. Ellie hatte verdammt noch mal recht gehabt. Ole hatte recht gehabt. Liz hatte sowieso recht gehabt.

Und dieser scheiß Plan, war sowieso selten dämlich. Wie war ich bloß daraufgekommen, dass es eine gute Idee wäre, ihn wieder so dicht an mich heranzulassen.

Viva lugte über ihre Boxentür und schnaubte. Mit der Nase deutete sie in meine Richtung und nickte, ihren besten

Hundeblick aufgesetzt.

»Du denkst mal wieder nur ans Fressen.« Schmunzelnd erhob ich mich. »Dafür hast du da echt ein leichtes Leben. Fressen, schlafen und vielleicht mal etwas spielen.« Wobei, mit wem sollte sie jetzt spielen? Haddy war wahrscheinlich schon auf der Fähre nach Gotland, wenn sie nicht schon bei Liz und Ole mit Nigal und einigen anderen schicken Sportpferden im Garten stand. »Vielleicht bist du auch nicht besser dran.« Matt lächelnd griff ich in meine Jackentasche und beförderte ein Leckerli heraus, das kräftig nach einer komischen Mischung aus Banane und Lakritze roch. Viva zog sofort die Unterlippe hoch und scharrte mit den Hufen. »Dass du das magst. Eigentlich hatten wir echt Glück, dass du bisher noch nie eine Kolik hattest.« Viva schnaubte. Sie machte einen Giraffenhals. Ihr warmer Atem streifte meine Hand, als ich auf sie zulief. Ihre feinen Tasthaare kitzelten auf meiner Haut. »Hier, Mäuschen. Ich hoffe, du hast dich beim Freispringen benommen und ich darf mir von Hannah morgen keine Beschwerden anhören.« Vorsichtig nahm sie das längliche Leckerli aus meiner flachen Hand. Ich fuhr ihr gedankenverloren die Blesse nach. »Was, glaubst du, war das gerade wohl? Mhm? Männer sind doch einfach komische Wesen!« Wieder schnaubte Viva. Feine Tröpfchen trafen auf meine beige Reithose und gegen mein dunkelblau-weißes Ringelshirt, das ich Mama heute Morgen geklaut hatte.

Gemächlich machte ich mich wieder auf den Heimweg. Die rustikalen Laternen, am Stalleingang und Parkplatz erhellten die in der Dämmerung versinkende Einfahrt. Es hatte etwas Zauberhaftes, wie die Sonne dem Himmel nur noch einen Silberstreifen schenkte. Ganz schwach zeichneten sich schon die ersten Sterne am Firmament ab.

Ich versenkte die Hände tief in den Taschen meiner Reithose. Dumpf hallten meine Schritte über den Asphalt von den umliegenden Weidezäunen wieder.

In was für eine Situation hatte ich mich da nur schon wieder gebracht. Am liebsten würde ich mich selbst dafür schlagen. Wenn ich nichts gesagt hätte, dann hätte er mich nicht geküsst und wäre nicht wie ein Irrer aus dem Stall gestützt. Hannah hatte es bestimmt mitbekommen und spätestens, wenn ich morgen auf dem Platz oder in der Halle ritt, würde ich eine kleine Befragung über mich ergehen lassen müssen. Wenn nicht von ihr, dann von Mama, die es dann von Hannah hatte. Ein Glück, dass Lena gerade noch nicht wieder da war, wie es schien. Dass sie sich auch noch einmischte, würde nur noch fehlen.

Ich fischte meinen Haustürschlüssel aus der Hosentasche. Die kleinen Schlüsselanhänger klimperten.

Dass es so war, ihn zu küssen, hatte ich schon wieder total vergessen. Alleine bei dem Gedanken an den Kuss kribbelte es schon wieder in meiner Magengegend. Es war so aufregend gewesen. Ich hatte mich seit Jahren mal wieder begehrt und gesehen gefühlt.

Ich biss mir auf die Unterlippe. Warum musste ausgerechnet er mich so fühlen lassen? Warum nicht irgendwer sonst? Meinetwegen sogar Karsten, dem ich nur zum Zeitvertreib getaugt hatte. Ach verdammt.

Vor unserem Gartentor blieb ich stehen. Kurz verharrte meine Hand auf der kühlen Klinke. Was machte ich mir darüber Gedanken. Ich hatte es mir selbst eingebrockt, verdammt noch mal!

Strenggenommen wunderte es mich, dass ich nicht in Tränen ausgebrochen war. Das wäre doch eigentlich die naheliegendste Reaktion gewesen.

Kopfschüttelnd drückte ich sie herunter und trat auf den Gartenweg. Prüfend wanderte mein Blick von Fenster zu Fenster. Kein Licht. Meine Eltern saßen wahrscheinlich im Wohnzimmer. Es würde mich nicht wundern, wenn Papa aus einem Nickerchen hochschrecken würde, wenn ich die Haustür aufschloss.

Wie als hätte sie auf mich gewartet, stand Mama schon im Flur, als ich die Tür aufschloss. »Du bist ja früh zurück?« Es klang beinahe wie ein Vorwurf.

»Es sah nach Regen aus.« Ich ging in die Knie, um die Reißverschlüsse meiner Stiefeletten zu öffnen. »Wir haben uns auch nicht unbedingt lange unterhalten.«

»Hannah meinte, du wärst Pantas geritten und war etwas verwundert, dass Lukas den kleinen Teufel aus der Hand gegeben hat.«

»Er hat mir die Wahl gelassen und ich habe mich für das kleinere Übel entschieden. War auch besser so. Blaze hätte ich niemals so halten können.«

Mama musste schlucken. »Da können wir wohl alle froh sein, dass es auf dem Platz geklappt hat.«

Ich zog mir die linke Stiefelette von Fuß und stellte sie neben die Tür. »Weißt du schon, wann du morgen reiten willst?«

»Hannah wollte sich nochmal meinen Sitz angucken. Ich denke so gegen Mittag. Reitest du nicht vielleicht wieder mit Lukas aus?«

Ich schüttelte bestimmt den Kopf und schlüpfte auch noch aus dem anderen Schuh.

»Was hat er angestellt?« Mama hob mahnend die Stimme.

»Nichts, was dich etwas angeht. Hört bitte einfach auf, euch immer in unsere Angelegenheiten einmischen zu wollen. Wir sind schon lange keine Kinder mehr.«

Entrüstet verschränkte Mama die Arme vor der Brust. »Das ist ja der Punkt!« Ihre blauen Augen blitzten mich vorwurfsvoll an. »Ich weiß, doch dass er dir damals das

Herz gebrochen hat. Brauche ich nicht noch mal!«

»So schlimm war es auch wieder nicht!«

»Du hast wochenlang fast nur in deinem Zimmer gesessen und jeden weggeschickt.«

»Da war ich siebzehn!« Ich rollte mit den Augen und schob mich an ihr vorbei zur Treppe. »Inzwischen bin ich deutlich weniger naiv und lasse mich nicht mehr von schönen Worten einlullen.« Innerlich lachte ich mich über mich selbst kaputt. Es waren doch nie die Worte gewesen. Es war immer das Gesamtkonzept Lukas Stüwe, das mir den Kopf verdreht hatte.

Mama hob beide Augenbrauen. »Wir werden sehen. Wenn ich ehrlich bin, weiß ich nicht, was ich von alldem halten soll.«

Sie war wohl hin- und hergerissen zwischen der Hoffnung, dass ihre vor Jahrzehnten geschmiedeten Hochzeitspläne doch noch wahr wurden und dem Wunsch, mich zu beschützen.

Schnell lief ich die Treppe hoch, bevor sie doch noch konkreter fragen konnte, was Lukas schon wieder angestellt hatte.

Mit einem Satz warf ich mich auf mein Bett. Die Zimmertür schlug einfach hinter mir zu. Ich schloss die Augen und zog mein Handy aus der Hosentasche. Eigentlich nur, um es an ein Ladekabel zu hängen, aber dann blickte ich doch auf den Bildschirm.

Als hätte ich es geahnt, blinkten drei neue Nachrichten von Liz auf. Fotos über Fotos und die Worte, »Sie sind da!«sprangen mir entgegen, als ich den Chat öffnete.

Auf dem ersten Bild führte Ole Nigal vom Transporter. Auf dem zweiten lief Haddy sich auf dem Sandplatz aus und auf dem dritten waren alle Pferde auf der Stallgasse zu sehen. Es sah aus wie ein wahr gewordener Traum. Ein feiner Stich durchfuhr mein Herz zum zweiten Mal an diesem

Tag. Heute musste dieses arme Ding wirklich eine Menge aushalten.

»Sieht klasse aus.« Am liebsten hätte ich Seiten über Seiten darüber verfasst, dass sie mir fehlte. »Wann wollen wir mal wieder reden?«

»Passt dir Sonntag?«

»Ja. Ruf einfach durch.« Mein Finger schwebte kurz über dem Anrufensymbol. Ich hätte ihr so gerne von der Sache auf der Stallgasse erzählt. Sie schrieb Sonntag. Bis dahin würde ich auch alleine mit dem Mist fertig werden. Mit einem Kloß im Hals wollte ich das Handy schon wieder weglegen, da blinkte eine neue Nachricht auf.

Lukas. Fest entschlossen die Nachricht zu lesen und ihn danach zu blockieren öffnete ich unseren Chat.

»Tut mir leid. Mein Leben ist gerade Chaos genug. Ich habe keinen Kopf für sowas.«

Arschloch! Dann küsste man auch niemanden. Ich wollte den Chat schließen, da kam die nächste Nachricht von ihm.

»Ich schwöre dir, irgendwann erkläre ich dir alles.«

Würde er nicht. Er würde wieder nach England verschwinden.

»Spar es dir. Es ist, glaube ich, besser, wir sehen uns nicht mehr, bis du wieder weg bist.« Ich musste hart schlucken. Sowas schrieb man sich normalerweise nicht, wenn man sich eine halbe Stunde vorher noch geküsst hatte. Mein Händchen für Männer ließ einfach nach wie vor zu wünschen übrig.

Drei weitere Punkte erschienen auf dem Bildschirm. Lukas tippte. In meiner Brust baute sich eine feurige Spannung auf. Wenn er jetzt Scheiß, schrieb, dann müsste er mir nie wieder unter die Augen treten.

»Ich kann mich nicht von dir fernhalten.« Ich las die Nachricht zweimal, ehe ich sie verstand.

Mein Herz machte einen Hüpfer und dann traf mich

leider auch schon die Erkenntnis, bevor die Schmetterlinge losfliegen konnten.

Er wollte nicht! Von Können zu reden, war echt hoch gegriffen. Ich war viel zu leicht zu beeindrucken. Ich wollte gerade schon zurückschreiben, dass er sich diese Sprüche wirklich herzlich schenken konnte, da hatte er die Nachricht auch schon gelöscht.

Genervt legte ich mein Handy endgültig weg und griff nach dem eingestaubten Buch auf meinem Nachttisch. Ein mit »to die for« beschriebener Liebesroman würde mich schon von meinem eigenen Chaos ablenken können.

Kapitel 16

Das ganze Wochenende über sah ich Lukas nicht. Wenn ich nicht immer gesehen hätte, dass Pantas und Blaze schon bewegt worden waren, hätte ich angenommen, dass er zurück in England war.

In meinem Kopf hatten sich seine Worte eingebrannt. Immer und immer wieder hatte ich die Nachricht gelesen. Was sollte an seinem Leben so chaotisch sein? Streng genommen hatte er wohl weniger Sorgen, als so viele andere Menschen.

Niemals würde er mir all seine Geheimnisse, angefangen mit seinem Job, anvertrauen. Es tat weh, das zu wissen. Das gestand ich mir selbst ehrlich ein.

Am Montag hatte ich mich gegen Mittag endlich mal von meinen Büchern gelöst und war herüber zum Club.

Viva wartete schon am Gatter, aufgeregt spielte sie mit den Ohren und stieß mir direkt gegen die Einschubtasche meiner Reithose, als ich mich am Gatterschloss zu schaffen machte.

Deshalb sah ich wohl auch nicht, dass Lukas in meine Richtung kam. Ich bemerkte ihn erst, als er hinter mir die Weide betrat.

Ein Schauer lief mir über den Rücken. Er würdigte mich keines Blickes. Zwischen uns war etwas zerbrochen, als er

mich geküsst hatte.

Lena war wohl immer noch beschäftigt, denn er holte sich Libby. Erhaben schritt das teure Dressurpferd neben ihm her. Sie stand ihm. Jedes Pferd stand ihm.

Viva stieß mir tröstend gegen die Schulter und holte mich damit aus meiner Starre. Ich strich ihr den Schopf aus der Stirn. »Was machen wir heute nur?«, flüsterte ich mehr zu mir selbst als zu ihr.

Mit ihm in einer Reitbahn... Nein. Das konnte ich nicht! Dafür waren zwischen uns zu viele unausgesprochene Worte.

An den Stallungen stand Libby an meinem angestammten Putzplatz angebunden und wartete geduldig darauf, dass ihr Reiter wieder kam. Ich band Viva möglichst weit von ihr entfernt an.

Ich wollte gerade in die Sattelkammer einbiegen, da stieß ich fast mit Lukas zusammen.

Wie elektrisiert starrte ich ihn unbeweglich an. Seine grünen Augen sahen noch unergründlicher aus als sonst. Er öffnete die Lippen. Augenblicklich musste ich daran denken, wie es war, als er mich geküsst hatte. Mein Herz schlug mir bis zum Hals. Ich hielt die Luft an und beobachtete, wie es hinter seinen wunderschönen Augen arbeitet.

Lass ihn etwas Nettes sagen. Sich vielleicht sogar entschuldigen. Bitte!

»Sorry.« Er machte galant einen Schritt zur Seite.

Schnell wandte ich den Blick ab und machte einen großen Schritt in den kleinen Raum.

Die Hölle war doch wieder der geeignetste Ort für ihn, meiner Meinung nach.

Jedoch lief er nicht einfach raus. Unschlüssig stand er den Putzkasten in der Hand neben der Tür.

Ich schloss wortlos meinen Spind auf. Wie immer zog ich meine Putzbox vom untersten Brett. Heute wartete ich allerdings angespannt darauf, dass er ging.

Lukas dachte nicht dran. Geräuschvoll stellte er die silberne Putzbox auf die Bank bei der Tür. Seine Schritte hörte ich genau hinter mir und dann fühlte ich seine Hand sanft auf meiner Schulter.

»Das mit letzter Woche …« Er blieb direkt hinter mir stehen. »Es tut mir wirklich leid, Marie.«

»Was?«, fragte ich säuerlich. Fest umklammerte ich den Griff meiner eingestaubten Putzbox.

»Alles.« Seine Stimme jagte mir einen Schauer über den Rücken. Tränen stiegen mir in die Augen. Es war, als hätte er direkt in die Wunde gestochen, die ich schon seit Jahren mit mir herumschleppte. »Ich will dir alles erklären, aber …« Zögerlich drehte ich mich zu ihm um. Er war reichlich blass um die Nase. »Ich kann nicht. Noch nicht.«

»Was brauchst du, um es mir erklären zu können?«

»Zeit.«

»Lukas, du kannst nicht einfach mit meinen Gefühlen spielen! Nur weil du nicht über was auch immer reden willst, kannst du nicht so mit mir umgehen!«

»Ich weiß.« In seinen grünen Augen spiegelte sich Reue wider. Vorsichtig strich er mir über die Wange. »Normalerweise habe ich mich auch besser unter Kontrolle.«

»Normalerweise?«

»Hast du eine Ahnung, wie oft ich dich anrufen wollte? Es ist einfach noch mal eine ganz andere Nummer, wenn du vor mir stehst.« Sein Daumen blieb auf dem höchsten Punkt meines Wangenknochens liegen. Auf seiner Stirn hatte sich eine steile Falte gebildet.

Wieder ein Schlag ins Gesicht. Entgeistert starrte ich ihn mit offenem Mund an. Mein Herz hatte seinen Dienst kurzzeitig quittiert, um dann nur noch schneller weiterzuschlagen. Mit den Augen suchte ich nach irgendeinem

Anzeichen, dass er log.

Er blinzelte. »Du hast keine Ahnung, was in den letzten Jahren passiert ist. Eigentlich kann ich dich gerade gar nicht in meinem Leben gebrauchen.«

Na danke auch. Schnell machte ich einen Schritt zurück. Das ist genau das, was man hören will! Super Lukas. Wirklich! Das Feingefühl eines Bulldozers. »Dann... dann halt dich von mir fern!«

Er sah zu Boden und schüttelte den Kopf. »Fühlt sich leider ziemlich falsch an.«

»Ge... Gewöhnt man sich dran«, stammelte ich hölzern.

Ein schiefes Grinsen bildete sich auf seinen verführerischen Lippen. »Hab ich schon versucht.« War das hier gerade ein verunglücktes Liebesgeständnis? Was hatte ich bitteschön verpasst?

Ich suchte verzweifelt nach einem anderen Fixpunkt als seinen Lippen. Eingehend betrachtete ich die Wand aus dunkelgrünen Spinden. Auf zweien klebten bunte Aufkleber aus einem Pferdemagazin. Schwer schluckte ich, straffte die Schultern und nahm meinen Mut zusammen. »Dann versuchs weiter.«

Gefasst stolzierte ich an ihm vorbei aus der Tür.

Auf der Stallgasse fiel mein Selbstbewusstsein wieder in sich zusammen. Eigentlich hätte ich stolz auf mich sein müssen. Hallo? Ich hatte ihn einfach stehen lassen! Das war sonst sein Move! Aber ich fühlte mich elend.

All die Jahre war das Leiden für nichts gewesen. Ohne die Distanz hätten wir unser Happy End haben können. Und jetzt war alles so verdammt kompliziert! Das war doch nicht fair! Das Schicksal hasste mich!

Ich nestelte mein Handy aus der Tasche. Ich hatte zwar gestern schon mit Liz gesprochen, wobei sie eigentlich mehr geredet und ich nur unbeteiligt zugehört hatte.

Meine Finger flogen nur so über den Bildschirm, dann

hielt ich allerdings inne. Wenn ich diese Nachricht abschickte, dann würde Liz kommen. Sie würde nicht mit sich reden lassen und hatte sich gerade erst in Schweden eingefunden. Scheiße!

So schob ich mein Handy wieder in die Hosentasche.

Lukas holte mit schnellen Schritten zu mir auf. Instinktiv zog ich die Schultern hoch. Was wollte er noch?

»Ich bitte dich nur um eins.« Ich hatte eindeutig vergessen, wie hartnäckig er sein konnte. »Gib mir eine Chance.«

Ich seufzte und lief schneller. »Lukas …«

»Bitte, eine Chance. Sollte ich es versauen, warum auch immer, jag mich meinetwegen zur Hölle.«

Ich musste schlucken und ließ die Schultern sinken. Neben Viva blieb ich stehen. »Ich habe eine Frage.«

Aufmerksam sah er mir in die Augen. Alles um uns herum schien sich zu drehen. »Frag.«

»Wer ist Cathy?«

Sein Blick wurde trüb. Er biss die Zähne zusammen und die Kieferknochen traten hervor. »Kannst du etwas anderes fragen?«

»Nein.« Sie schien der Dreh- und Angelpunkt zu sein. Ich musste es wissen.

Er sah weg und atmete scharf ein. »Sie ist meine Cousine, also zweiten Grades. Als …« Seine Cousine? Was hatte das zu bedeuten und warum sprach er nicht weiter! Er schüttelte den Kopf. »Den Rest musst du nicht wissen.« Ich wollte schon protestieren. »Belasse es dabei. Bitte.«

Die Welt hatte aufgehört, sich um uns zu drehen. Das Geheimnis war nur größer geworden mit dieser Antwort. Ich hätte wohl froh sein sollen, dass Cathy nicht seine Tochter war, aber dann hätte ich auch weniger Fragen gehabt.

»Gut, eine Chance!«

Die Sorgenfalte blieb auf seiner Stirn, aber ein Lächeln schaffte es auf seine Lippen. »Danke. Ich werde mein Bestes versuchen, es nicht zu versauen.« Er räusperte sich und sah zu Libby. »Ich muss mit ihr gleich eine Stunde beim Trainer meiner Mutter reiten. Sie kann sie nicht wahrnehmen und konnte so schnell nicht absagen. Treffen wir uns heute Abend?«

»Ich … Ich schreibe dir.« Worauf hatte ich mich da bloß eingelassen! Scheiße!

Kapitel 17

Kritisch musterte ich mich im Spiegel. Ich hatte mich schon seit einer gefühlten Ewigkeit nicht mehr geschminkt. Ich kam mir fremd vor. Wie eine andere Version von mir. Eine Version, die heute etwas erleben wollte. Was genau wusste sie nur nicht. Und gleichzeitig hatte ich das Gefühl, dass alles zu viel war. Schnell wischte ich die Foundation und den Concealer wieder herunter. Das war ich nicht. Unschlüssig betrachtete ich die vom Abschminken leicht gerötete Haut. Andererseits hatte alles ebenmäßiger ausgesehen … mit einem Seufzen griff ich nur nach dem farblosen Lippenstift. Obwohl es war eher ein Gloss. Liz hatte es irgendwann mal angeschleppt, weil sie es so verdammt gut fand.

Wenigstens hatte ich mich nicht dazu durchringen können, das hübsche Sommerkleid anzuziehen, das ich viel zu selten trug und mir meiner wenigen Oberweite zum Trotz sehr schmeichelte.

Mein Blick wanderte wieder zurück zum Schrank. Oder war es doch besser? Optisch würden wir dann zumindest mal besser zusammen passen. Trotzdem griff ich nach meiner Sweatshirtjacke.

So wie ich jetzt aussah, das war genug. Und vor allem das war ich. Er hatte mich um diese Chance gebeten, als ich

dreckige Stallklamotten anhatte. Da würd es ihn wohl kaum stören, wenn ich mich nicht für ihn herausputzte.

Ich hielt mein Fahrrad vor der Einfahrt zur Villa, in der Lukas' Mutter lebte, an. Das große massive Tor, das sie vor wenigen Jahren hatte, vor der kurzen Einfahrt, bauen lassen, war verschlossen und neben der weiß gestrichenen Eingangstür brannte Licht in einer altmodischen Laterne.

Mit wild klopfendem Herzen schwang ich mich vom Rad und wollte klingeln, da kam Lukas schon aus der Haustür.

Das breite Lächeln auf seinen Lippen sorgte dafür, dass meine Knie weich wurden. Seine grünen Augen strahlten nur so, als er mich sah. Ich hielt den Atem an und wartete darauf, dass er mir das Tor öffnete.

Matty, die Hündin seiner Mutter, übersah ich dabei um ein Haar, dabei stand sie direkt vor mir und wartete darauf, dass das Tor endlich aufschwang. Aufgeregt trippelte sie von einer Pfote auf die andere und leckte sich über die Schnauze. Leise jammerte sie, als wenn sie Lukas dazu auffordern wollte, sich zu beeilen.

Galant öffnete er mir das kleine Tor an der Seite. »Wir wollten dir gerade entgegengehen. Madame muss noch eine kleine Runde gehen.«

Ein weiches Lächeln legte sich auf meine Lippen. »Kann ich eben mein Fahrrad wegstellen? Dann gehe ich gerne mit euch eine Runde durch die Felder.«

Matty wartete immer noch darauf, dass ich sie begrüßte, und stieß mir mit der feuchten Nase gegen die Hand. Hoffnungsvoll sah sie mich von unten an. Die Rute wedelte aufgeregt.

Schmunzelnd ging ich in die Knie. »Dich habe ich nicht vergessen, Mäuschen.« Genüsslich schloss sie die Augen, als ich sie hinter den rotbraunen Schlappohren kraulte. Die ergraute Schnauze drückte sie freudig gegen meine Wange.

Ich sah zu Lukas hoch. »Wie hat sie die Zahn-Op weggesteckt?«

»Was?« Irritiert sah er zu seinem Hund. »Weiß ich nichts von.«

»Dann warst du auch nicht zur Nachkontrolle bei Frank, oder?«

»Nein. Mum vielleicht.«

Kurzerhand hob ich die Lefzen der Hündin an. »Dann lass mich mal schnell gucken.« Brav hielt sie still, während ich mir die Lücken in ihrem Gebiss ansah. »Sieht aber alles gut aus. Frisst auch normal, oder?«

»Und wie!« Lukas lachte. »Alles, was tendenziell den Eindruck macht, lecker zu sein.«

Ich streichelte ihr noch einmal über den Rücken, dann richtete ich mich auf. »Dann ist alles gut. Ich sage Frank, dass ich noch mal draufgeguckt habe, das nächste Mal, dass ich ihn sehe.«

»Danke.« Er trat zur Seite und ließ mich mit meinem Fahrrad vorbei. »Stell es einfach neben die Garage.«

Matty rannte vor. Schwanzwedelnd steckte sie ihre Nase immer wieder ins hohe Gras links und rechts vom Feldweg. Ab und an sah sie sich zu uns um und blieb gehorsam stehen, wenn sie zu weit vorlief.

»Wie war deine Reitstunde?«, fragte ich. Bisher hatten wir geschwiegen. Es war dieses eigenartige Schweigen gewesen, das nicht unangenehm war, aber auch nicht wirklich angenehm.

Lukas zuckte mit den Schultern und fuhr sich durch die dunklen Haare, die wie so oft etwas verwuschelt waren, aber keinesfalls zu lässig wirkten. »Okay würde ich sagen. Ich wurde zumindest nicht angeschrien. Für einen Vielseitigkeitsreiter ganz passabel war der Tenor.« Er lachte auf.

»Ist das schon ein Lob? Oder eher eine Beleidigung?«

»Keine Ahnung.«

»Was hast du gemacht?«

»Innere Medizin beim Pferd gelernt.«

»Also kann ich dich jetzt immer anrufen, wenn einer meiner beiden eine Kolik hat?« In seinen Augen konnte ich sehen, dass er die Frage nicht wirklich ernst meinte.

»Bald.«

Er sah mich immer noch an. Ganz ruhig. So intensiv, dass die vielen kleinen Schmetterlinge in meinem Bauch wieder zum Leben erwachten. Aufgeregt flogen sie wie wild durch meinen Bauchraum. »Ich weiß, das muss sich jetzt wirklich komisch anhören, gerade weil wir uns so lange nicht gesehen haben, aber ich bin stolz auf dich. Als wir das letzte Mal über das Studium gesprochen haben, warst du noch so unsicher, ob du es schaffst und jetzt …« Er lächelte mich an und zuckte leicht mit den Schultern.

Er wusste gar nicht, wie viel mir seine Worte bedeuteten. Ohne ihn hätte ich das Studium nie angefangen. Hätte er das damals nicht so lapidar vorgeschlagen, hätte ich mich niemals getraut, auch nur einen Gedanken daran zu verschwenden.

Verlegen sah ich mich nach Matty um. Das Blut schoss mir in die Wangen. »Wann kommt eigentlich deine Mutter wieder?«

Er atmete laut aus. »Keine Ahnung. Frühstens morgen Abend war ihre Ansage, als sie Matty bei mir ablieferte.« Dann schlich sich ein schelmisches Grinsen auf seine Lippen. »Warum fragst du?«

»Darf ich nicht fragen?«

»Ein Schelm, wer dabei Böses denkt. Ich habe vergessen, dass ich es mit einem der bravsten Mädchen aus ganz Kleinblommen zu tun habe.«

»Die sich schon zwei Mal fast vor dir ausgezogen hätte«, kicherte ich.

Er schob die Unterlippe vor und setzte einen mitleiderregenden Blick auf. »Leider immer nur fast.«

Ich schnalzte mit der Zunge und musste grinsen. Mit ihm war alles irgendwie so leicht. »An mir lag es nicht.«

»Nein …« Er hob eine Augenbraue und lachte. »Eher an unserer guten Erziehung.«

»Oh, das sollten wir unseren Müttern erzählen! Die würden sich so ärgern.«

»Und dein Vater sich ordentlich auf die Schulter klopfen. Oder hat er inzwischen Gitter vor deinen Fenstern installieren müssen?«

»Du warst ja nicht mehr da!«

Wir mussten lachen.

Matty kam schwanzwedelnd zu uns gelaufen. Aufgedreht spielte sie Lukas an und rannte mit fliegenden Pfoten über den Feldweg. Er warf mir noch einen entschuldigenden Blick zu, dann rannte er los hinter seiner Hündin her, die ihn immer wieder anspielte.

Es war schön, sie miteinander spielen zu sehen. Lukas lachte befreit. Das letzte Sonnenlicht des Tages brach sich in seinen dunklen Haaren und ließ es aussehen, als wenn jemand Kupferfäden in ihnen verwoben hätte. Er legte, immer wenn er lachte, den Kopf leicht in den Nacken. Flache Lachfältchen zeichneten sich um seine Augen ab und die Grübchen bildeten sich deutlich auf seinen Wangen. Fasziniert sah ich ihnen dabei zu, wie sie sich auspowerten.

Es sah reichlich ulkig aus, als er einige Zeit später mit der großen rostfarbenen Hündin auf dem Arm zu mir kam. Sein Brustkorb hob sich unregelmäßig und sein Blick sprühte nur so vor Lebensfreude.

Matty legte gähnend den Kopf an seine Schulter und schloss die Augen. Ihre Vorderpfoten hingen schlaff herunter.

»Och«, kommentierte ich verzückt das müde Vizlamädchen.

Lukas strahlte mich einfach nur an. Er musste keinen Ton

sagen. Ich verstand auch so, wie sehr er das vermisst hatte, als er nach England gegangen war.

Matty gähnte laut und legte sofort den Kopf wieder an seine Brust. Sein T-Shirt bekam etwas Sabber ab. Ihn schien das jedoch nicht zu stören. Er besah sie nur mit einem fürsorglichen Blick. »Dann bringen wir das Spielkind mal wieder nachhause.« Sein Blick glitt zu mir und wurde forschender. »Hast du heute noch etwas vor?«

»Nein.«

»Das heißt, du gehörst den Abend über mir?«

Das Glitzern in seinen Augen ließ mein Herz schneller schlagen. »Das würde ich so nicht unterschreiben, aber ich habe alle Zeit der Welt, um mit dir den Abend zu verbringen.« Dass es so schnell gehen würde, hatte ich nicht erwartet, aber wenn ich in mich hinein horchte, dann wollte ich auch genau das.

Nur einmal wollte ich zumindest von ihm kosten, wissen, ob es genauso bittersüß war, ihn so dicht bei mir zu spüren, wie seine Küsse schmeckten. Ein aufgeregtes Kribbeln machte sich in meinem Bauch breit und setzte einen weiteren wild mit den flügelschlagenden Schmetterlingsflug frei.

Nur dieses eine Mal.

Kapitel 18

Lukas hatte Matty ausdauernd bis zur Haustür getragen. Sein graues T-Shirt zierten Pfotenabdrücke gepaart mit etwas Sabber, als er die Hündin auf der Stufe vor der Tür absetzte. Verwirrt blinzelte Matty durch die Gegend und setzte sich dann noch reichlich verschlafen vor die Haustür.

"Kein Wort zu Mum. Die hat es gar nicht gerne, wenn ich die Kleine durch die Gegend trage." Er zwinkerte mir verschwörerisch zu, als er die Tür aufschloss und Matty hinein ließ. "Gehen wir noch was trinken?"

»Wenn ich dieses Mal zahlen darf.« Zuckersüß lächelte ich ihn an.

»Vergiss es. Der Waliser Gentleman in mir verbietet es mir ganz klar, das anzunehmen.«

Ich musste herzlich lachen. »Seit wann bist du ein Gentleman? Was habe ich verpasst.«

Er musste schmunzeln und wies nach oben. »Ich ziehe mich eben um. Gib mir fünf Minuten.«

»Vielleicht nutze ich die Zeit und gehen einfach schon mal vor.« Erhaben schob ich das Kinn vor.

»Untersteh dich!« Er leckte sich über die Unterlippe. Sein Blick war wieder intensiver geworden. »Muss ich mir

was überlegen, dass du hierbleibst?«

»Wenn dir etwas einfällt.«

»Zweifelst du wirklich an meiner Kreativität?« Sein Blick glitt zu meinen Lippen.

Meine Atmung wurde flacher, während mein Herz nur noch mehr verrückt spielte. »Würde ich nie wagen!«

»Komm rein, bevor du mir wirklich abhaust.« Grinsend wies er in den Flur.

So stand ich das erste Mal seit Jahren wieder in dem Flur, in dem ich besoffen darüber nachgedacht hatte, wie es wohl wäre mit ihm zu schlafen. Nur heute würde es eventuell wirklich so weit kommen. Mein Sechzehnjähriges-ich würde erstaunt fragen, wie er mich in sein Bett gezerrt hatte und ob ich nüchtern war. Schließlich waren wir doch Freunde.

Brav faltete ich die Hände vor meiner Körpermitte und lächelte ihn unschuldig an, nachdem er die Tür hinter mir geschlossen hatte. »Wolltest du dich nicht umziehen?«

Prüfend sah er mich an. »Und du haust mir wirklich nicht ab?«

»Sollte ich?«

Er biss sich auf die Unterlippe und blickte wieder zu meinen Lippen. »Keine Ahnung.«

Seine Stimme hallte rau in meinen Ohren wieder. Sofort wurde das Kribbeln in meinem Bauch stärker und breitete sich wie ein Lauffeuer in meiner Körpermitte aus. Ein angenehmes Ziehen machte sich bemerkbar, gepaart mit einem erwartungsvollen Pochen.

So fühlte sich wohl eine Motte, die ins Licht flog. Ich presste fest die Lippen zusammen und entzog mich seinem intensiven Blick für einen Moment, in dem ich auf den grauen Teppich blickte, der unter der Garderobe lag. »Geh schon, sonst hat die Bar gleich zu.«

Der Moment war vorbei. Die flirrende Luft zwischen uns

beruhigte sich schlagartig. Nur ein immer dumpfer werdendes Pochen erinnerte noch daran, wie intensiv der letzte Augenblick zwischen uns gewesen war.

Lukas blinzelte und schluckte schwer, dann drehte er sich wortlos zur Treppe und verschwand mit schnellen Schritten im oberen Stock.

Kurz überlegte ich, ihm nachzugehen und darauf zu hoffen, dass wieder dieses Knistern zwischen uns entfacht wurde. Aber ich blieb unschlüssig und verloren im hellen Flur stehen.

Mir war vorher nie aufgefallen, wie leer das Haus aussah. Wie weiß, wie kalt, wie durch gestylt. Beinahe könnte man glauben, niemand wohnte in diesen Mauern und sie waren nur zu Demonstrationszwecken erbaut worden, würden nicht Jacken an der Garderobe hängen, neben zig Hundeleinen.

Matty gähnte und setzte sich fragend vor mich auf den Boden. Die kleinen grauen Haare um die Bernsteinaugen ließen sie weise wirken. Um ein Haar hätte ich angenommen, sie wollte mir jeden Moment einen guten Rat geben, wie ihn nur eine alte Frau einem jungen Mädchen mit weniger als halb so viel Lebenserfahrung geben würde.

Sanft lächelte ich sie an. Auch sie war ein Bestandteil meiner Jugend. Immer wenn ich sie sah, dachte ich an diese eine Nacht hier in diesem Haus. Das einzige Mal, dass ich neben Lukas geschlafen hatte.

Schritte polterten die Treppe herunter. »Wollen wir dann?«, hörte ich seine Stimme, noch bevor ich ihn sah. Würde ich heute wieder neben ihm schlafen? Ein Teil von mir hoffte es, ein anderer würde mir gerne für diesen Wunsch eine runterhauen.

Er trug einen grauen Hoodie. Er wirkte fremd an ihm und doch so vertraut. Mein Herz schmerzte leicht. So oft hatte ich ihn in diesem Ding im Stall gesehen. So oft hatten wir damals kein Wort gewechselt.

»Wenn du fertig bist meinem Ego zu schmeicheln, in dem du mich ansiehst wie das siebte Weltwunder, würde ich gerne gehen.«

Sofort schoss mir die Röte in die Wangen. »Was …?« Ich atmete tief ein und deutete auf Matty. »Was ist mit ihr?«

»Bleibt hier. Das kann sie schon ab. Wir werden wohl nicht die ganze Nacht weg sein.«

Die Hündin blickte mich an, als würde sie tausendmal lieber mitkommen. Ihr musste es jedes Mal, wenn Lukas ohne sie aus der Tür ging, vorkommen, als wenn er nie wiederkommen würde. Und je mehr Zeit ich mit ihm verbrachte, desto mehr konnte ich diese Angst verstehen.

Lukas seufzte und ging neben der Hündin in die Knie. »Hör mal zu, Mattytier. Wir kommen wieder. Sei ein braver Schatz, wie immer. Schlaf ein bisschen und dann sind wir schon wieder da.«

Die Hündin streckte den Kopf und leckte ihm der Länge nach über die Wange.

Triumphierend sah er mich an. »Das werte ich mal als Ja. Also los, Käferchen, beweg deinen Arsch aus der Haustür, ehe Madame Hund doch mitkommen will.«

Mir stockte der Atem. Käferchen. Das hatte ich schon ewig nicht mehr von ihm gehört. Mindestens 7 Jahre nicht mehr. Mein Herz schlug wieder schneller und ich tastete abwesend nach der Türklinke. Unsere gemeinsame Geschichte war wieder so präsent. Das Spielen im Garten als Kinder, das Reiten mit den Ponys einfach der Nase nach, der Vertrauensbruch, als er das Freundebuch, als verglichen mit jetzt, kleiner Junge zerrissen hatte.

Ich drückte die Klinke herunter und öffnete umständlich die Tür. Wenn ich mich jetzt umdrehte, dann konnte ich ihn nicht mehr ansehen. Kühle Luft prallte mir in den Rücken.

Lukas verengte die Augen und musterte mich, dann zog

er eine Jacke von der Garderobe und richtete sich auf.

Immer noch stand ich unbeweglich im Türrahmen und starrte ihn einfach nur an. Dieses wunderschöne Wesen, das mir vorkam, wie von einem unheimlich weit entfernten Stern.

Mit einem sanften Lächeln legte er mir die Jacke über die Schultern. Sein Geruch hüllte mich sofort ein. Am liebsten hätte ich meine Nase ganz tief in dem Stoff des dunkelblauen Blousons vergraben. »Es soll mir doch niemand nachsagen, du würdest in meiner Gegenwart erfrieren.« Seine Hände glitten den Reißverschluss, der Jacke hinab, streiften sanft meine Handrücken. Bei ihm würde ich nicht erfrieren, eher lebendig verglühen. Seine Berührungen schickten zuckende Blitze durch meinen Körper, hinterließen eine Spur der Verwüstung, und den Durst nach mehr. Sanft schob er mich aus der Tür. »Wenn Mademoiselle ihren Arsch nicht bewegt, muss ich das wohl tun.«

Der raue Klang seiner Stimme prasselte wie ein wohltuender Sommerregen auf mich ein. Zittrig atmete ich ein und stolperte fast die kleine Treppenstufe herunter.

Mit einer Hand griff er nach meiner Schulter, mit der anderen nach seinem Schlüssel. »Vielleicht sollte ich darüber nachdenken, dich zu tragen. Dann bewegst du dich und fällst vor allem nichts herunter.«

Ich erwachte aus meiner Trance. »Nein! Das lässt du und denkt nicht einmal darüber nach!«

»Also schaffst du es, selber zu laufen, ohne dich langzulegen?« Er grinste und zog die Tür zu. Ihm schien es zu schmeicheln, wie ich ihn angestarrt hatte.

»In der Regel schon!« Selig kuschelte ich mich in seine Jacke, dabei war mir überhaupt nicht so kalt.

Am Strand war ich jedoch froh über die Jacke. Der Wind blies ordentlich. Wieder feierten ein paar Kids in der Strandbar. Und wieder lehnte Nico am Tresen und schaute gelangweilt in der Gegend umher. Sein Blick verweilte auf uns. Ich meinte, Irritation aus seinen Augen lesen zu können. Als hätte er nicht damit gerechnet, uns noch einmal zu sehen.

»Was willst du?«, wandte ich mich an Lukas.

»Noch mal, ich …« Sein Handy klingelte. Mit einem Stöhnen fischte er es auf der Hosentasche seiner schon wieder verboten gut sitzenden Jeans. »Sorry, da muss ich ran. Bestell einfach schon mal. Wie das letzte Mal auch.« Dann hielt er sich das Handy ans Ohr und lief mit schnellen Schritten in die entgegengesetzte Richtung. Ich hörte nur noch etwas von »Opa«, »Hamburg« und »Termine.«

Was war in seinem Leben bloß los? Ich sah ihm nach, wie er am alten Bootshaus stehen blieb.

Tief atmete ich ein und steuerte zielstrebig auf Nico zu, der schon im Kühlschrank unter dem Tresen wühlte. »Na. Nehme an wie letztes Mal, oder?« Die Flaschenhälse klirrten aneinander, als er sie auf dem Holztresen abstellte. »Hatte nicht erwartet, euch nochmal hier zu sehen.«

»Wieso?«

»Die Stimmung zwischen euch war ja reichlich unterkühlt vor ein paar Tagen.« Er musterte mich, während er den Kronkorken von der ersten Flasche löste. »Scheint ja, ein viel beschäftigter Mann zu sein, dein Brite.«

»Er ist nicht mein …« Nico schmunzelte wissend und deutete mit einem Kopfnicken auf die Jacke über meinen Schultern.

»Ich hätte damals schon gewettet, dass da zwischen euch was ist. Steht dir, der Kerl.«

»Ach Quatsch nicht. Wie viel bekommst du?«

»Drei. Wie letztes Mal.«

Ich zog den Fünfeuroschein aus meiner Handyhülle. »Stimmt so.«

»Die Q1 des Kleinblommer Gymnasiums dankt.« Grinsend schob Nico mir die Flaschen zu. »Ich glaube, dein

Brite kommt wieder. Sieht nicht happy aus.«

»Hallo? Ich habe auch gerade seine Ehre gekränkt. Wohnt der Typ sechs Jahre in England und schon überwiegt das britische Blut.« Ich lachte und hob die Flasche mit meinem Bier-Mix zum Abschied.

Nico hörte ich noch leise hinter mir kichern, als ich Lukas entgegenging.

»Tut mir leid, war mein Opa. Er wollte mich schon den ganzen Tag anrufen und wir haben uns immer verpasst.« Er nahm mir die Bierflasche ab, die ich ihm zuckersüß lächelnd hinhielt. »Danke. Ich bin jetzt sauer auf dich!«

Ich überhörte seinen Kommentar galant. Ich war meine eigene Frau und das sollte er auch ja merken. »Wann willst du nach Lüneburg?«

»Puh, keine Ahnung. Nächste Woche vielleicht.« Er sah sich suchend nach einem netten Platz zwischen den Dünen um. »Ich wollte vielleicht die Pferde mitnehmen.« Dann sah er mich wieder an. In seine Augen trat ein Glitzern. Dieses Funkeln kannte ich mehr als gut. Er hatte einen Plan. »Warst du schon mal auf dem Gut?«

Ich schüttelte den Kopf. Wann auch? Ich hatte seine Großeltern schon seit Ewigkeiten nicht mehr gesehen. Als er noch hier gelebt hatte, waren seine Mutter und ihre Eltern grässlich zerstritten gewesen. Daran meinte ich mich zumindest erinnern zu können und daran, dass der Tod seines Onkels damit zu tun gehabt hatte.

Ein breites Grinsen legte sich auf seine Lippen. Ich erwartete beinahe schon, dass er mir jeden Moment einen total dummen Plan erläutern würde, aber er blieb still. Immer noch grinsend griff er nach meinem Handgelenk und zog mich bestimmt an den Platz, an dem wir das letzte Mal schon gesessen hatten.

»Ich bin immer noch gekränkt«, verkündete er und ließ sich einfach in den Sand fallen. Seine grünen Augen blitzten mich allerdings in keinem Fall gekränkt an. Der Schalk saß ihm schon wieder tief im Nacken.

Lachend setzte ich mich neben ihn. »Was machen wir da nur?« Ich trank etwas aus meiner Flasche. Berühre mich, flehte eine kleine nervige Stimme in meinem Kopf. Fass mich wieder so an wie eben auf dem Flur.

Er sah mich total unschuldig an. Klimperte, wie das größte Unschuldslamm, mit den langen dunklen Wimpern, um die ich ihn verdammt noch mal beneidete. »Wie wäre es mit einem Kuss, Käferchen? Dann bin ich auch bestimmt wieder handzahm.«

»Du und Handzahm?« Ich lachte. »Außerdem Käferchen? Wann hast du entschieden, diesen Spitznamen wieder auszugraben?«

Lukas grinste. »Ich bin immer handzahm und Käferchen, fand ich schon immer passend.« Für einen Augenblick meinte ich wieder den siebzehnjährigen Jungen vor mir zu sehen, der mich, so oft geküsst, auflaufen und stehen lassen hatte.

Ich musste schlucken und trank schnell noch etwas aus meiner Flasche. »Warum hast du mich dann seit unserer Kindheit nicht mehr so genannt?«

Wurde er gerade etwa rot? Hatte ich es wirklich geschafft, Lukas Stüwe in Verlegenheit zu bringen?

»Fand ich eine dumme Idee, gerade bei dem Gewese, dass jeder um uns gemacht hat. Irgendwie waren wir uns auch nie so nah, dass es angebracht gewesen wäre, oder?« Er zückte sein Handy. »Lag auch an mir. Ich war ein pubertierender Vollidiot.« Verwundert blickte ich ihn an, als er mir sein Handy unter die Nase hielt. »Nie umgespeichert. Das schwöre ich dir.« Da stand meine Nummer in dem groß als Käferchen mit zwei Marienkäfern links und rechts, eingespeicherten Kontakt. »Leo hat so oft gefragt, wem ich denn da schreiben würde, wenn wir zusammen unterwegs waren.«

»War er auch der Typ, mit dem du neulich Aufnahmen

am Strand gemacht hast?«

Er nickte und trank ebenfalls etwas von seinem Bier. »Wir waren eigentlich ganz gut befreundet, falls du dich erinnern kannst. Er ist Fotograf geworden. Hat sich einfach ergeben.« Wieder schlich sich dieses nervige Grinsen auf seine Lippen. »Du schuldest mir immer noch einen Kuss.«

Kapitel 19

Es war nicht nur bei einem Kuss geblieben. Ich war plötzlich wieder sechzehn und tat genau das, was ich damals so oft hatte tun wollen.

Nie. Wirklich nie. Hatten wir zwischen den Dünen geknutscht, mal von diesem einen Kuss abgesehen. Und es hätte wirklich mehr als genug Gelegenheiten gegeben.

Die Getränke waren leer und die Flaschen schon bei Nico abgegeben. Der Himmel war wolkenverhangen und das Meer rauschte im Hintergrund. Der Mond spiegelte sich verzerrt in den Wellen.

Wir waren näher zusammen gerutscht. Schulter an Schulter blickten wir auf das Meer.

»Das Meer ist hier anders.« Seine Hand legte sich auf meine Hüfte und er zog mich näher an sich. »Ich weiß nicht, was es ist, aber es ist anders.«

Mein Herz schlug mir bis zum Hals. »Vielleicht, weil es sich mehr wie zu Hause anfühlt.« So würde es mir zumindest gehen.

Seine Mundwinkel zuckten nach oben. »Vielleicht.« Er sah mich an. Sein Blick war schon wieder so intensiv, dass es sich anfühlte, als wenn er bis in den fragilsten Teil meiner Seele gucken konnte. »Vielleicht auch nur, weil ich mit dir hier sitze.«

Meine Wangen fühlten sich an, als wenn sie jeden Mo-

ment den Leuchtturm auf einer der kleinen Halbinseln nicht fern von hier ersetzen könnten. Das hatte er gerade nicht wirklich gesagt. Die Schmetterlinge in meinem Bauch flogen Loopings.

Atemlos beobachtete ich, wie er sich vorbeugte. Ganz sanft strichen seine Lippen über meine. Dieser Kuss hatte nichts Spielerisches mehr. Etwas so Rohes, so bis auf die Knochen ehrliches, dass es sich anfühlte, als würde er mich bis in mein tiefstes Inneres berühren.

Feurig erwiderte ich den Kuss, nach dem kurzen Moment des Erstaunens. Mein Herz fühlte sich, als wenn es mir aus der Brust springen wollte. Seine Hände, mit denen er bestimmt nach meinen Hüften griff, fühlten sich an, als würde sie mich verbrennen wollen.

Als er mich auf seinen Schoß schob, wurde das Kribbeln stärker. In meiner Mitte machte sich wieder dieses erwartungsvolle Ziehen bemerkbar. Eine ungewohnte Unruhe legte sich über mich.

Eine Hand blieb auf meiner Hüfte liegen, die andere vergrub er in meinen Haaren.

Mit zitternden Fingern ließ ich meine Hände zum Saum seines Hoodies gleiten. Seine warme Haut zu spüren, fühlte sich wie ein Traum an. Grelle Blitze zuckten durch meine Fingerspitzen.

Mein Herz schlug bestimmt so laut, dass er es auch hören konnte, als er sich von mir löste. Mit fiebrigem Blick sah er mir in die Augen. »Lass … lass uns gehen.«

Immer noch in meinen intensiven Gefühlen gefangen, nickte ich stumm. Mein Hals fühlte sich trocken an.

Er löste seine Hand aus meinen Haaren. Federleicht strich er mir über die Wange, zu meinen Lippen.

Ich fühlte mich wie in Trance. Mein Kopf war wie leer gefegt. Ich zog eine Hand unter seinem Hoodie hervor. Fest umschloss ich seine Hand, schob sie zur Seite. Die Zeit schien stillzustehen. Alles war so leise. Tief sah ich ihm in die Augen.

Sein Ausdruck sprach Bände.

Und ich fühlte dasselbe.

Sanft schob er mich von sich herunter und stand auf. Galant hielt er mir die Hand hin und zog mich auf die Füße. Nur um mich noch einmal so zu küssen, dass mir ganz schwindelig wurde. In mir wuchs das Verlangen, ihm noch näher zu sein, nur weiter an.

Er ließ meine Hand nicht los. Als es dann plötzlich über uns losbrach, war es wieder wie vor einer gefühlten Ewigkeit. Damals, als ich besoffen gewesen war und Lukas sich um mich gekümmert hatte. Als wir die halbe Nacht geredet hatten.

Nebeneinander rannten wir den Dünenweg hoch. Der Regen durchnässte meine Jeans, mein T-Shirt. Meine Haare klebten mir nass in der Stirn. Hätte man normalerweise geflucht, lachten wir einfach nur.

Erst vor dem Tor wurden wir langsamer. Während er den Schlüssel aus seiner Hosentasche kramte, zog er mich näher. In dem Kuss lag so viel Feuer, Verlangen und das stumme Versprechen, dass diese Nacht aufregend werden würde.

Heftig knutschend taumelten wir wenig später in den Flur. Matty lugte nur kurz aus dem Wohnzimmer und verschwand dann wieder in ihr Körbchen. Mit dem Rücken prallte ich gegen die Flurwand. Er streifte mir seine Jacke von den Schultern. Sie landete einfach auf dem Boden, dicht gefolgt von meiner eigenen Sweatshirtjacke.

Hungrig wanderte sein Blick über mich, dann griff er an den Saum seines Oberteils. Als er es sich über den Kopf zog, blieb mir die Spucke weg. Da hatte sich aber einiges getan. Ich hatte ihn zumindest mit deutlich weniger Muskeln in Erinnerung. Bevor ich noch ungläubig die Hand nach ihm ausstreckte, entledigte ich mich meines eigenen

T-Shirts. Es landete bei den anderen Klamotten auf dem Holzboden des Flurs, bevor ich einen großen Schritt auf ihn zu machte.

Seine warme Haut unter meinen Fingern fühlte sich magisch an. Unwirklich. Seine heißen Küsse nahmen mir den Atem. Ich ließ mich einfach gegen ihn sinken. Genüsslich schloss ich die Augen. Er strich mir mit Nachdruck über den Rücken, bis zum Verschluss meines BHs. Spielend leicht hatte er ihn geöffnet, und ich spürte, wie der Druck auf meine Rippen nachließ. Die Träger rutschten gemächlich über meine Schultern.

Sein warmer Atem strich über meinen Hals. Seine Lippen waren nur wenige Millimeter von meiner empfindlichen Haut entfernt.

Meine Atmung ging schneller. Passierte das alles gerade wirklich?

Ich ließ meine Hände zu seinem Gürtel gleiten. Mein Herz pochte nur noch wilder, als ich das glatte Leder unter meinen Fingern spürte. Blind tastete ich nach dem Ende. Als ich es zu fassen bekam, zögerte ich einen Moment, dann zog ich es bestimmt aus der Lasche. Seine Jeans rutschte kaum, als der Gürtel geöffnet war. Nass klebte sie an seinen Beinen genauso wie meine eigene an meinen.

Seine Lippen liebkosten weiter meinen Hals, während er den Knopf öffnete und dann mit den Fingern seitlich in meine Jeans einharkte. Er schob sie mir Stück für Stück über den Hintern. Der Stoff bewegte sich nur störrisch über meine Haut.

Das Pochen wurde stärker, genauso wie das Kribbeln in meiner Brust einem Insektenschwarm glich.

Ich stieß ihn zurück und befreite mich unter seinem erstaunten Blick aus meiner Jeans. Das Glitzern in seinen dunklen Augen ließ meine Knie weich werden. Noch nie hatte ein Mann mich so angesehen. Als wenn ich etwas Kostbares war. Wie mechanisch streifte auch er sich seine

Jeans ab, allerdings ohne die Augen von mir zu lösen.

Die angeschwollenen Lippen hatte er leicht geöffnet und bedachte jeden Millimeter meines Körpers mit einem lustverhangenen Blick.

Ich wies nach oben.

Abwesend nickte er.

In seinem Zimmer, das immer noch so aussah wie früher, blieben wir vor seinem Bett stehen. Mein Hals war wieder so trocken. Unsicher biss ich mir auf die Unterlippe und sah ihn hilflos an.

Seine Mundwinkel zuckten nach oben. Ein liebevoller Ausdruck legte sich in seinen Blick. Zärtlich strich er mir über die Wange und legte schließlich die Hand in meinen Nacken. »Wir müssen das nicht tun.«

»Ich...« Ich musste schlucken und straffte die Schultern. »Ich will aber. Ich will dich!«

Kapitel 20

Es dämmerte, als ich die Augen aufschlug. Verwirrt blinzelte ich in das schummerige Licht, das durch schwere Vorhänge in das Zimmer drang. Es dauerte einen Augenblick, bis ich erkannte, wo ich war.

Schlaff und unbeweglich lag seine Hand auf meiner Hüfte.

Ungläubig fühlte ich in mich hinein. Wir hatten tatsächlich miteinander geschlafen. Und es war gut gewesen. Verdammt gut.

Vorsichtig hob ich den Kopf und spähte über meine Schulter.

Seine Augenlider zuckten, die Lippen waren leicht geöffnet. Sein Brustkorb hob und senkte sich gleichmäßig.

Darauf bedacht, ihn nicht zu wecken, schob ich seine Hand von meiner Hüfte und legte sie auf der Matratze ab. Die Bettdecke raschelte leise, als ich mich unter ihr hervor schälte.

Mein Herz schlug mir bis zum Hals. Und setzte schließlich fast aus, als ich auf den Wecker auf seinem Nachttisch sah. Scheiße!

Ich sprang auf. Hektisch klaubte ich meine Unterhose vom grauen Teppich und sah mich dann suchend nach dem

Rest meiner Klamotten um.

Scheiße, Scheiße, Scheiße!

Angestrengt dachte ich an die gestrige Nacht und stürzte dann fluchtartig aus dem Zimmer.

Matty rannte mir schwanzwedelnd entgegen, aber ich eilte einfach an ihr vorbei die Treppe herunter. Ich konnte ihren irritierten Blick in meinem Rücken fühlen. Leise hörte ich ihre Krallen auf dem Boden klacken, als sie zu Lukas' Zimmer lief.

An der Treppe atmete ich auf, als ich meine Klamotten verstreut im Flur liegen sah.

Schnell zog ich mich an und tastete in meiner Hosentasche nach Schlüssel und Handy. Alles noch drin und ich musste nicht auf dem Boden danach suchen.

Kurzerhand klaubte ich auch noch Lukas Sachen vom Parkett und hängte sie über das Geländer, der Treppe in den zweiten Stock, Handy und Portemonnaie legte ich auf den flachen viereckigen weiß gestrichenen Treppenknauf.

Dann schlüpfte ich auch schon wieder in meine Sneaker und riss die Tür auf.

Die kalte Luft legte sich wohltuend an meine brennenden Wangen, und ich atmete tief ein. Das Gefühl zwischen meinen Beinen war ungewohnt. Ich hatte seit Jahren keinen Sex mehr gehabt.

Bei dem Gedanken an das, was alles zwischen den Kissen passiert war, schoss mir nur noch mehr Blut in die Wangen.

Oh Gott! Hoffentlich hatte niemand etwas gemerkt. Hatte Lena nicht mal erzählt, dass sie eine Überwachungskamera hatte?

Suchend sah ich mich um, entdeckte allerdings nichts.

Die Angst umgriff mich fest. Wenn sie uns gesehen hatte … oh Gott, das wollte ich mir lieber nicht ausmalen!

Blitzschnell hastete ich zu meinem Fahrrad. Vor allem

wüssten das meine Eltern unter Garantie auch schon! Und das Gespräch wollte ich mir auf gar keinen Fall antun müssen!

Oh fuck! Ich brauchte ein Alibi, warum ich nicht verschlafen und im Schlafanzug in einer Stunde die Treppe herunterschleichen würde. Reinschleichen war keine Option mehr! Papa war garantiert schon wach und Mama auch.

Ich eilte mit dem Fahrrad zum Tor und bekam es im ersten Anlauf nicht auf. Nicht dass ich auch noch verzweifelt versuchen musste, Lukas irgendwie von hier draußen aus zu wecken, und damit das Aufsehen der Nachbarn erregte.

Im zweiten Anlauf sprang es endlich auf und ich schwang mich, nachdem ich das Fahrrad durch das Tor geschoben hatte, in den Sattel.

Mir kam eine Idee, wie ich ein Alibi bekommen konnte. Ein verdammt Gutes!

Kapitel 21

Ellie kniete schon vor der kleinen Tafel, die immer am Gehweg stand, als ich über das Kopfsteinpflaster auf sie zu radelte.

Verwundert musterte sie mich und ließ den Kreidestift, mit dem sie gerade die geschwungenen Buchstaben nachgezogen hatte, sinken. »Bist du aus dem Bett gefallen?«

Ich sprang vom Fahrrad. »So ähnlich.«

Ein wissendes Lächeln legte sich auf ihre Lippen, und sie stand auf. »Dann komm mal rein.«

Mein Fahrrad lehnte ich schnell gegen einen der Tische und folgte ihr in das Innere des Cafés. Wie immer roch es verführerisch nach süßem Gebäck, starkem Kaffee und ganz schal nach Lavendel.

Sie musterte mich. »Fünf Croissants. Zwei Doublechocolate-Cookies und vier normale Cookies, oder?«

Ich nickte und zückte mein Handy, um schnell über meine Banking-App zu zahlen.

Ellie grinste vergnügt. »Kenn' ich ihn?«

»Was?«

»Na deinen Aufriss? Du kannst mir nicht erzählen, dass du Zuhause geschlafen hast. Dafür siehst du viel zu gehetzt aus.« Sie schnappte sich die Gebäckzange aus ihrer Halterung und eine Tüte in Weiß mit ihrem lilafarbenen Logo.

»Also? Kenne ich ihn?«

Hatte sie Lukas schon mal gesehen? Nicht, dass ich wüsste. Ich schüttelte den Kopf.

»Oder willst du mir einfach nicht sagen, wer es ist? Du kamst aus Richtung Villenviertel.« Ihr Grinsen wurde breiter und sie verfrachtete das erste Croissant in die Tüte. »Ist er verheiratet?«

»Nicht, dass ich wüsste.«

Sie hielt in ihrer Bewegung inne. »Na, dann find das mal heraus! Du bist keine Affäre!«

»Also ich bin mir eigentlich ziemlich sicher, dass er nicht verheiratet ist.« Ich musste schlucken.

»Männer reden viel, wenn der Tag lang ist. Gerade wenn sie älter sind und ein junges Ding mit nachhause nehmen wollen. Da können einige Freundinnen von mir ein Lied von singen.« Ein weiteres Croissant landete in der Tüte.

Verwirrt blinzelte ich sie an. »Er ist nicht so viel älter als ich!«

»Uh!« Sie hob den Blick wieder und in ihren blauen Augen glitzerte es begeistert. »Gelangweilter reicher Junge mit Sturmfrei?«

»Trifft's schon eher.« Ich knirschte mit den Zähnen.

Ernüchtert sah sie mir in die Augen, dann füllte sie zwei weitere Croissants in die Tüte. »Das klingt auch nach einer dummen Idee, Mäuschen! Die suchen meist nichts Festes und wollen nur was vergessen.«

»Er … er ist so nicht.« Ich musste schlucken. »Wir kennen uns schon fast unser ganzes Leben lang!«

Ellie hob wieder den Kopf. Fragend runzelte sie die Stirn. »Jetzt klingt es noch dümmer!« Sie ließ die Tüte fallen und eilte hinter dem Tresen hervor. Wortlos schloss sie mich in die Arme. »Mäuschen, ich hatte dir doch geraten, die

Finger von ihm zu lassen! Das geht doch nicht gut aus. Ach, Süße!«

Nur langsam entgegnete ich ihrer Umarmung. »Aber … aber …«

Sie schob mich von sich und sah mir wieder direkt in die Augen. »Sag mir nicht, ihr seid immer noch nur Freunde, weil eure Freundschaft ist jetzt eindeutig versaut. Kümmere dich um ein Lable, bevor er dir wieder das Herz bricht!«

Ich biss mir auf die Unterlippe. »Ich weiß nicht mal, ob er bleibt.«

»Dann erst recht! Verdammt noch mal. Der Junge muss ja wirklich schöne Augen haben, wenn er dir so den Kopf verdreht hat!« Sie seufzte auf. »Stüwe eben. Hübsch anzusehen sind sie alle.« Mitleidig legte sie die Stirn in Falten. »Habt ihr wenigstens verhütet?«

Vorwurfsvoll sah ich sie an. »Wir sind keine Kinder mehr!«

»Macht die Sache nicht weniger kompliziert, wenn da doch so ein kleiner Mensch dabei herumkommen würde. Also?«

»Ja.« Ich seufzte. »Mit Kondom und Pille.«

Sie atmete sichtlich auf. »Sehr gut! Ich meine, es würde ganz bestimmt, ein wirklich hübsches Kind dabei herauskommen, aber …« Sie winkte ab und huschte wieder hinter den Tresen. Sie griff sich wieder die Tüte. »War's eine einmalige Geschichte?«

»Ich glaube ja.«

Sie verzog das Gesicht und verfrachtete noch zwei weitere Croissants in die Tüte, ehe sie sich noch eine Faltbox aus einem Nebenfach nahm. »Na vielleicht besser so.« Sie seufzte. »Oder liegt dir so richtig was an ihm?«

Ich zuckte mit den Schultern. Was sollte das auch schon bedeuten? Wann lag einem so richtig etwas an jemandem?

»Also wenn ja, dann würde ich sagen – Lable drauf, Examen machen, und ab nach England oder ihn dazu bewegen hierzubleiben.« Sie faltete die Box auf.

Ich seufzte. »Er wird nicht bleiben. Da ist was mit seiner Großcousine.«

Sie hob überrascht beide Augenbrauen. »Oha!«

»Sie ist minderjährig.« Das meinte ich zumindest. Damals, als Lukas in Wales gewesen war, müsste sie sieben gewesen sein. Auf jeden Fall zehn Jahre jünger als ihr Bruder, und Cray war nur ein Jahr älter als Lukas.

Ellies Augen weiteten sich. »Wird ja immer komplizierter! Du weißt nicht, wann er geht, du weißt nicht, was er beruflich macht, du weißt nicht, was das mit seiner minderjährigen Cousine ist. Marie, das ist ein ganz klarer Fall von, mehr Red Flags braucht man nicht, um zu rennen!«

Ich seufzte. »Du verstehst das falsch. Klar, ich weiß nicht, was er macht, aber ich weiß, dass es nichts Illegales ist. Und er kümmert sich um sie, weil irgendetwas in England passiert ist. Ich weiß nur nicht was.«

Drei der leckersten Kekse landeten in der Box. Saftige Schokoladen-Kekse mit weißen und dunklen Stücken. »Mäuschen, du bist verliebt, da sieht man nicht klar. Ich wünsche dir wirklich nur das Beste, aber sei bitte, bitte vorsichtig mit dem Jungen.« Die anderen vier Kekse landeten in der Pappschachtel. »Du bist viel zu wundervoll, um eventuell verarscht zu werden. Und nimm mir das nicht übel, aber was du erzählst, kannst du davon ausgehen, dass er von heute auf morgen weg ist. Dann bist du nur ein Name aus seiner Vergangenheit.« Kurz wanderte ihr Blick durch die Auslage, dann legte sie noch eine Zimtschnecke in die Box. »Für die Nerven, nach dieser Nacht.«

Kapitel 22

Mit Tüte und Box bewaffnet, fuhr ich nachhause. Mein Kopf schwirrte nach dem Gespräch mit Ellie. Hatte sie recht?

Vor unserem Gartentor bremste ich ab und stieg vom Fahrrad. Friedlich lag unserer Straße da, als würde alles und jeder noch schlafen. Vom Reitclub nebenan drang leises Hufgeklapper an mein Ohr, als ich das Gartentor öffnete und Fahrrad, wie auch Beute durch schob.

Lukas würde gehen. Ja, das wusste ich, aber ein kleiner Teil von mir wollte sich an eine gemeinsame Zukunft klammern.

Mama riss schon die Tür auf, als ich mein Fahrrad nur an die Kellertreppe lehnte. »Wo warst du?«

Ich hielt die Tüte hoch. »Frühstück holen. Konnte nicht schlafen.«

Sie zog die Augenbrauen besorgt zusammen und musterte mich. »Geht es wieder los? Die Jahreszeit würde passen.«

Ich schüttelte schnell den Kopf.

Verhalten nickte sie und ließ mich in den Flur. »Lass mich raten, Ellie, hat wieder mehr reingepackt, als sie sollte?«

Ich nickte. »Wir haben noch ein bisschen gesprochen.«

»Das ist gut. Wann willst du Liz wieder anrufen?«

»Muss ich noch mit ihr klären, aber so bald wie mög-

lich.« Ich wüsste sonst auch gar nicht, wie ich alles sortiert bekommen sollte. »Jetzt, wo auch die Pferde da sind, hat sie weniger Zeit.«

»Das kann ich mir vorstellen. Ich könnte das nicht, meine Pferde in Eigenregie halten. Aber die beiden machen das schon. Von Ole hatte ich immer den Eindruck, dass der einen Plan B locker aus dem Ärmel schüttelt, sollte etwas nicht klappen.« Sie lachte und nahm mir die Croissanttüte ab. »Oh die riechen schon wieder verdammt gut!«

»Ellie hat gerade aufgemacht, als ich kam.«

»Da fällt mir ein, dass ich sie und Jacob noch zum Essen einladen wollte. Lena wollte dann auch kommen, aber die ist ja gerade nur unterwegs.«

»Weißt du eigentlich, warum?« Ich zog mir die Schuhe aus und stellte dabei die Box auf den Boden.

Mama seufzte. »Das hat irgendwas mit dem Familienunternehmen zu tun und auch mit Lukas. Wegen irgendetwas streiten die sich gerade. Hat er dir gegenüber nichts gesagt? Ihr wart ja wieder häufiger zusammen unterwegs.«

Ich schüttelte den Kopf und nahm die Box wieder vom Boden. »Er redet nicht viel über sie oder warum er hier ist.«

»Geht uns ja auch nichts an. Obwohl ich zugegeben schon neugierig bin. Sie hat sechs Jahre versucht, dass er zumindest in den Semesterferien zurückkommt. Sie wollte ihm sogar damit drohen, dass er nicht wie abgesprochen mit 25 seinen Treuhand bekommt. Da ist wohl ihr Vater eingeschritten. Wahrscheinlich wäre das der einzige Köder gewesen, um ihn wieder herzulocken.« Sie seufzte. »Gut, dass du sowas nie gemacht hast! Ein millionenschweres Treuhandkonto können wir dir nicht bieten.«

Ich ließ fast die Box fallen. Schnell blinzelte ich und setzte ein Lächeln auf. »Kann uns ja auch egal sein. Außerdem würde ich keine Millionen wollen und weg von hier auch nicht!«

Mama lachte und strich mir die Haare aus der Stirn.

»Hast du schon wieder mit Frank gesprochen?«

Ich schüttelte den Kopf. »Ich weiß nicht.«

»Oma und Opa würden versuchen zu helfen, und auch wir können etwas dazutun, wenn du das wirklich willst.«

»Ich habe noch Zeit, darüber nachzudenken. Einen Kredit müsste ich sowieso aufnehmen. Außerdem sollte ich dann eventuell auch mal ausziehen und mich um ein eigenes Auto und so weiter kümmern.«

Mama seufzte. »Ein Jahr kann so schnell vergehen.«

Wenig später saßen wir beim Frühstück. Papa hatte zwar erst reichlich überrascht gefragt, warum es mitten in der Woche Croissants zum Frühstück gab, aber hatte sich nicht weiter beschwert.

Mama rupfte, wie sie es sonst jeden Sonntag tat, ihr Croissant sorgfältig auseinander und tunkte die Stücke in den Klecks Marmelade vor ihr auf dem Teller. »Sag mal.« Die Neugierde konnte ich ihr an der Nase ansehen. »Hast du zufällig etwas von Lukas und einem Mädchen hier mitbekommen?«

Ich ließ mein Croissant auf den Teller sinken und schüttelte den Kopf. Mein Puls schnellte in die Höhe.

»Schade. Lena ist auch schon am Rätseln. Sie ist gerade nachhause gekommen. Lukas hat noch geschlafen und seine Klamotten lagen im Flur. Sie ist sich ziemlich sicher, dass da Damenbesuch dahintersteckt. Wir dachten, du wüsstest vielleicht etwas?«

»Nein. Ich habe ihn zumindest mit niemandem gesehen. Aber wir reden auch nicht viel.« Ich griff nach meinem Wasserglas. Schnell trank ich einen Schluck.

»Vielleicht auch besser so. Dieses junge Ding kann einem Leid tun.« Papa griff nach seiner Kaffeetasse und lehnte sich auf seinem Stuhl zurück. »Bleiben wird er wohl kaum. Der Junge wird wahrscheinlich schon seine Krallen ganz tief in ihr Herz gegraben haben.«

Ich musste schlucken.

Mama musterte mich. »Du warst es nicht?«

»Nein!«, entschieden schüttelte ich den Kopf. »Ich habe ihn zuletzt am Stall gesehen. Und dieses Drama muss ich mir nicht antun.«

»Kluges Mädchen.« Papa schmunzelte. »Haben wir also in der Erziehung etwas richtig gemacht.«

Kapitel 23

*B*eim Lernen hatte ich immer wieder auf mein Handy gestarrt. Aber es war nichts gekommen. Keine Nachricht. Nicht mal ein Anruf. Gar nichts.

Im Stall ließ ich meine Frustration darüber beim Putzen meines Sattels aus. Viel zu fest rubbelte ich die Pflege in das weiche Leder, während ich versuchte, dieses dumme Gedankenkarussell abzustellen. Ich wollte nicht akzeptieren, dass alle so schlecht über ihn dachten. Er hatte ihnen doch nichts getan. Mich hatte er gestern auch nicht schlecht behandelt, im Gegenteil.

Ich pfefferte gerade den Lappen zurück in meinen Spind, da hörte ich, wie hinter mir jemand in die Sattelkammer kam. Ich musste mich nicht einmal umdrehen, um zu wissen, dass er hinter mir stand. Sein Blick brannte in meinem Rücken und sofort spielte mein Herz wieder verrückt.

»Hey.«

In meinem Bauch kribbelte es, als hätte sich ein Wespennest darin ausgebreitet. Meine Mundwinkel hoben sich sofort und ein überschwängliches Glücksgefühl machte sich in meiner Brust breit. »Hey. Hast du … Hast du gut geschlafen?« Ich drehte mich zu ihm um. Sofort war da wieder dieses Flirren in der Luft.

Er lachte und lehnte sich in den Türrahmen. »Eigentlich schon, bis meine Mutter die Treppe hochkam, und Matty

anfing zu jammern, als hätte sie geglaubt, Mum wäre tot.« Er sah mir in die Augen. Sie waren gefühlt noch grüner als sonst. Strahlten förmlich. »Hast du wenigstens etwas geschlafen?«

Ich nickte und machte einen Schritt auf ihn zu. Unweigerlich bildete sich ein strahlendes Lächeln auf meinen Lippen.

Lukas stieß sich vom Türrahmen ab und machte ebenfalls einen großen Schritt in meine Richtung. Die Hände nahm er aus den Hosentaschen. Wieder lag ein wunderschönes und einnehmendes Funkeln in seinen Augen. »Warum hast du mich nicht geweckt?«

Ich zuckte mit den Schultern. »Ich brauchte noch ein Alibi für meine Eltern.«

Überrascht zog er die Augenbrauen hoch.

»Irgendwie brauche ich ja eine Erklärung, warum ich frühmorgens nachhause komme.«

Ein Schmunzeln legte sich auf seine Lippen und wieder waren da diese verdammten Grübchen. »Ich hätte mir wohl auch was zurechtlegen sollen, warum meine Klamotten im Flur lagen.« Er fuhr sich durch die dunklen Haare. Sofort schoss mir durch den Kopf, wie weich sie waren und dass ich ihn mit diesem verwuschelten Look viel lieber mochte, als dieser akkurat frisierten Reiche-Jungen-Frisur. »Sagen wir es so. Mum ist fleißig am Aufstellen von Theorien, mit wem ich wohl im Bett gelandet bin.«

Ich schob gespielt mitleidig die Unterlippe vor. »Du armer Kerl. Meine Mutter hat sie auch schon gefragt, ob sie etwas wüsste.«

»Tu nicht so unschuldig, du hängst genauso drin wie ich!« Frech grinste er mich an. »Du hast nicht zufällig Lust, ausreiten zu gehen?«

»Ich bin schon geritten und der Sattel ist gerade frisch gefettet.«

»Also ich hätte da noch mindestens ein Pferd im Angebot, das sonst an die Longe müsste.«

Ich sah zum Fenster. »Ich muss …«

Liebevoll strich er mir über die Wange. Sofort prickelte mein ganzer Körper. »Komm mit.« Seine Lippen waren ganz nah an meinen. Ich konnte seinen warmen Atem spüren.

Zärtlich küsste er mich. In mir braute sich sofort ein Wirbelsturm der Endorphine zusammen. Ich lehnte mich gegen ihn und entgegnete den Kuss nur zu gerne. Mit ihm war alles so egal und einfach. Wir brauchten kein Lable. Der Gedanke ans Lernen war auch plötzlich wie verpufft.

Immer intensiver küssten wir uns. Ich krallte mich an seine Schulter, weil ich das Gefühl hatte, dass meine Beine jeden Moment nachgeben würden. Die Eindrücke der letzten Nacht prasselten kribbelnd auf mich ein.

»Marie?«, rief es plötzlich aus dem Stall. Sofort stoben wir auseinander. Mit weit aufgerissenen Augen starrten wir uns an. »Der Liebermann, will sein Marilie.«

Lukas war plötzlich wie vergessen. Ich stieß ihn, sachte beiseite und hastete in die Stallgasse. Mein Herz schlug unruhig gegen meine Rippen.

»Wo?«, rief ich Mona zu, die verloren auf der Stallgasse zwischen den Boxen stand.

»Schulstall. Pony ist kollabiert.«

»Scheiße!«

Im Schulpferdestall stand Hannah mit besorgtem Blick vor einer Box, in der sonst eine hübsche Ponystute stand. Ich stürzte einfach an ihr vorbei. Frank hatte schon eine Infusion gelegt und atmete sichtlich auf, als er mich sah.

»Festhalten!« Damit drückte er mir den Infusionsbeutel in die Hand, an dem ein matt aussehendes Pony hing.

»PTA Werte?«, fragte ich, während ich die Infusion anhob.

»Gehen langsam wieder. Haben ihr was gespritzt.«

»Was ist passiert?«

Frank drehte sich zu Hannah.

»Marlies hat einfach plötzlich gelegen und kam nicht wieder hoch. Ich dachte erst, sie hat eine Kolik.«

Frank winkte ab. »Dehydriert und stand auf dem Paddock, bevor sie umkippte, in der prallen Sonne.« Er atmete tief ein. Unter seinen klugen Augen zeichneten sich sehr tiefe violettfarbene Augenringe ab.

Hannah sah zerknirscht aus. »Eines der Reitkinder hat aus Versehen ihre Boxentür zugemacht und sie konnte nicht rein.«

»Tränke reinigen und Elektrolytlösung geben. Infusion ziehen wir, sobald sie durchgelaufen ist. Heute Nacht aufpassen, ob sie Fieber bekommt. Boxentür bleibt zu. Morgen nur auf die Wiese.«

Hannah und auch die junge Reitlehrerin Mona nickten.

»Danke, dass du so schnell da warst.«

»Ich war auf dem Weg zu Hinnak. Der hat neue Lämmer und ich war noch nicht da zum Draufschauen.« Der alte Tierarzt seufzte und tätschelte der Reitponystute den Hals. »Was ein Tag!«

»Was ist passiert?« Lukas blieb plötzlich neben Hannah stehen und reckte neugierig den Hals. Als er das Pony sah, wurde sein Blick mitleidig.

»Reitschulkind hat leider die Boxentür verschlossen und sie stand noch auf dem Paddock. Hab ich nicht schnell genug gesehen.« Mona musterte ihn interessiert. Sofort bildete sich in meinem Bauch ein eisiger Knoten. Eigentlich mochte ich Mona, aber sie sah ihn an wie ein Hund, der das saftigste Steak auf dem Grill. Meine Finger schlossen sich enger um den Griff des Infusionsbeutels.

Frank stieß mich mahnend an und schnalzte leise mit der Zunge. »Willst du mit?«

»Wohin?« Immer noch starrte ich Mona an.

»Lämmer gucken. Zu zweit sind wir schneller und ich komme endlich mal zum Schlafen. Ich sags dir. Die halbe Nacht habe ich drüben in Reusenmole bei Friedrichsens im Stall gestanden und darauf gewartet, dass diese verdammte Kuh endlich kalbt.« Wie zur Bestätigung gähnte er und ließ sich gegen die Box sinken, direkt vor Mona. Mit dem Rücken zu den Anderen zwinkerte er mir zu. »Also?«

Ich atmete tief ein und sah an ihm vorbei zu Lukas. Der bedeutete mir unauffällig mit einem Kopfnicken, dass ich seinetwegen abhauen konnte. »Ok. Tut mir auch ganz gut, etwas mehr Praxis zu bekommen.«

»Perfekt. Hannah, hast du vielleicht noch einen Kaffee für arme alte Tierärzte?«

Kapitel 24

Wenig später liefen wir zu Franks Range Rover, der direkt vor dem Stall parkte. Wortlos warf er mir den Schlüssel zu, den ich gerade ebenso fing.

»Fangen müssen wir aber noch üben, Kollegin!« Um seine Augen bildeten sich vergnügte Lachfältchen. »Was macht das Lernen? Brauchst du Hilfe?«

»Alles bestens.«

»Du weißt, du kannst dich melden, wenn du mal nicht weiter kommst.« Er öffnete den oberen Teil der Kofferraumklappe seines Range Rover drei und schmiss einfach seine Tasche zwischen die fest montierten Schubfächer mit Medikamenten und allen möglichen anderen Utensilien. »Kennst den Weg, oder?«

»Klar, Hinnak hat die Schafe doch am Deich stehen, oder? Da, wo früher die Klagemanns ihre hatten.«

»Du bist gut informiert.« Er lachte schallend und schlug die Klappe wieder zu.

Ich öffnete die Fahrertür. »Hannah.«

Er lachte wieder auf. »Es würde mich sehr wundern, wenn irgendetwas, das in dieser kleinen Stadt passiert, an Hannah Hansen vorbeigehen würde.«

Als Frank auf dem Beifahrersitz Platz genommen hatte, lehnte er sich entspannt zurück und wartete, bis ich den

Motor gestartet hatte.

»Du siehst auch müde aus. Ebenfalls eine lange Nacht gehabt?« Er musterte mich von der Seite und ein schelmisches Grinsen bildete sich auf seinen Lippen.

Ich nickte und lenkte den Wagen vorbei am Parkplatz und die Auffahrt zum Club herunter. Dabei fiel mein Blick auf den schwarzen Land Rover Defender von Lukas Mutter.

Frank war meinem Blick gefolgt und seufzte. »So einen hätte ich auch gerne. Müsste ein neuer X sein. 130er. Verdammt teuer so ein Ding, aber ich bin gespannt, wie lange der hier es noch macht.« Er klopfte auf das Armaturenbrett. »Reich müsste man sein.« Wehmütig blickte er dem Auto im Seitenspiegel nach. Er seufzte. »Zurück zu deiner Müdigkeit. Ich gehe mal nicht davon aus, dass du gelernt hast.« Er kramte im Handschuhfach nach einer kleinen Packung Gummibärchen.

Ich schnaubte auf. »Was soll, das denn heißen?«

»Nichts.« Frank bekam endlich eine Tüte zu fassen und riss sie auf, noch bevor er die Klappe schloss.

»Sag schon. So eine schlechte Studentin bin ich doch nun wirklich nicht, sonst hättest du mir niemals angeboten, bei dir einzusteigen.«

Er schmunzelte und lehnte sich wieder auf seinem Sitz zurück.

Der Wagen bog von der kleinen Einbahnstraße, in der auch unser Haus stand, auf die Straße Richtung Stadtkern. Die Besiedlung wurde wieder dichter.

Genüsslich schob er sich ein Gummibärchen in den Mund. »Ich hab doch Augen im Kopf! Willst du auch?« Ich schüttelte den Kopf, als er mir die Tüte hinhielt. Frank gähnte und räkelte sich auf dem Beifahrersitz, während er wieder in die Tüte langte. »Du und der kleine Stüwe, also?«

»Wie kommst du darauf?« Ich versuchte mich, vermehrt auf die Straßenführung zum Deich zu konzentrieren.

»Als gut gemeinter Rat. Ihr müsst euch besser verstecken, wenn niemand etwas merken soll.«

»Da ist nichts.«

»So seht ihr einander aber nicht an. Ich sage das nur, weil ich dich mag, aber Reisende soll man nicht aufhalten und der Junge ist ein Reisender. Pass auf dein wundervolles Herz auf.« Er klopfte mir väterlich auf die Schulter.

»Woher willst du das wissen?«

»Menschenkenntnis und meine Katti war genauso. Glücklich waren wir nie wirklich miteinander. Außerdem hörte man ja auch so einiges über den!«

»Ach ja?« Ich presste die Lippen zusammen.

»Ist schon so ein kleiner Charmeur, oder? Und ich weiß von Hannah, dass er in England lebt. Hat sie mir damals erzählt, als das hier mit der Kolik von seinem Vollblut war. Hat er sich da überhaupt bei dir gemeldet?«

»Nein!«

»Sag' ich ja. Reisender. Der bleibt nicht.« Er schob sich ein weiteres Gummibärchen in den Mund. »Aber man muss ihm lassen. Das ist anscheinend keiner, der Pferde für Sportgeräte hält. Dafür hatte er zu viel Mitgefühl mit dem Pony. Also kein komplett schlechter Mensch, dein Loverboy.«

»Er ist nicht …«

»Hör auf, es zu leugnen. Ich habe zwar keine eigenen Kinder, aber ihr guckt euch an wie verliebte Teenies. Da hat man fast das Bedürfnis, dich in ein Turmzimmer zu sperren, bis er wieder weg ist.«

Ich wurde rot. »Die Zahn-Op bei ihrem Hund sieht übrigens echt gut aus.«

»Will ich wissen, wann du das nachgeguckt hast?«

»Nein.« Ich wurde nur noch röter. Meine Wangen fühlten sich an, als würden sie glühen.

»In Ordnung.« Er gluckste leise auf. »Da musst du links rein. Park am besten direkt vor dem Tor.«

Die kleinen Steinchen auf dem Feldweg knirschten unter

den Reifen des Geländewagens und vor uns tauchte das große metallene Weidetor auf. Links davon stand schon der Pick-Up von Hinnak Larsen, dem ortsansässigen Schäfer.

»Moin, Hinnak. Ich hab heute Verstärkung mitgebracht. War die halbe Nacht in Reusenmole«, rief Frank, da war er noch nicht einmal aus dem Wagen gestiegen.

Ich blieb noch einen Augenblick sitzen.

Warum meinten alle, mich vor Lukas warnen zu müssen? War ich nicht schon alt genug, um selber zu entscheiden, ob etwas ein Fehler war, oder nicht? Ich begegnete meinem eigenen Blick im Rückspiegel. Ich wusste doch, worauf ich mich da einließ. Es war ein Sommerding, nicht mehr. Wenn er ging, dann ging er. Es wäre vorbei und Strich darunter.

»Marie? Hopp! Ich will echt noch etwas schlafen, bevor ich gegen drei ne OP habe.« Frank trommelte ungeduldig gegen das Autodach.

Tief atmete ich ein und schnallte mich dann ab. Ich öffnete gerade die Fahrertür, da klingelte mein Handy. Blitzschnell zog ich es beim Aussteigen aus der Hosentasche.

»Wie lange braucht ihr?«

Lukas. Mein Herz machte einen Sprung und ein sanftes Lächeln legte sich auf meine Lippen. »Frank, wann sind wir hier fertig?«

Er kramte im Kofferraum nach etwas. »Sag deinem Lover in ner Stunde. Wenn er dir allerdings noch weitere Nachrichten schreiben sollte, könnten es auch anderthalb werden.«

Ich rollte mit den Augen und tippte zurück. »Stunde bis anderthalb. Allerdings sollst du mir nicht mehr schreiben. Frank findet, ich sei zu abgelenkt.«

Prompt kam die Antwort. »Treffen uns da in einer Stunde. Muss eh mit Matty gehen.«

Ich schickte einen Daumen hoch zurück und schob mein Handy wieder in die Tasche meiner Reithose.

Dann mal an die Arbeit. Nabelkontrolle, Temperaturmessen und was nicht sonst so alles bei Lämmern anfiel.

Kapitel 25

"Normale Temperatur." Ich ließ das letzte Lamm los und reichte Frank das Thermometer.

»Top. Und damit sind wir durch.« Grinsend wandte er sich an Hinnak, einen Mann mit wettergegerbtem Gesicht und immer mindestens einem Hütehund in Sichtweite. »Herzlichen Glückwunsch. Alle deine kleinen Schäfchen sind gesund und munter.«

»Dat is gut!« Der Schäfer atmete hörbar aus und deutete dann den Feldweg hoch. »Gehört der zu euch?«

Lukas lehnte an der Motorhaube des schwarzen Geländewagens seiner Mutter und beobachtete uns aus einiger Entfernung mit vor der Brust verschränkten Armen.

»Zu mir.«

Frank hob nur eine Augenbraue und machte sich daran, weiter seine Sachen einzusammeln.

Hinnak musterte mich unverhohlen. »Bist ja ein hübsches Mädchen, aber so einen Bonzen hast du doch nicht nötig! Hab doch gesehen, wie gut du mit den Tieren kannst. Wirst bestimmt ne gute Tierärztin.«

Ich musste schmunzeln. »Keine Sorge, Hinnak. Ich werde niemals eine von diesen Vorstadtmuttis, die brav abends Essen kochen und sonst nur Kinder hüten oder schlechte Laune verbreiten. Das ist nichts Ernstes.«

»Ja, ja, so ist die Jugend. Zu unserer Zeit hätts das nicht

gegeben, nicht Frank?«

»Nee Hinnak. Da hätte man sich heimlich nachts aus dem Haus geschlichen.« Frank lachte. »Du mit der Katti...«

»Ja, ja, du alter Haudegen. Das war was.« Hinnak wandte sich an mich. »Kannst du das glauben. Der alte Knabe hat damals das hübscheste Mädchen ganz Kleinblommens geheiratet. Dabei kannten die sich da nur zwei Wochen und er hatte sich vorher rührend um ihr krankes Pferd gekümmert. Gift und Galle gespuckt ham wir.«

Ich musste lachen und warf Frank einen vielsagenden Blick zu. Kopfschüttelnd hob ich die Hand. »Tschüss. Und quatscht nicht mehr so lange. Frank wollte noch schlafen, bevor er um drei die OP hat.«

»Ich komme ja schon!« Frank eilte mit seiner Tasche unter dem Arm hinter mir her. Fahrig hob er noch einmal die Hand und verabschiedete sich ebenfalls von Hinnak.

Auf Lukas Lippen legte sich ein breites Grinsen, als wir näher kamen. Wie er da so am Auto lehnte, sah er aus wie der Inbegriff eines Mannes, von dem man sich besser fernhielt. Und trotzdem konnte ich den Blick einfach nicht von ihm wenden. Jede Spinne wäre neidisch auf das Netz, das er um mich gesponnen hatte. Wie ein unsichtbarer Faden zog mich etwas so unweigerlich in seine Richtung, dass ich kaum mitbekam, wie Frank sich verabschiedete. Alles ging unter in seiner einnehmenden Erscheinung. In seinem Lächeln, das meine Knie wieder weich werden ließ. In seinen strahlenden grünen Augen, für die ich alles tun würde, solange sie weiterhin dafür sorgten, dass mein Herz vergnügte Hüpfer machte.

Ich blieb vor ihm stehen.

Lässig streckte er die Hand nach mir aus und strich mir eine Haarsträhne hinter das Ohr. »Lämmchen stehen dir, Käferchen.« Meine Wange prickelte an der Stelle, die seine Finger berührt hatten.

»Findest du, Luki?« Mit Genugtuung beobachtete ich,

wie er stutzte.

»Uh. Das ist böse! So nennt mich nur meine Grandma. Da musst du dir eindeutig was Besseres einfallen lassen.«

»Vielleicht fällt mir noch etwas ein, während wir Matty bewegen. Wie kommt es eigentlich, dass du so schnell hier warst?«

»Ich habe nur laufen lassen. War eigentlich ganz gut. Beide sind die Tage genug gearbeitet worden.« Er erhob sich und ich musste widerwillig den Kopf in den Nacken legen, um ihm in die Augen zu sehen.

»Was ist der Plan, Herr Stüwe?«

Sein Blick glitt über mich. Ein wohliger Schauer jagte mir über den Rücken. »Wie viel Zeit hast du?«

»Bis um sechs.«

Er sah auf seine Armbanduhr. Elegant, schick, mit klassischem dunkelblauem Ziffernblatt. »Jetzt haben wir fast zwei.« Er zog die Augenbrauen zusammen, blinzelte ein paar Mal. »Passt!«

»Lukas, ich kann leider nicht in deinen Kopf gucken. Ganze Sätze wären schön!«

Dieses ganz bestimmte unsägliche Lächeln schlich sich zurück auf seine Lippen. Dieses eine Lächeln, von dem man nie wusste, ob er nun etwas Gutes oder etwas Verwerfliches vorhatte. »Lass dich überraschen. Übrigens kannst du froh sein, dass du mir nicht in den Kopf gucken kannst.« Er zwinkerte mir zu und lachte über meinen kritischen Gesichtsausdruck. »Jetzt sammel deinen Optimismus mal wieder ein.«

Galant hielt er mir die Beifahrertür auf. Matty begrüßte mich mit einem freudigen Quietschen aus dem Kofferraum. »Die Dame.«

»Spar dir die Nummer!« Meine Wangen wurden heiß, auch wenn ich am liebsten die Augen verdreht hätte.

Als ich mich ins Auto schwang, konnte ich durch die Windschutzscheibe sehen, wie Frank mir einen besorgten und Lukas einen undefinierbaren Blick zuwarf.

Lukas nickte ihm jedoch einfach nur stumm zu, als er um den Geländewagen herum zur Fahrertür ging.

Eine halbe Stunde, vorbei an Getreidefeldern, Schafen und nur mit Entwässerungsgräben eingezäunten Rinderherden, später parkte er den Wagen in einem Feldweg. Keine Ortschaft war in der Nähe zu sehen. Nur ein weiteres weitläufiges Feld mit Mais, der sich sachte im Küstenwind wog.

Fragend sah ich ihn an, bevor ich die Tür öffnete, um auszusteigen.

»Hab einfach mal Vertrauen in mich.« Er lacht. »Ich werde dich nicht überfallen und so gut solltest du mich kennen, auch nicht umbringen und hier in der Pampa verscharren.«

»Wie beruhigend. Was machen wir hier?«

»Abseits der Touris, und Leuten, die wir kennen, könnten etwas spazieren gehen.« Das konnte unmöglich alles sein. Misstrauisch schwang ich mich aus dem Auto und wartete, bis Lukas Matty aus dem Kofferraum gelassen hatte. Es war so ruhig, dass er die Hündin von Anfang an ohne Leine laufen ließ.

Matty lief vor uns den schmalen Feldweg entlang, während er wie selbstverständlich nach meiner Hand gegriffen hatte. Alles fühlte sich wieder so sorglos und leicht an. Als könnte ich alles mit ihm an meiner Seite schaffen.

Die Luft war frisch und die Sonne brach langsam wieder durch die helle Wolkendecke. Die weite Landschaft wirkte unheimlich ruhig.

»Der Tierarzt scheint wirklich das Bedürfnis zu haben, dich vor mir zu beschützen.« Auf Lukas' Lippen schlich sich ein belustigtes Lächeln. Er pfiff im selben Moment nach Matty, die sich hinter uns festgeschüffelt hatte. Im Schweinsgalopp holte sie zu uns auf.

Ich schmunzelte. »Er will seine Praxis eben in guten Händen wissen, wenn er in Rente geht und wenn du mich immer vom Lernen ablenkst …«

»Tue ich das?«

»Ich habe heute zumindest gerade mal eine halbe Stunde in die Bücher geschaut.« Ich ließ meinen Blick über die umliegenden Wiesen schweifen.

»Dafür hattest du heute etwas Praxis, oder nicht?«

»Du hast auch auf alles eine Antwort, oder?«

Geschäftig nickte er. »Immer!« In seine Augen trat ein belustigtes Glitzern.

Ich sah ihm direkt in die Augen. Augenblicklich schlug mein Herz schneller. Ich kam gar nicht dazu, zu überlegen, was ich spitzfindiges antworten konnte, da war er schon stehen geblieben und hatte mich an der Hüfte gefasst. Fest zog er mich an sich. »Hör auf!«, hauchte ich gegen seine näher kommenden Lippen.

Irritiert hielt er inne. »Womit?«

Mein Blick glitt von seinen grünen Augen zu seinen Lippen. Die gestrige Nacht flackerte wieder vor meinem inneren Auge auf und sorgte bei mir für weiche Knie. »Damit mich zu verwirren!« Eine süße Hilflosigkeit ergriff Besitz von mir. Sie setzte sich in jede Pore, saß mir wie eine Katze bereit zum Sprung im Nacken.

Seine Mundwinkel zuckten nach oben und er kam wieder näher. Ich schloss die Augen, als ich seine Lippen auf meiner Wange spürte. »Was tue ich denn?« Sein Tonfall machte deutlich, wie viel Spaß er daran hatte, mich dieser Tortur zu unterziehen.

Mein ganzer Körper stand gefühlt unter Hochspannung. Alles nur wegen ihm. »Du bist so …« Ich versuchte, meinem Sprachzentrum das passende Wort zu entlocken, aber es hatte wohl nur noch für diese drei Worte gereicht.

»So?« Er lachte leise auf.

Hilflos schlug ich die Augen wieder auf und machte einen Schritt zurück. Verzweifelt gestikulierte ich, auf der

Suche nach was auch immer. Konnte man ihn überhaupt beschreiben?

Er beobachtete mich reichlich amüsiert. »Aber sonst geht es dir noch gut?«

»Nein!«

Er setzte einen nicht wirklich ernsten Gesichtsausdruck auf, der wohl zeigen sollte, wie getroffen er war. »Sag nicht, ich habe dich kaputt gemacht. Ach Mensch, wie erkläre ich das nur deinem Vater. ,Sorry Till, ich wollte deine Tochter nur küssen und dann hat sie plötzlich eine Wortfindungsstörung oder sowas in der Art entwickelt.'«

Ich atmete tief durch und boxte ihn gegen den Oberarm. »Der würde dich zum Teufel jagen!«

Das helle Sonnenlicht ließ seine Augen beinahe grasgrün wirken. Er blinzelte und wiegelte den Kopf hin und her. »Würde ich mich wohl auch.«

Ich schüttelte über diese Aussage nur den Kopf und sah mich nach Matty um.

»Sag mal, hast du nächstes Wochenende etwas vor?«, fragte er da unvermittelt.

»Kommt drauf an.«

»Die Antwort gefällt mir!« Er strich mir über die Wange. »Kommst du mit nach Lüneburg?«

Mir stockte der Atem. Hatte er mich gerade wirklich auf ihren Familiensitz eingeladen? Nannte man das überhaupt so, wenn man nur von Industrieadel sprach? Trotzdem war das überraschend. »Nach Lüneburg?«

Er nickte. »Ja. Auf das kleine Gut meiner Großeltern. Ich wollte Pantas und Blaze sowieso mitnehmen.«

»Ach und dann meinst du, wenn ich Marie mitnehme, fällt das auch nicht mehr auf?« Er hatte ja Ideen! Was sollte ich da? »Meine Eltern sind nächstes Wochenende unterwegs. Ich muss mich um Viva und Doni kümmern.«

»Macht bestimmt Hannah mit Freuden, wenn du sie nett

danach fragst. Sie bekäme es doch sowieso mit.«

»Und was sage ich meinen Eltern, wo ich bin?«

Er überlegte kurz. »Könntest du nicht zufällig eine Freundin in Lüneburg besuchen?«

Ich biss mir auf die Unterlippe und sah zu Boden. Nachdenklich schüttelte ich den Kopf. »Du bist bescheuert!« Diese ganze Idee klang einfach nur dumm. Auch wenn ich mich geschmeichelt fühlen sollte. Er hatte in der Vergangenheit nur eine einzige Person mal mitgenommen. Ole. Das kam einem Ritterschlag gleich, von ihm auf diese Anlage eingeladen zu werden.

»Du könntest ihnen auch die Wahrheit sagen. Deine Mutter kennt meine Grandma doch.«

»Will ich wissen, warum das ein Argument sein soll, dass ich mir nichts anhören darf?«

Er lachte und schüttelte den Kopf. »Besser nicht.« Er wickelte sich eine meiner Haarsträhnen um den Finger. »Also?«

Ich schloss die Augen. Mein Herz schlug wieder schneller. Meine innere Stimme rief ganz laut, dass ich es bereuen würde! Ich konnte allerdings auch nicht verleugnen, dass ich neugierig war. Ole hatte damals in den höchsten Tönen von dem Gut geschwärmt. Widerwillig nickte ich mit dem Kopf. »Ja. Ich komme mit.«

Kapitel 26

Kaum dass ich wieder zu Hause gewesen war, hatte Ellie mich darum gebeten, morgen früh spontan im Café auszuhelfen. Alle ihre normalen Aushilfen waren plötzlich ausgefallen. Und wenn ich ehrlich war, dann war ich froh um diese Ablenkung. Wenn ich mir mit der Zusage, das Wochenende mit Lukas in Lüneburg zu verbringen, mal nicht mein eigenes Grab geschaufelt hatte.

So hatte ich um 10 Uhr im Café gestanden und gemeinsam mit Ellie bis zur Mittagspause um 14 Uhr Kuchen und Kaffee ausgeschenkt.

»Hach. Was ein Tag!« Ellie lehnte sich an die Ablage in der Backstube und rieb sich die Handgelenke. An denen dünne goldene Armbänder befestigt waren.

Ich lehnte mich neben ihr an die kühle Metallplatte. »Es war allerdings auch schon mal schlimmer.«

»Ich muss gleich die Zimtschnecken, Kekse und den Blechkuchen für heute Nachmittag in den Ofen schieben, aber dann kommt Kim zum Helfen. Willst du noch Zimtschnecken mitnehmen?«

»Gerne. Mama hat mich gestern um meine beneidet.«

»Ist die Ablenkung also geglückt.« Sie verschränkte die Arme vor der Brust und warf mir einen Seitenblick zu. Ich

rollte mit den Augen. »Warst du nicht auch einmal jung?«

Ellie lachte. »Ja, und ich habe meinen ersten Freund geheiratet. Da bekommt man garantiert schlimmere Kommentare ab, als wenn man einen Sommerflirt mit der Jugendliebe anfängt.« Sie nahm die Hände wieder runter und trommelte mit den Fingerspitzen gegen die Arbeitsfläche. Ihr Nagellack passte heute hervorragend zur lavendelfarbenen Schürze. »Da fällt mir ein, dass Jacob gleich noch reinkommen wollte. Und du willst bestimmt auch gleich gehen, oder?«

»Ein bisschen Zeit habe ich schon.«

»Apropos Zeit. Kannst du am Wochenende?« Sie machte einen Schritt vor zum großen Kühlschrank.

Ich atmete tief ein. »Nein. Tut mir leid.«

»Turnier?« Sie wandte den Kopf zu mir, während sie ein Blech mit Zimtschneckenrohlingen aus dem Kühlschrank zog.

Ich schüttelte den Kopf und spürte, wie ich rot wurde.

»Aha!« Ellie grinste breit. »Wohin gehts denn?«

»Mit den Pferden nach Lüneburg.«

»In die Heide? Das wollten wir damals auch immer machen.« Sie seufzte gedankenverloren. »Vielleicht, ganz vielleicht, sollte ich mich doch mal wieder aufs Pferd setzen … Na ja. Ist ja auch egal. Ihr geht also ausreiten?«

»Keine Ahnung.«

»Du weißt nicht, was ihr vorhabt, und lässt dich einfach mal drauf ein?«

»Genau, also so in etwa. Ich weiß nur, dass es auf das Gut seiner Familie geht.«

Ellie seufzte schwer und drehte sich mir zu. »Das klingt nach mehr als einem Sommerflirt.«

»Quatsch.«

»Marie«, mahnend hob sie die Stimme. »Dann stelle ich niemanden meiner Familie vor. Und vor allem würde ich das dann nicht mitmachen.«

»Unsere Familien sind befreundet. Es ist doch

nichts dabei.«

Sie atmete tief ein und schob das Blech in den Ofen.
»Wir sprechen uns da noch mal!«

»Worüber sprecht ihr noch mal?« Jacob lugte durch die Tür
zum Gastraum rein. »Hallo Marie.«

Ellie drehte sich zu ihrem Mann um und löste die Haarklammer aus ihren schulterlangen dunklen Haaren. »Denk
mal daran zurück, als wir so um die zwanzig waren.« Sie
fasste die Haare mit einer Hand wieder im Nacken zusammen. Die Klammer pinnte sie an ihre Schürze. »Nehmen
wir an, du hättest Unmengen an Geld gehabt, deine Familie
würde in einem schicken Gut in Lüneburg residieren und
ich wäre für dich nur ein Sommerflirt gewesen. Hättest du
mich eingeladen, dich nach Lüneburg zu begleiten?«

Jacob zog die hellen Augenbrauen zusammen und fuhr
sich durch die kurzen blonden Haare. »Du, keine Ahnung!«

»Überleg mal!« Sie drehte ihre Haare zusammen und
fixierte sie mit der Haarklammer am Hinterkopf.

»Na ja, kommt darauf an, was du mir wirklich bedeutet
hättest und ob ich das Gefühl gehabt hätte, dir etwas beweisen zu müssen«, antwortete er gedehnt und sah zu mir
rüber. »Geht um den kleinen Stüwe, oder? Ich habe euch
neulich zusammen ausreiten sehen.«

»Wann?«

»Da bist du seinen Rappen geritten.«

»Du hättest dich uns auch anschließen können.«

»Niemals. Ich weiß nicht, was bei dem Jungen im Leben
schiefgelaufen ist, aber diese Lebensmüdigkeit tue ich mir
nicht an.« Jacob lachte. »Der hat sein Pferd, auch ein englisches Vollblut, aus dem Stand mal eben über den Graben
geschickt und damit nicht genug ließ der den brettern, wie
sonst was.«

»Wenn er reiten kann.« Ellie zuckte mit den Schultern. »Wenn du schon da stehst. Im Kühlschrank ist noch
ein Blech mit Apfelkuchen, ein Blech mit Brownies und

zwei Bleche Kekse. Die darfst du mir alle einmal herüberreichen.«

Jacob schob sich jetzt ganz in den Raum und hinter ihm schlug die Tür zu. Wenn man ihn und seine Frau nebeneinander sah, wurde einem erst bewusst, wie klein Ellie eigentlich war. »Da kommt man, um etwas zu essen zu bekommen, und muss dann arbeiten.« Er seufzte theatralisch auf. Abwartend verharrte er mit einer Hand am Griff des Kühlschrankes.

»Heul leise! Das bisschen Bleche rausholen. Ich kann dich auch gerne die Tische draußen umstellen lassen!«

»Wenn dabei ein Stück warmer Apfelkuchen drin ist?« Er warf ihr ein spitzbübisches Lächeln über die Schulter hinweg zu. Dann zog er auch direkt das Blech mit Apfelkuchen heraus.

»Mhm... Gib es ruhig zu. Dieser Apfelkuchen war der einzige Grund, dass du mich geheiratet hast.«

Ich musste lachen. Schön, dass die beiden immer noch so zusammen waren.

»Natürlich Ellie-Schatz. Dein wundervolles Lächeln und dass du der liebevollste Mensch bist, den ich kenne, lassen wir da mal außen vor.«

»Was willst du von mir? Hast du etwas verbrochen? Du weißt, bei Mord sind Alibis vom Ehepartner ziemlich auffällig.« Ellie nahm ihm das Blech ab und strahlte ihn mit so einem liebevollen Ausdruck in den Augen an, dass ich mir nur ganz innig wünschte, dass es für die beiden immer so bleiben würde. »Aber zurück zu dir, Marie.« Ihre Stimme wurde wieder mahnender. »Ich halte das für eine ziemlich blöde Idee.«

Ich sah Hilfe suchend zu Jacob. Der wies jedoch auf seine Frau. »Ich muss ihr da leider zustimmen, sonst schlägt sie mich wieder.« Er musste über Ellies vorwurfsvollen Blick schmunzeln. »Lebt Meridith noch?«

Ich nickte.

»Tja, dann gibt es in dem Haus klare Regeln und an die

wird sich dein Lukas akribisch halten. Sie wird ihm sonst mit Sicherheit die Ohren langziehen. Ich kann mir nicht vorstellen, dass sie über die Jahre weniger konservativ geworden ist.«

»Regeln. Du glaubst, das funktioniert?« Ellie sah ihn ungläubig an. »Alles, was ich über den Jungen gehört habe, lässt mich bei ihm nur an gelangweilten reichen Jungen, der vor seiner Verantwortung wegrennt, denken.«

»Du kennst Meridith Rolands-Stüwe nicht. Die Frau macht Eindruck, da wird auch ihr Enkel brav spuren. Tim hatte immer Mordsrespekt vor seiner Mutter.«

»Der war auch lieb und nicht so ein verwöhntes Arschloch.«

»Ich würde wetten, dass es Zimmer am anderen Ende des Flurs gibt und die gute Dame jeden Abend regelmäßig mal einen kleinen Kontrollgang macht, dass jeder in seinem Bett ist.«

»Mach es mir nicht mies. Das klingt nach Klassenfahrt.« Ich setzte mich auf die Arbeitsfläche.

»Meridith hätte wirklich Lehrerin werden sollen, aber so gab es nur traumatisierte Reitschüler und viele verdammt gute Pferde.« Jacob reichte Ellie das Blech mit den Brownies. »Weißt du, ob sie noch bereitet? Sollte dir da zufällig ein Verkaufspferd über den Weg laufen, hätte ich gerne ein Foto und ein paar Infos.«

»Du kaufst nicht noch ein Pferd!« Ellie hätte beinahe das Blech fallen lassen und sah ihn entgeistert an.

»Wolltest du nicht irgendwann noch mal durch die Heide?«

»Hör auf mich immer, wieder zurück aufs Pferd bekommen zu wollen!«

»Ellie«, er hob beide Augenbrauen. »Alle sagen, dass es eine Schande ist, dass du aufgehört hast. Du weißt gar nicht, wie viel Spaß es macht bei Fiete mit Steffi und Lou einmal im Monat etwas zu springen. Guckt dir wenigstens ein Training einmal an.«

Sie sah ihn an, als wenn er vorgeschlagen hätte, eine Horde Krokodile im Amazonas zu besuchen, die schon seit Monaten nichts mehr zu fressen hatten. »Nein!«

»Marie, hilfst du mir, sie mal aus ihrem Café zu entführen und in der Reithalle festzuhalten.« Der Schalk blitzte in Jacobs blauen Augen auf.

»Klar. Ich habe immer gehört, dass sie eine der besten eurer Truppe war. Fiete muss jedes Mal hoffen, dass sie kommt.«

»Oh ja! Das stimmt. Er klärt auch immer vorher ein liebes und gutmütiges Schulpferd, das den ganzen Tag von niemandem geritten werden darf, bis die Stunde vorbei ist. Ellie, du würdest einen alten Mann sehr glücklich machen. Und mich erst!«

»Ihr beiden! Ihr seid schrecklich! Der eine will, dass ich aufs Pferd steige, die andere machte eine dumme Sache nach der nächsten und ich fühle mit!«

Kapitel 27

Der Freitag kam schneller, als ich es mir wünsche. Meine Eltern waren schon am Donnerstagabend in Richtung Italien gefahren. Noch als ich mit meiner Tasche über der Schulter zum Reitclub lief, fragte ich mich, wie meine Eltern es einfach hingenommen hatten, als ich ihnen von der Einladung erzählt hatte. Es hatte keine Fragen gegeben, keine Diskussion. Noch nicht einmal einen Spruch dahingehend, dass Lukas mir vor wenigen Jahren das Herz gebrochen hatte.

Der schwarze Landrover stand schon mit angekoppeltem Anhänger vor dem Stall. Von Lukas fehlte jedoch jede Spur. Unsicher blieb ich neben dem Wagen stehen. Noch hatte ich die Chance, einfach wieder rüberzugehen und ihm zu sagen, dass ich leider doch keine Zeit hatte.

Ich sah rüber zu unserem Haus.

»Morgen, ich dachte schon, ich müsste rüber und klingeln.« Lukas lachte. Die Grübchen auf seinen Wangen raubten mir schon wieder den Atem. Mit wenigen Schritten blieb er vor mir stehen.

»Nein … Ich … Soll ich noch irgendwo mit anfassen?«

»Gib her.« Ohne auf eine Antwort zu warten, zog er mir

die Reisetasche von der Schulter.

»Ist Matty auch dabei?«

Er schüttelte den Kopf. »Die hat meine Mutter ausnahmsweise mal mit zu ihrem Lover genommen.«

»Du magst ihn nicht.«

Lukas öffnete den Kofferraum. »Ist das so offensichtlich?«

Ich lächelte einfach nur. Hatte er je einen Freund seiner Mutter wirklich gemocht?

Meine Tasche landete neben den Putzboxen und einer schwarzen Reisetasche, mit demselben Logo, wie auch auf den drei Satteldecken, die ebenfalls im geräumigen Kofferraum des Landrovers lagen. Diese S&R Sporthorses schien mich zu verfolgen.

»Wenn du Blaze fertig machst, dann können wir schneller los«, wandte er sich wieder an mich.

»Ich wollte Viva sowieso noch Hallo sagen.« Eine unerklärliche Aufregung ergriff mich und setzte sich kribbelnd in jeder Pore fest.

Im Stall streckte mir meine hübsche Fuchsstute schon ihre Nase entgegen. Wie jeden Morgen stieß sie hoffnungsvoll gegen die Tasche meines roten Reitblousons. Liebevoll schob ich ihre Nase weg. »Benimm dich! Ich will Montag keine Klagen hören«

Viva spielte mit der Unterlippe und sah mich dabei an, als könne sie kein Wässerchen trüben.

Schmunzelnd langte ich doch in meine Tasche und beförderte eine Hagebutte ans Tageslicht. »Will ich dir das mal glauben.« Auf der flachen Hand hielt ich ihr den Leckerbissen hin und sie nahm ihn mir vorsichtig aus der Hand.

»Du verwöhnst sie wirklich etwas zu sehr. Es wundert mich immer wieder, dass sie dir nicht nach allen Regeln der Kunst auf der Nase herumtanzt.« Lukas lehnte sich entspannt neben mich an die Box.

Beleidigt stierte ich ihn an. So verwöhnt war Viva ja

nun wirklich nicht! »Das sagst du auch nur, damit du kein schlechtes Gewissen gegenüber deinen Pferden haben musst.«

»Vielleicht.« Er lachte und stieß mich gegen die Schulter. »Genug gekuschelt, ab geht's Pferde fertig machen. Meine Grandma muss schon ganz sehnsüchtig warten.«

»Wann hast du sie zuletzt gesehen?« Ich strich Viva noch einmal über die Stirn.

Er atmete tief ein und drehte sich weg. Sofort überkam mich das Gefühl, dass dieses Wiedersehen damals, mit seinem jetzigen Verhalten zu tun hatte. »Vor anderthalb Jahren vielleicht.« An seiner Stimme hörte ich, dass der Anlass alles andere als gut gewesen sein musste.

Ich presste die Lippen zusammen und drehte mich zu seinen Pferden auf der gegenüberliegenden Boxengasse um. Was war da nur passiert? Das ging alles nicht zusammen. Egal, wie ich es drehte und wendete.

Mysteriöser Job, Major in Finance, spricht kaum noch mit seiner Mutter, sieht ständig aus, als wenn er irgendwie durch wäre, deutet Albträume an und dann auch noch dieses S&R Sporthorses überall.

Auch an Blaze Boxentür hing ein flauschiges Transporthalfter mit diesem Logo.

Der Braune sah mir gelassen entgegen, als ich es von den Haken nahm. Genau wie Viva untersuchte er als Erstes meine Jackentasche mit wachsendem Interesse. Heimlich steckte ich ihm eine Hagebutte zu, während ich ihm das Halfter überstreifte und im Nacken noch einmal enger stellte.

Gemeinsam traten wir aus der Box raus auf die Stallgasse und zum Putzplatz, wo schon schwarze Transportdecken und Transportgamaschen darauf warteten, angelegt zu werden.

Pantas stand ebenfalls schon am Balken und hob vorsichtig jedes seiner Beine, an denen schon die Transportgamaschen befestigt waren. Es sah aus, als wenn er testen wolle, ob er mit den Dingern überhaupt laufen konnte.

Blaze sah sich das mit einem fragenden Blick an, während ich ihn anband und die Transportdecke überschmiss.

»Stell dich nicht so an! Du stirbst von den Dingern nicht. Müsstest du doch langsam wissen!« Lukas stand neben dem Rapphengst und streichelte ihm sanft die Schulter. »Manchmal frage ich mich, was bei dem im Kopf abgeht.« Er lachte.

Ich ging neben Blaze in die Knie und schloss den Kreuzgurt unter dem schlanken Bauch des Vollbluts. Mit einer Hand angelte ich schon nach der ersten Transportgamasche. Lukas reichte sie mir an und ging auf der anderen Seite in die Knie. Schweigend packten wir die Vorderbeine in den Transportschutz ein.

»Na, das ist ja fast wie früher!«, ertönte da plötzlich Hannahs Stimme von der Stalltür. »Da müsste man fast schon ein Foto machen.«

Lukas hob den Kopf und sah sie mahnend an.

Sie lachte nur. »Grüßt Meridith und könntest du vorsichtig anfragen, ob sie bereit wäre, im Frühjahr einen Geländelehrgang zu geben?«

»Frag sie selbst.« Lukas griff sich die Gamasche für das rechte Hinterbein und schob mir die für das linke herüber.

Hannah seufzte. »Den Gefallen könntest du mir doch ausnahmsweise mal tun.«

»Wenn du hoffst, dass sie eher ja sagt, weil ich sie frage, muss ich dich leider enttäuschen.« Im Handumdrehen hatte er die Gamasche fest und klopfte sich den Staub von der grauen Reithose. »Fertig?«, wandte er sich ungeduldig an mich.

Ich schloss den letzten Klett. »Jetzt.«

»Pantas kommt nach links.«

»Alles klar.« Ich erhob mich ebenfalls und sah zu Hannah herüber, die uns grinsend betrachtete. »Für Viva reicht es, wenn die heute in die Führanlage geht und danach auf die

Weide kommt. Doni muss geritten werden. Morgen steht eigentlich Springen auf dem Plan und Sonntag ist normalerweise Ruhetag.«

Gemächlich nickte sie und grinste nur noch breiter. »Ihr zwei seid ein verdammt gutes Team. Wart ihr damals schon. Wenn ihr mich fragt, solltet ihr euch zusammen tun.«

Lukas band gerade Pantas los und warf ihr einen genervten Blick zu. »Gut, dass dich niemand fragt.«

Hannah rollte mit den Augen und warf mir einen vielsagenden Blick zu. »Bist du zufällig als Anstandswauwau dabei?«

»Langsam bekomme ich das Gefühl«, scherzte ich und machte mich ebenfalls an, Blaze Führstrick zu schaffen.

In langen Schritten stakste der Braune mit der breiten Blesse hinter mir her.

Pantas vor uns tänzelte schon aufgeregt zum Transporter, soweit das mit Transportgamaschen eben ging. Der Schweif schwang nervös von links nach rechts und er wölbte imposant den muskulösen Hengsthals auf. Lukas ignorierte sein Gehabe einfach.

»Viel Spaß«, wünschte Hannah uns, dann war sie wieder weg.

Beide Pferde waren schneller verladen, als ich es für möglich gehalten hätte. Das Gespann manövrierte sich die Einfahrt herunter und keine zwanzig Minuten später lag Kleinblommen hinter uns. Die Häuserwände zogen an uns vorbei, wurden zu die Autobahn säumenden Feldern.

Wir redeten nicht. Das Schweigen war fast schon erdrückend und ich atmete unweigerlich auf, als Lukas das Radio anschaltete.

Ich hatte Angst vor dem, was mich da in Lüneburg erwarten würde. Alle hatte bisher angedeutet, dass Meridith Stüwe nicht gerade jemand war, mit dem man gut Kirschen essen konnte. Dazu kamen all diese kleinen Geheimnisse, die Lukas umgaben, wie um ihn herum wabernde Schatten.

Vorsicht sah ich zu ihm herüber. Er sah entspannt aus, nahm den Blick nicht von der Straße und trommelte mit den Fingern auf dem Lenkrad herum, als es an zu Fahrbahnverengung kam und wir unweigerlich ausgebremst wurden. Er schien den Weg zu kennen, dabei konnte er ihn selbst nur wenige Male gefahren sein. Das Navi war zumindest aus.

Er sah anders aus als sonst. Verbissener, makelloser. Irgendetwas stresste ihn. Die Haare lagen ordentlich. Er trug Hemd und Pullover, wie es sich wohl für einen Besuch in einem Landhaus gehörte.

Ich kam mir sofort schäbig vor. Zu einer Bluse hatte ich mich zwar auch durchgerungen, aber für den Rest des Wochenendes war ich bei Poloshirts geblieben.

Wenn ich ihn mit zwei Wörtern beschreiben müsste, würde ich wohl sagen: britische Oberschicht.

»Ist irgendetwas?«, fragte er plötzlich.

Ich wurde rot. »Nein. Ich habe mich nur gefragt, ob ich underdressed bin.«

»Du hast Probleme.« Er lachte auf. »Du kannst dich darauf einstellen, nach dem Mittagessen sofort aufs Pferd steigen zu dürfen. Da interessiert es kein Schwein, was du anhast.«

»Lebt Chocolate noch?« Mein letzter Stand war, dass das Pony bei seinen Großeltern auf der Weide stand.

»Klar, lebt der noch. Er wird sogar ab und an geritten, wenn Grandma die Zeit findet. Vielleicht leiht sie ihn dir dieses Wochenende sogar mal aus.«

Ich lachte nervös. Früher hatte ich das Pony immer mal reiten wollen, aber viel zu viel Angst gehabt im hohen Bogen direkt wieder abzusteigen.

Dann herrschte wieder diese komische Stille.

»Hast du dich mal bei Ole gemeldet?«

»Nein. Es fühlt sich falsch an. Ich habe zu lange nichts von mir hören lassen.« Sein Blick veränderte sich, wurde ernster.

»Er würde sich freuen. Ich telefoniere regelmäßig mit Liz und er fragt ab und an nach dir. Ich glaube, er nimmt dir das nur halb so übel wie er es anderen erzählt.«

»Weißt du, was ich an Ole am meisten schätze?« Lukas musste schlucken. »Geld spielt keine Rolle. Er war und ist einer der wenigen, der mich nie danach beurteilt hat, wie viel ich mal erben werde und dass ich einen Trustfond habe.« Ich meinte, Verbitterung rauszuhören. »Das schätze ich tatsächlich auch sehr an dir.«

»Warum sollte das eine Rolle spielen?« Es war nur Geld. Für mich zählte schon immer nur er und alles, was wir gemeinsam erlebt hatten.

»Du glaubst gar nicht, wie oft das eine Rolle spielt.« Tröstend legte ich ihm eine Hand auf den Oberschenkel. »Hat Ole dir erzählt, dass ich meinen Vater getroffen habe?« Er löste den Blick kurz von der Straße und sah mich an. Ich wusste, jetzt käme eine Geschichte, die ich nicht hören wollte, aber die einfach rausmusste.

»Ja kurz. Wir haben vor Jahren auf einer Party über dich gesprochen. Liz war, wer weiß wo, und wir standen wie immer verloren rum.«

Lukas atmete tief durch und ließ einen schwarzen BMW vor uns auf die Spur. »Meine Eltern haben sich auf dem Internat kennengelernt. Mum würde sagen, dass es nichts Großes war. Sie ist zum Studieren nach Deutschland, er auf seinen Familienlandsitz. Sie haben sich nur noch hin und wieder mal getroffen. Dass ich dabei rumkommen würde, hat keiner erwartet, genauso wenig, dass er sich aus der Verantwortung ziehen würde. Seine Familie hat Geld mit irgendwas im Bergbau gemacht. Er ist auch Waliser. Ich glaube nur, deswegen hat Grandma ihm vieles durchgehen lassen. Du hast bestimmt noch im Hinterkopf, dass Mum ihn damals von mir fernhalten wollte.«

»Und stimmt das?«

Er nickte. »Ich weiß jetzt auch warum und bin ihr echt dankbar. Er hat sein ganzes Geld und den Familienbesitz versoffen. Dieses kleine Dorf, in dem er mit seiner Familie lebt, ist einfach nur traurig.« Er biss sich auf die Unterlippe. »Als ich dann mit einer meiner Halbschwestern gesprochen habe, die so unter dem Ruin leidet, wurde auch klar, warum er Kontakt gesucht hat.«

»Ging es um Geld?«

»Ja, um nichts anderes. Ich hatte ihnen meine Hilfe angeboten, dass ich mir die Rechnungen mal angucke, und sie unterstützen würde, ihn auf Entzug zu bekommen, aber das wollten sie nicht. Lieber nur Geld.« Er musste schwer schlucken.

Das war hart. Für ihn musste das wie ein Schlag ins Gesicht gewesen sein. »Das tut mir leid.«

»Muss es nicht.« Er setzte wieder ein Lächeln auf und bog in die Autobahnabfahrt ein. »Der Rest meiner Familie ist zum Glück ziemlich gescheit.«

»Haben du und deine Mutter deswegen Stress?«

»Unter anderem.« Er seufzte. »Grandma und … Na ja, sie ist die Einzige, die es nachvollziehen konnte.«

»Das renkt sich wieder ein. Dafür liebt deine Mutter dich viel zu sehr.«

War es das, was ihm so nahe ging? Oder war das gerade mal die Spitze des Eisberges?

»Ich hoffe.« Und das hoffte ich für ihn auch. »Weißt du, ich, habe manchmal das Gefühl, ich bin irgendwann in meinem Leben so hart gegen die Wand gelaufen. Alles kam immer mit einer total abgefuckten Kehrseite.«

»Ist das nicht immer so im Leben.«

Der Wagen bog auf eine Landstraße ein.

»Wann bist du so weise geworden?«

»Vielleicht als du mich auf der Stallgasse geküsst und einfach stehen gelassen hast, um ohne irgendwem etwas zusagen am nächsten Tag nach Wales abzuhauen?«

»Ich weiß, war scheiße von mir.« Scheiße war kein Wort dafür.

»Ich müsste dich eigentlich hassen!«

»Ich würde dir das nicht mal verübeln.« Plötzlich war die Anspannung zurück.

Hohe Eichen ragten links und rechts von der Straße auf. Das große Tor und die Efeubewachsenen Mauern kamen immer näher. Neugierig beugte ich mich weiter vor, in der Hoffnung schon, einen Blick auf das Haus zu erhaschen. Die Mauer sah schon mal herrschaftlich aus, genauso wie die Länge der Allee. Mir wurde auch klar, warum Lena in Kleinblommen diesen Geländewagen fuhr. Diese Allee kam man nach Regen niemals hoch, ohne sich festzufahren, ohne erhöhtes Fahrwerk.

Kaum war der Wagen durch das schwarze Tor gerollt, klappte mir der Unterkiefer herunter. Ich hatte mit einem hübschen Fachwerkhaus gerechnet, wie man sie aus der Heide kannte, aber nicht mit einem Backstein Landhaus aus den 1920ern, wenn man den Messingzahlen am Giebel trauen durfte. Die großen Fenster waren ausnahmslos weiße Sprossenfenster. Das obere Stockwerk hatte fast sowas wie einen riesigen Turm. Die Eingangstür leuchtete in einem Dunkelrot und war mit weißen Linien akzentuiert, wo das Holz eingeschnitzt worden war. Ich musste schwer schlucken. Links und rechts wogen sich dichte Rosenbüsche. Der Kies knirschte unter den Reifen, als Lukas den Wagen direkt in dem Rondell vor der Haustür stoppte. Nur wenige

Schritte entfernt standen zwei weitere große Geländewagen und ein Sportwagen. Frank hätte wohl vor dem alten Land Rover Defender niedergekniet. So ein sündhaft teures Ding war sein Traumauto, auch wenn es eigentlich nicht dicht war und technisch absolut rudimentär.

»Da wären wir. Am Haus vorbei, geht es zu den Ställen und direkt hinter dem Haus fangen die Weiden an.« Lukas wies an mir vorbei auf einen schmalen Steinplattenweg, der rechts vom Haus nach hinten auf das Grundstück führte. »Ich würde tatsächlich auch hier ausladen. Hauptsächlich weil ich zu faul bin von hinten aufs Grundstück zu fahren und Mum mich dazu verdonnern würde, sofort das Auto zu waschen, wenn wir zu Hause sind.«

Ich bekam kaum mit, was er da sagte. Zu geplättet musterte ich immer noch das Haus rechts von mir.

Ohne den Blick abzuwenden, löste ich den Anschnallgurt, da öffnete sich die Haustür und eine ältere Version von Lena trat auf die erste der drei Steinstufen vor dem Haus. Die Haare streng zurückgesteckt und in einem ähnlichen Braunton wie auch Lukas, die Züge wirkten auf den ersten Blick neutral. Sie stand beneidenswert gerade. Die dunkelbraunen Reitstiefel glänzten im Sonnenlicht, das durch die hohen Baumwipfel auf das Rondell fiel. In die von Falten umgeben Augen der Frau, von denen ich sofort davon ausging, dass sie grün waren, trat ein Glitzer als Lukas ausstieg. Mit einem strahlenden Lächeln schritt sie die Stufen herunter.

Ich schluckte schwer, dann öffnete auch ich die Beifahrertür. Das war also die berüchtigte Meridith Stüwe.

Kapitel 28

"Grandma. How are you doing?" Wie so oft, wenn ich Lukas Englisch sprechen hörte, jagte mir ein Schauer über den Rücken. Seine Stimme nahm dann immer diese weiche, singsangartige Klangfarbe an.

Meridith verzog keine Miene. »Fine, as always. Your Grandpa is at the stables. Before we continue talking, get those poor horses off the trailer.« Ihre Stimme hatte denselben Akzent, klang jedoch deutlich schneidender. Ihr Blick fiel auf mich. Sofort bekam ich eine Gänsehaut. Ich hatte das Gefühl, sie sah bis in mein tiefstes Inneres. »Das letzte Mal, als ich dich gesehen habe, warst du noch ein sehr kleines Mädchen.« Der Akzent kam deutlich durch. Ihre Mundwinkel hoben sich sachte.

Ich blinzelte sie einfach nur fragend an. Was sollte ich darauf antworten? Ich konnte mich jedenfalls nicht mehr an sie erinnern.

»Wie geht es deinen Eltern?«

»Gut.« Ich versuchte mich an einem verhaltenen Lächeln.

Ihr Blick glitte sofort wieder zu Lukas. Sie hob fragend eine Augenbraue, aber er schüttelte einfach nur den Kopf. Sie nickte langsam und deutete dann auf den Anhänger. »Bevor hier irgendetwas anderes gemacht wird, kommen diese beiden erst mal auf einen Paddock.«

Die Anlage hinter dem Haus war riesig. Links und rechts von dem schmalen Weg erstreckten sich weitläufige Weiden. Auf einigen standen verloren Gelände-, wie auch zwei-drei Fahrhindernisse. Wir liefen direkt auf einen Reitplatz mit Flutlichtanlage zu. Dahinter lag der Stall. Ein großes Gebäude, das wohl früher mal eine Scheune gewesen war. Der Fachwerkgiebel besagte, er wäre älter als das Wohnhaus. 1898. Traditionelles Backsteinfachwerk, in dem die modernen Türen und Boxenfenster wie Fremdkörper wirkten.

Rechts vom Stall waren mit weißen Kunststoffzäunen Paddocks auf einem Erde-Sandgemisch abgesteckt. Meridith lief vorweg und wies wortlos auf den ersten Paddock. Ehe sie sofort mit anpackte, die Transportgamaschen zu lösen.

Buckelnd liefen sich die beiden Pferde auf dem kleinen Paddock aus und machten sich wenig später schon über das Heu her, das ein Stallhelfer in die Ecke geschmissen hatte.

Wir standen schweigend am Zaun und betrachteten sie. Es war eine eigenartige Stimmung. Irgendetwas lag in der Luft.

Die Stimmung lockerte sich erst auf, als ein großgewachsener weißhaariger Mann zu uns trat. »Der hat sich aber gemacht.« Er wies auf Pantas, der gerade seine Nase tief im Heu vergrub. Um seine Lippen spielte ein freundliches Lächeln und die Lachfalten um die stahlblauen Augen machten ihn sofort sympathisch.

»War nicht mein Verdienst«, gab Lukas zähneknirschend zu und wies auf mich.

Neugierig blinzelte mich Robert Stüwe, ehemaliger Springreiter und CEO eines der größten Familienunternehmen Deutschlands an. Ich hatte immer gedacht, dass wenn ich ihn kennenlernen würde, wir uns eher formal gegenüberstehen würden und nicht in staubigen Reitklamotten. Er streckte mir die Hand hin. »Robert«.

»Marie«, zögerlich ergriff ich seine Hand und drückte sie sachte.

In seinen Augen glomm etwas auf und er sah zu seiner Frau herüber, die nur nickte. »Du bist die Tochter von Till und Lou, oder? Du siehst deiner Mutter wirklich unheimlich ähnlich.« Er ließ meine Hand los und zog sie weg. Nun sah er fragend zu Lukas, der wie bei seiner Großmutter lediglich mit dem Kopf schüttelte und dieses Mal es sogar wagte, mit den Augen zu rollen. Sein Großvater lachte jedoch nur und schob die Hände in die Taschen seiner dunkelgrünen Wachsjacke, die aussah, als wenn sie schon einige Jahre auf dem Buckel hätte. »Wie sieht es aus, Mary, wann gibt es Mittagessen?«

Meridith sah sich um. »In einer halben Stunde. Kann es sein, dass du die Hunde verloren hast?«

Er winkte ab. »Gerade haben die noch im Stall mit einem Strohband gespielt. Die kommen jeden Moment.«

Sie verzog das Gesicht und seufzte. »In einer halben Stunde im Esszimmer.« Sie hob mahnend einen Finger und deutete auf Lukas. »Wehe, du rennst mir schon wieder über meinen Rasen, weil du die Zeit vergessen hast!«

»As if I would do that.« Sein charmantes Lächeln sprach da eine andere Sprache.

Kopfschüttelnd lief Meridith wieder zum Haus.

Kaum dass sie außer Hörweite war, sah Robert mit erhobener Augenbraue zwischen uns hin und her. »Will ich wissen, was das hier ist?«

Was hatte uns verraten? War es so offensichtlich?

Lukas entgegnete seinen Blick. »Musst du es wissen?«

Sein Großvater grinste einfach. Damit schien das Thema für beide Männer erledigt zu sein. »Na dann. Auspacken, oder lieber eine Stalltour?«

»Auspacken. Sonst bekommt Grandma spätestens heute Abend die Krise, sollten Auto und Transporter immer noch mitten im Rondell stehen.« Lukas seufzte und sah zu seinen Pferden herüber.

»Warum hast du überhaupt vorne geparkt. Hinten wäre weniger Geschleppe gewesen.« Robert wies auf das Tor, zwischen Paddocks und einem großen Gebäude, das verdächtig nach Reithalle aussah.

Lukas verzog das Gesicht. »Du kennst Mum.«

»Dann bringe ich den Anhänger gleich mit unserem Defender rüber. Also Stalltour?« Jetzt wusste ich eindeutig, von wem Lukas dieses Glitzern in den Augen hatte, wenn er einen Plan hatte. Robert wandte sich an mich. »Die Anlage haben wir um 2006 gekauft und bis 2007 circa renoviert. Ich wünschte, ich könnte sagen, dass das Anwesen schon immer in Familienhand war, aber es war lediglich eine glückliche Fügung.« Er lachte auf und wie bei Lukas auch traten Grübchen auf seinen Wangen hervor. »Die Reithalle wurde 2010 gebaut. Das Bauamt, – na ja, die bürokratischen Mühlen mahlen eben langsam. Den Stall haben wir vor vier Jahren erst noch einmal grundlegend renoviert.«

»Hat Grandma jetzt doch ihr Solarium bekommen?«

»Nur ein Solarium? Solekammer war dann der nächste große Wunsch. Die haben wir jetzt auch, allerdings da, wo wir an die Reithalle noch eine Boxengasse anbauen wollten und die Kutschen und Hindernisständer stehen.«

Lukas schüttelte schmunzelnd den Kopf. Ihm konnte man ansehen, was er dachte, aber er hielt zu meiner Überraschung die Klappe.

»Na dann mal mitkommen. Die Pferde sind alle draußen, aber macht die Boxengasse ja nicht weniger interessant.«

Die halbe Stunde bis zum Essen bekamen wir so wirklich schnell herum. Die Anlage hatte ich mir deutlich kleiner vorgestellt und vor allem auch weniger modern. Hätte ich vielleicht vorher noch gesagt, dass ich den Stallhelfer übertrieben fand, würde ich das, nachdem ich den Stall gesehen hatte, sofort zurücknehmen. Zwanzig Pferde hatten ihr Zuhause auf dem Gut. Darunter auch zwei, die ich noch sehr gut aus meiner Kindheit kannte. Das Reitpony mit viel zu viel Araberanteil Chocolate, mit dem Lukas in der Vielseitigkeit so viel gerissen hatte und dann war da noch Avon Coer, das erste Prix St. Georg Pferd seiner Mutter. Ein hübscher Brauner, den ich als Kind immer für seine eleganten Bewegungen bewundert hatte.

Ansonsten schien es sich den Boxenschildern nach zu urteilen, um eine bunte Mischung aus Voll- und Warmblütern zu handeln.

Mit beiden Hunden, einem Viszla und einem schwarz-weißen British Pointer im Schlepptau, betraten wir gerade noch so pünktlich den Eingangsbereich des Gutshauses. Zwei große Flügeltreppen aus dunkler Eiche führten ins Obergeschoss und auf eine Empore, von der mehrere Türen abgingen. Direkt neben dem linken Flügel lag ein großes dunkelrotes Hundekörbchen auf den alten schwarz-weißen Fliesen mit einem hübschen Retromuster. Fasziniert betrachtete ich das Familienporträt, das zwischen den Flügeln an der holzvertäfelten Wand hing.

Alle vier waren darauf abgebildet. Meridith und Robert standen oder viel mehr saßen im Zentrum, des mit einem Goldrahmen geschmückten Fotos. Man musste nicht genauer hinsehen, um zu wissen, dass Roberts Anzug nicht von der Stange war und die silberne Armbanduhr auch nicht vom Juwelier an der Ecke. Meridith trug ein wunderschönes schlichtes Abendkleid aus fließendem weinrotem Stoff. Die Haare hatte sie hochgesteckt und strahlte so eine Erhabenheit aus, dass man wirklich Angst vor ihr bekommen konnte. Lena stand hinter ihr. Sie hatte sich für eine weinrote Bluse entschieden und einen dunklen Hosenanzug, der ihre schlanke Statur betonte. Die langen, dunklen Haare fielen ihr locker über die Schultern. Ihre Perlenkette war eindeutig echt, dafür waren die Perlen zu unterschiedlich. Sie war eine hübsche Frau und ich kannte sie eigentlich als warmherzig und nie um ein Lächeln verlegen, aber auf dem Foto sah sie unnahbar und streng aus. Um ein Haar hätte ich Lukas, neben seiner Mutter, nicht erkannt. Er sah anders aus in feingeschnittenem Anzug und weißem Hemd. In seinen Augen zeichnete sich nur eine stumme Entschlossenheit ab. Sie hatten alle etwas Einschüchterndes an sich. Etwas, das einen innehalten ließ. Und ich fragte mich augenblicklich, ob ich Lena und Lukas überhaupt wirklich kannte. Auch wie sie da miteinander abgebildet waren, hatte etwas Befremdliches. Distanziert, aber gleichzeitig geschlossen, wie es sich eben für eine Familie gehörte.

Nur zögerlich löste ich den Blick von dem Bild. Das Haus kam mir plötzlich um mindestens fünf Grad kühler vor. Die Leichtigkeit, die an den Ställen noch geherrscht hatte, war verflogen.

Je mehr ich mich umsah, desto befremdlicher kam mir dieses Haus vor. Alles hatte etwas Piekfeines, ließ das Gemäuer wirken, als wenn es für Landadelige erbaut worden wäre. Mühelose klassische Eleganz. Die Hunde sahen aus, als wenn sie dieses Bild nur abrunden würden. Das hier war eine Welt, mit der ich vorher noch nie in Kontakt gekommen war. Lebte man so, wenn man nie in seinem Leben auch nur ansatzweise Geldsorgen gekannt hatte?

Auch das Esszimmer erschlug mich förmlich. Die Möbel waren alt, massiv und klassisch. Sie passten zu den weißen Wänden mit den hohen Decken und dem Flair des Hauses. Die weiße, gestärkte Tischdecke hätte ich mich niemals getraut, auf den Tisch zu legen. Einfach aus Angst vor Flecken.

In hübschen Porzellanschalen in Maißenoptik stand das Essen in der Tischmitte, zwischen den weißen Tellern mit Goldrand und zwei kleinen Glasvasen mit Rosen aus dem Garten, die man vom Fenster aus sehen konnte.

Der Tisch war lang, aber niemand saß vor Kopf, was das Essen deutlich angenehmer machte. Ich saß Meridith gegenüber, die mich unablässig fragend musterte.

Robert hatte den größten Redeanteil, erzählte von seinen Fahrpferden, die auf einer Weide gegenüber der Reithalle auf der anderen Straßenseite standen, von dem Familienunternehmen und dem Erwerb eines kleinen Weinberges an der Mosel.

Irgendwann unterbrach Meridith die Erzählung ihres Mannes. »Wie ist es auf dem Gestüt?« Sie sah Lukas an.

»Wie üblich.« Er stocherte in seinen Kartoffeln herum und vermied es, sie anzusehen.

»Und Cray?«

»Wie immer. Er geht mir auf die Nerven. Jetzt eben nur auf Distanz.«

Sie nickte langsam. Ihre Miene war schwer zu deuten. Ihr Blick zuckte wieder zu mir. »Was machst du beruflich, wenn ich mal so frei fragen darf?«

»Ich … studiere Veterinärmedizin im vorletzten Semester.« Schüchtern sah ich an ihr vorbei aus dem Fenster.

»Interessant. Gute Veterinäre kann man immer gebrauchen.« Ihre Stimme klang weicher. Allerdings wurde ich das Gefühl nicht los, dass sie aus einem bestimmten Grund fragte. Irgendetwas lag in der Luft, und ob mir das gefiel, konnte ich nicht sicher sagen.

Bevor die Stimmung noch komischer werden konnte, räusperte sich Robert. »Lukas, oben in meinem Büro liegt noch ein Brief für dich. Den gebe ich dir nach unserem Ausritt.«

Lukas, neben mir, atmete tief durch und sah auf seinen Teller. »Will ich den haben?«

»That's out of question!«, fuhr Meridith ihn augenblicklich an.

Mit zweifelndem Blick ließ er die Gabel sinken und lehnte sich auf seinem Stuhl zurück. »Ist das neu?« Er wies auf ein Ölgemälde, das hinter seinem Großvater an der Wand hing.

Kapitel 29

Wie schon von Lukas angekündigt, standen wir kurz nach dem Mittagessen im Stall.

Meridith machte sich eines ihrer Pferde, ein langbeiniges dunkelbraunes englisches Vollblut, für die Arbeit in der Halle fertig.

Robert sattelte sich einen Schimmel. Der Statur nach ebenfalls Vielseitigkeitspferd, allerdings sehr viel ruhiger als Meridith Brauner.

Mir hatte man mehr oder weniger ohne Kommentar Chocolate in die Hand gedrückt. Das Pony war inzwischen sicher schon an die zwanzig, wenn nicht sogar weit drüber. Das gleichmäßig dunkelbraune Fell glänzte und auf den ersten Blick wäre ich niemals davon ausgegangen, dass er wirklich schon so alt war. Nur die weißen Stichelhaare auf der Stirn verrieten ihn. Er wurde eindeutig noch regelmäßig gearbeitet. Feste Muskeln spielten unter seinem Fell, als er von der Weide neben mir zum Putzplatz an der Reithalle lief.

Lukas hatte Blaze dort schon angebunden und legte mit einem belustigten Grinsen den Kopf schief, als er mich neben seinem ehemaligen Championatspony sah. »Vielleicht solltest du darüber nachdenken, Viva zu schrumpfen.«

»Sehr lustig! Erst, wenn du darüber nachdenkst, deinen Pferden Manieren beizubringen!« Ich band das Pony zwei

Plätze weiter an.

Robert prustete los. »Das wünsche ich mir von Meridith auch immer. Beneidenswert, wenn man sich einfach auf alles setzen kann.« Er schmiss die Bürste in den Putzkasten neben dem Schimmel. Sofort zuckte das Pferd zusammen. Er seufzte daraufhin lediglich.

Lukas und Meridith tauschten bloß Blicke und wandten sich dann wieder ihren Pferden zu, wobei Meridith schon den Sattel auf den kräftigen Rücken ihres Wallaches schmiss.

»Macht gleich jemand die Hallentür hinter mir zu?«, fragte sie, während sie den Sattelgurt schloss. Der Braune spielte nervös mit den Ohren. Wenn ich ihn mir genauer ansah, dann war er noch jung. Das erinnerte mich an Jakobs Frage.

Ich klopfte Chocolate den Hals und schob mich an Lukas vorbei, unter Blaze Führstrick, zu Meridith durch. »Darf ich was fragen?«

Prompt lugte sie über den Sattel. »Frag.«

»Jakob Kickel, vielleicht sagt Ihnen der Name noch etwas, sucht nach einem zweiten Pferd …«

Sie unterbrach mich. »Natürlich erinnere ich mich noch an Jakob! Er soll sich gerne melden, wenn er etwas sucht! Ich habe zwar nichts mehr, aber Bekannte.« Sie wirkte beinahe schon empört. »Er hätte mich auch wirklich persönlich fragen können. Woher kennst du ihn?«

»Meine Eltern sind mit ihm und seiner Frau befreundet. Ich helfe ab und an mal im Café von Ellie aus.« Der letzte Teil war mir beinahe unangenehm.

Ihre Mundwinkel hoben sich. »Sag ihm, er soll sich melden. Finde ich übrigens sehr löblich, dass du im Café aushilfst. Lukas hat seine Studienzeit nur mit Reiten verbracht.«

Wenn Blicke töten könnten, hätte Lukas soeben seine Großmutter umgebracht. »Das war auch nicht alles zum Spaß.«

»Mhm … Some real work wouldn't have killed you, if you asked me. I at least helped at the Fields and some neighbours from time to time.« Sie verzog keine Miene. »Machst du mir dann die Halle auf und zu, wenn du schon hier stehst?«

Ich nickte perplex. »Klar.«

Wenig später saß ich im Sattel von Chocolate und musste mich erstmal an die kürzeren Schritte gewöhnen. Vom Tempo her hielt er locker mit den Großpferden mit. Wir ritten gemächlich am langen Zügel die Allee herunter.

Robert saß beneidenswert, gerade im Sattel. Ich konnte mir nur vorstellen, was für ein exzellenter Reiter, er in jungen Jahren gewesen war. Neben ihm und Lukas kam ich mir vor wie die Reitschülerin, die man nur aus Mitleid mitgenommen hatte.

»Hat sich alles in Wales geklärt?« Robert klang ernst, als er das angenehme Schweigen brach.

Lukas sah weg, stur geradeaus auf den Schotterweg. Fest presste er die Lippen aufeinander. Blaze, das Sensibelchen, lief sofort schneller.

»Lukas!« Robert hob mahnend die Stimme. »Du musst dich langsam entscheiden. Ich kann nicht ewig …«

»Ich weiß.« Lukas stoppte Blaze und drehte sich zu mir um. Wovor rannte er nur schon wieder weg? »Und wie lässt das Pony sich reiten?« Wie ein unangenehmer Kontrast zu dem, was sich gerade noch abgespielt hatte, lag nun ein freches Lächeln auf seinen Lippen.

»Wir reden nach dem ersten Galopp.« Bisher hatte Choci mich zumindest überrascht. In meiner Erinnerung hatte er Lukas viel zu oft schon beim Aufsteigen unsanft wieder abgesetzt.

»Ich würde vorschlagen, das testen wir in der Heide«, schaltete sich Robert ein und heilt seinen Schimmel ebenfalls an. Er wies nach links. »Wenn wir den Feldweg reiten, kommen wir erst an zwei weiteren Höfen vorbei, dann müssen wir bei der nächsten Gelegenheit nach rechts in den Wald einbiegen. Da fangen dann die wirklich schönen Wege an. Ohne die wäre ich wohl früher oder später von Mary nach Wales entführt worden.« Er lachte. »Ich wünschte, das wäre ein Witz.«

Lukas seufzte leise. Er wirkte nicht mehr so entspannt wie eben am Putzplatz. Etwas lastete auf seiner Seele, und das war eindeutig nicht sein Vater.

»Ist sie Wales noch sehr verbunden?« Ich schloss zu Robert auf und ließ Lukas links liegen. Langsam gingen mir all diese Geheimnisse auf den Geist.

Robert wiegelte den Kopf hin und her. »Mal mehr, mal weniger. Wenn du sie fragst, würde sie wohl immer noch auf Flagge, König und Vaterland schwören, aber tief in ihrem Herzen ist hier ihre Heimat. Das hätte damals wohl keiner erwartet. Ihr Vater und ihr Bruder haben mich verflucht. Stell dir das mal vor, da reitet die Tochter ein großes Turnier in Deutschland, verliebt sich in den Sohn des Sponsors und der taucht wenige Monate später in Wales auf. Die beiden haben mich die ersten Tage nur leiden lassen.« Er schüttelte den Kopf und schmunzelte. »Ich durfte durch den tiefsten Matsch, die wildesten Pferde holen, als erster auf einen Vollbluthengst ohne Ansage und bin auch noch kopfüber im Teich der Geländestrecke gelandet. Und dann hat Mary ein Machtwort gesprochen.« Das konnte ich mir vorstellen. »Sie war eigentlich dem Nachbarn die Straße runter versprochen worden. Die müssen sich, seit ihrer Kindheit gekannt haben. Statt ihn zu heiraten, saß sie dann ein halbes Jahr später im Flieger nach Deutschland. Drei der feinsten Vollblüter im Gepäck, die ich je gesehen habe.« Er wies nach hinten auf Lukas, der mit nachdenklichem Gesichtsausdruck hinter uns her ritt. »Eure Generation kann sich nicht mehr vorstellen, wie sowas ist und was das heißt. Meine Eltern waren auch alles andere als angetan, als ich mit der Tochter eines einfachen Pferdezüchters in der Einöde von Pembroke ankam. Allerdings weiß Meridith von sich zu überzeugen. An Klasse hat es ihr nie gefehlt.«

Wir stoppten die Pferde an der Straße. »Das kann ich mir vorstellen«, murmelte ich mehr zu mir selbst. Er hatte mich trotzdem gehört.

»Ich kann sie mir auch nicht auf einem Feld vorstellen. Hätte ich es selbst nicht schon so oft gesehen, würde ich es nicht glauben. Mary ist immer für eine Überraschung gut.«

»Komm, das ist der einzige Grund, warum ihr noch verheiratet seid.« Lukas klang wieder fröhlicher.

Sein Großvater lachte. »Kann sein. Langweilig wird es zumindest mit dieser Frau nie.«

Wir ritten durch die Heide. Das Kraut blühte, die breiten Sandwegen luden zu rasanten Galoppaden ein, bei denen mich Choci doch sehr ins Schwitzen brachte. Es hatte mich an Stellen wirklich erstaunt, dass ich so mit beiden Männern mitgehalten hatte. Langsam konnte ich verstehen, warum Lukas so gerne mit seinem Großvater ausritt. Robert kam mir häufig wie eine sehr viel ruhigere und erwachsenere Version von ihm vor und hatte ihm gegenüber oft mehr etwas Väterliches, als Großväterliches.

Zurück auf dem Gut kam uns Meridith mit den Hunden entgegen und die Sonne sank tief hinter die Bäume. Das Gut wurde in ein goldenes Licht gehüllt, das von den Fensterscheiben und dem kleinen Wasserhindernis zwischen zwei Weiden reflektiert wurde. Ich kam mir vor, wie in einem dieser Vorabendfilme. Das Mädchen aus der gutbürgerlichen Mittelschicht, ausgesetzt auf dem Familiensitz der, den Erwartungen widersprechenden, doch auf dem Boden gebliebenen, reichen Familie ihres Liebhabers.

Obwohl war Lukas das für mich überhaupt? Das war alles viel zu verwirrend, als dass ich mich damit wirklich beschäftigen wollte. Es war doch alles gut, wie es war.

Oder nicht?

Mit einem freundlichen Lächeln und einem Kopfnicken ritt ich an Meridith vorbei zum Putzplatz. Sie warf mir schon wieder einen forschenden Blick zu, der bei mir für eine Gänsehaut sorgte.

Angespannt glitt ich aus dem Sattel. Der dunkelbraune Ponywallach schien zu spüren, dass meine Stimmung gekippt war, denn seine Ohren schnellten wachsam nach vorn.

Irgendetwas an dieser Frau machte mich nervös. Ich konnte nur nicht genau sagen, was.

Auch beim Abendessen beobachtete sie mich und Lukas mit einem Blick, von dem ich nicht sagen konnte, ob ich ihn mochte oder ob ich sehr viel vorsichtiger sein sollte, ihn anzusehen. Wer wusste schon, was eine Meridith Rolands-Stüwe dazu sagen würde, dass ausgerechnet ich mit ihrem Enkel anbandelte. Ich hatte noch nicht einmal ansatzweise ein Gefühl dafür, ob sie mich mochte, oder nicht.

Daher war ich auch sehr froh, dass sie am Abend mit den Hunden ging und ich etwas verloren neben Lukas seinem Großvater gegenüber, im Wohnzimmer sitzen konnte. Die Stimmung war deutlich gelassener als beim Abendessen. Ich wusste allerdings trotzdem nicht so recht, was ich überhaupt in diesem Haus machte.

Wie ein Mahnmal lag auf dem Beistelltisch aus gebeiztem Holz ein ungeöffneter Brief. Lukas neben mir sah immer wieder zu ihm herüber und rutschte merklich unruhig auf den Polstern des gestreiften Zweisitzers herum.

»Ich würde dir raten, ihn bald zu lesen.« Mit einem Kopfzeig deutete Robert auf den weißen, unscheinbaren Umschlag. »Es ist wirklich wichtig. Genauso, dass du endlich

206

mal in Hamburg auftauchst.«

Was sollte er denn in Hamburg?

Lukas biss die Zähne fest aufeinander und schluckte schwer. »Braucht ihr mich da wirklich?«

»Wir brauchen dich mehr denn je. Lukas es wird Zeit.« Robert goss sich tief bernsteinfarbenen Scotch in ein bauchiges Glas, das auf dem Beistelltisch neben seinem Sessel stand. »Noch jemand?«

Ich schüttelte den Kopf. Mit Whisky hatte ich es eindeutig nicht.

Lukas verzog das Gesicht. »Nur über meine Leiche.«

Sein Großvater lachte schallend. »Da hat sich also in den letzten Jahren nichts geändert.«

Das Feuer im Kamin knisterte und schien die angespannte Stimmung nur so zu untermalen. Immer wieder blickte ich fragend zur Tür. Sollte ich gehen? Zwischen den beiden schien es viel Ungesagtes zu geben und es war, als würden sie nur meinetwegen nicht offen sprechen.

Lukas griff nach dem Brief und drehte ihn gedankenverloren zwischen den Fingern. Oben auf der Ecke prangte plakativ das Logo des Familienunternehmens.

»Komm nächste Woche mit deiner Mutter nach Hamburg.« Robert nickte ihm zu und trank einen Schluck aus seinem Glas. »Ich weiß, das ist keine leichte Entscheidung, aber irgendwann wirst du sie treffen müssen.«

Tief atmete Lukas ein und hielt den Brief einfach nur fest. Seinen Blick richtete er auf den Teppich und biss sich auf die Unterlippe. »Ich glaube, ich brauche einen Moment für mich.«

Intuitiv wollte ich nach seiner Hand greifen, als er aufstand. Gerade noch so hielt ich mich zurück. Das war nicht »mein« Lukas, der da gerade zur Tür ging und schwerfällig die Klinke herunterdrückte. Mein Gefühl, dass etwas in Wales passiert war, verstärkte sich nur noch.

»Du musst ihn nicht heute lesen, auch nicht am Wochenende. »Ließ ihn einfach nur vor dem Treffen in Hamburg«, rief Robert ihm nach und in seinen Blick trat eine Besorgnis, die mich zutiefst beunruhigte. Was war nur los? Worum zur Hölle ging es?

Robert atmete tief durch und warf mir ein verkniffenes Lächeln zu. »Er beruhigt sich wieder.«

Zaghaft erwiderte ich das Lächeln, sah jedoch im selben Moment wieder hoffnungsvoll zur Tür. Mein Herz wurde schwer bei dem Gedanken an seinen Blick. Ich hatte ihn nie so gebrochen gesehen. So erdrückt von allem, was auf seinen Schultern zu lasten schien, von all seinen kleinen Geheimnissen. Über die anscheinend jeder außer mir Bescheid wusste.

Am liebsten wäre ich aufgesprungen und ihm hinterher. Ich hätte ihm so gerne gesagt, dass alles gut werden würde, aber dann hätte ich höchstwahrscheinlich gelogen. Wer wusste schon so genau, worum es im Ganzen ging, außer ihm?

Lukas' Großvater räusperte sich und zog damit meine Aufmerksamkeit auf sich. »Wenn ich dir einen Rat geben darf.« Er sah mich forschend an. »Pass auf, dass er nicht deine Achillesferse wird.«

Irritiert zog ich die Augenbrauen zusammen. Was wollte er mir damit sagen?

»Du wirst ihn nicht halten können. Nicht so lange ...« Mit einem matten Lächeln, in dem eine solche Traurigkeit lag, dass es mir die Kehle zuschnürte, schüttelte Robert den Kopf. »Nein. Das muss er dir erklären ... Pass einfach auf, dass du dich nicht zu sehr an ihn bindest. Du würdest dir nur wehtun.«

Kapitel 30

Wie von Jakob prophezeit, lagen unsere Zimmer an den entgegengesetzten Enden des Flurs. Wir hatten uns, beim Sachen nach oben bringen, voneinander verabschiedet, natürlich unter Meridith wachsamen Blick.

Jetzt lag ich hellwach in diesem wirklich hübschen Gästezimmer mit Blick raus auf die Weiden. Das Bett war bequem, aber kam mir viel zu leer vor. Neben mir war noch mehr als genug Platz in dem massiven Bett aus Holz. Auch dieses Zimmer war so wunderbar rustikal-klassisch, dass es wie die Faust aufs Auge in das Haus passte. Eigentlich hätte ich mich hier auch wohlgefühlt, aber so lauschte ich mit gespitzten Ohren und Blick fest an die weiß gestrichene und mit Stuck verzierte Decke gerichtet, in die Stille.

Was tat ich hier? Ich kam mir seit dem Gespräch mit Robert vor wie ein Alien. Wovor hatte Lukas Angst, dass er dem nicht alleine hätte gegenübertreten können?

Leise Geräusche kamen näher. Sofort horchte ich auf. Er würde doch nicht? Die Klinke bewegte sich langsam. Ich hob den Kopf und richtete mich in das weiche weiße Kissen auf. Er würde!

Langsam schob er sich in den Raum und schloss beinahe geräuschlos die Tür hinter sich. Mein Herz machte unwill-

kürlich einen kleinen Hüpfer.

Seine Konturen zeichneten sich sanft im fahlen Mondlicht ab.

»Was tust du hier?«, flüsterte ich in die Dunkelheit.

Schwach konnte ich ein Lächeln auf seinen Lippen erkennen. »Ich wollte nur mal nach dir sehen.« Er machte einen Schritt weiter in den Raum rein. »Und ganz vielleicht konnte ich dem Verbotenen nicht ganz widerstehen.«

Mein Herz schlug schneller. »Und was ist mit deiner Großmutter?«

Er lachte leise und ließ sich auf die Bettkante sinken. Er war so nah, dass ich die Wärme seines Körpers spüren konnte. »Ich bin ziemlich gut im Rausschleichen.«

Unsicher sah ich zur Tür und versuchte, in den Flur zu horchen. Erwischt werden stand eindeutig nicht auf meiner Liste, genauso wenig wie von Meridith Rolands-Stüwe aus ihrem eigenen Haus geworfen zu werden. Gleichzeitig brachte seine Nähe auch etwas, in mir ins Schwingen und ich verzerrte mich danach, seine warme Haut unter meinen Fingern zu spüren.

Bevor ich doch noch mit Einwänden um die Ecke kommen konnte, beugte er sich von vor und küsste mich. In dem Moment, als seine Lippen nach einer gefühlten Ewigkeit, auf meine trafen, waren alle Bedenken wie weggewischt. Wie fast alle seine Küsse waren diese so voll von Feuer, Leidenschaft und einem knisternden Verlangen nach mehr.

Die weitere Nacht kam mir vor wie ein Fiebertraum. Ich genoss jeden Augenblick davon mit all meinen Sinnen.

Die Zweisamkeit musste allerdings auch irgendwann enden. So gerne ich auch wieder in seinen Armen geschlafen hätte, so sehr wusste ich auch, dass das eine sehr schlechte Idee wäre.

Ich hatte keine Ahnung, wie lange ich in seinen Armen gelegen hatte. Es war, als wäre die Zeit einfach stehen geblieben von dem Moment an, in dem er in mein Zimmer gekommen war.

Lukas richtete sich langsam auf. Mit einem Gähnen fuhr er sich durch die dunklen Haare, die wunderbar verwuschelt aussahen. Wortlos klaubte er sich seine Klamotten vom Boden.

Als er sich wieder angezogen hatte, beugte er sich noch einmal zu mir herunter. »Schlaf gut.« Ganz sanft küsste er mich auf die Lippen und wartete dann nicht einmal meine Antwort ab, ehe er sich umdrehte und aus der Tür verschwand.

Seufzend sank ich wieder tiefer in die Kissen. Sein Geruch hüllte mich ein und es fühlte sich beinahe an, als wäre er immer noch da. Im Halbschlaf hörte ich die Stimme von Lukas Großvater auf dem Flur, aber tat es als unwichtig ab.

Am nächsten Morgen entging mir allerdings nicht, wie Robert prüfend zwischen mir und Lukas hin und her sah, während er über seinem zweiten Kaffee die Tageszeitung las.

Meridith schien keine Morgenperson zu sein. Zumindest war sie sehr still und sah nicht aus, als wenn sie wüsste, was gestern Abend noch in einem ihrer Gästezimmer passiert war. Mehr schlafend als wach, biss sie in ihr Brötchen und rührte hin und wieder mal in ihrem Tee herum. »Do you two need to talk Business?«

Lukas nickte abwesend und suchte den Blick seines Großvaters.

Robert ließ seine Zeitung sinken. »Aber nicht lange. Ich schlage vor, danach gehen wir alle eine ganz entspannte Runde ausreiten.«

»Wolltest du nicht anspannen?« Plötzlich sah Lukas aus, als wenn er sich Besseres vorstellen könnte.

Robert wiegelte nachdenklich den Kopf hin und her. »Das kann ich auch am Nachmittag.«

Meridith sah zu mir herüber. »Die Zeit können wir bestimmt im Garten … wie sagt man, verprügeln.«

»Totschlagen, Grandma. Man schlägt Zeit tot. Verprügeln finde ich allerdings auch interessant«, amüsierte Lukas sich prompt und auch Roberts Mundwinkeln hoben sich zu einem amüsierten Lächeln.

Meridith schnaubte genervt auf, dann sah sie mir direkt in die Augen. »Du leistest mir doch bestimmt trotzdem im Garten Gesellschaft. Mit den Herren würde ich an deiner Stelle meinen Morgen nicht verbringen wollen.«

Ich nickte. Ich hätte mich nicht mal getraut, ihr auch nur ansatzweise zu widersprechen. Aber ich fand die Aussicht, mehr von dieser Frau zu erfahren, vor der so viele Menschen mit so viel Respekt redeten, interessant.

So saßen wir nach dem Frühstück zusammen im idyllischen Garten. Die Sonne kämpfte sich durch die Kronen der hohen Bäume und es roch nach Rosen gemischt mit dem Geruch nach Pferd. Am Ende des Gartens graste eine Gruppe Vollblüter direkt am Zaun. Wir schwiegen, tranken Kaffee, respektive Tee und beobachteten einfach nur friedlich die Pferde.

»Wann bist du fertig mit deinem Studium?«, brach Meridith das Schweigen und stellte ihre Tasse zurück auf den weißen Gartentisch.

Ich betrachtete einen großgewachsenen, auffallend dunkelbraunen, fast schwarzen Wallach, wie er seine Nase unter dem Zaun durchschob, um an bessere Grashalme zu kommen. »Wenn alles klappt, nächstes Jahr im Frühjahr.«

»Ist kein leichtes Studium, oder?«

Ich schüttelte den Kopf. »Nein. Gerade das Praktikum im Schlachthof hat mir sehr zugesetzt. War eine ganz komische Atmosphäre. Ich bin froh, wenn das alles bald vorbei ist.«

Sie lächelte, das erste Mal wirklich warmherzig mir gegenüber. »Das kann ich mir vorstellen. Hast du schon Pläne, wie es weitergehen soll?«

Zögerlich nickte ich. Mir schoss die Hitze in die Wangen

und fuhr gedankenverloren den Henkel meiner Kaffeetasse nach. »Ich weiß nicht, ob Sie ihn kennen, aber Frank Lieberman hat mir angeboten, in seine Praxis einzusteigen.«

»Das sind gute Aussichten. Es ist bewundernswert, wenn junge Menschen ihren Weg gehen. Mit Frank wirst du garantiert einen guten Partner haben.« An ihrer Stimme konnte ich hören, dass da einiges war, was sie nicht sagte. Unsere Blicke trafen sich und mein Gefühl, dass Meridith sehr viel besser über das zwischen mir und Lukas Bescheid wusste, als sie sich anmerken ließ, verstärkte sich. »Ich habe gesehen, wie du gestern mit Chocolate umgegangen bist. Du wirst mal eine gute Tierärztin, wenn du das schaffst, beizubehalten. Lukas meinte, du hast auch ein Pferd?«

»Ja. Eine Fuchsstute. Sie heißt Vive la Vie.«

»Springengezogen?«

Ich nickte. »Ich bin mit ihr allerdings nur bis M gegangen und zuletzt eher sporadisch.«

Meridith lächelte und etwas Wehmut kam durch. In ihren Augen glitzerte etwas. Sehnsucht. »Ich bin früher auch mehr Vielseitigkeiten gegangen. Aber irgendwann ist immer die Zeit im Leben, alles etwas ruhiger angehen zulassen und Prioritäten zu verschieben. Hergeben möchte ich jedoch keinen von ihnen. Egal wie viele Angebote ich auch bekomme.« Sie sah zu den Pferden. »Reiten erfordert Geduld, Vertrauen und sich selbst ab und an zurückzunehmen. Dann entstehen die tiefsten Bindungen.« Sie schluckte schwer. »Ich bin mein Leben lang geritten. Nie hätte ich etwas anderes tun wollen. Jeder Sieg hatte etwas unheimlich Süßes und gleichzeitig auch Bitteres, wenn ich daran denke, was ich für diese Karriere geopfert habe. Wenn man etwas oder jemanden so sehr liebt, dann konsumiert es einen. Manchmal ist es wie ein kleiner Suizid. Man versteht einfach nicht, dass man besser rennen sollte.« Sie sah mir wieder direkt in die Augen und lächelte schwach.

Aus großen Augen sah ich sie an, während ich ihre subtile Warnung verarbeitete. Mechanisch angelte ich nach meiner Tasse und setzte ein Lächeln auf. »Das stimmt.«

In meinem Magen formte sich wieder dieser kühle, feste Knoten.

Kapitel 31

ls wir wieder ins Haus gingen, kam uns Robert entgegen. Er sah ernst aus. Der Blick, den er Meridith zuwarf, sagte mehr als tausend Worte. Mir nickte er einfach nur zu. "Er ist oben."

Fragend sah ich ihm nach. Warum schickte er mich nach oben und nicht Meridith? Als würde er mit mir eher reden. Meridith nahm mir wortlos meine Tasse aus den Händen. »Geh ruhig.«

Mit schnellen Schritten hastete ich die Treppe hoch und sah, dass die Tür direkt am Treppenaufgang nur angelehnt war. Ich meinte, mich erinnern zu können, dass Robert dort sein Büro hatte, wenn er von zu Hause arbeitete.

Vorsichtig stieß ich die stämmige Holztür auf.

Lukas stützte sich auf die Tischplatte des massiven Schreibtisches, von dem es mich nicht wundern würde, sollte er schon seit Generationen in der Familie sein. Angestrengt starrte er auf das, was da vor ihm auf der dunkelgrünen Schreibtischunterlage lag. Ich konnte deutlich sehen, dass er zitterte.

Zögerlich klopfte ich gegen den Türrahmen, aber er bemerkte mich gar nicht. Als wenn etwas unheimlich wehtun würde, schloss er die Augen. Wieder sah er so gebrochen aus. Mir wurde schlecht.

Beherzt machte ich einen Schritt in das Zimmer, in dem

außer dem Schreibtisch noch zwei Ledersessel und unzählige alte Regale mit Ordnern und Büchern standen. Es roch nach Papier, Staub und den Blumen, die in einer schicken Glasvase auf dem Tisch standen.

Er sackte weiter in seiner Haltung zusammen. Mein Herz verkrampfte sich. Wenn ich ihm doch nur etwas von seinem Schmerz nehmen konnte. Was auch immer Thema gewesen war …

Die Glasvase landete klirrend auf dem Boden. In tausend Teilen zersprang das zart blau getönte Glas auf dem Fischgrätenpaket. Mit einem Schrei, der mir durch Mark und Bein gegangen war, hatte er mit nur einer Armbewegung alles vom Tisch gefegt.

Ich hielt den Atem an. Betrachtete ihn aus großen Augen dabei, wie er am Schreibtisch hinabglitt auf den Boden und mit einem seltsam leeren Gesichtsausdruck an die Wand starrte. Gerne hätte ich ihn an der Schulter berührt, aber traute mich nicht. Meine innere Stimme sagte mir laut, dass das eine sehr dumme Idee wäre. In seinen Augen konnte ich das wilde Wechselbad seiner Gefühle sehen. Wut, Trauer, Wut. Das war so ein ungewohntes Bild.

Ich wollte schon weiter auf ihn zugehen, da flog die Flasche, die auf einem Rollwagen, neben dem Schreibtisch gestanden hatte, gegen die Wand. Die Wut hatte gewonnen.

Blitzschnell trat ich den Rückzug an. Auf zittrigen Beinen ging ich schleppend die Treppe herunter. Ich hatte ihn noch nie so gesehen. Er war nie aggressiv gewesen. Nie. In all diesen Jahren, die wir uns schon kannten. Meine Finger schlossen sich fest um das glatte Holzgeländer. Was war nur mit ihm passiert? Alles schien sich zu drehen.

Meridith blickte mir überraschend gelassen im Flur entgegen. »Wütet er?« Mit dem Küchentuch in ihrer Hand trocknete sie eine Kaffeetasse ab.

Ich nickte. Ihre Gelassenheit hätte ich gerne einmal zum

Mitnehmen. Fest presste ich die Lippen aufeinander und versuchte, das Zittern meiner Hände zu verbergen.

»Gods sake …« Sie zog ihr Handy aus der Tasche ihrer beigen Reithose. Gemächlich drehte sie sich um und legte das Tuch und die Tasse um die Ecke in die Küche. Mit einer Hand wählte sie eine Nummer. »Du musst kommen … Ich weiß nicht, worum es ging, aber er dreht gerade durch! Denkst du, ich bin lebensmüde?« Sie seufzte und lehnte sich in den Türrahmen. »Es war klar, dass es so kommen wird.« Sie legte den Kopf in den Nacken. »God, was weiß ich? Beeil dich einfach. Sonst hast du gleich kein Büro mehr.«

Wieder ging oben etwas scheppernd zu Bruch. Die Hunde zucken beide zusammen. Die Viszlarhündin winselte und drückte sich gegen Meridith Beine. Der Pointer rannte mit eingezogener Rute zur Tür und winselte verängstigt. Auch Meridith war zusammen gezuckt und sie blickte nervös zum Treppenaufgang. In ihren Augen flackerte Besorgnis auf. Langsam ließ sie das Handy sinken. Ihr hübsches Gesicht wirkte wie in Stein gemeißelt, grau und zum ersten Mal wirklich alt.

Sie atmete sichtlich auf, als die Haustür wenig später aufschwang und Robert an uns vorbei, die Treppe hochstürmte. Er sah fahl aus und trotzdem hatte er etwas so Entschlossenes an sich. Meridith drehte sich mir zu.

»Wusstest du davon?«

Ich schüttelte den Kopf. Immer noch kam ich mir vor wie im falschen Film und wollte meinen Blick nicht von der Bürotür lösen, die gerade hinter Robert ins Schloss gefallen war. Schlagartig war eine bedeutungsschwangere Ruhe eingekehrt.

Tief atmete sie ein. »Weißt du irgendetwas?«

»Ich … ich glaube nicht.« Was wurde hier gespielt?

Sie nickte mit undurchdringlicher Miene und presste die

Lippen aufeinander. »Es … tut mir sehr leid, dass du das gerade miterleben musst.« Tröstend legte sie eine Hand auf meine Schulter. Ich konnte spüren, wie auch in ihr ein Sturm tobte.

Eine Stunde später traute ich mich wieder die Treppe hoch. Die Stille hatte angehalten. Ich hatte das unbändige Bedürfnis, zu sehen, ob es ihm gut ging. Das Erlebte saß noch tief in meinen Knochen, aber die Angst, dass er sich verletzt haben konnte, überwog.

Vorsichtig drückte ich die Klinke zum Arbeitszimmer herunter und lugte verhalten in den Raum. Der scharfe Geruch nach Alkohol schlug mir entgegen. Als Erstes sah ich nur Scherben, die im fahlen Sonnenlicht reflektierten und, wie ein Teppich, den ganzen Fußboden zu bedecken schienen. Ich musste schlucken und ließ meinen Blick zum Bücherregal wandern. Beide Männer lehnten schweigend mit den Rücken an dem Regal.

Robert hielt Lukas im Arm. Es hatte etwas von einem kleinen Jungen, der von seinem Großvater getröstet wurde, nachdem andere Kinder gemein zu ihm gewesen waren. Mit leeren, verweinten Augen sah Lukas einfach nur ins Nichts. Keiner von beiden schien mich zu bemerken.

Lukas so zu sehen, sorgte wieder dafür, dass mein Herz sich schmerzhaft zusammenzog. Am liebsten hätte ich seinen Kopf zwischen meine Hände genommen. Meine Stirn an seine gelegt. Ihm gesagt, dass alles nicht so schlimm war. Dass ich bei ihm sein würde, egal was auch immer passiert war oder auch noch passieren würde. Meine Hände tief in seinen weichen dunklen Haaren vergraben. Ihn fest an mich gedrückt in der Hoffnung, ihm zumindest etwas von seinen Schmerzen nehmen zu können.

Schwer schluckend schloss ich die Tür wieder. Tränen sammelten sich in meinen Augen und verschleierten meine Sicht. Dumpf hörte ich Hundepfoten auf der Treppe näher kommen. Alles drehte sich wieder. Benommen stürzte ich mich auf dem Geländer vor mir ab.

In meinem Kopf überschlugen sich die Gedanken. Warum sagte er nicht, dass es ihm so schlecht ging? Warum machte er mir ständig etwas vor? Was übte so einen Druck auf ihn aus? Warum konnte er nicht mit mir reden? Wer war ich überhaupt für ihn?

Ich wischte mir eine Träne von der Wange. Ich kam mir vor wie ein Spielzeug. Wenn ich ihm etwas bedeuten würde, hätte er doch etwas gesagt, oder? Oder hatte er deshalb nichts gesagt?

Eine nasse Schnauze stieß mich an. Mechanisch beugte ich mich zu dem eleganten schwarz-weißen Pointer herunter. Seine raue Zunge leckte über meine Wange. Ich wusste nicht mal seinen Namen, und er versuchte, mich zu trösten. Der Tagg an seinem Halsband klingelte leise, als er sich vor mich setzte. »Churchill«, stand dort mit geschwungenen Lettern.

Geräuschvoll zog ich die Nase hoch. Lukas und ich kamen doch streng genommen aus ganz verschiedenen Welten. Die einzige wirkliche Überschneidung war der Reitclub und unsere Freunde. Konnte ich da seine Probleme überhaupt nachvollziehen.

Schritte kamen die Treppe hoch. Churchill hob den Kopf, legte ihn dann aber sofort wieder an meine Schulter. Die Tür neben mir quietschte. »Oh god.«

Ich atmete tief ein und sammelte mich wieder. Es war mir unangenehm, dass Meridith mich so gesehen hatte. Sofort kam wieder in den Sinn, wie sie mich eben im Garten noch gewarnt hatte.

»Lukas, we can find a solution.« Ihre Stimme klang sanft.

»No. It's all a losing game.« Beim Klang seiner Stimme bekam ich eine Gänsehaut. Churchill presste sich tröstend enger an mich.

»Lukas …«, fing Merdith an, aber es sprang schon jemand auf.

Im nächsten Augenblick stürzte Lukas schon aus der Tür. Als er mich sah, erhellte sich sein Blick etwas. »Wir gehen ausreiten.«

»Was?« Hatte ich irgendetwas verpasst?

»Wir gehen ausreiten. Jetzt.« Er klang erstaunlich klar. Fast könnte man glauben, nichts wäre passiert, bis er »Bitte«, mit rauer Stimme nachschob.

In meinem Herz schmerzte es. Sofort nickte ich. Alles, damit es ihm wieder besser ging. Alles.

Gemeinsam liefen wir die Treppe herunter. Er hielt den Blick stur geradeaus gerichtet. Schob die Hände in die Taschen seiner Reithose. Wenn seine Augen nicht noch rot gewesen wären, hätte man annehmen können, dass es nur ein harmloser Streit zwischen ihm und seinem Großvater gewesen wäre.

»Willst … willst du drüber reden?«, fragte ich unsicher, als die Haustür hinter uns zuschlug.

Er schüttelte den Kopf und fuhr sich durch die Haare. »Nein. Lass es uns bitte einfach vergessen.«

Vorsichtig musterte ich ihn. Er lächelte schon wieder. Es reichte zwar nicht bis zu den Augen, aber es war schon mal ein Anfang. »Wenn ich …«

Er unterbrach mich. »Du bist da. Das reicht.«

Mein Herz machte unweigerlich einen Sprung. Meine Zweifel waren vielleicht doch unbegründet. Das Gefühl verstärkte sich nur noch mehr, als er einen Arm um mich legte. Fest zog er mich an sich. In mir machte sich ein wohliges Gefühl breit und verdrängte all das Negative und die Angst, die ich um ihn hatte.

Kapitel 32

Im Stall war es wirklich, als wäre nie etwas gewesen. Scherzend und lachend machten wir uns Pantas und Blaze fertig.

Ritten schließlich schweigend durch die Heide, bis zu einem Wäldchen. Die hohen Fichten wogen sich sachte im Wind. Wir waren ganz allein. Keine Wanderer, keine Kutschen, keine anderen Reiter.

Lukas glitt aus dem Sattel von Blaze und drehte sich zu mir um. »Komm.«

»Was hast du vor?« Pantas unter mir schüttelte den Kopf und trat unruhig von einem Huf auf den Anderen.

Lukas lächelte matt. »Kleine Pause von der ganzen Scheiße. Ich will noch nicht zurück.«

Verständnisvoll nickte ich und schwang mich ebenfalls aus Pantas Sattel. Das Heidekraut um uns herum leuchtete förmlich. Die Vögel zwitscherten und könnte nicht schöner sein. Skeptisch folgte ich ihm zu der kleinen Holzbank am Waldrand.

Die Pferde grasten unweit von uns. Nebeneinander saßen wir schweigend auf der Bank und betrachteten das sich sanft in der Brise wiegende Heidekraut. Seine Hand lag wie selbstverständlich in meiner, als würde er unbewusst Halt

suchen wollen.

»Ist wieder alles in Ordnung?«

Er biss sich auf die Unterlippe. »Bis gerade ja. Können wir das nicht wirklich einfach sein lassen?«

Ich musste schlucken. »Ich habe nur das Gefühl, du lügst mich in einer Tour an.«

Er legte einen Arm um mich und zog mich an sich. Meine Wange lag an seiner Schulter. »Vielleicht gefällt mir einfach nur die Vorstellung, unerreichbar zu sein. Ich lüge dich garantiert nicht an.«

Ich hob den Kopf und blickte ihm fest in die Augen. »Aber was ist, wenn ich dich erreichbar lieber mag?«

Seine Mundwinkel hoben sich. Seine andere Hand legte sich auf meine Wange. »Tust du nicht«, hauchte er gegen meine Lippen.

Tausende Schmetterlinge flogen in meinem Bauch auf. »Du machst mich irgendwann wahnsinnig!«

»Dann hoffe ich im guten Sinne.«

Wenn es da überhaupt einen guten Sinn gab.

Fest küsste er mich auf die Lippen. Alles fing sofort an zu kribbeln. Es war beinahe wie gestern Nacht. Sofort glitten meine Hände in seinen Nacken. Vergruben sich in seinen dichten, weichen Haaren. Er packte mich an der Hüfte und zog mich bestimmt auf seinen Schoß.

Das Kribbeln wurde nur noch stärker. Kleine Stromschläge jagte durch meinen ganzen Körper. Ich fühlte mich wie in Brand gesetzt. Seine linke Hand glitt zum Bund meiner Reithose.

Die Luft zwischen uns fing an zu flirren. Es knisterte förmlich. Alles verschwamm. Die Zeit schien ein unbedeutendes Konstrukt zu sein. Alles war wie weggewischt. Sorgen, Ängste – weg, verschwunden in einem Strudel aus loderndem Verlangen.

Seine Berührungen waren intensiv, elektrisierend. Ich schmiegte mich mit einem sehnsüchtigen Seufzen enger an ihn. Die Küsse wurden heißer, leidenschaftlicher. Ich fühlte mich wie auf Drogen, inmitten eines warmen, kribbelnden, mich verschlingenden Strudel, in den er mich immer tiefer hineinriss.

Zärtlich fuhren seine andere Hand über meinen Rücken, unter mein Poloshirt. All seine Küsse brannten prickelnd auf meiner Haut. Angestaute Energie, ungeklärte Gefühle. All das schien seinen Weg nach draußen zu finden. Wie zwei Magnete zogen wir uns an.

Ich krallte mich in sein T-Shirt, als er den Bund meiner Reithose löste. Seine Berührungen hinterließen eine heiße Spur auf meiner Haut. Ich konnte deutlich spüren, wie auch seine Atmung unregelmäßiger wurde. In meinem Kopf schrie alles deutlich nach mehr. In meinen Ohren hallte das wilde Pochen meines eigenen Herzens wieder.

Plötzlich brach er den Kuss ab. Lukas legte seine Stirn an meine. Schwer atmend, schloss er die Augen. »Stopp«, flüsterte er mit heiserer Stimme, die viel zu sexy in meinen Ohren wieder klang.

Um Atem ringend versuchte ich meine Sinne wieder zu sammeln. In mir verzerrte sich alles danach ihn zu spüren, auch wenn ich wusste, dass er recht hatte. »Was ist, wenn ich genau das will? Wenn ich dich will?«

Er schluckte schwer und strich mir federleicht eine Haarsträhne aus dem Gesicht. Ich beugte mich vor und küsste ihn verlangend, aber er drückte mich weg. »Nicht hier. Nicht so.«

Verwirrt blinzelte ich ihn an. Er hatte das doch alles angefangen. Er würde mich wirklich noch wahnsinnig machen.

Ein Schmunzeln legte sich auf seine Lippen. »Spannend, was man hier über dich herausfindet.«

»Klar, dass dir das gefällt!« Immer noch etwas benommen, boxte ich ihm gegen den Oberarm.

Er schlang die Arme um meine Taille und zog mich enger an sich. Ich schmiegte mich an ihn und ließ meine erhitzte

Wange gegen seine Schulter sinken. Tief atmete ich ein und lauschte seinem Herzschlag. »Das hier gefällt mir allerdings noch besser.«

Ich fühlte mich trotzdem unbefriedigt und er konnte mir erzählen, was er wollte. Ihm ging es genauso.
Nachdem wir beide wieder heruntergekommen waren, ritten wir zurück zum Gut.

Meridith wartete schon mit vor der Brust verschränkten Armen am Weidezaun, der ersten Weide auf uns. Prüfend wanderte ihr Blick über uns. Man konnte nicht ablesen, was sie dachte. »Ihr wart lange weg.«

Ich musste mich zusammenreißen, nicht rot anzulaufen. Wenn sie wüsste. Oh Gott.

»Lots of Tourists«, log Lukas einfach schamlos. Wir keinen einzigen Touri gesehen.

Sie hob prüfend eine Augenbraue und musterte uns kühl. »Alright.«

Plötzlich war ich mir sehr sicher, dass wir heute Nacht eindeutig in getrennten Zimmern unsere Zeit verbringen würden. Sie glaubte ihm kein Wort.

Beim Abendessen herrschte komische Stimmung. Die Gespräche waren nur oberflächlich. So wunderte es auch niemanden, dass sich alle schnell nach oben verzogen.

Ich lag wie in der Nacht zuvor wach. Blickte an die Decke und versuchte nicht an den Mittag zudenken. Den Gedanken daran zu verdrängen, wie er mich berührt hatte. Allein der Gedanke löste schon wieder ein intensives Kribbeln und Ziehen in meinem Unterleib aus. In meinem Kopf entfaltete sich in schillernden Farben, wie es theoretisch hätte weiter gehen können. Am liebsten hätte ich ihn neben mir gehabt.

Plötzlich klopfte es leise an meine Tür. Ohne auf eine Antwort zu warten, wurde die Klinke heruntergedrückt. Mein Herz schlug sofort schneller.

»Auch noch wach?« Seine Stimme löste wieder etwas tief in meinem Inneren aus. Eine wilde Kettenreaktion aus Schmetterlingen und erwartungsvollem Kribbeln.

Ich schlug die Decke zurück. »Sag mir, wie ich nach heute Mittag ruhig schlafen soll.«

Sein Blick glitt über mich. Ein zufriedenes Lächeln legte sich auf seine Lippen. »Schön, dass ich so einen Eindruck hinterlasse.« Die Tür schloss er leise hinter sich. Das Kribbeln wurde nur noch stärker. Im einfallenden Mondlicht raubte mir sein Anblick beinahe den Atem. Seine Augen funkelten. Zum Glück konnte er in dem fahlen Licht nicht sehen, wie rot ich geworden war.

Ich richtete mich auf und schob die Beine über die Bettkante. »Was willst du hier?«

»Ist das wirklich eine Frage?« Er trat näher zu mir. Die Bodendiele knarzte leise unter seinem Gewicht. Ich konnte seinen Blick auf meinen Lippen spüren.

Mein Herz hüpfte, als er sich zu mir herunterbeugte und mich küsste. Langsam ging er in die Knie und drückte bestimmt meine Beine auseinander. Das Kribbeln in meinem Bauch wurde fast schon unerträglich. Die Hände legte er auf meine Oberschenkel. Seine Hände fühlten sich vertraut an, als würden sie genau dorthin gehören. Wieder stand mein ganzer Körper förmlich in Flammen. Alles prickelte. Wogen des Verlangens schlugen über mir zusammen.

Die Hingabe, mit der er mich küsste, erschlug mich förmlich. Ich kam mir willenlos vor. Wie von Sinnen erwiderte ich seine heißen Küsse, vergrub meine Hände in seinen Haaren. Als er meinen Hals küsste und seine Hände meine Oberschenkel nach oben wandern ließ, legte ich den Kopf in den Nacken, bemüht nicht aufzustöhnen. Es war, als wäre das Verlangen von heute Mittag nicht verglüht, sondern hätte einfach nur im Hintergrund geschmort. Ich erzitterte unter seinen Küssen. Mein Atem wurde unweigerlich unregelmäßiger.

Sanft wanderten seine Lippen meine Schulter entlang, während seine Hände über die Innenseiten meiner Oberschenkel glitten. Ich musste an mich halten, nicht näher an ihn heranzurutschen.

Meine Finger krallten sich in seine Haare und ich stöhnte unweigerlich leise auf. Sofort küsste er mich wieder auf die Lippen, wie um mich daran zu erinnern, dass wir leise sein mussten. Die Küsse wurden immer wilder und leidenschaftlicher. Alle Grenzen verwischten.

Seine Haut unter meinen Fingern zu spüren hatte etwas so Intensives, dass ich mir vorkam wie in einem Traum. Ich war Wachs in seinen Händen, genoss seine Zuwendung.

Die Sonne ging langsam auf und tauchte das Zimmer in ein zartes, orangefarbenes Licht. Müde blinzelte ich, als ich merkte, wie sich neben mir etwas regte. So lange hatten wir gefühlt noch nie nebeneinander geschlafen. Lukas saß auf der Bettkante und fuhr sich müde über das Gesicht. Stumm streckte ich meine Hand aus und strich ihm über den nackten Rücken. Die Bettdecke raschelte, als ich näher an ihn rutschte. »Du hast lange geschlafen.«

Schmunzelnd drehte er sich zu mir. »War auch ein anstrengender Tag gestern.« Mit einer Hand strich er mir eine Haarsträhne hinter das Ohr. Sein Daumen blieb auf meiner Unterlippe liegen. Sein Blick glitt über mich. »Dieses Licht steht dir.«

»War das gerade ein Kompliment, Herr Stüwe?«

»Vielleicht.« Er zwinkerte mir frech zu. Langsam stand er auf und beugte sich zu mir herunter. Zärtlich legte er seine Lippen auf meine. Leise seufzte ich in den Kuss. Konnte es nicht immer so sein? Dann löste er sich auch schon von mir. »Wir sehen uns beim Frühstück, Käferchen.«

Sehnsüchtig beobachtete ich, wie seine Muskeln spielten, als er wieder in seine Klamotten schlüpfte. Nur sein T-Shirt behielt er noch in der Hand. Vor der Tür hielt er kurz inne und lauschte in den Flur, dann schenkte er mir ein letztes charmantes Lächeln.

Die Tür war nicht ins Schloss gefallen, da hörte ich deutlich Meridith Stimme direkt vor ihr. »Lukas Stüwe! I cannot believe what i'm seeing here!«

Ich musste schlucken und rutschte automatisch tiefer unter die Bettdecke.

»Grandma«, seine Stimme klang ganz sanft. »It is not, what it seems.«

Unweigerlich blickte ich zur Tür. Er schien die Klinke immer noch in der Hand zu haben. Einen kleinen Spalt breit war sie noch auf.

»Oh really? So what the hell are you doing here? Early in the morning, leaving your Friends room not wearing a Shirt.«

»Common. What are you thinking of me?«

»The worst. And you know that. Do you think, I'm stupid?« Ihre Stimme zitterte vor Ärger. Mir wurde schlecht. »Lukas, you have responsibilities …«

»Oh, can we for once forget about that? Why do you worry anyway? Just be chill for once.«

»Why should I be chill? Lukas for gods sake! I'm bloody disappointed. You cannot...«

»What can't I? Grandma, I'm 24 and not a sixteen year old school boy.«

»And that my dear, is not making it any better. One mistake and we all have a hugh problem.« Sie zischte noch etwas, aber ich konnte es beim besten Willen nicht verstehen.

Dann hörte ich deutlich wie sich Schritte von der Tür entfernten. Im nächsten Moment schloss sich meine Zimmertür.

Beim Frühstück herrschte eine eigenartige Eiszeit. Meridith und Lukas kämpften einen stummen Kampf miteinander aus, den Robert besorgt betrachtete.

Ich hielt es bei Tisch nicht lange aus. Mit einer kurzen Entschuldigung stand ich auf und zog mein Handy aus der Hosentasche. Ich musste mich bei Liz melden. Sie war die Einzige, die wohl einigermaßen nachvollziehen konnte, was ich hier gerade durchmachte. Scheiße, war das eine dumme Idee gewesen, mitzukommen.

Im unteren Flur blieb ich stehen und drückte auf Liz Kontakt. Sie nahm schon nach wenigen Freizeichen ab. »Du, Marie, ist gerade schlecht. Wir wollten los, einen kleinen Ausritt machen. Kann ich dich später zurückrufen?«

Ich musste schwer schlucken. »Klar.«

»Du klingst aber gar nicht gut. Ist was passiert?«

»Nein. Wir können später darüber reden. Wenn du Zeit hast. Viel Spaß. Grüß Ole.«

»Mach' ich. Ich melde mich spätestens heute Abend, versprochen.«

Ich wollte gerade wieder ins Esszimmer gehen, da verharrte ich direkt vor der Tür.

»Lukas, das geht so nicht! Bist dir auch nur ansatzweise bewusst, was das alles bedeutet?«

»Mary, tief durchatmen. Was ist hier los?«

Geschirr klapperte. »Ich habe Lukas heute Morgen erwischt, wie er bei Marie aus dem Zimmer kam.«

»Grandma, mach hier nicht so ein Fass auf.« Lukas klang genervt.

»Versuch ja nicht, dich, aus der Affäre zu ziehen!« Meridith schnaubte auf.

»Ok, Ok, Ok.« Robert ging ruhig dazwischen. »Also, Lukas, Butter bei die Fische. Was ist das zwischen euch?«

In meinem Bauch fing es unweigerlich an zu kribbeln.

»Nichts Ernstes, falls es das ist, was du wissen möchtest. Können wir das Thema damit abtun?«

Das Lächeln auf meinen Lippen erlosch. Was hatte ich

auch anderes erwartet.

»Leider muss ich Mary in dem Punkt recht geben.« Robert räusperte sich. »Du kannst dir so ein Geplänkel nicht leisten. Du musst dir ganz dringend deiner Rolle bewusst werden. Erben heißt Verantwortung übernehmen.«

»Exakt, Lukas. Verantwortung, die über dich selbst hinaus geht. Denk endlich mal über deine Zukunft nach.«

Eine Faust knallte auf den Tisch. »Als ob ich das nicht tun würde. Nur heiraten und Kinder stehen sehr weit unten in den Prioritäten.«

Wieder schnaubte Meridith auf. »Du hattest mehr, als genug Zeit, dir die Hörner abzustoßen. Verantwortungsbewusstsein ist etwas anderes.«

»Ach, soll ich jetzt jede junge Frau, mit der ich mich treffe, gleich heiraten? Oder was schlägst du vor?«

»Lukas«, schaltete sich Robert wieder ein. »So drastisch würde ich das nicht formulieren. Ich … wir … glauben, dass du dich darum bemühen solltest, deinen Platz zu finden. Eine zwanglose Affäre wird dir den nicht bieten.«

»Hast du auch einmal daran gedacht, dass so eine Affäre Konsequenzen haben kann? Denk an deine Mutter, Lukas. Ohne uns, ohne die finanziellen Mittel dieser Familie, hätte sie niemals mit den Konsequenzen ihres kleinen Geplänkels umgehen können. Du kannst so verdammt froh sein, als Stüwe geboren worden zu sein. Was ist, wenn euch ein ähnlicher Ausrutscher passiert? Du könntest dein Leben weiterleben, als wäre nie etwas passiert. Und was ist mit ihr? Hast du dir auch überlegt, was das für die Familie bedeuten würde?«

Wir hatten immer aufgepasst. Wieso hatte sie da so eine Angst? Wir wären schön blöd, wenn wir fahrlässig wären.

»Mary, mal den Teufel nicht an die Wand. Und zur Not …« Robert klang diplomatisch und ich meinte, sogar eine Spur Spott in seiner Stimme hören. »Sie ist ein nettes Mädchen. Hier hätte bestimmt niemand etwas dagegen, solltest du ihr irgendwann einmal in ferner Zukunft einen Ring an den Finger stecken.«

Mir rutschte trotz des lapidaren Tonfalls das Herz in die Hose. Das alles war so grotesk. Sie diskutierten doch nicht gerade wirklich über seine Zukunft, unsere Zukunft? Gut, dass wir gegen Mittag schon wieder auf dem Heimweg wären.

Kapitel 33

Die Felder flogen wieder an uns vorbei. Wir schwiegen. Man konnte lediglich das Summen der Reifen auf der Straße und das leise Surren des Motors hören.

In meinem Kopf spielte sich wieder und wieder das Gespräch vom Frühstück ab. Meine Hoffnungen, die so plötzlich aufgeflammt und genauso schnell wieder erloschen waren. Das komische Gefühl in meiner Magengegend. All das ließ mich nicht los.

Lukas hatte davon wohl irgendwann genug. Mit einer Berührung des Touchscreens in der Mittelkonsole stellte er das erst beste Lied in seiner aktuellen Playlist an.

»Two Face, Two Face.« Noch nie hatte ich das Gefühl, dass ein Lied so zu mir sprechen würde. Genau so kam er mir vor. Wie jemand der zwei so konträre Seiten hatte, dass man eigentlich nur rennen sollte. Ich blicke aus dem Fenster, damit er nicht sehen konnte, wie sehr es in mir arbeitet, sollte er doch mal den Blick von der Straße lösen. Im Text ging es um Engel, die eigenen Dämonen und den harten Fall aus Eden. So hatte sich das Gespräch für mich angefühlt, davor konnte ich mir wenigstens noch einreden, dass alles schon irgendwie werden würde. Der Sänger betonte, dass ihm niemand helfen konnte. Ich musste schlucken. Warum fühlte sich das mit ihm beinahe so an?

Plötzlich drehte er das Radio leiser. Wir waren gerade erst richtig aus dem Lüneburger Umland heraus. »Marie?«

Wie immer, wenn er meinen Namen sagte, schlug mein Herz schneller. Trotzdem löste ich den Blick nicht von der vorbeiziehenden Landschaft. Er würde sonst meine glasigen Augen sehen und bestimmt Fragen stellen. »Mhm.«

»Alles okay bei dir?«

Ein neues Lied hatte auf der Playlist angefangen.

»Die Frage ist doch eher, ob es dir gut geht?«

Er stöhnte entnervt auf und schaltete das Radio aus. »Mir geht es verdammt noch mal gut. Das gestern war gar nichts.«

Nach gar nichts hatte dieses Trümmerfeld nicht ausgesehen. Er war auch niemand, der wegen jeder Kleinigkeit einen Nervenzusammenbruch erlitt. Nach gar nichts hatte sich der Mittag in der Heide nicht angefühlt, die Nacht.

Ich biss die Zähne fest aufeinander. Warum konnte er verdammt noch mal nicht mit mir reden?!

»Bist du sauer?«

»Nein.« Ich war verletzt. Einfach nur ganz tief verletzt.

Er atmete tief ein. »Kannst du mir einen Gefallen tun?« Es klang nicht wie eine Frage, eher als hätte er schon beschlossen, dass ich ihm diesen Gefallen tun würde. »Ich muss nächste Woche von Montag bis Freitag den ganzen Tag nach Hamburg. Kannst du dich um Pantas und Blaze kümmern?«

War das alles, worum es ihm ging? Langsam nickte ich. Die beiden konnten schließlich nichts dafür, dass er so ein verdammter Esel war. »Reitest du Freitagabend selbst?«

»Keine Ahnung. Ich gehe davon aus, dass es dauern wird.«

Ich musste schlucken und sah vorsichtig in seine Richtung. »Hat das etwas mit dem Brief zu tun, den du von deinem Großvater bekommen hast?«

Er blickte fest auf die Straße, die Augen verengten sich kurz. In seiner Wange zuckte ein Muskel. Anstatt mir eine

Antwort zu geben, drehte er einfach das Radio lauter.

Tatsächlich würde das auch für die nächste Woche das letzte Mal gewesen sein, dass wir einander sahen. Ich ritt Pantas, Blaze und Viva. Lernte unermüdlich für meine Klausuren und sah viel zu oft auf mein Handy.

Liz hatte sich nach dem kurzen Gespräch am Sonntag nicht wieder gemeldet. Dafür Ellie. Sie hatte mich ausnahmsweise mal nicht zum Arbeiten ins Café bestellt. »Kaffee, Süßkram und etwas Schnacken.«

So stand ich nach Ladenschluss vor der Tür zum Café. Ellie holte gerade den Aufsteller rein und ich hielt ihr brav die schwere schwarz lackierte Glastür auf.

»Danke schön. Ich dachte eigentlich nicht, dass du zusagen würdest«, witzelte sie, als sie sich an mir vorbei durch die Tür schob.

Ich trat ebenfalls in den Ladenraum. Auf einem Tisch direkt am Tresen brannte noch eine Kerze. »Wieso?«

»Marie, du bist Anfang zwanzig, es ist Freitagnachmittag und du hast dir den reichsten Junggesellen der Gegend angelacht.«

Sofort war meine Laune wieder gedämpft. »Der kann mich mal.« Die Tür fiel hinter mir zu.

»Na da bin ich mal gespannt, was der Idiot gemacht hat.« Ellie lachte und löste ihren Dutt. Die Klammer steckte sie sich an den Kragen ihrer rosafarbenen Bluse und knotete die Schürze los. »Kaffee? Dazu eine Zimtschnecke und eine Limonade?«

Ich seufzte und nickte.

Sie wies auf den Tisch. »Setzt dich schon mal hin. Dann kannst du mir dein Herz ausschütten. Ich garantiere hoch und heilig, dass nichts von dem, was du mir erzählst, an Dritte weiter geht.«

»Jetzt klingst du wie Liz.« Da war er wieder, der Stich in meinem Herzen. Warum meldete sie sich nicht? Ich konnte mich doch auch nicht ständig bei ihr melden.

Ellie schmunzelte. »Habe ich wohl meine Profession verfehlt.« Sie verschwand hinter dem Tresen. Die Kaffeemaschine summte. Der schwere Geruch nach Kaffee hing in der Luft, gepaart mit den süßen Gerüchen, der wenigen übriggebliebenen Backwaren. »Backen kann ich aber hoffentlich trotzdem ganz passabel.«

»Bitte! Dieses Café ist beinahe schon eine Institution in Kleinblommen.«

Sie holte zwei Tassen vom oberen Regalbrett und stellte sie unter die Kaffeemaschine. »Eine Institution hat mein Café noch nie jemand genannt.« Der Kaffee lief ein. Auf zwei Teller drapierte sie eine Zimtschnecke und ein Stück von ihrer himmlischen Sanddorntorte.

Nur wenige Minuten später stand alles zwischen uns auf dem Tisch und sie betrachtete mich. In ihren Augen lag etwas wie Mitleid. »Also, was ist am Wochenende passiert?«

Ich sah zu einem der Nebentische. Der Lavendel sah etwas zerrupft aus und auch die anderen Blumen in der Vase ließen ihre Köpfe hängen. »Zu viel.«

Sanft griff Ellie nach meiner Hand. »Deine Mutter meinte schon, du wärst seit dem Wochenende anders.«

Ich rutschte auf meinem Stuhl zurück. »Hast du mich deshalb eingeladen?«

Ellie schüttelte sofort den Kopf. »Nein. Ich bin einfach zu neugierig, ob gelangweilte reiche Jungen sich wirklich benehmen können.« Sie zwinkerte mir zu.

»Können sie nicht!« Ich klang bitterer, als ich wollte.

Ellie atmete tief ein. »Das hatte ich befürchtet.«

»Es geht einfach alles nicht in meinen Kopf. Er ist so verdammt charmant. Sodass ich mir wünschte, dass es immer so sein könnte. Im nächsten Moment ist er wieder abweisend und zieht sich total zurück. Da ist irgendwas in England passiert und jeder scheint zu wissen was, außer mir.«

Ich griff nach meiner Kaffeetasse.

»Wie kommst du darauf?«

»Jeder will mich vor ihm warnen. Sein Großvater sagte zu mir, ich solle ihn nicht zu meiner Achillesferse machen, da ich ihn nicht halten könnte.«

Ellie stach sich blinzelnd mit der Gabel etwas von der Torte ab. »Eigenartiger Ratschlag. Bist du nicht gut genug für ihn, oder was ist das Problem?«

Ich zuckte mit den Schultern. »Er ist das Problem. All diese Geheimnisse und dieses eiserne Schweigen. Das macht einen wahnsinnig.« Ich trank einen Schluck aus meiner Tasse.

Ellie kaute und legte die Stirn in Falten. Ihre Nasenspitze zuckte und sie blinzelte angestrengt. »Für mich klingt das nach einem Fall für einen guten Psychologen.«

Am liebsten hätte ich laut losgelacht. Damit hätte man wohl gerade mal die Spitze des Eisberges berührt. »Das Schlimmste, seine Großeltern haben mitbekommen, was da läuft, und er durfte sich rechtfertigen.« Ich zerpflückte die Zimtschnecke auf dem hübschen Teller vor mir. »Dann auch noch mal zu hören, dass alles nichts Ernstes ist und man sich ja keine Gedanken um ihn und all seine Verantwortung machen muss, tat echt gut.«

Ellies Blick wurde mitleidiger. »Autsch. Das tut mir leid.«

Ich zuckte mit den Schultern. »Ich bin doch selbst schuld. Wenn man mich gefragt hätte, hätte ich wohl dasselbe gesagt. Ich weiß auch nicht, warum mich das so verletzt hat.«

»Weil es etwas anders ist, wenn man selbst sowas einfach so dahin sagt oder es der andere tut.« Sie lächelte mich matt an. »Andere Mütter haben auch hübsche Söhne, die weniger Probleme haben.«

Ich starrte auf das Zimtschneckenmasaker auf meinem Teller. »Wenn er einfach nur ehrlich wäre und mal mit offenen Karten spielen würde …«

»Wie wahrscheinlich ist das?«

»Keine Ahnung. Früher hätte ich gesagt, gib ihm zwei Wochen und er redet, aber ich weiß nicht mehr, wer er wirklich ist. Er hat mich nicht mal gefragt, wie es seinen Pferden die Woche ging.«

Ellie zog die Augenbrauen zusammen. »Sag mir nicht, dass du schon wieder seine Pferde für ihn geritten bist. Marie, der Junge nutzt dich doch aus.«

Ich schüttelte bestimmt den Kopf. »Glaube ich nicht. Er ist am Samstagmorgen einmal komplett ausgerastet nach einem Gespräch mit seinem Großvater, wenn ich es richtig verstanden habe, ging es um irgendwas im Familienunternehmen und darum, dass er etwas zu entscheiden hat.«

»Auch wenn er gerade so unter Druck steht, heißt es nicht, dass er so mit dir umgehen kann. Du solltest dir mehr wert sein, als das!«

»Aber wenn wir dann zusammen sind, überwiegen die wirklich guten und schönen Momente. Ich denke mir auch, es ist nur eine kurze Geschichte. Er wird wieder nach England gehen.«

»Wie sicher ist das?« Ellie rührte in ihrem Kaffee herum. Das Klingeln des Löffels gegen den Rand der Tasse durchschnitt die angespannte Stille im Café. »Verrenn dich da in nichts. Es gibt Männer, die unheimlich gut mit Worten sind und es schaffen, dass man sich in ihrer Gegenwart einfach nur super fühlt, dabei verarschen sie einen in einer Tour.«

»Ich habe das Gefühl, da steckt mehr hinter. Er tut das nicht aus Langeweile oder Einsamkeit. Ich will nur herausfinden, warum er zurück ist. Dann weiß ich bestimmt auch, was das zwischen uns wirklich ist.«

Ellie atmete tief ein und schüttelte mit hocherhobenen Augenbrauen den Kopf. »An deiner Stelle würde ich rennen!«

Mein Handybildschirm leuchtete auf. Im ersten Moment dachte ich, es wäre Liz, aber stattdessen blinkte Lukas Name auf. »Heute Abend schon etwas vor?«

Ich entsperrte mit wild schlagendem Herzen mein Handy. »Nein.«

»Matty und ich sind alleine mit ziemlich gutem Wein. Kleine Entschuldigung für das Wochenende und Dankeschön fürs Reiten von Blaze und Pantas?«

Ich biss mir auf die Unterlippe und blickte unsicher von meinem Handy auf.

Ellie sah mich immer noch tadelnd an. »Ich würde nein sagen. Du tust dir nur weiter weh.«

»Er will sich entschuldigen und bedanken.«

Sie griff nach ihrer Kaffeetasse und warf mir einen vielsagenden Blick zu. »Deine Sache, aber Liz könnte dir bestimmt viel über dieses Verhaltensmuster erklären. Der spielt mit dir.«

Nein. Das tat er nicht. Nicht Lukas. Er meinte das ernst. Für ihn waren das nicht irgendwelche Floskeln. Niemals würde er mir mutwillig wehtun wollen.

»Ok. Gegen sechs, bei euch?«, tippten meine Finger fast schon von selbst. »Wenn du dich entschuldigen willst, kannst du das mit einem Abendessen tun.«

Etwas leiden durfte er trotzdem.

Kapitel 34

Um 18 Uhr stand ich also wieder einmal vor dem altbekannten Tor. Dieses Mal allerdings mit einem reichlich mulmigen Gefühl. Ellie hatte nochmal versucht, mir ins Gewissen zu reden, aber ich wollte nicht akzeptieren, dass er mich eventuell nur benutzte.

Matty stürmte kaum, dass sich die Haustür nur einen Spalt breit geöffnet hatte, auf das Tor zu. Ihre Rute war schneller als der Rest vom Körper. In ihrem Alter beeindruckend. Sie begrüßte mich mit einem freudigen »Whooow.«

»Hey, Mäuschen.« Ich ging vor dem Tor in die Hocke. Kaum dass es aufschwang, lag die Hündin schon in meinen Armen, leckte mir freudig über das Gesicht und schmiss sich nur so an mich.

Ich hörte Schritte über den gepflasterten Weg zu uns herüberkommen. »Ich hoffe, mich begrüßt du genauso.«

Langsam sah ich von der Hündin auf. Lukas lehnte lässig im Rahmen des Tors. Den Unterarm gegen den Torpfosten gestützt und ein Lächeln auf den Lippen, bei dem meine Knie sofort weich wurden. Die Ärmel seines hellblauen Hemdes hatte er hochgekrempelt und sah ungewohnt in der grauen Anzughose aus. Viel zu seriös.

»Sollte ich?« Ich erhob mich vom Boden und schob Matty vor mir und meinem Fahrrad wieder in die Einfahrt der

kleinen Villa mit Meerblick. Neben ihm blieb ich stehen.

Seine grünen Augen funkelten. Mir stockte unweigerlich der Atem. Wann würde ich mich jemals an diesen Anblick gewöhnen? Er beugte sich vor. Seine Lippen berührten sanft meine. Wie als hätten sie darauf gewartet, traten die Schmetterlinge wieder einmal einen Rundflug in meinem Bauch an. Ich wollte gerade den Kuss erwidern, da zog er sich schon wieder zurück. Am liebsten hätte ich meine Nase tief in dem festen Baumwollstoff seines Hemdes vergraben. Noch gerade so hielt ich mich zurück.

Sein Atem strich über mein Ohr. »Ich habe dich vermisst.« Ein wohliger Schauer flog mir über den Rücken. Trotzdem suchte ich irgendwo in seinem Blick nach einem Hinweis darauf, dass er mich nur verarschte. Ellie hatte mir in dem Kontext nicht gutgetan.

Ich schenkte ihm ein strahlendes Lächeln. »Deine Pferde dich auch.«

Prompt schnalzte er mit der Zunge. »Na, danke.« Galant machte er einen Schritt zur Seite. »Komm rein.«

»Wie lange bist du schon wieder zurück?« Das Auto stand immer noch vor der Garage.

Er sah auf seine Armbanduhr, die er sonst nie trug. »Zwei Stunden vielleicht.« Lukas fuhr sich müde über das Gesicht. »Ich bin froh, dass ich da am Wochenende nicht auch noch durch muss. Es hat sich so gezogen.«

Ich stellte mein Fahrrad neben der Haustür ab. »Was hast du überhaupt in Hamburg gemacht?«

»Erkläre ich dir vielleicht nach dem Essen. Ich habe wirklich Hunger.«

»Du hast also tatsächlich gekocht?« Eigentlich hatte ich das nicht erwartet.

Verwirrt sah er mich an. »Sollte ich das nicht? Ich halte mich nur an die Anweisungen, die man mir gibt.«

»Seit wann? Hast du Fieber?« Ich musste lachen.

Im Hausflur roch es schon verführerisch nach Pasta und gebratenem Gemüse.

»Das ist jetzt so das Best-off aus dem Kühlschrank. Ich war die ganze letzte Woche nur zum Schlafen hier. Mum genauso.«

»Hat sich das wieder eingerenkt?«

Er verzog das Gesicht. »Würde ich nicht sagen, aber es geht.«

Eigenartig. Früher hatte nichts die beiden auseinanderbekommen. Egal, was er für eine Scheiße gebaut hatte. »Wo ist sie überhaupt?«

»Auf Pirsch.« Er nahm mir die Jacke ab. »Mit ein paar Geschäftspartnern. Der Waffenschrank unten ist komplett leer.«

Ich blinzelte. Sie hatten einen Waffenschrank? Warum erfuhr ich das erst jetzt? Ich hätte ihn niemals auch nur eine Sekunde in diesem Haus allein gelassen, hätte ich das früher gewusst.

»Eigentlich sollte ich auch mit, aber nach der letzten Drückjagd wollte sie mich partout nicht dabei haben.« Er lachte und lehnte sich in den Rahmen der Küchentür. Seine grünen Augen funkelten. Ich hatte nicht einmal gewusst, dass er einen Jagdschein hatte. »Das Reh ist einfach auf mich zu und ich konnte nicht schießen. Es fühlt sich falsch an, nach allem eine Waffe in den Händen zuhalten.«

Ich musste unweigerlich schlucken. »Was … Was gibt es zu essen?«

Er sah über seine Schulter in die Küche. »Sieht sehr nach Pasta und Gemüse aus.«

Das Essen war simpel gewesen, aber auch verdammt lecker. Kochen konnte er. Das war anscheinend etwas, das er in England gelernt hatte.

Wir saßen danach draußen auf der Terrasse im letzten warmen Sonnenlicht des Tages. Matty lag zu seinen Füßen und im Hintergrund hörte man das sanfte Rauschen der Wellen. Alles lud dazu ein, sich einfach zurückzulehnen und den Moment zu genießen.

»Wie war es denn nun in Hamburg?« Ich durchbrach unsere angenehme Stille. Die Neugierde war zu groß.

Er atmete tief ein. »Dafür hole ich wohl lieber den Wein.«

Die Stuhlbeine schrappten über die grauen Pflastersteine der Terrasse. Ein metallenes Quietschen ertönte und rang in meinen Ohren nach.

Matty war ebenfalls aufgesprungen. Schwanzwedelnd lief sie neben ihm zur Terrassentür.

Sein Gesicht spiegelte sich für einen Augenblick in der Scheibe. Schwermut zeichnete seine Züge und es war, als wenn mal für den Bruchteil einer Sekunde seine gepflegte Fassade einen tiefen Riss bekommen hätte.

Was machte ihn so fertig?

Als er mit der Flasche Wein und zwei Gläsern, wie auch einem roten Apfel, wiederkam, war sein Grinsen zurück. »Fast wieder wie früher.« Er schwenkte die Flasche durch die Luft, als wenn sie eine Trophäe wäre. »Geklauter, teurer Wein aus dem Weinkeller der eigenen Mutter ist doch immer noch am besten.«

Ich musste schmunzeln. »Nimmt sie dir das nicht übel?«

»Ungefähr so, wie Opa es mir übel genommen hat, dass ich seinen teuren Scotch zertrümmert habe.« Er lachte.

Wieder sah ich das Bild vom letzten Wochenende vor mir. Er auf dem Boden des Büros seines Opas. Überall Glasscherben und der scharfe Geruch nach Alkohol in der Luft.

Ich rang mir ein Lächeln ab und fuhr Matty durch ihr kurzes Fell, als sie mir mit der Schnauze gegen das Knie stieß. »Aber zwischen euch ist alles wieder gut?«

Lukas nickte und stellte eines der Weingläser vor mir

ab. »Zwischen ihm und mir ist in der Regel alles ziemlich schnell wieder gut.«

»Ihr seid euch ähnlich.«

»Findest du?« Er zog die Augenbrauen zusammen und machte sich an der Weinflasche zu schaffen.

Matty leckte mir über die Hand. »Er ist wie eine sehr viel erwachsenere Version von dir. Zumindest kam er mir so vor.«

Mit einem Ploppen sprang der Korken aus der Falsche. »Na danke auch. Ich fühle mich eindeutig nicht angegriffen.«

Ich musste lachen. In seinen Augen blitzte der Schalk auf und löste wildes Herzklopfen bei mir aus. »Und warum warst du nun in Hamburg?«

Scharf sog er die Luft ein. »Weißt du, was ein Familyboard ist?«

Ich schüttelte den Kopf. Klang wie etwas, mit dem ich in meinem Leben nicht in Kontakt kommen würde.

»Ein Familyboard ist quasi sowas wie ein Familienrat, nur eben mit dem Familienunternehmen im Fokus. Ganz platt erklärt.« Er schenkte uns von dem Wein ein.

»Bist du deswegen hier?« Ich betrachtete reglos, wie sich das Licht in der roten Flüssigkeit brach. Ich musste ihm nicht ins Gesicht sehen, um zu wissen, dass ich ins Schwarze getroffen hatte. So gut bildete ich mir ein, ihn noch zu kennen.

Lukas nahm sich sein Glas vom Tisch. »Leider.«

»Warum machst du so ein Geheimnis daraus? Ist doch nichts Schlimmes?«

Gedankenverloren drehte er das Glas zwischen den Fingern und musterte mich, als wenn er abwägen würde, was er mir sagen konnte. »Es geht um mein Trainieership.« Tief atmete er ein. »Ich soll meinen Großvater langsam ersetzen.«

Ich blinzelte und hob den Blick. Der Ausdruck seiner

Augen sprach Bände. »Du... du willst das gar nicht.«

»Ich weiß nicht, was ich will. Ich habe ein Leben in Wales, das ich nicht so leicht aufgeben kann.«

Klarer konnte ich es nicht haben, dass er gehen würde, sobald alles geklärt war. Ich würde ihn wieder verlieren. Wieder würde diese eine Chance verpuffen und ich würde mich fragen, was gewesen wäre, wenn. Mir wurde sofort schwer, ums Herz und ich musste mich bemühen, die Tränen zurückzuhalten.

Was sollte ich darauf sagen? Dass ich wollte, dass er blieb? Dass ich ihm einen Grund geben konnte, sein Leben in Wales wieder hinter sich zu lassen? Das war Wunschdenken. Es würde nichts ändern.

Zögerlich öffnete ich den Mund und wollte gerade zu einer Frage ansetzen, da klingelte sein Handy.

Er sah drauf, wollte es erst wegschieben, aber nahm es dann doch von der Tischplatte. »Ich bin gleich wieder da.«

Eilig nahm er ab und hastete die schmalen Steinstufen in den Garten herunter. Mitten auf der Grünfläche blieb er stehen und hielt sich sein Handy ans Ohr.

Ich bekam nur Wortfetzen mit, aber die reichten, um zu wissen, dass dieses Telefonat alles andere als erfreulich gewesen war und dass jemand große Scheiße gebaut hatte.

»Alles in Ordnung?«, fragte ich, als er wieder die Stufen hochkam.

Er nickte, aber in seiner Schläfe pulsierte immer noch eine Ader und er biss viel zu fest den Kiefer zusammen. »Nichts Schlimmes.«

»Sicher? Ich bin, hier, wenn du reden willst.«

Er lachte leise auf. »Das ist süß von dir, aber in dem Punkt ...« Kopfschüttelnd schnappte er sich den Apfel vom Tisch. »Sorry, dass das grade dazwischen kam. Was wolltest du sagen?« Das charmante Lächeln war zurück, auch wenn es halbherzig wirkte.

»Egal.« Ich griff nach meinem Weinglas und rang mir ein Lächeln ab. Wann hörten diese Geheimnisse endlich mal auf? Ich wusste jetzt vielleicht, warum er hier war, aber ansonsten war ich immer noch kaum schlauer.

»Sag schon!« Er biss in den Apfel.

Ich schüttelte den Kopf. »Kann ich nicht auch meine Geheimnisse haben?«

Kauend hob er die Schultern. »Die will ich dir nicht absprechen.« Matty lief zu ihm herüber und setzte sich bittend vor ihn. »Was hast du heute gemacht?«

»Dasselbe wie jeden Tag.« Ich trank einen Schluck von dem für meinen Geschmack viel zu mineralischen Wein. »Ich bin erst Viva geritten, habe dann gelernt, nur um dann auf deinen beiden zu sitzen.«

»Haben sie sich wenigstens benommen?«

Ich stellte das Glas zurück auf den Tisch. »Pantas war etwas frisch, aber Blaze war heute wirklich toll zu reiten.«

»Wenigstens ein Lichtblick ein diesem Tag.« Lukas lehnte sich weiter im Stuhl zurück und musterte mich nachdenklich.

Hatte ich einen Pickel auf der Nase? Einen Flecken auf dem T-Shirt? Oder einfach nur etwas verpasst?

»Wenn du alles tun könntest, was du willst, was würdest du tun?«

Ich blinzelte. Was war das für eine Frage? »Keine Ahnung. Es gibt immer irgendwo eine Grenze oder etwas, das einen zurückhält.«

»Angenommen, du wärst wirklich hundertprozentig frei.«

»Äh …« Ich blickte runter zu den Dünen, die nur ein kleiner Abhang und ein schmaler Weg von den Häusern trennte. »Ich habe mir so eine Frage nie gestellt. Ich würde vielleicht einfach nur etwas mehr reisen, aber ansonsten ist alles doch gut, wie es ist.« So gut es eben sein konnte, wenn er wieder verschwinden würde. »Und du?«

Er lachte. »Ich würde genau das tun, was ich jetzt auch

tue. Einfach leben.«

»Du musst dir auch um nichts Sorgen machen.«

»Um nichts würde ich nicht sagen, aber um wenige Dinge.« Schon wieder musterte er mich, dieses Mal auf eine Art, die mir durchging, bis nach ganz tief rein. »Irgendwann musst du mal Wales kommen.«

»Ich weiß nicht. Ich war bisher erst einmal in England und von der Stufenfahrt weiß ich nur noch, dass wir um ein Haar früher nachhause gefahren wären, weil vier Jungs beim Trinken in der Öffentlichkeit erwischt wurden und London echt nicht mein Ding war.«

»Wir reden hier nicht von England.« Er hob eine Augenbraue. »Willst du mich beleidigen? Und dass London nichts für dich war, kann ich verstehen.«

»Wie lange hast du da gelebt?«

»Drei Monate vielleicht? Viel zu teures Pflaster. Zu laut, zu schnell … Aber Wales ist anders. Mein Wales ist anders.«

»Erzähl mir von deinem Wales.«

Mit einem verschwörerischen Lächeln auf den Lippen schüttelte er den Kopf. »Nicht heute. Nicht alles ist schön.«

Ich traute mich kaum zu fragen, aber ich musste es wissen. »Ist etwas in Wales passiert?«

Er sah weg, seine Augen verdunkelten sich für einen Augenblick, dann senkte er wortlos die Hand und gab der brav wartenden Matty das Kerngehäuse seines Apfels.

»Bist du irre?«, fuhr ich ihn an. Wie konnte er nur!

Verwirrt sah er auf. »Was?«

»In den Kernen ist Blausäure und Hunde sollen die eigentlich nicht fressen.«

»Das sagst du mir jetzt erst? Fuck! Matty?«

Die Hündin hob den Kopf, das Kerngehäuse immer noch

in der Schnauze.

»Aus!« Lukas streckte die Hand aus.

Irritiert spuckte ihm Matty das Überbleibsel des Apfels vor die Füße.

Kapitel 35

Der Rest des Abends war schön. Wir hatten, bis es zu kalt wurde, draußen gesessen. Lukas hatte vom Studium erzählt, davon, wie er für seinen Großonkel nebenbei noch als Bereiter aktiv gewesen war und wie er sich in der Erstiwoche so abgeschossen hatte, dass er zwei Wochen krank gewesen war.

Ich hatte davon erzählt, wie ich Frank kennengelernt hatte, wie mein erstes Mal sezieren gewesen war und von dem Punkt, an dem ich gerne mein Studium hingeschmissen hätte.

Wir hatten gelacht. Waren bei alten Zeiten gelandet. Vergangenen Turnierwochenenden. Jugendsünden.

So viel hatte ich zuletzt mit Liz gelacht und das kam mir wie eine halbe Ewigkeit vor.

Der Sturm weckte mich. So nah am Meer war er nur noch eindrucksvoller, als er bei uns schon war. Man hörte das tosende Schlagen der Wellen, als wenn sie an die Hauswand donnern würden. Der Wind drückte sich mit aller Macht gegen die Hauswand und überall in der alten Villa knarzte es. Immer wieder wurde das helle Mondlicht von Wolken durchschnitten.

Wäre ich allein gewesen, hätte ich wahrscheinlich Angst gehabt. Wie immer in diesen Nächten. Aber so zog es mich ans Fenster.

Ich hülllte mich in Lukas Hemd ein und blickte zögerlich

hinaus. Ich sah schon eine Überschwemmung vor mir, oder dass man die Schotten hochgezogen hatte, aber die Wellen züngelten nicht mal an den Dünen. Das Dünengras beugte sich den Kräften. Im Mondlicht blitzen in der Ferne die Schaumkronen auf. Über allem schwebte ein gespensterhafter Vollmond.

Ich zuckte zusammen, als es plötzlich hinter mir raschelte. »Was machst du da?«, murmelte Lukas mit belegter Stimme.

»Sturmgucken.«

»Warum zur Hölle guckst du dir den Sturm an?« Plötzlich war er schon deutlich wacher. »Hab ich was verpasst? Sind die Wellen so hoch?« Er machte schon Anstalten, aus dem Bett zuspringen.

»Nein! Alles gut.« Ich spürte, wie ich rot wurde. »Seit der Sache damals … Ich finde Stürme gruselig. Dann muss ich immer an das denken, was man sich so erzählt über den Wind. Du weißt schon mit den Seelen.«

»Mhm...« Lukas ließ sich zurück in die Kissen sinken und klopfte neben sich. »Komm her.« Ein müdes Lächeln bildete sich auf seinen Lippen. Die Art, wie er mich ansah, ließ mich kurz den Sturm vergessen. Alles blieb stehen, verschwamm und er war das Zentrum dieses kleinen weichgezeichneten Mikrokosmos.

Nur langsam löste ich mich von meinem Platz am Fenster. Die wenigen Schritte zur Bettkante kamen mir lang vor. Ich wollte es genießen. Diesen kleinen Augenblick in Zeitlupe in einem kleinen Marmeladenglas auffangen und für immer bei mir tragen. Ihn für immer bei mir tragen.

Die Bettdecke raschelte, als ich neben ihn wieder ins Bett rutschte. Sofort umfingen mich seine Arme und ich ließ mich gegen ihn sinken. Der Sturm war nur noch halb so laut, dafür schlug mein Herz nur umso lauter und suhlte sich in dieser wohligen Wärme, die mich augenblick-lich umfing.

»Wie ging die Geschichte noch mal? Ich bekomme nur noch Bruchstücke zusammen.« In seiner Stimme schwang kein Spott mit. Jeder Andere hätte mein Verhalten wohl als kindisch abgetan.

Ich schloss die Augen und lauschte einen Augenblick in den Wind. »Jedes Heulen ist der Ruf einer auf der See ver-lorenen Seele nach ihren Angehörigen. Jedes Wispern die Stimme einer Seele, die noch auf Erden wandelt, weil das Unrecht nie aufgeklärt wurde, das sie hier hält.«

»Ziemlich makaber.« Gedankenverloren strich er mir über das Haar. Es fühlte sich so vertraut an. Wie etwas, an das ich mich gewöhnen wollte. »Was lässt dich daran un-ruhig werden?«

»Ich … ich muss immer daran denken, dass ich auch eine dieser Seelen hätte sein können.«

»Denk doch lieber daran, dass wegen uns zwei Seelen weniger in jeder Sturmnacht leise ihr Unrecht klagen müs-sen.« Lukas strich mir eine Haarsträhne aus dem Gesicht. »Ich bin froh, dass dir nie was passiert ist.« Sein ernster Ton ließ die Augen wieder aufschlagen.

»Machst du dir immer noch Vorwürfe?«

»Manchmal.«

»Das musst du nicht. Ich lebe. Ich bin hier und das nur wegen dir. Ich musste einmal im Leben so eine irre Sache machen und wer weiß, was es sonst gewesen wäre.«

Er musste schmunzeln. »Dir traue ich eine Menge zu, aber, nicht, dass du noch einmal irgendetwas komplett Be-scheuertes machst.«

»Das hier... das zwischen uns. Das ist doch eigentlich genau sowas.«

»Wie kommst darauf?«

»Na ja, jeder sagt mir, ich sollte rennen und dass du nicht gut für mich bist.«

Tief atmete Lukas ein. Ich konnte deutlich fühlen, wie

sich sein Brustkorb kräftig hob. »Und sie haben alle recht. Ich werde nie gut genug für dich sein. Oder zumindest nicht das, was du verdienst.«

»Moment Mal! Was gut und was schlecht für mich ist, entscheide immer noch ich. Du bist besser für mich, als du glaubst.«

»Wir sprechen uns noch mal. Auch wenn es ein ganz schöner Egoboost ist von dir zu hören, dass ich vielleicht doch nicht so ein schlechter Kerl bin.«

Er würde immer mein Standard sein. Etwas, dem jeder nach ihm das Wasser reichen müsste und dem ich ewig nachweinen würde. Allein das zu wissen, machte mich schon fertig.

»Schau mich nicht so wehmütig an.«

»Doch. Wie soll ich dich sonst anschauen, wenn ich daran denken muss, dass wir zwei nur eine Geschichte auf Zeit sind.«

»Denk einfach nicht daran. Tue ich auch nicht. Sonst hätte ich nur ein schlechtes Gewissen.« Im milchigen Mondlicht konnte ich deutlich Reue in seinen Augen sehen. »Lass uns das hier einfach genießen. Einfach für ein paar Momente so tun, als wenn das hier für immer wäre.«

Genau das von ihm zu hören, ließ die Schmetterlinge in meinem Bauch freudig Loopings fliegen. Für immer. Er war der Einzige, mit dem ich genau das immer gewollt hatte. »Das klingt verdammt schön.«

»Du musst es nur zulassen.«

Ich schloss wieder die Augen, lauschte seinem Herzschlag und nahm das Gefühl seiner weichen Haut ganz tief in meinem Inneren auf. Sein so vertrauter Geruch, die kleine Narbe am Ellenbogen, der warme Klang seiner Stimme. All das würde ebenfalls ganz tief in diesem Marmeladenglas landen und irgendwann, wenn ich eine alles konsumierende Sehnsucht hatte, als mein Anker dienen.

Kapitel 36

Die Sonne prallte ins Zimmer, als ich die Augen aufschlug. Leises Vogelgezwitscher drang an mein Ohr und ich sank noch einmal tiefer in die weichen Laken. Kribbelnde Geborgenheit überkam mich. Alles roch nach ihm und kam mir nur noch weicher und wärmer vor. Es war einfach wie in einem viel zu schönen Traum, aus dem ich für den Moment nicht aufwachen wollte.

So konnte ich mir zumindest für den Augenblick einreden, dass alles so bleiben konnte, und diese Sache zwischen uns irgendwann offiziell wäre. Dass er nicht bei der nächsten Gelegenheit auf nimmer Wiedersehen nach England verschwinden und dass er mir nicht unweigerlich zum zweiten Mal das Herz brechen würde.

Am Rande bekam ich mit, wie die Tür sich öffnete, es roch nach Kaffee und die Matratze senkte sich im nächsten Moment auf der anderen Bettseite.

»Guten Morgen.« Seine weichen Lippen streiften meine Wange. Ein wohliger Schauer rieselte mir über den Rücken und ich verlor mich für einen Augenblick im Klang seiner Stimme. Er klang erstaunlich wach und wenn ich ihn als eins nicht kennengelernt hatte, dann als Morgenperson.

Das wohlige Gefühl war verflogen. Scheiße! Ich musste nachhause. Wahrscheinlich wäre meine Mutter gerade im Begriff, eine Suchmannschaft loszuschicken.

Hektisch tastete ich nach meinem Handy. Drei Nachrich-

ten von Mama, und es war schon nach neun. Fuck!

Lukas ignorierte ich. Das hier war gerade wichtiger. Er konnte vielleicht tun und lassen, was er wollte, weil seine Mutter anscheinend endgültig jegliche Hoffnung aufgegeben hatte, was ihn anging, aber ich nicht.

Flink entsperrte ich mein Handy und strich mir die Haare aus dem Gesicht. »Bin gestern bei Charly versackt und habe es vor dem Sturm nicht nachhause geschafft. Bin sofort da.« Eine bessere Ausrede fiel mir beim besten Willen nicht ein.

Statt einem »Das hättest du uns auch schreiben können«, oder »Wir haben uns Sorgen gemacht.« Bekam ich jedoch nur ein »Komm, wann du möchtest. Ihr müsst bestimmt immer noch eine Menge besprechen. Außerdem war es wirklich mal Zeit, dass du mal wieder mit anderen Freunden als Liz und Lukas unterwegs warst. Sei einfach vor Mitternacht zu Hause, dein Vater geht sonst die Wände hoch.«

Erleichtert atmete ich auf. Ich konnte förmlich spüren, wie der Stress von mir abfiel.

»Kann es sein deine Mutter hat ein Problem mit mir, hat?«

Ich sperrte mein Handy wieder und wandte mich zu Lukas um. »Wie kommst du denn darauf?« Dass er diese Frage stellte, ließ mich wirklich daran zweifeln, ob er auch nur ansatzweise begriffen hatte, was er da vor ein paar Jahren mit mir abgezogen hatte.

Abwehrend hob er die Hände. »Okay, okay. Forget I asked.«

»Wenn du schon mitgelesen hast, dann weißt du auch, dass ich uns gerade Zeit gekauft habe, oder?« Die Bettwäsche raschelte, als ich mich aufrichtete und ihm in die Augen sah.

Er antwortete mir allerdings nicht, sondern angelte eine der Kaffeetassen vom Nachttisch und reichte sie mir. »Mit Milch. Habe ich nicht vergessen.«

Überrascht hob ich die Augenbrauen und nahm die Tasse dankend entgegen. Auf den Schock war dieser Kaffee Balsam auf der Seele, um wieder herunterzukommen. »So viel Aufmerksamkeit hätte ich dir nicht zugetraut.«

»Kann es sein, dass du mir allgemein wenig zutraust?«

»Wenn du einfach abhaust und danach aus allem ein Geheimnis machst.«

Lukas lachte und ich bewunderte, wie so oft, wie sich sein ganzes Gesicht aufzuhellen schien. Ihn lachen zu sehen, war wie das Glitzern feiner Staubpartikel in der Sonne, wie Nebel im Mondlicht. Einfach magisch. »Wie kannst du morgens schon so auf Zack sein? Ich brauche nach dem Aufwachen immer mindestens eine Stunde, bis ich ansprechbar bin.«

»Wie kommt es eigentlich, dass du schon wach bist?« Ich trank einen großen Schluck Kaffee, ließ ihn jedoch nicht wirklich aus den Augen.

Er zuckte mit den Schultern. »Konnte nicht mehr schlafen, außerdem musste Matty raus und ich hatte noch etwas zu regeln.«

»Etwas zu regeln? An einem Samstagmorgen.« Wer sollte ihm das abnehmen? Seine Mutter? Obwohl, die wäre die Erste, die wohl laut Bullshit rufen würde.

»Ich dachte, gerade du würdest schräge Arbeitszeiten verstehen.«

»Hat das mit gestern Abend zu tun?«

In seinem Blick veränderte sich etwas. Zögerlich nickte er und griff sich dann die zweite Tasse vom Nachttisch. »Wir haben es zum Glück etwas ruhiger geklärt bekommen.«

»Ich weiß immer noch nicht, was du machst.«

»Wer weiß wie lange ich das noch machen darf.« Dieser Zynismus stand ihm nicht. »Leben in zwei Ländern ist einfach maximal kompliziert.«

»Also hat jemand in Wales Mist gebaut?« So langsam kamen wir der Sache ja näher.

»Mist ist kein Ausdruck. Je länger ich hier bin, desto höher stapelt sich da die Scheiße! Keine Ahnung, wie lang das noch gut gehen wird.«

Zack. Da war es wieder, dieses dumme Gefühl. Diese Gewissheit, dass ich ihn wirklich nicht halten können würde, und am besten einfach von ihm nahm, was ich bekommen konnte. Und Franks Stimme, die mir sagte, dass Lukas ein Reisender war und ich ihn nicht aufhalten würde.

»Was machst du in Wales eigentlich den ganzen Tag?« Vielleicht bekam ich so noch mehr aus ihm raus.

»Ich bin viel zu viel unterwegs und darf viel zu oft die Kohlen aus dem Feuer holen, weil mein Geschäftspartner in viel zu vielen Bereichen einfach eine ausgewachsene Katastrophe ist.«

Noch schwammiger ging es nicht. Mein Gott, warum kam er nicht mal zum Punkt und spuckte aus, was da in Wales los war? So schwer konnte das doch nun wirklich nicht sein.

Er musterte mich wie gestern Abend schon. »Ich bin mir immer noch ziemlich sicher, dass Wales dir gefallen würde.«

»Du lenkst ab.«

»Weil es ein ziemlich schwieriges Thema ist.«

Ich hob beide Augenbrauen und senkte das Kinn, ohne den Blick zu lösen. Also bitte! Es in sich hineinfressen war auch keine Lösung und er sollte das eigentlich wissen.

»Schau mich nicht so an. In meinem Leben ist auch nicht alles einfacher. Wenn ich dieses Thema mit Geld lösen könnte, hätte ich das schon getan.«

Seufzend gab ich nach. »Zurück dazu, dass ich uns Zeit gekauft habe …«

Weiter kam ich gar nicht. Sein Handy klingelte. Dieses Ding hatte auch immer ein verdammt nerviges Timing. Ich konnte sehen, wie er zögerte und es dann doch umständlich aus der Hosentasche seiner Jeans fummelte. »Sieht aus als, hätte sich diese Zeit schon verflüchtigt. Dieses Mal

ist es wohl meine Mutter, die uns auf die Nerven geht.«
Lukas warf mir einen entschuldigenden Blick zu, dann
nahm er ab.

»Mum?« Dass er sich nicht die Mühe machte aufzuste-
hen, wertete ich als großen Vertrauensvorschuss. »You're
bloody kidding me! Doesn't he have a divers license? Doesn't he have a car?« Lukas rollte mit den Augen und verzog dann genervt das Gesicht, damit hatte es sich anscheinend wirklich mit unserer Zweisamkeit. Etwas wehmütig
stimmte mich das schon. »Oh my god. Tell him to get a life,
then I might like him. Can you give me fiftteen minutes?«
Ich musste mir bei dem Kommentar auf die Unterlippe beißen, um nicht laut loszulachen. Das war so typisch Lukas!
Verdammt wie hatte ich das vermisst! Dieses ungefilterte,
manchmal viel zu freche, gerade seiner Mutter gegenüber.
»Alright. See you in a bit.« Er legte auf und sah mir in die
Augen. »Tut mir echt leid, aber ich darf meine Mutter von
ihrem Freund abholen, weil der Typ wohl irgendein Problem hat. Obwohl, wann hat der mal keins? Kannst du mir
einen ganz kleinen Gefallen tun?« Zerknirscht lächelte er.
»Wirklich, ich hasse mich inzwischen dafür, dich ständig
nach irgendetwas zu fragen.«

»Worum geht es denn?«

»Ich will Matty so früh nicht allein lassen und ich habe
keine Ahnung, was Mum schon wieder alles anschleppt. Sie
war schließlich mit Opa unterwegs. Da ist von Mini-Pony,
über halbem Reh und mal eben mehrere hunderttausend
Euro teure Gemälde, alles möglich.«

»Im Klartext, du fragst mich gerade, ob ich hier auf Matty aufpassen könnte bis ihr wieder da seid?«

Er nickte und sah mich so flehend an, dass ich gar keine
andere Wahl hatte als ja zu sagen.

»Danke schön. Ich mache das wieder gut! Versprochen!

Spätestens heute Nachmittag am Club.«

»Da musst du dir inzwischen echt was einfallen lassen.« Ich lachte auf. »Und ein Kaffee am Morgen tuts da langsam nicht mehr.«

»Werde nicht undankbar. Ich habe gestern Abend für dich gekocht, also bitte!« Spöttisch funkelte er mich an, dann beugte er sich herüber und drückte mir ein viel zu flüchtiges Küsschen auf die Wange. »Ich lasse mir was einfallen, versprochen!« Dann sprang er auch schon auf und stürzte seinen Kaffee runter, ehe er den Raum verließ.

Enttäuscht sank ich zurück in die Kissen und winkelte die Beine an. Unzufrieden sah ich aus dem Fenster. Wie sollte ich nur näher an ihn herankommen, wenn immer etwas dazwischen funkte? Ich hätte diesen Morgen so gerne genossen.

Kapitel 37

Eine halbe Stunde später saß ich am Esszimmertisch unten und scrollte durch mein Handy. Draußen regnete es in Strömen und ich war mehr als froh, nicht mit dem Fahrrad auf dem Heimweg zu sein.

Schlüssel klimperten. Matty, die zuvor zu meinen Füßen gelegen hatte, sprang freudig auf und hechte aufgeregt jaulend in den Flur.

Nur Sekunden später trat Lena vor Lukas in den Flur. Sie trug eine Wachsjacke, für sie ungewohnte beige Hosen und hohe mit reichlich Schlamm besprenkelte Gummistiefel. »Mein Mäuschen! Na, hast du mich vermisst!« Sie ging vor der Hündin in die Knie und schloss sie in die Arme. »Oh, ich habe dich auch vermisst, mein Mädchen.«

Lukas, der hinter ihr durch die Haustür getreten war, verdrehte die Augen und schloss die Tür. Er trug eine Tasche und zu meinem Schrecken ein Jagdgewehrkoffer über der Schulter. Seinen Kommentar mit dem Waffenschrank im Keller hatte ich bis dahin wieder verdrängt. Sofort überkam mich Unbehagen.

Lena richtete sich wieder auf und öffnete den Reißverschluss ihrer Jacke, sie wollte sich gerade an Lukas wenden, da sah sie mich.

»Was machst du denn hier?« Verwundert sah sie mich an

und musterte mich unverhohlen.

»Wen hätte ich sonst bitten sollen, auf Matty aufzupassen, während ich dich irgendwo am Arsch der Welt einsammele.« Lukas schnaubte leise auf und stellte den Koffer neben die Tür zum Keller.

»Bei diesem Wetter und an einem Samstagmorgen? Matty hätte auch alleine bleiben können.« Sie legte die Stirn in Falten und musterte mich. »Hast du hier geschlafen?«

»Nein.« Das war ja nicht mal ganz gelogen. Ich hatte vielleicht nur die halbe Nacht geschlafen.

Sie hob eine Augenbraue. »Aha. Und du bist ganz spontan durch den Regen hergekommen, als er dich angerufen hat?«

»Ich war sowieso in der Nähe.«

Sie verengte die Augen und beäugte mich noch einmal von Kopf bis Fuß. Fließend schlüpfte sie aus ihrer Jacke, warf sie achtlos an die Garderobe und kam ins Esszimmer. »Ihr versteht euch also wieder?« Vor dem massiven Holztisch blieb sie stehen.

»I guess you can say so.« Lukas zuckte mit den Schultern und verschwand in der Küche. Im Vorbeigehen warf er mir einen Blick zu, der mich wohl vor einem Kreuzverhör warnen sollte.

Ein breites Grinsen schlich sich auf Lenas Lippen. »Du warst nicht zufällig sein Damenbesuch vor wenigen Wochen?«

Mein Puls schoss nach oben und ich musste mich bemühen, nicht rot zu werden. Wie so oft hatte ich vergessen, wie direkt Lena Stüwe sein konnte. Der Apfel fiel wohl wirklich nicht weit vom Stamm.

»No. That wasn't her!«, kam es prompt aus der Küche, bevor ich auch nur den Mund öffnen konnte.

Lenas Mundwinkel zuckten nach oben und sie lehnte sich verschwörerisch vor. Ihre grünen Augen funkelten. »Weißt du, wer sie war?«

»Mum! Stop that!«

Zufrieden lächelte sie. »Stop answering for her, dann glaube ich euch das auch eher.« Sie fixierte mich mit dem Blick. »Also? Warst du es?«

Mit großen Augen schüttelte ich zögerlich den Kopf. In was für eine Situation brachte er mich hier nur? Und dann ließ er mich auch noch alleine. Arschloch!

Ihr Grinsen wurde breiter. »Ihr seid beide verdammt schlechte Lügner!«

Lukas kam aus der Küche und stellte eine dampfende Tasse Kaffee vor ihr ab. Angespannt blieb er hinter ihr stehen.

Hilflos sah ich zu ihm herüber. Genüsslich beobachtete sie unseren Blickwechsel und rührte vergnügt in ihrer Kaffeetasse herum.

»Again, that was...«

Sie unterbrach ihn. »Versuch es erst gar nicht. Du lügst so schamlos. Ich kenne dich vierundzwanzig Jahre. Lukas, ich muss dich nicht einmal sehen, um zu wissen, dass du lügst.«

»Warum bist du dir denn so sicher, dass wir was miteinander haben?« Herausfordernd hob Lukas eine Augenbraue und verschränkte die Arme vor der Brust.

Lena atmete tief ein und stellte geräuschvoll ihre Tasse auf den Tisch. »Wo fange ich an? Es hängt keine Jacke an der Garderobe. Es regnet, falls es dir entgangen sein sollte. Du musstest circa vor vierzig Minuten los, da hat es auch schon gekübelt, ergo Marie müsste zumindest noch nasse Haare haben, einfach mal angenommen, sie hatte noch Klamotten dabei. Ihr Fahrrad habe ich schon beim Parken in der Einfahrt gesehen.« Sie sah zu mir. »Weiter im Text. Als du die Tür aufgeschlossen hast, warst du nervös und hast dich nach mir umgesehen. Würdest du sonst nie tun. Matty hat auch nicht wie sonst jammernd vor der Tür gesessen, sondern kam lediglich jaulend angerannt. Es war also jemand da, den sie kannte. Beweis zwei. Marie ist nicht aufgestanden, um uns zu begrüßen. Sie musste sich folglich erst etwas zurechtlegen, oder viel mehr die Situation abwarten. Beweis drei. Du gibst ihr nicht die Möglichkeit zu antworten, weil du weißt, dass sie nicht lügen kann. Beweis vier. Ihr habt etwas zu verbergen. Bei euch beiden kann das nur eins sein. Und Beweis fünf steht vor mir.« Sie hob ihre Kaffeetasse. »Du hast mir den Kaffee gegeben, um mich abzulenken. Und du würdest mir nie Kaffee machen.« Zufrieden mit ihrer Ausführung lehnte sie sich auf ihrem Stuhl wieder entspannt zurück und sah zwischen uns hin und her. »Und ich bin mir sicher, dass wenn ich nach oben gehen würde und ganz zufällig in dein Zimmer schauen würde, beide Seiten vom Bett zerwühlt wären.«

»Und was ist …« Lukas verengte angriffslustig die Augen. »… Wenn ich dir sagen würde, dass sie tatsächlich schon früher hier war und wir einfach nur die halbe Nacht geredet haben.«

»Dann würde ich euch sagen, dass ihr aufpassen solltet, wer von euch sturmfrei hat, und euch raten, auch brav zu verhüten.«

Ich spürte, wie mir alle Farbe aus dem Gesicht wich, nur um dann knallrot anzulaufen.

»Habt ihr was zu eurer Verteidigung zu sagen?«

Lukas musste schlucken. »Darf ich mir einen Anwalt nehmen?«

»Tendenziell ja, aber bei der Beweislast ist das Urteil klar, oder sehe ich das falsch?«

Ich sah verzweifelt zu Lukas herüber.

»Ich sollte dir die Chance geben, das selber deinen Eltern zu stecken. Bei deinem Vater solltest du vielleicht einen Moment abwarten, in dem er wirklich gute Laune hat. Meinen Sohn würde ich nämlich gerne noch etwas behalten.« Sie gähnte und wandte sich an Lukas. »Hat Cray sich gemeldet?«

Widerwillig nickte er.

»Ich nehme an, deine Pläne haben sich nicht geändert?« Sie deutete mit dem Kopf in meine Richtung.

Er warf ihr einen grimmigen Blick zu und biss die Zähne fest aufeinander.

»Mhm... Ich sehe schon.« Sie atmete tief ein und warf mir einen mitleidigen Blick zu. »Deinen Eltern musst du doch nichts sagen. Oder …?«

Lukas unterbrach sie. »Mum!«

»Oh, du hast ihr nichts erzählt?« Sie schnalzte missbilligend mit der Zunge. »Ich hatte dich eigentlich inzwischen für erwachsener gehalten. Wie verdammt egoistisch von dir! Als wäre sie irgendein Spielzeug, das du einfach weglegen kannst, wenn es dir langweilig wird. Also wirklich!« Autsch!

Ich fixierte ihn. Was hatte er darauf zu sagen? Irgendetwas musste er sagen! Er spannte sich an und blickte zu Boden.

Das reichte mir. »Ich gehe dann jetzt. War schön, dich mal wieder gesehen zu haben.« Ich war zu geladen, um ein nettes Lächeln zustande zu bringen.

»Ich bringe dich noch zur Tür«, murmelte Lukas heiser.

»Untersteh dich! Ich kenne den Weg!«

Lukas starrte mich einfach nur mit offenem Mund an.

»Tja, Luki, das passiert, wenn man sich Frauen aussucht, die klüger sind als man selbst und sie in einer Tour anlügt«, hörte ich Lena noch leise sagen, als ich aus dem Esszimmer stürzte.

Und das passierte, wenn man nicht mit dem Scharfsinn seiner Mutter rechnete. Verdammtes Arschloch! Da hätten wir am Nachmittag eindeutig einiges zu besprechen! Er sollte sich ja warm anziehen.

Kapitel 38

*I*ch biss mir auf die Unterlippe und versuchte nicht an seinen Blick zu denken, als seine Mutter mir steckte, dass er zurück nach Wales gehen würde. Immer schneller trat ich in die Pedale und wollte einfach nur nachhause. Weg von dieser weißen Villa, weg von diesem Viertel und vergessen, dass er mir das zweite Mal mein Herz gebrochen hatte, oder viel mehr im Begriff war, das zu tun.

Ich bog gerade auf die Kreuzung zwischen Innenstadt und dem eher ländlichen Stadtteil, in dem wir lebten, da klingelte mein Handy. Genervt sah ich mich um und bremste auf dem Radweg, um mein Handy aus der Tasche meiner Jeans zu fischen.

Kurz keimte Hoffnung in mir auf, dass es Lukas war. Die erstarb allerdings, als ich Charlys Namen auf dem Display sah.

»Hi?«, meldete ich mich. Sie war die letzte Person, mit der ich gerechnet hatte.

»Oh Mann, ich dachte, du nimmst gar nicht ab. Bist du in Kleinblommen?« Wie immer klang Charly chaotisch und nicht ausgeschlafen.

»Wo soll ich sonst sein?« Hatte ich was verpasst?

Charly seufzte. »Keine Ahnung. Können wir uns

treffen?«

»Klar. Ähm … wann?«

»Am Nachmittag?«

Ich musste schlucken. »Da bin ich eigentlich schon verabredet. Aber …« Tief atmete ich ein. »… Morgen Nachmittag? Geht das bei dir?«

»Sicher. Bei Ellie?«

»Ja. Ja das … das wäre super.«

»Sag mal, alles okay bei dir?« Ihre Stimme nahm einen forschenden Klang an und ich konnte sie quasi auf ihrem Bett sitzen sehen und sich dabei ihre hellen Locken um den Finger wickeln.

»Geht schon. Kann ich dir da morgen von erzählen?« Schnell fiel mir noch etwas ein. »Ach und ich habe meiner Mutter erzählt, dass ich heute bei dir war. Also solltet ihr euch sehen …«

Sie unterbrach mich. »Weiß ich Bescheid. Sowas mal von dir zu hören. Will ich wissen, wo du warst?«

Unsicher ließ ich meinen Blick die Straße heruntergleiten. Sie würde es morgen sowieso erfahren. »Bei Lukas.«

»Nein!« Charly hatte sich verschluckt und hustete in einer Tour in mein Ohr. »Stüwe? Oder ein anderer?«

»Stüwe.« Meine Stimme klang rau und verbittert. Die eine Hand am Lenker umklammerte die Metallstange sofort fester.

»Oh fuck!« Charly hustete noch einmal. »Da musst du mir morgen eindeutig alles erzählen. Ich meine, Hallo? Lukas Stüwe? Wie hast du das denn angestellt?«

»Ich habe da nichts angestellt und wenn ich ehrlich bin, will ich nicht über ihn reden.«

»Oh, hat er scheiße gebaut?«

»Mehr als das!«

»Alles klar. Sag mir Bescheid, ob ich demnächst mal mit ein paar Leuten aus der Kampfschule bei euch am Club aufschlagen, soll.«

Sofort schlich sich ein Grinsen auf mein Gesicht. »Davor

nehme ich Oles Angebot an. Der kennt wohl ein paar Leute, die noch ein Hühnchen mit Lukas zu rupfen haben.«

»Ist Liz Schwede also doch für etwas gut, wenn er sie uns schon nach Schweden entführt!«

»Ach komm. Ole ist doch lieb.«

»So war das auch nicht gemeint. Um zurück zu dir zu kommen. Wir treffen uns morgen bei Ellie, so gegen zwei? Und sollte in der Zwischenzeit etwas sein, rufst du mich einfach an. Ich kann jederzeit mit Eis, Alkohol und meinem Netflixabo voll mit schlechten Liebesfilmen vorbeikommen.«

»Warum bist du eigentlich hier?«

»Lange Geschichte. Erzähle ich dir morgen.«

»Ok. Dann bis morgen. Ich fahre jetzt mal nachhause und versuche bis ich in meinem Zimmer bin nicht Tränen auszubrechen.«

»Deine Mutter und seine sind immer noch befreundet, oder?«

»Mhm...«

»Okay... tricky. Dann komm gut nachhause und, wenn was ist, meld dich!«

»Mache ich. Tschüss Charly. »

»Tschüssi.«

Damit legte ich auf und schwang mich wieder auf mein Rad.

Gemächlicher trat ich in die Pedale und bog wenig später auf die Straße zu unserem Haus ein, an deren Ende es zum Reitclub ging. Vorbei an Fischerkaten und reetgedeckten Häusern überlegte ich fieberhaft, was ich meinen Eltern sagen sollte, warum ich schon zurück war. Und auch was ich Lukas an den Kopf knallen würde, wenn wir uns später am Reitclub sahen.

Am Gartentor bremste ich und schwang mich vom Rad. Ich hoffte so sehr, dass er ein absolut schlechtes Gewissen hatte. Dass er sich am besten den ganzen Vormittag damit quälte, dass er mich angelogen hatte. Und vielleicht auch, dass Lena ihm so richtig die Leviten gelesen hatte.

Quietschend öffnete ich das Tor und ich sah Papa schon von weitem in der Hängematte zwischen den beiden Kirschbäumen liegen und lesen. Witzigerweise lugte Doni über den Zaun und schien darauf zu warten, dass er ihm ein paar Leckerlis zusteckte.

»Hallo«, rief ich herüber, als ich mich durch das Tor zwängte und mein Fahrrad zur Kellertreppe wuchtete.

Papa hob nur die Hand vom Buch und winkte.

»Du musst Doni schon was geben, wenn er so da steht.«

Er hob den Kopf und sah zum Zaun. »Den hatte ich gar nicht gesehen. Dann ist deine Mutter noch gar nicht drüben.«

»Soll ich Leckerlis von drinnen holen?«

»Ach lass mal. Sonst fängt Lou wieder an, dass er zu dick wird. Kommst du heute mit?«

»Äh wohin?« Ich lehnte mein Fahrrad an die Kellertreppe und lief über den Rasen zu Papa herüber.

Er wandte den Kopf zu mir und musterte mich. »Nicht viel geschlafen?«

»Du weißt ja, wie es mit Charly ist.« Ich hasste, es, zu lügen. Ich wollte ihn nicht anlügen!

»Na ja, wie dem auch sei. Wir wollten eigentlich eine Runde ins Gelände. Komm mit Viva doch einfach mit. Ein kleiner Familienausflug schadet uns schon nicht. Das haben wir schon lange nichts mehr gemacht.«

»Ich bin eigentlich schon verabredet.«

»Mit Lukas?« Papa richtete sich auf und musterte mich eingehender. »Ich find' das nicht gut. Ich bin immer noch der Meinung, dass er keinen guten Einfluss auf dich hat.«

»Welchen Einfluss soll er bitte haben? Er ist seit ein paar Wochen zurück und wird wieder gehen. Wir sind immer noch Freunde.«

Papa schüttelte den Kopf. »Wart ihr damals nicht, als er gegangen ist, und ich will nicht, dass er meinem Mädchen nochmal das Herz bricht.«

Zu spät, Papa, zu spät … warum hatte er mich nicht schon vor Wochen gewarnt? Ich lief immer ins offene Messer!

Er klopfte neben sich. »Komm her. Hier ist Platz für uns beide.«

Ich konnte ihm nicht alles erzählen! Er würde mich verurteilen. Ich sah zum Haus und dann wieder zu ihm. Sanft lächelte er mich an, die schwarze Lesebrille mit den dicken Rändern, etwas schief auf der Nase und einem liebevollen Glitzern in den Augen. Zögerlich gab ich mir einen Ruck und ließ mich neben ihn in die weiche Hängematte fallen, die sanft Hin und Her schwang.

Ich musste sofort an Liz denken und an all die Sommer, die wir in dem alten Dinge hier im Garten gesessen hatten. Sofort bildete sich wieder dieser Kloß in meinem Hals.

»Was ist gerade los bei dir?« Zärtlich strich Papa mir über das Haar.

Ich zuckte mit den Schultern. »Liz ist weg, er ist wieder da. Was soll da schon los sein?«

»Aber Liz kommt wieder. Ihr Freund wollte doch eigentlich gar nicht, dass sie mitgeht. Und seien wir mal ehrlich, Liz ist nicht der Typ Bullerbü. Das da oben ist nichts für sie.« Sie hatte tatsächlich beim letzten Telefonat nicht so glücklich geklungen, wie ich gedacht hatte. »Sie bleiben nur vier Jahre. Wenn sie wieder kommen, dann bist du Tierärztin, hast vielleicht deine eigene Praxis und alles sieht gar nicht mehr so düster aus.«

Ich lächelte matt. »Aber was, wenn es ihr doch gefällt und sie bleiben will? Ole wird nichts dagegen haben. Der fühlt sich da doch mehr zu Hause als hier.«

»Das glaube ich gar nicht. Auf mich wirkte er, als wäre sein Zuhause da, wo Liz ist und vor allem da, wo sie glücklich ist. Also kommt sie wieder.« Papa verspannte sich. »Und was Lukas angeht, wäre es mir ganz lieb, wenn du dich von ihm fernhalten würdest.«

»Wieso das denn?«

»Marie, weil er dich ausnutzt. Du bist ständig seine Pferde mitgeritten und das nicht mehr nur um Lena einen Gefallen zu tun. Du bist anders, seit er wieder da ist, vor allem seit dem Wochenende in Lüneburg. Ich wollte nichts dagegen sagen, du bist erwachsen und ich kann dir keine Vorschriften mehr machen, aber das war ein Fehler.« Wie recht er doch hatte! Ich blinzelte gegen die Tränen an. »Er ist einer von denen, die alles haben können und sich alles nehmen. Ich habe gestern zufällig mit Lena gesprochen. Ihm geht es gar nicht gut. Sie meinte, er wäre eine tickende Zeitbombe. Die Gespräche über die Firma wären gerade schwierig, weil er ständig dichtmacht und geht, wann es ihm passt.«

»Ihn hat keiner gefragt, ob er das will. Papa, du hast keine Ahnung, unter was für einem Druck er steht.«

»Ich kann verstehen, dass du ihn in Schutz nimmst. Wirklich. Aber Mäuschen, er benutzt dich.«

Ich schüttelte den Kopf. Das wollte ich nicht hören. Nichts davon!

»Doch! Marie, was weißt du über ihn? Ich weiß er sagt dir wunderschöne Dinge, aber er wird dich im Regen stehen lassen. Mir wäre es wirklich lieb, wenn du einen Bogen um ihn machst. Bevor das alles noch weiter geht, als nur die paar Ausritte und dieses eine Wochenende.«

Wenn Papa wüsste, wie weit das schon gegangen war … Ich biss mir auf die Unterlippe und linste zu Doni.

»Sagst du ihm ab und kommst mit uns mit? Tu mir den Gefallen.«

Ich sah wieder weg. Das ging doch etwas weit. Ich war keine sechzehn mehr. Er konnte mir doch nicht mehr vorschreiben, mit wem ich mich treffen durfte.

»Marie bitte. Nur dieses eine Mal.« Papa griff nach meiner Hand und drückte sie sachte. »Auch, damit es dir wieder besser geht. Ich mag es nicht, dich so zu sehen. Ging es gestern so lange, weil die Albträume zurück sind?«

Ich schüttelte den Kopf. »Es war einfach nur der Sturm.« Ich konnte immer noch das Rauschen der Wellen hören, das Wispern des Windes.

Papa nickte langsam und zog seine Brille von der Nase. »Was machst du morgen?«

»Ich treffe mich mit Charly bei Ellie.«

»Das klingt gut. Ruf doch heute Abend einfach mal Liz an. Ihr habt diese Woche noch gar nicht miteinander gesprochen.«

»Sie ist mit den Pferden und dem Renovieren beschäftigt.« Ich wollte nicht stören und vor allem wollte ich ihr nicht von allem erzählen, was in Lüneburg vorgefallen war und schon gar nicht von allem, was seitdem gewesen war.

»Versuchs doch einfach. Sie vermisst dich bestimmt genauso wie du sie. Frag sie, wann du sie besuchen kannst.«

Ich atmete zittrig ein. »Ole meinte, ich bin immer willkommen. Außerdem habe ich bald meine Prüfungen.«

»Auf die du vorbereitet bist. Wenn du sie besuchen willst, dann bekommen wird das hin.«

Klar. Ich wäre nur im Weg. Sie richteten sich gerade ein. Wo war da bitte Platz und Zeit für mich?

»Dieser Ole, wird mir immer sympathischer! Vielleicht findest du auch so jemand Nettes.«

Nur dass ich genau das nicht wollte. Die einzige Person, die ich wollte, war ein verdammter Lügner, arrogantes Arschloch und gleichzeitig so perfekt, dass es wehtat.

Kapitel 39

Entgegen Papas Wunsch hatte ich Lukas nicht abgesagt. Ich war zu wütend und wollte endlich eine verdammte Erklärung haben. Und wenn er mir an einem Ort nicht ausweichen konnte, dann am Club!

So saß ich auf einem der Strohballen auf der Stallgasse und scrollte gedankenverloren durch mein Handy. Die Schwalben zogen pfeifend über meinem Kopf, ihre Kreise durch den Boxengang und vom Hof wehte Hufgeklapper zu mir herüber. Das Sonnenlicht malte helle Quadrate auf die grauen Steine, wo neue Dachfenster in den Stall eingebaut worden waren.

Es hätte schön sein können und ich hätte es auch genossen, wenn es nicht so in mir rumoren würde. Warum log er mich an? War die Wahrheit so schwer? Nach allem, was wir zusammen durchgemacht hatten. Ich hatte für alles Verständnis. Egal, was es war, schlimmer als das, was damals an diesem Reitverein passiert war, konnte es nicht sein.

Ich tippte auf Liz Story. Sie, mit Sonnenbrille auf der Nase und Reithelm über ihren geflochtenen Haaren, auf Haddy. Vorwitzig streckte sie die Zunge heraus und schwenkte die Kamera dann weiter, sodass man Ole auf Nigal sehen konnte. Darunter stand, »Schwedische Sommerausritte sind anders genial.«

So viel zu dem Thema, sie käme garantiert zurück. Schnell klickte ich weiter, ehe der kalte Klumpen in mei-

nem Bauch noch größer werden konnte. Ich vermisste sie.

Charly hatte ein Video von sich gepostet, in dem sie trainierte und an der Wand das Logo der kleinen Kampfschule in der Kleinblommener Innenstadt prangte. Wenigstens war sie zurück und ich nahm mir vor, ihr vielleicht wirklich heute Abend zu schreiben. Ich hatte mal wieder Lust auf einen total blöden Film und dieses Feeling von früher. Vor dem Abi, vor dem in alle Welt verstreut leben und vor Lukas Rückkehr.

Hufgeklapper hallte von der Stalltür wieder und ich reckte den Kopf. Mama hatte Doni angebunden und kam mit langen Schritten die Stallgasse herunter auf mich zu.

»Willst du wirklich nicht mitkommen?« Sie musterte mich und zog dabei die Augenbrauen auf diese Art hoch, die klarmachte, dass sie sich Sorgen machte.

Ich wollte gerade den Kopf schütteln und zu einer lahmen Ausrede ansetzen, da wurde mir Lukas' Story angezeigt. Gepackte Taschen im Kofferraum von Lenas Land Rover. Arschloch! Arschloch! Arschloch! Am liebsten hätte ich mein Handy an die nächstgelegene Boxenwand gepfeffert. »Ich komme doch mit.«

Überrascht machte Mama einen Schritt zur Seite, als ich hastig auf die Beine sprang und mein Handy zurück in die Jackentasche stopfte.

Ich bemühte mich, tief zu atmen, als ich Vivas Führstrick von der Box schnappte, um nicht loszuheulen.

Er hätte etwas sagen können, eine Nachricht schreiben. Irgendetwas! Aber er konnte mich so doch nicht einfach stehen lassen! Verdammter Egoist, Spieler, Vollidiot, oh Gott, so viele Beleidigungen wollten mir gar nicht einfallen.

»Ist etwas passiert?« Mama fasste mich an der Schulter, aber ich schüttelte ihre Hand ab.

»Es ist alles gut.« Ich war nur enttäuscht.

Gerade nach der letzten Nacht hätte ich mir etwas Aufrichtigkeit gewünscht. Das durfte keine Illusion sein.

Ich hatte mir die Art, wie er mich berührte, doch nicht eingebildet.

Schmerzhaft zog sich mein Herz zusammen. Am liebsten hätte ich mich in meinem Zimmer eingeschlossen und die Bettdecke bis zur Nasenspitze gezogen.

Warum tat er mir nur weh? Was hatte er davon? Und warum konnte ich nicht endlich einmal aufhören, ihm nachzulaufen?

Mama griff wieder nach meiner Schulter. »Was ist los?« Sanft strich sie mir meinen Zopf über die Schulter und zog mich an sich. »Alles gerade nicht einfach, oder?«

Hatte Lena mit ihr gesprochen? Obwohl sie meinte ja, es wäre nicht nötig, weil er sich sowieso wieder in seiner Versenkung verkriechen würde. Andererseits wusste man bei ihr nie, woran man war.

»Marie, mach dir nicht zu viele Gedanken. Es wird alles wieder.« Ich konnte diesen Satz nicht mehr hören. Ich verrannte mich in einer Tour.

Jeder hatte versucht, mir zu sagen, dass Lukas ein Arsch war, und ich hatte nicht zugehört. In meinem Kopf war er unfehlbar gewesen, zu lieb, zu nett und viel zu verklärt.

Ich biss mir auf die Unterlippe und kämpfte dagegen an, in die Arme meiner Mutter zu sinken und loszuheulen.

Doni scharrte draußen mit den Hufen, als wenn er uns dazu auffordern würde, endlich mal in die Pötte zu kommen.

»Du kannst mit mir reden, das weißt du!« So eindringlich klang Mama selten, aber ich schob sie weg.

»Ist alles halb so schlimm«. Ich zog meine Mundwinkel zu einem halbherzigen Lächeln hoch.

Aber Mama schüttelte den Kopf und nahm mir den dunkelroten verschlissenen Führstrick ab. »Till, du machst mal eben Doni und Viva fertig. Wir haben hier Redebedarf.«

Ich hatte gar nicht bemerkt, dass Papa neben Doni stand und fragend in den Stall lugte. Als sich unsere Blicke trafen, konnte ich deutlich spüren, wie enttäuscht er von mir war. Trotzdem nahm er Mama wortlos den hingestreckten Führstrick ab.

Als wir wieder allein auf der Stallgasse standen, verschränkte Mama die Arme vor der Brust. »Was ist in Lüneburg passiert?« Ich wollte schon etwas zurechtlegen, da sprach sie einfach weiter. »Und ich will keine Ausflüchte hören. Da ist irgendetwas gewesen und seitdem bist du anders.«

Tief atmete ich ein. »Nichts Schlimmes.«

»Aber schlimm genug, dass du seitdem dicht machst.«

Mein Blick wanderte die Gasse entlang. Box reihte sich an Box. Bunter Führstricke hingen an den Boxen, Halfter, Abschwitzdecken. Das Flügelschlagen der Schwalben klang nur noch lauter in meinen Ohren nach. »Es ist nicht so einfach.«

»Mit kompliziert komme ich klar. Also raus mit der Sprache! Was ist passiert?«

»Nichts. Wirklich. Es ist nur …«

»Komm mir nicht damit, dass du Liz vermisst. Das ist nur die halbe Wahrheit. Hat Lukas dir Hoffnungen gemacht?«

Ich schüttelte den Kopf und sah ihr fest in die Augen. Streng genommen hatte er das auch nicht. Er hatte mir nie gesagt, dass er immer hierbleiben würde.

»Was hat er gemacht?« Ihre Nasenflügel bebten und ich konnte mir nur ausmalen, wie es gerade in ihr aussah.

»Er sagt mir einfach nicht die Wahrheit und ich erkenne ihn nicht wieder.«

Mama nickte langsam, als wenn diese Informationen nur langsam und zäh wie Honig zu ihr durchsickern würden. »Was ist das zwischen euch? Warst du gestern bei ihm?«

Zögerlich nickte ich.

»Marie, warum lügst du mich an? Du bist erwachsen. Ich kann dir das nicht mehr verbieten. Warum hast mir nicht gesagt, dass du dir wieder von ihm das Herz brechen lassen willst.«

»Wegen genau dieser Reaktion! Weil ihr mich immer noch behandelt wie ein Kind! Weil ich dachte, dass er nur mein Trostpflaster ist. Weil ich dachte, er hätte sich geändert.« Meine Stimme wurde immer leiser und brüchiger.

»Das hättest du dir doch alles denken können.« Mama holte tief Luft und presste die Lippen zusammen. Ihr Blick wurde mitleidig. »Er hat die richtigen Dinge gesagt, oder?«

Widerwillig nickte ich. »Schon. Auf die ein oder andere Art. Ich kann und will nicht glauben, dass er mich eigentlich nur verarscht.«

»Es sind immer, die, von denen man es nicht denkt.«

»Nein. Wie wäre es einfach mal, wenn jemand zuhören würde, anstatt mir zu sagen, dass ich mich von ihm fernhalten soll?«

Mama seufzte. »Wir meinen es alle nur gut mit dir. So wie du damals neben dir gestanden hast.«

»Und das tut ihm leid! Ihm geht es gerade echt nicht gut. Da ist irgendetwas in Wales, über das er nicht reden will, und gleichzeitig steht er so massiv unter Druck, endlich seinen Platz einzunehmen.« Zittrig atmete ich ein und dachte daran, wie er mich gestern Abend angesehen hatte, als die Maske für einen Augenblick gefallen war. »Ich habe das Gefühl, ich muss da sein.«

»Das musst du nicht. Lukas kann sich Hilfe suchen, wenn er sie braucht. Das ist nicht deine Aufgabe. Ich weiß, er war damals da. Du musst dich aber ihm gegenüber nichts schuldig fühlen. Ich meine, es nur gut mit dir, aber gerade, wenn es ihm schlecht geht, solltest du dich von ihm fernhalten. Egal, was das zwischen euch ist, beende es! Für dich. Für dein Seelenheil.«

Für mein Seelenheil müsste er bleiben. Für immer. Dicht bei mir. Er würde nicht gehen, niemals und wenn dann würde er mich mitnehmen.

Mein Herz würde nicht mehr so schmerzen und unsere Zukunft rosig aussehen. Mit ihm schien alles möglich. Einfach, weil er sich anfühlte wie zu Hause.

»Wollen wir nicht ausreiten, gehen? Wir können Papa nicht beide Pferde satteln lassen.« Und ich wollte eindeutig nicht mehr über Lukas und meine Beziehung reden. Sie war doch sowieso Geschichte.

»Früher hatte ich mal Hoffnungen, dass etwas aus euch wird. Gott, das wäre wirklich süß gewesen.« Mama seufzte erneut und drehte sie um. »Aber es sollte wohl nicht sein. Das war so ein netter Junge!«

Das war er immer noch, wenn man ihm eine Chance gab. Ganz tief in ihm schlummerte genau diese Warmherzigkeit, die ich so sehr an ihm vermisste.

Kapitel 40

Das Glöckchen an der Tür klingelte leise, als ich die schwere Tür zu Ellies Café aufstieß. Sanft umwehte mich der Geruch nach süßem Gebäck und Kaffee.

Ich hatte immer noch einen gewaltigen Kloß im Hals. Seit gestern war von Lukas Seite Funkstille. Meine Nachricht war allem Anschein nach gar nicht erst durchgegangen. Liz hätte mir allein dafür, dass ich eine Nachricht geschrieben hatte, die Hölle heiß gemacht. Charly würde die Rolle übernehmen müssen.

Ellie lächelte mir vom Tresen aus zu. Heute trug sie schon wieder die Bluse, die so wunderschön zum Farbton des Cafélogos passte, und den lavendelfarbenen Nagellack.

»Moin. Charly sitzt schon am Fenster hinten links«, begrüßte sie mich und zog ohne, dass ich etwas sagen musste einen Teller aus dem Regal. »Ich bringe dir gleich eine Zimtschnecke und einen Kaffee. Du siehst aus, als wenn du das vertragen könntest.«

Sie hatte ja keine Ahnung.

»Danke Ellie. Bist die Beste.« Ich bemühte mich um ein strahlendes Lächeln und sah mich dann nach Charly um, die an dem kleinen viereckigen Tisch am Fenster saß und ihre Kaffeetasse gedankenverloren von links nach rechts schob. Als sie mich sah, hellte sich ihre Miene auf. Dabei sah ich bei weitem nicht nach jemandem aus, über den man sich

freuen konnte.

Ich hatte mein ältestes und verwaschenstes T-Shirt an. Einfach weil es in Griffweite gelegen hatte, als ich mich nach viel zu vielen Stunden auf YouTube und Netflix, dazu aufgerafft hatte, mir etwas anderes, als meinen Lieblingsschlafanzug anzuziehen. Dazu hatte ich meine Haare nur irgendwie zusammengedreht und hatte so tiefe Augenringe, dass es mich nicht wundern würde, wenn sie bei Regen zu kleinen Seen werden würden.

»Oh Mann. Wie lange ist das her?« Sie sprang so schwungvoll auf, dass der Stuhl gefährlich nach hinten kippte. Ihre Augen strahlten. Diese ehrliche Freude trieb mir beinahe die Tränen in die Augen.

Grinsend blieb ich vor ihr stehen. »Zu lange!«

Ohne Umschweife stürzte sie um den Tisch herum und zog mich in eine viel zu feste Charlyumarmung, bei der man immer das Gefühl hatte, sie würde einem jeden Knochen brechen wollen. Sie roch wie früher. Nach einer Mischung aus Leder, Wald und einfach Charly. Sie hatte wieder mehr trainiert, das konnte man selbst durch den festen Stoff ihrer verwaschenen Collagejacke spüren.

»Seit wann bist du wieder da?«, fragte ich, nachdem sie mich losgelassen hatte und wir uns an den Tisch sinken gelassen waren.

Charly sank tiefer in ihren Stuhl und verzog die Lippen zu einer angespannten Grimasse. »Seit fünf Tagen.« Sie klang zerknirscht.

»Ist was passiert?«

Sie atmete tief durch und sah auf die Tischplatte. Kurz wirkte sie, als wenn sie etwas sagen wollen würde, aber presste dann die Lippen fest aufeinander und schüttelte den Kopf. »Alles gut.« Sie griff nach ihrer Kaffeetasse und setzte ein Lächeln auf, das nicht zu den Augen reichen wollte. »Und bei dir? Immer noch auf dem Weg, Veterinärmedizinerin zu werden?«

Ich nickte und sah aus dem Fenster. Sonnenstrahlen tanzten über den kleinen Platz vor dem Café, und am kleinen Brunnen saßen einige Leute im Schatten der Kirche. »Alles gut, soweit. Es macht immer noch Spaß. Und bei …«

Charly unterbrach mich. »Du kannst mir doch bestimmt sagen, was Liz nach Schweden verschlagen hat. Ist ja nicht ihr Ernst, oder?«

Verwundert drehte ich den Kopf und musterte sie. »Äh... Ole hat einen befristeten Vertrag bei einem recht bekannten schwedischen Architekten bekommen. Sie hat für sich dann beschlossen, dass sie mit will.«

»Das klingt nach Liz! Die beiden funktionieren immer noch zusammen?«

»Absolut! Die haben sich gesucht und gefunden.«

»Ich hätte nie gedacht, dass Liz auf Tattoos steht.« Charly zuckte mit den Schultern und trank einen Schluck von ihrem Kaffee.

»Sie haben sich kennengelernt, bevor Ole so viel Tinte unter der Haut hatte, und Liz liebt ihn nicht nur für die Optik. Charakterlich ist Ole, jawohl ganz klar wie für Liz gemacht.«

»Schon gut. Ich wollte hier keine Debatte anregen.« Charly stellte die Tasse ab und lachte leise. »Und was ist das mit dir und dem Stüwe?«

Ich seufzte und schüttelte den Kopf. Wo sollte ich da bloß anfangen? »Lange Geschichte.«

»Du, ich hab Zeit.«

Unschlüssig leckte ich mir über die Unterlippe und ließ meinen Blick durch das Café wandern. »Ich …«, setzte ich gerade an, da stellte Ellie einen Teller mit einer noch dampfenden Zimtschnecke vor mir ab.

»Frisch aus dem Ofen und …« Galant stellte sie die Tasse daneben. »Frischer Kaffee mit Milch, und gut gegen Liebeskummer, ein bisschen Honig.«

Dankbar lächelte ich sie an. Mir war in dem Augenblick nicht nach reden. Ihr letzter Satz hatte alles wieder greifbarer gemacht.

Er war weg. Ohne ein Wort. Feige wie eh und je.

Ich saß hier und suhlte mich in Selbstmitleid, wie damals. Nichts hatte sich verändert. Gar nichts.

Charly wandte sich an Ellie, die immer noch neben unserem Tisch stand und mich ansah, als wenn sie mich am liebsten mit in die Backstube gezogen hätte damit ich im Detail erzählte, wie er jetzt mein Herz gebrochen hatte. »Kann ich auch noch so eine Zimtschnecke haben? Die habe ich auf der Karte gar nicht gesehen.«

»Natürlich, Charly. Bringe ich dir sofort. Willst du sonst noch etwas?« Warm lächelte Ellie Charly an und berührte mich tröstlich an der Schulter.

»Nein. Sonst ist alles gut. Ich habe deinen Kaffee echt vermisst.«

»Alles klar.« Sanft drückte Ellie meine Schulter, bevor sie sich umdrehte und zurück zum Tresen lief.

Charly atmete tief durch und sah an mir vorbei an die schwarze Kreidetafel über der Auslage. »Ellie ist einfach zu lieb. Voll süß, dass sie die Zimtschnecken nach Liz benannt hat.«

»Mhm.« Ich griff nach der Gabel und fing an, in der Zimtschnecke herumzustochern. Vielleicht konnte sie dieses Loch in meinem Herzen für einen kurzen Moment heilen. Hoffentlich kam Charly nicht auf das Thema Lukas zurück.

Neugierig musterte Charly, wie ich die Zimtschnecke auseinandernahm. »Jetzt bin ich gespannt, was dieser Spinner gemacht hat.«

»Müssen wir darüber reden?«

»Hallo? Na klar! Marie, du hattest was mit dem Typen,

den alle damals haben wollten und der dir schon zum zweiten Mal das Herz gebrochen hat. Da muss ich alle Details haben!«

Ich seufzte. »Was willst du hören? Dass er einfach nur ein arrogantes Arschloch ist? Dass er mich benutzt hat? Dass er mich konstant angelogen hat?«

Charly hob verwirrt eine Augenbraue und war für einen Augenblick still. Ihr Mund klappte auf, dann wieder zu. Ihr Kopf rauchte förmlich. »Okay. Von Anfang bitte!«

Ich musste schlucken. »Lena, seine Mutter ist von seinem Pferd gefallen und hat sich das Schlüsselbein und die Hüfte verletzt. Ole und ich sind die beiden dann geritten. Als Ole und Liz weggezogen sind, habe ich allein zusätzlich zu Viva seine Pferde geritten.«

»Und?«

»Vor ein paar Wochen habe ich die beiden von der Weide geholt und er stand da plötzlich im Regen.« Ich konnte ihn quasi bildlich vor mir sehen. Wie die Regentropfen über sein Gesicht rannten, und er dagestanden hatte wie eine griechische Statur.

»Hat dir keiner was gesagt?«

Ich schüttelte den Kopf. »Warum auch. Er hat sich verhalten, als wäre nie etwas gewesen.«

»Nicht sein Ernst! Alter!« Charly lachte schallend auf.

Ich rollte mit den Augen. Da war ja nicht mal das Schlimmste. »Den Typen kann keiner verstehen. In einem Moment kann er so verdammt lieb sein, und im nächsten mir das Gefühl geben, dass ich alles falsch mache.« Der Klumpen in meinem Hals wurde nur noch dicker und plötzlich war mir die Lust auf Zimtschnecke vergangen. Ich ließ die Gabel sinken und schob den Teller etwas von mir.

Ohne zu fragen, stibitzte sich Charly ein Stück. »Der war doch schon immer kompliziert. Denk mal an den letzten Herbst vor seinem Abi. Da …«

»Da hatte er, genauso wie ich, mit dem, was auf diesem

scheiß Hof passiert ist, zu kämpfen.«

»Habe ich nicht vergessen. Trotzdem hat er sich da maximal scheiße dir gegenüber verhalten.«

Das musste sie mir nicht sagen. Ich konnte mich auch hervorragend daran erinnern, wie Lukas dicht gemacht hatte.

Charly angelte sich noch ein Stück von meinem Teller. »Warum hast du ihn überhaupt wieder an dich herangelassen?«

Das war die Frage. Weil ich ohne Liz einsam war? Weil ich ihn leider immer noch liebte? Weil ich mich nach einem Abenteuer gesehnt hatte?

»Keine Ahnung.«

»Also ich habe mir dann gestern noch sein Insta angeguckt und muss leider sagen, hübsch ist der immer noch. An dem Punkt mache ich dir keinen Vorwurf. Wenn ich so einen Ex hätte … da würde ich wohl auch nicht nein sagen, wenn der wieder angekrochen kommen würde.«

»Wir waren nie zusammen.«

»Stimmt. Trotzdem ist er schon irgendwie dein Ex. Zumindest ist er der einzige Typ mit dem ich dich jemals in meinem Leben knutschen, gesehen habe.«

Ich seufzte. »Und das war jedes Mal ein Fehler.«

Charly überhörte mich geflissentlich und legte nachdenklich den Kopf schief. »Wie ist der eigentlich im Bett?«

War das ihr Ernst? »Charly, also ich weiß echt …«

»Ach komm schon. Du bist so verklemmt. Du hast doch mit ihm geschlafen, oder?«

Widerwillig nickte ich. »Leider.«

»Also?«

»Ey, ich beantworte dir die Frage nicht. Vergiss es!«

»Manno.« Charly tippte mit dem Fingernagel ihres Zeigefingers gegen den Tassenhenkel. »Und woran ist es dieses Mal gescheitert?«

»Daran, dass er nie ehrlich zu mir war.«

»Inwiefern? Was soll der dir bitte verheimlichen? Sind

eure Mütter nicht befreundet?«

»Er ist anders. Da ist irgendwas in Wales passiert und er will nicht drüber reden. Jeder scheint zu wissen, warum er seitdem wieder so durch ist, aber mir muss man ja nichts sagen.«

»Also mein letzter Ex hat da andere Nummern gedreht. Sehe jetzt nicht so ganz, wo dein Problem ist.«

Ellie kam wieder zu uns und stellte wortlos einen zweiten Teller mit einer Zimtschnecke vor Charly ab. Noch bevor Charly danke sagen konnte, war Ellie wieder weg.

Sie stürzte sich sofort gierig auf ihre Zimtschnecke. »Geil! Ist die fluffig!« Wohlig seufzte sie auf und schloss kurz die Augen. Dann war sie jedoch wieder bei mir. »Dass er dir nicht alles sagt, kann doch nicht alles sein. Selbst du reagierst da nicht so über.«

»Was soll das jetzt heißen?«

Charly winkte ab. »Schon gut. Also was hat er noch gemacht?«

Ich musste an das letzte Frühstück bei seinen Großeltern denken. »Selbst wenn Leute von uns wussten, konnte er einfach nicht zu mir stehen.«

Charly fiel die Gabel aus der Hand. »Autsch! Der ist jetzt sowas von fällig!«

»Der Gipfel war, als seine Mutter mir gestern mehr oder weniger sagte, dass er quasi mit einem Bein schon wieder im Flieger nach Wales steht, und alle Hoffnung, die er mir gemacht hat, null und nichtig sind. Hat er natürlich nicht für nötig gehalten, mir zu sagen.«

»Aber hättest du dir das nicht denken können. Ich meine, der scheint doch ein geregeltes Leben in Wales zu haben.«

Ich presste die Lippen fest aufeinander. Klar hätte ich mir das denken können, aber in meiner Verklärtheit hatte ich das alles ignoriert.

»Man, dein Glück mit Männern will ich nicht haben.« Schön, dass Charly etwas zu lachen hatte. Dann wurde sie plötzlich ernst. »Falls es dich tröstet, ich werde nicht wieder nach Berlin gehen.«

Erstaunt sah ich sie an. Aber sie hatte doch immer in Berlin leben wollen. War das vor mir echt Charly? »Äh... Kannst du das wiederholen?«

»Ich gehe nicht zurück nach Berlin. Genderstudies war nicht mein Ding, Grafikdesign auch nicht und jetzt muss ich mich erstmal wieder selbst finden.«

Geplättet nickte ich. Gerade bei Letzterem hatte ich gedacht, Charly hätte das durchgezogen. »Und dafür willst du jetzt nach Australien? Oder in den Dschungel von Brasilien?«

»Quatsch. Ich kann hier erstmal in der Kampfschule arbeiten.« Sie seufzte. »Auch wenn mir hier schon wieder die Decke auf den Kopf fällt. Brasilien klingt eigentlich ganz gut, oder? Wie sieht's aus? Ist dein Reisepass noch gültig?« Frech grinste sie und stieß mich unter dem Tisch an.

Kapitel 47

Es war eine Woche vergangen. Eine Woche, in der ich weder Lukas Pferde geritten war, noch ihn gesehen hatte. Eine Woche voller Herzschmerz und dem Glauben, er wäre in Wales.

Es war wieder einmal Donnerstag und ich wartete mit Viva in der Halle auf Steffi, die gerade noch mit Hannah über einen Ferienlehrgang für Ponyreiter sprach.

Viva trottete gelangweilt im Schritt auf dem Hufschlag vor sich hin. Ab und an spielten ihre Ohren und sie schob das Gebiss im Maul von links nach rechts.

Mir war ebenfalls nicht nach Training. Ich hatte das Gefühl, keinen klaren Gedanken fassen können. Das Gespräch mit Charly vor ein paar Tagen hatte daran nichts geändert.

Lukas hatte meine Nachricht immer noch nicht gelesen. Sie war noch nicht einmal vollständig durchgegangen. Der zweite Haken fehlte nach wie vor.

»Puh! Das wird was. Das sage ich dir. Dagegen wart ihr 'ne echt tolle Truppe damals.« Die Bandentür schob sich auf und Steffi schlüpfte in die Reitbahn. Fahrig streifte sie sich den Staub an ihrer karierten Bluse ab. »Fünfzehn Ponykids. Langsam werde ich zu alt für sowas!«

Sie blieb in der Mitte stehen und betrachtete mich nachdenklich. »Sag mal, bist du aus dem Bett gefallen und

konntest nicht mehr schlafen, oder hast du Liebeskummer? Das letzte Mal, als ich dich so beschissen reiten gesehen habe, war, als Lukas nach Wales abgehauen ist.« Sie sah sich suchend in der Halle um. »Wo ist der überhaupt? Wollte der die Stunde nicht mitreiten?«

»Was weiß ich, wo er ist!«

Steffi riss erstaunt die Augen auf. »Ich will besser nicht wissen, was da schon wieder war, oder?«

»Nein, willst du nicht. Was machen wir heute?«

»Ich dachte eigentlich an etwas Reihe, aber so wie du aussiehst, würde ich dich lieber ausreiten schicken. Nimms mir nicht übel.«

Ich parierte Viva durch. »Aber du bist extra hergefahren.«

»Ich kann aber auch mit Hannah und Fiete weiter planen und du siehst nicht aus, als wenn ich dich springen lassen sollte.«

»Ich will aber.«

»Wollen und sollen, sind zwei verschiedene Dinge. Gerade in der Arbeit mit Pferden. Das solltest du eigentlich wissen.« Steffi verschränkte die Arme vor der Brust und hob eine Augenbraue. »Willst du wirklich mit mir diskutieren?«

Ich seufzte. »Nein.«

»Geht doch. Sonst alles ok?«, fragte sie, als sie ihren Pferdeschwanz im Nacken nachzog. »Ich habe von Frank gehört, dass du eventuell in seine Praxis einsteigen kannst. Fänd ich super.«

»Mal sehen. Ist auch alles 'ne Frage des Geldes.«

»Klar. Wie bei allem. Trotzdem finde ich, passt ihr als Tierärzte wunderbar zusammen. So dann reite mal mit etwas mehr Elan, Viva schläft dir ja fast ein, und wir sehen uns nächste Woche, spätestens. Ich hab ab Freitag bis Sonntag Ponykids, vielleicht sehen wir uns ja. Ich kann dich bestimmt auch in der Mittagspause zwischenschieben, oder du gehst die Stunde mit Fiete mit. Das würde dir echt nicht schaden.«

»Steffi, lieb von dir. Aber …«

Sie unterbrach mich. »Du solltest diese Saison echt noch mal ein Turnier gehen. Ihr habt solche Fortschritte gemacht. Also da wäre auch garantiert ein S drin. Ich weiß, dass deine Mutter in zwei Wochen zu einem Turnier an der Grenze will. Meld dich und Viva einfach auch und ich komme als Begleitung mit. Ein bis zwei Pferde, die ich dort vorstellen kann, habe ich garantiert auch im Stall.«

Vehement schüttelte ich den Kopf. Ohne Liz machte sowas einfach keinen Spaß und an ein S würde ich mich nie im Leben herantrauen. Die Sprünge fand ich im Training schon immer übel.

»Seit Liz und Ole weg sind, merkt man bei dir so richtig, dass die Luft raus ist. Jetzt ist Lukas wieder da und du knickst nur noch weiter ein. Man. Marie, das ist einfach schade. Du kannst reiten, aber tust es nicht. Gerade sitzt du auch wieder nur auf dem Pferd und bummelst vor dich hin. Viva tust du damit keinen Gefallen. Die will ordentlich geritten werden und vor allem gefordert.« Steffi kam näher. Ihre Schritte pflügten durch den weichen Sand. »Wenn es gerade wirklich nicht geht, dann setzte ich mich drauf, dann frag deine Mutter, ob sie Viva in der Stunde mit Fiete springt, frag Hannah, aber lass deine Süße nicht so hängen.«

»Ich lasse sie nicht hängen. Ich bin jeden Tag da. Ich …« Scheiße, Steffi hatte recht. Was machte ich gerade groß? Ich ging ausreiten, ich longierte und damit war Sense.

»Angebot steht. Am Mittwoch reiten wir mal wieder bei Fiete und ich kann sie übernehmen, dann muss ich keinen von meinen mitbringen. Ansonsten frag auch ruhig mal Lukas, wenn ihr wieder gut seid. Ich habe den am … Ich glaube letzten Samstag? Oder den davor mit Blaze kurz gesehen und das war verdammt gut. Der hat in Wales nichts verlernt, eher im Gegenteil. Würde Viva ganz klar guttun.«

Ich lachte auf. »Den Teufel tue ich. Steffi, ich bin seine

Pferde geritten, ohne was dafür zu verlangen, und er hat mich in einer Tour verarscht. Wir werden nicht mehr gut miteinander.«

»Schon gut. War nur ein Rat. Ich mache dir das Tor auf. Ach und Frank kommt wohl in zwei Stunden zum Impfen. Hannah meinte, ich solle dir das sagen.«

Ich ritt durch den Wald zu den Dünen, aber konnte schon vom weitem sehen, dass das Wasser nicht so stand, dass man am Strand reiten sollte. Die Wellen waren viel zu hoch und schlug kräftig in einem gleichbleibenden Rhythmus bis an die Mitte des Strandes. Die Möwen waren meine einzigen Begleiter auf meinem gedankenverlorenen Weg über den Dünenpfad und zurück zum Deich.

Mein Feuer war erloschen. Ich hatte es geliebt, mit Liz und Ole aufs Turnier zu fahren. Es war nie langweilig gewesen. Wir hatten immer etwas zu lachen gehabt und vor allem hatten sie mir das Gefühl gegeben, dass kein Sprung zu hoch war und ich alles schaffen konnte.

Mama konnte sowas nicht. Sie war auf Turnieren viel zu sehr mit sich selbst beschäftigt.

Wenn Steffi auch noch mitkommen würde … oh Gott! Dann würde ich mich unter Druck gesetzt fühlen und schon in den ersten Sprung krachen.

Unweigerlich landeten meine Gedanken bei Lukas. Er würde versuchen, mich zu überreden, wahrscheinlich sogar mit Pantas nachmelden. Mit ihm hätte ich auch dieses Gefühl, dass die Sprünge nicht so hoch wären. Gleichzeitig schüchterte er mich jedes Mal ungemein ein, wenn ich neben ihm abritt, oder einfach sah wie locker er seine Pferde ritt.

Auch da hatte Steffi leider recht. Wenn ich es nicht schaffte, Viva zu arbeiten, weil mir der Kopf dafür fehlte, dann war es nur fair, das so lange abzugeben. Lukas war dafür eine sehr gute Wahl. Mama die einfachste und Steffi die zweitbeste.

Ich tat Viva keinen Gefallen, wenn sie ohne Krankheit oder anderen triftigen Grund an Muskeln abnahm. Sie konnte für all das nichts und ich hatte sie über all diese Scheiße schlicht vergessen.

Eigentlich müsste ich mich bei ihr entschuldigen. Gerade lief aber auch kaum etwas vernünftig.

Wieder auf dem Hof stand Franks Geländewagen schon auf dem Stallvorplatz. Aus dem Stalltrakt, in dem hauptsächlich die Schulpferde standen, waren Stimmen und Pferde zu hören.

Ich beeilte mich, Viva abzusatteln und wieder auf die Weide zu bringen.

So stand ich dann auch keine halbe Stunde später neben Frank im Stall und zog ihm die Kanülen auf, schaute mir den Allgemeinzustand der Ponys an und assistierte einfach, wo ich konnte.

Beim letzten Pony, einem etwas klein geratenen Haflingerwallach mit dickem Schopf und breiter Blesse, drückte Frank mir plötzlich die Kanüle in die Hand. »Habt ihr in der Uni doch schon gelernt oder nicht?«

»Ja schon, aber …« Unsicher starrte ich auf die Spritze in meiner Hand. Ich konnte das nicht machen. Er war doch irre.

Frank trat neben mich und hielt die Mähne des Ponys aus dem Weg. »Wo würdest du die Spritze setzen?«

Seufzend ertastete ich den Muskel und deutete auf eine Stelle mittig am Hals Richtung Schulter.

»Minimal tiefer. So geht's ins Halsband.«

Ich ließ meinen Finger tiefer gleiten. »Ich kann das nicht!«

Frank schüttelte bestimmt den Kopf. »Du kannst schon, du hast nur Angst. Das darfst du als Tierärztin nicht haben. Stelle ist gut. Also an die Arbeit, Kollegin.«

Tief atmete ich durch und setzte dann wie in der Uni

gelernt die Spritze. Mein Plus raste immer noch und ich musste mich bemühen, die Hände ruhig zu halten.

»Geht doch. Jetzt noch ordentlich ziehen und wir sind fertig hier.« Frank klopfte mir vorsichtig auf die Schulter und ging zu seiner Tasche. »Hannah, hast du noch nen Kaffee?«

»Für dich doch immer Frank. Kann Marie bald allein impfen? Dann muss ich dich nicht immer kommen lassen.«

»Das würde dir so passen.« Franks Lachen hallte von den Backsteinwänden wieder. »Machst du mir nen Kaffee mit ordentlich Zucker? Mir ist heute nach Süß.«

Vorsichtig zog ich die Kanüle und presste sofort eine kleine Kompresse auf die Einstichstelle. »Bringst du mir auch einen mit?«

»Klar. Kannst du den Dicken, dann mal eben in die Box bringen? Wie lange sollen die stehen, Frank?«

»Lass die mal anderthalb Stunden stehen, dann kommen die noch mal ab auf die Weide.«

»Machen wir so. Ich bin gleich wieder da.« Hannahs Schritte verhallten hinter mir und ich nahm langsam die Kompresse vom Hals des Pferdes.

Frank lehnte sich an die Wand und nickte mir zu. »Das mach mal noch ein paar Mal, dann machst du das mit geschlossenen Augen.«

Matt lächelte ich. »Ich weiß nicht.«

»Du hattest schon mal mehr Selbstvertrauen. Ist doch alles gut gewesen.«

»Trotzdem hätte ich beinahe erst falsch gespritzt. Sollte mir nicht passieren.« Der Führstrick am Wandring ließ sich nur langsam öffnen.

»Dir fehlt die Praxis. Heute schon was vor?«

Ich schüttelte den Kopf.

»Perfekt. Dann kommst du mit. Ich habe mal wieder etwas Gesellschaft und du bekommst etwas mehr Routine.

Haben wir beide was von.«

»Mehr Routine? Hast du noch mehr zu impfen?«

»Nö. Steht ‚ne Nachkontrolle von einer Kolik an, ich hab gestern ein Rind genäht und muss mir die Naht angucken, und ansonsten mal gucken, was noch so reinkommt.«

Kolik bekäme ich hin. Die Naht … keine Ahnung. Rinder waren bisher nicht unbedingt meine Lieblinge gewesen.

Ich hatte das Pony gerade in der Box, da kam Hannah zurück. Lächelnd gab sie mir eine der beiden rosa Tassen mit Clublogo. »Sach ma Steffi sagte, wär gerade nicht so gut. Ist alles ok bei dir?«

»Warum fragt mich das jeder?«

Frank hustete. »Also dein Fuchs hat, wenn ich das mal so sagen darf schon mal besser ausgesehen und krank sah die nicht aus.«

Hannah schnalzte mit der Zunge. »Von Viva mal abgesehen, na ja, man hört halt so einiges.« Klar, dass Hannah up to date war. Wenn es Gossip gab, dann kannte sie ihn.

»Was soll man bitte hören?« Ich trank einen Schluck von dem Kaffee und verzog direkt das Gesicht. »Ich hatte deinen Kaffee weniger stark in Erinnerung.«

Hannah grinste, dann wurde sie plötzlich ernst. »Lukas muss ja ganz schön mit dir umgesprungen sein. Noch dazu weiß Lena gerade nicht, wo er ist.«

»Was?« Ich verschluckte mich und fing so an zu husten, dass es im Hals brannte.

»Joa. Nicht zu erreichen, und natürlich mit ihrem Auto unterwegs. Die müssen sich ganz schön gefetzt haben. War, glaube ich, am Wochenende.«

Frank klopfte mir kräftig auf den Rücken. »Also in dem Alter würde ich erwarten, dass man nicht einfach durchbrennt ohne ein Wort.«

»Das … das passt auch nicht zu ihm«, krächzte ich und musste noch einmal husten. Ein mulmiges Gefühl machte sich in mir breit. Ihm musste etwas passiert sein.

Hannah sah die Boxengasse entlang. »Nach Wales ist er ja auch ohne ein Wort.«

»Zu uns, aber Lena wusste Bescheid. Lukas haut nicht einfach ab. Der ist so nicht. Ich weiß, alle wollen in ihm den Teufel sehen, aber er wird seinen Grund haben.«

Frank hob eine Augenbraue. »Sprach die verliebte Maid, um ihren Ritter zu schützen.«

Hannah schenkte ihm einen genervten Blick. »So meine ich das gar nicht. Ich bilde mir auch ein, ihn zu kennen, wenn nicht so gut wie du, aber ich habe ihn ja auch aufwachsen gesehen. Der kann manchmal ein bisschen bescheuert sein, aber bewusst verletzend ist der nicht. Gerade seiner Mutter gegenüber. Weißt du wirklich nicht mehr?«

»Nee. Wir haben uns gestritten, ich bin weg und seitdem Funkstille.« Plötzlich fühlte ich mich schuldig. Wenn ich nicht einfach so abgerauscht wäre, wäre er nicht abgehauen. Da war ich mir sicher.

»Respekt. Es sich mit allen verscherzen, muss man erstmal schaffen. Also der Junge muss ja krass drauf sein.« Frank trank ebenfalls von seinem Kaffee. »Hannah, also wirklich, was ist das für 'ne Plörre? Da hilft ja selbst Zucker nicht.«

»Ihr müsst ihn ja nicht austrinken!« Das hatte Hannah wohl persönlich genommen.

»Steffi meinte, ihr macht Ponytag am Wochenende?«, fragte ich schnell, ehe sie Frank eine Abreibung verpassen konnte.

Begeisterung flackerte in Hannahs Augen auf. »Und du rätst nie, wen wir für die Vielseitigkeitsponys bekommen haben.« Sie machte eine kunstvolle Pause. »Meridith Rolands-Stüwe. Also besser hätte es kaum sein können. Ich hatte sie nett angeschrieben und sie hat direkt zugesagt.«

»Wahrscheinlich, um Lukas zu kontrollieren.« Jetzt konnte ich verstehen, warum er weg war. Und gleichzeitig stieg mein Unbehagen. Meridith wollte ich nicht ohne Lu-

kas begegnen. Ich hatte, unserem Gespräch im Garten zum
Trotz, Angst vor ihr. Na ja, eigentlich mehr vor dem, was
sie zu mir sagen könnte hinsichtlich Lukas und mir.

»Mir egal. Die Kinder bekommen auf jeden Fall einen
guten Lehrgang und ich habe zufriedene Eltern.«

»Wenn es als Tierarzt doch auch so leicht wäre.« Frank
seufzte und kippte den Kaffee in den Abfluss der Waschbox.
Mit Blick auf seine Armbanduhr wandte er sich an mich.
»Wollen wir dann mal?«

»Klar.« Ich lief ebenfalls zur Waschbox und kippte den
Kaffee weg. Entschuldigend lächelte ich Hannah an, als ich
ihr meine Tasse in die Hand drückte. Sie entgegnete mein
Lächeln versöhnlich und zwinkerte mir zu.

Auch wenn der Tag damit jetzt eine positive Wendung
genommen hatte, dass sich Frank begleiten durfte, blieb
das mulmige Gefühl. Wo war Lukas? Und warum ging er
nicht an sein Handy? Das musste meine Schuld sein. Er
war sensibel, auch wenn das weder Lena noch jemand sonst
so wahrnehmen wollte. Es musste alles zusammenhängen.
Und dann kroch diese schlimmere Angst in mir hoch. Was,
wenn er sich etwas angetan hätte? Ich wagte kaum, diesen
Gedanken zu Ende zu denken. Das durfte nicht sein! So
weit würde er nicht gehen, oder?

Kapitel 42

Bis zum Ende der Einfahrt schwiegen Frank und ich. Ich war ihm dankbar dafür, dass er keine weitere Fragen stellte, obwohl ich mit zitternden Händen auf dem Beifahrersitz saß und mit mir haderte, ob ich nicht Lena anrufen sollte. Vielleicht wusste sie inzwischen, wo er war, und konnte Entwarnung geben. Meinem armen Herzen würde das zumindest wieder etwas Frieden geben.

Unschlüssig kaute ich auf der Unterlippe herum und ließ meinen Blick über die weite Landschaft schweifen. Wo war er nur hin?

»Ok. Ich kann mir das nicht mehr kommentarlos angucken.« Frank seufzte und drehte das Radio leiser, aus dem irgendein Hit aus den 80ern dröhnte. »Vielleicht ist es genau das, was du hören musst, vielleicht denkst du dir danach auch nur, dass ich ein alter Knacker bin, der nichts versteht, aber wenn jemand einfach abhaut und das schon zum zweiten Mal, dann ist man ihm leider egal.«

Ich schüttelte prompt den Kopf. »Nein. Ich bin ihm nicht egal. Da stimmt etwas nicht! Frank, das kannst du mir glauben.«

»Fällt mir leider schwer. Bisher hat sich dein Lover nicht gerade mit Ruhm bekleckert.«

»Du kennst ihn nicht. Es ist immer leicht, zu urteilen, wenn man jemanden nicht kennt. Lukas ist nicht einfach, das gebe ich zu, aber …« Ich seufzte. Langsam kam ich mir selber dumm dabei vor, ihn zu verteidigen! »… aber … er

kann auch anders sein.« Tolles Argument.

»Katti war auch nicht leicht, und bis heute frage ich mich, wie sie es mit mir ausgehalten hat. Aber eins hat sie nie gemacht.« Frank lenkte den Wagen um eine Kurve und drosselte das Tempo vor einem breiten Feldweg. »Sie hat mich nie angelogen oder ist einfach verschwunden. Sie hat ihre Auszeiten gesucht, aber war damit immer ehrlich. Gott hab sie selig.«

»Ich bin immer noch der Meinung, dass etwas in Wales passiert ist.«

»Aber wenn er nicht mit dir darüber redet, dann machst du einen Haken dran. So jemand wird nie mit offenen Karten spielen und irgendwann, spätestens wenn es dann mal mit der Liebe nicht mehr rosig ist, fällt dir das auf die Füße, aber nicht ihm. Marie, da will ich dich nur beschützen.«

Vor uns ragte das Tor einer kleinen privaten Reitanlage mit Offenstall auf.

»Frank ist lieb gemeint, aber du musst nicht. Ich bin alt genug, um auf mich selbst aufzupassen.« Ich wies auf das Messingklingelschild neben dem verschlossenen, verschnörkelten Tor. »Soll ich klingeln, oder rufst du an, dass du da bist?«

»Klingel mal.«

Die Anlage war süß. Ein Offenstall für vier Pferde mit großer Wiese, Sandpaddock und einem Reitplatz. Das Pferd, das gestern Abend noch eine Kolik hatte, stand in einem abgetrennten Abschnitt und blickte uns mit Heu im langen dichten schwarzen Schopf entgegen.

Frank grüßte die Besitzerin und trat dann sofort neben den Tinker.

Ich kannte Jutta Braukhaus auch schon länger. Vor wenigen Jahren hatte, sie ihre Pferde noch am Club stehen gehabt und kam ab und an für eine Reitstunde.

»Hey Jutta.«

Sie lächelte mir zu. »Na mal wieder dabei, Erfahrung zu sammeln?«

»Immer, wenn ich die Gelegenheit habe. Ist der neu?« Ich wies auf ihren plüschigen bis auf Mähne, Schweif und ein paar Flecken am Bauch fast weißen Tinker.

Sie nickte. »Joa. Vier Tage hier und schon eine Sandkolik. Was sagt man dazu?«

»Des Tierarzts Liebling«, kam es prompt von Frank, der hinter dem Pony hervorlugte. »Sach mal, lahmt der?«

»Wir haben ne AKU gemacht, sogar ne große. Also, würde mich wundern. Wie kommst du darauf?«

»Steht komisch, deine neue Kuh.«

Jutta zog die Augenbrauen zusammen. »Kann nicht sein. Mach mir doch keine Angst hier!«

»Nimm den mal raus auf den Hof und ich will den mal laufen sehen. Kolik scheint er ja ganz gut verkraftet zu haben. Frisst auch wieder, oder?«

»Ja. Heute Morgen war es schwer, zu glauben, dass der gestern Abend ne Kolik hatte.«

»Was ist das Problem mit Tinkern?« Frank klopfte sich die Hände an seiner alten Jeans ab und sah mich fragend an.

»Äh …«

»Falsche Antwort. Irgendwer hat wohl mal gesagt, Tinker müssten komisch laufen. Was ein Quatsch. Also Jutta auf den Laufsteg, und zwar pronto!«

Sie trabte gerade das Pony zum zweiten Mal vor, da klingelte mein Handy. Frank sah nur kurz in meine Richtung und verfolgte dann mit dem Blick wieder den Tinker.

»Muss ein orthopädischer Beschlag drauf«, beschied er. »Jutta, reicht! Und Marie, geh an dein Handy. Ich muss das hier eh mit Jutta klären und mir die Hufe noch mal so angucken. Dass sowas in der Klinik durchgerutscht ist. Mensch, Mensch, Mensch!«

Entschuldigend lächelnd fummelte ich mein Handy aus der Jackentasche. »Ich beeile mich.« War wahrscheinlich eh nur Mama, weil sie auf Steffi getroffen war, oder was wusste ich?

Im nächsten Moment wollte ich mein Handy fast schon wieder in meine Tasche stecken.

Mein Herz wurde kurz leichter und ich fühlte mich, als wenn mindestens zehn Steine von meinen Schultern gefallen wären. Nur damit all meine Wut auf ihn wieder die Kontrolle übernehmen konnte.

Es war Lukas.

Nach einem kurzen Zögern ging ich ein paar Schritte zurück zum Wagen und nahm ab.

»Hey. Wo warst du?« Ich klang eindeutig wie eine verrückt gewordene Ex.

»Bei meinen Großeltern. Mein Handy war aus. Tut mir echt leid.«

Es tat ihm leid? Was tat ihm leid? Dass seine Mutter mir sagte, dass er gehen würde, und zwar früher als später, oder dass er nicht an sein Handy gegangen war?

Seine Stimme klang rau und trotzdem strichen all ihre Nuancen so sanft über meine Seele, dass ich still blieb. »Können wir uns sehen?«

Ich atmete tief ein. Mein Herz sagte ganz laut ja, aber mein Kopf gewann die Debatte. »Lukas. Nachdem, was … nachdem, was da vor ein paar Tagen war … Nein. Du hast einfach so dermaßen bei mir verzockt.«

»Ich will dir dieses Mal wirklich alles erklären.«

»Warum sollte ich dir das glauben?« Wie oft hatte er mir das schon versprochen? Er würde mich nur wieder um den Finger wickeln und dann blöd stehen lassen, als wäre das ein Sport und er der Weltmeister.

»Weil ich es dir schuldig bin.«

Fest presste ich die Lippen aufeinander. Lukas Stüwe geläutet zu hören, war mal was ganz Neues. Wo war der blöde Spruch?

»Marie, es tut mir leid! Ich will das jetzt echt nicht am Telefon besprechen. Lass es mich dir doch einfach erklären. Bitte.«

Mein Herz wurde schwer und ich sehnte mich nach ihm. Die Art, wie er meinen Namen sagte, ließ es in meinem Bauch warm und angenehm kribbeln. Meine ganze Wut fiel wie ein Kartenhaus in sich zusammen. »Ok. Wir treffen uns morgen um 16 Uhr am Strand und du hast fünf Minuten. Solltest du es immer noch nicht hinbekommen, mir auch nur einen Grund zu geben, mir nicht vorzukommen, als wenn du mich nur verarscht hättest, dann musst du dich nie wieder bei mir melden.«

Liz wäre stolz auf mich! So eine klare Grenze hatte ich nie gezogen. Und nicht nur sie. Charly, Mama, Steffi, Ellie, Papa … oh die Liste war lang.

»Danke. Ich werde versuchen, dir alles in fünf Minuten zu erklären. Es ist eine lange Geschichte. Ich hoffe, du bist nicht allzu wütend.«

»Doch bin ich. Warum hast du nicht mal versucht, eine Nachricht zu schreiben, oder irgendetwas von dir hören zu lassen?«

»Ich brauchte Abstand. Mum hat mir die Hölle heiß gemacht. Wegen diesen scheiß Meetings, wegen Wales … wegen dir.«

Ich stutzte. Was hatte er da gesagt? Sie hatten sich wegen mir gestritten? Ich musste mich verhört haben. »Lukas. Du hast morgen genug Zeit, dich zu rechtfertigen. Ich stehe hier gerade mit Frank bei einem Patienten. Nimm es mir nicht übel, aber das hat eine höhere Priorität als du.«

»Klar. Wir sehen uns morgen.« Ich musste mir das eindeutig einbilden. Der klang wirklich geknickt.

»Bis morgen.«

Kaum, dass ich aufgelegt hatte, kam Frank zum Auto. »Privates Drama geklärt? Wir haben beim Wiesengrund ein Pony mit langer Schnittverletzung. Blutete viel, soll aber oberflächlich sein. Da brauche ich dich als Assistenz. Schaffst du das?«

Schnell nickte ich und schob mein Handy zurück in die Tasche, bevor ich auf den Beifahrersitz hechtete.

Kapitel 43

Der Schnitt bei dem Pony war wirklich nicht tief gewesen und der Schrecken bei den Besitzern größer als das Blutbad.

Das war auch der einzige Notfall, den wir an dem Tag hatten, und ich war pünktlich um 18 Uhr fix und alle zu Hause gewesen.

Am nächsten Morgen wachte ich zu einer Nachricht von Liz auf. »Hast du am Wochenende Zeit?«, und dahinter ein Telefon-Emoji.

»Für dich doch immer!«, tippte ich im Halbschlaf zurück. Sofort machte sich ein warmes Gefühl in mir breit. Das Wochenende versprach sofort schön zu werden, egal was mein Treffen mit Lukas nun ergab, oder nicht?

Die Sonne schien auf die Weiden, als ich die Vorhänge zurückzog und mich blinzelnd auf meinen Schreibtischstuhl fallen ließ.

Bücher über Krankheiten, Anatomie und Verhaltensforschung stapelten sich am Rand des Tisches neben einem Ordner voller Notizen. Seit Tagen hatte ich hier nicht mehr gesessen. Lukas tat mir wirklich nicht gut, wenn ich das Lernen schleifen ließ.

Frank hatte recht, ich konnte mich nicht auf ihn verlassen. Das hier war immer noch mein Leben und mei-

ne Zukunft.

Gähnend schlug ich den Ordner auf und suchte mir die Notizen für Anatomie heraus.

Ich lernte bis kurz vor Mittag. Wie Zeit verging, hatte ich dabei kaum gemerkt. Mein Kopf fühlte sich voll an und meine Schultern schon wieder mindestens zehn Kilo leichter.

Noch einen Moment saß ich einfach vor dem Fenster und beobachtete, wie die Schulponys von einer Kindergruppe für eine Reitstunde von der Weide geholt wurden. Kurz dachte ich an den Moment, als wir Doni das erste Mal gesehen hatten.

Mittlerweile kam es mir komisch vor, dass eine andere Person als Mama oder ab und an mal mir, im Sattel des Scheckens Platz nehmen sollte. Beim besten Willen konnte ich ihn keine Anfänger durch die Gegend tragen sehen, dafür mit Mama ungestüm über den Strand fetzen.

Mein Blick schweifte zum Parkplatz, vielleicht weil ich für einen Moment geglaubt hatte, Oles dunkelblauen Volvo auf dem Parkplatz zu sehen. Im Endeffekt war es nur ein schwarzer SUV gewesen, der neben Lenas schwarzen Land Rover parkte.

Sofort waren meine Gedanken wieder bei Lukas. Ich könnte ihn verfluchen! Er schlich sich immer klammheimlich von hintenherum in meine Gedanken.

Ich vermisste ihn. Dieses Kribbelnde, Spontane, das von ihm ausging. Er war ein wandelndes Abenteuer und gleichzeitig die Person, die mir am meisten weh tat. Dass wir uns heute trafen, war eine dumme Idee. Das sagte mir mein Kopf. Mein Herz aber wollte ihn nicht loslassen. Als wenn er etwas ganz Seltenes wäre, das nur mir gehören konnte. Ich kam mir dumm bei dem Gedanken vor.

Ja, Lukas war wirklich einzigartig, aber ich konnte ihn nicht besitzen. Ich würde ihm niemals Herr werden. Niemand würde das.

Ihn als Nachfolge für so ein großes Familienunternehmen zu bestimmen war entweder das Dümmste, was man nur machen konnte, oder ein so genialer Schachzug, dass man auf den Ausgang nur wetten konnte.

Seufzend stand ich auf und zog mir eine Jeans und ein T-Shirt über. Nach der Reitstunde gestern und Steffis so klaren Worten wollte ich nicht aufs Pferd. Ich musste mich erst sammeln und objektiv auf Viva schauen, um dann wieder etwas zu planen, das auch nur ansatzweise an ein gutes Training ran kam.

Im Flur kam mir Mama entgegen und zog verwundert die Augenbrauen hoch, als sie mich sah.

»Kannst du Viva heute reiten?«

»Natürlich. Alles in Ordnung? Du hast schon nicht gefrühstückt.«

»Ich habe gelernt. Nimm Viva für die Woche ruhig ins Training. Mir fehlt gerade einfach die Kraft.«

Mama seufzte. »Eigentlich habe ich, genug zu tun. Wenn es an Lukas liegt, dann habe ich langsam wirklich das Bedürfnis, ihm mal gehörig auf die Füße zu treten. Sonst bekommt man dich kaum aus dem Sattel und kaum ist er ein paar Wochen zurück …«

Ich unterbrach sie. »Wusstest du, dass er einfach weg war?«

»Nein. Woher weißt du das?«

»Lena hat mit Hannah gesprochen. Die hat es mir gestern erzählt, als ich mit Frank geimpft habe.«

Warmes Licht fiel in die Küche und direkt auf einen Teller mit Nudeln, den Mama für mich stehen gelassen hatte.

»Wie lange?«

»Fast eine Woche. Er hat mich gestern angerufen. Hatte sein Handy aus und war bei seinen Großeltern. Er und Lena sind aneinandergeraten.«

Mama fuhr mit den Fingerspitzen die seitlichen Nähte ihrer Reithose nach und atmete tief ein. »Oje. Trotzdem ist das keine Entschuldigung, so mit dir umzugehen. Marie, mach bitte einen Haken an ihn. Ein für alle Mal.«

»Ich versuche es.« Matt lächelte ich, auch wenn mir der Appetit auf die Spaghetti Carbonara reichlich vergangen war und mein Magen sich anfühlte, als wäre er voll mit Steinen. »Ist nur nicht so leicht, wenn man so eine lange Geschichte zusammen hat.«

»Ich weiß. Weißt du was, triff dich heute mit Charly, oder ruf Liz an. Ich übernehme Viva schon und für den Rest der Woche schauen wir einfach mal.« Aufmunternd strich sie mir über den Rücken und schob sich dann an mir vorbei. »So, ich bin jetzt, zum Ausreiten verabredet. Wir sehen uns heute Abend. Mittagessen steht auf dem Tisch, mach es dir in der Mikrowelle wieder warm.«

»Danke.«

Ich stocherte wenig später lustlos in den kalten Nudeln herum und tippte mit dem Daumen eine Nachricht an Charly. »Hilfe. Bin nicht lebensfähig! Treffe mich wieder mit dem Idioten. Habe ihm ein Zeitlimit von fünf Minuten gesetzt, mir alles zu erklären.«

Von meinem Hintergrund strahlten mich Liz und eine weniger unglückliche Version von mir mit Haddy und Viva an. Ole hatte das Foto vor fast zwei Monaten auf einem Turnier gemacht.

Ich hoffte, wenigstens Liz war glücklich. Tränen stiegen mir in die Augen und ich tippte auf unseren Chat. Die letzte Nachricht war Tage her. Sonst hatten wir jeden Tag geschrieben, Bilder hin und hergeschickt und in Sprachmemos über Gott und die Welt geredet.

Ich schluckte den Kloß in meinem Hals herunter und tippte zögerlich, »Hey wie gehts dir? Meld dich mal.« Hinter der Nachricht erschien beim Abschicken nur ein

Haken und das änderte sich auch leider nicht, je länger ich drauf starrte.

Stattdessen schrieb Charly nur Minuten später zurück.

»Rettungsschirm wird aufgebaut. Ich stelle schon mal den Alkohol kalt, kaufe Schokoladeneis und suche die Liste schlechter Filme zusammen. Es gibt nichts, was Mädelsabende nicht retten können. Du kommst sofort vorbei. Keine Umwege, außer sie sind zu Ellie.«

Doch mein armes Herz, das konnte so ein Abend nicht retten. Den Welthunger auch nicht bekämpfen und selbst wenn man alle Politiker der Welt zu so einem Abend verdammen würde, keine Kriege beenden. Es war einfach alles zu viel gewesen. Lukas, Liz … Ich wünschte mir die Zeit vor dem Abitur zurück, als Sorgen noch klein waren und wir alle nur davon sprachen die Welt sehen zu wollen.

Um 16 Uhr betrat ich pünktlich den Strand. Die Wellen schlugen in ihrem immer gleichen Rhythmus an die Küste. Feiner Sand drang in meine Schuhe ein und fraß sich durch bis in die Socken. Die Möwen riefen wie jeden Tag nach verlorenen Touristen mit Fischbrötchen.

Davon waren heute allerdings wenige unterwegs. Bis auf ein Rentnerpaar und einen Jogger war der Strand so gut wie leer. Was wohl am starken Wind lag, der das Dünengras in die Sandhügel drückte und die Schilder der vereinsamten Strandbuden zum Knarzen brachte.

Blinzelnd sah ich mich um. Wenn er mich jetzt auch noch versetzte, dann war endgültig Schluss, dann er es übertrieben.

Aber da sah ich ihn schon mit dem Rücken zu mir an einer Düne stehen.

Ich konnte es nicht verhindern, mein Herz pochte hoffnungsvoll schneller und ein ganz sanftes Kribbeln machte sich in meiner Brust breit.

Er hatte den Kragen seiner Wachsjacke gegen den Wind hochgeschlagen, die Hände tief in den Jackentaschen vergraben, und die starke Brise spielte mit seinen dunklen Haaren.

Sehnsucht packte mich. Plötzlich kam es mir vor, als hätten wir uns das letzte Mal in einem anderen Leben gesehen.

Nur langsam drehte er sich um, als ich näher kam. Seine grünen Augen erhellten sich und seine Mundwinkel zuckten nach oben. Er sah mich schon wieder an, als wenn ich sein Ein und Alles wäre.

Trotzdem hielt ich mein Handy fest umschlossen und baute mich selbstbewusst vor ihm auf. »Du hast fünf Minuten.« Ohne ein Lächeln hielt ich mein Handy hoch, auf dem einen Timer gestartet hatte.

»Komm, das ist jetzt nicht dein Ernst!«

»Doch. Komm zur Sache!«

»Marie, ich bitte dich. Das ist doch jetzt albern.« Lukas schüttelte den Kopf und sah zwischen mir und meinem Handybildschirm hin und her. »Mach das Ding aus und lass uns vernünftig reden.«

»Nein.«

Er machte einen Schritt auf mich zu und ich musste an mich halten, nicht dem Drang zu widerstehen, mich in seine Arme zu werfen. »Hör auf damit. Das … das bist doch nicht du.« Der weiche Klang seiner Stimme ließ meine Knie weich werden, trotzdem machte ich keine Anstalten, meinen Timer zu stoppen. »Marie, lass das!«

»Nicht, ehe du mir dein Problem mal erklärt hast. Du kannst nicht für Tage einfach verschwinden und glauben, dass ich so tue, als wäre nichts gewesen.«

»Das verlange ich doch auch gar nicht von dir.«

»Doch. Du versuchst mich schon wieder einzulullen, nur damit du nicht über deine Gefühle reden oder auch nur ansatzweise mal Verantwortung mir gegenüber zeigen musst.«

»Das stimmt doch gar nicht.« Er streckte die Hand nach mir aus, aber ich machte einen Schritt zurück.

Heiße Wut kochte in mir hoch. »Hast du eigentlich eine Idee, was für Sorgen ich mir gemacht habe? Wie leid ich dein ganzes Gehabe bin?«

Seine Gesichtszüge wurden härter und sein Blick entschlossener. Da hatte ich also einen Punkt getroffen. »Du willst wissen, was mein Problem ist?« Seine Stimme senkte sich, wurde rasiermesserscharf. »Du bist gerade mein Hauptproblem. Nur du. Ich habe ein verdammtes Leben in Wales. Ich kann es nicht aufgeben. Weder für dich, noch für irgendein Unternehmen, das ich seit meiner Geburt führen soll. Verstehst du das? Du hast keine Ahnung, wie viel an meinem Leben in Wales hängt. Ich habe nicht darum gebeten, hier zu sein.«

Bitte was? »Du hast mich doch herbestellt.«

»Weil ich dachte, ich könnte mit dir reden, aber so wird das nichts. Ich habe schon genug Leute, die mich unter Druck setzen.«

»Wo setze ich dich bitte unter Druck? Ich habe dich seit Wochen unkommentiert machen lassen! Rede einfach mal mit mir. Was ist in Wales passiert?«

»Ich kann nicht.« Er sah weg. Kurz meinte ich seine Augen spiegeln gesehen zu haben, aber ich war viel zu sehr im Rangemode!

»Du willst nicht. Das ist der feine Unterschied. Wenn du mich wirklich lieben würdest, dann würdest du mir die Wahrheit sagen und nicht ständig ein Geheimnis aus allem machen!«

»Ich … Ich habe meine Gründe, dir nicht alles zu sagen.«

»Dann habe ich auch meine Gründe, dich stehenzulassen. Grüß Cathy von mir, falls sie wirklich deine Cousine ist. Dann kannst du ihr auch erzählen, wie du dir endlich selbst das Herz gebrochen hast. Meins ist schon seit Jahren gebrochen.« Meine Stimme wurde immer leiser und zitterte. Tränen stiegen mir in die Augen. »Dank dir!«, flüsterte ich mit brüchiger Stimme und drehte mich im selben Moment um.

Er sollte einfach zur Hölle fahren und bitte nie wieder zurückkommen. Ich wollte ihn nie wieder sehen!

Kapitel 44

*T*otal verheult klingelte ich an der Haustür der alten Fischerkarte, in der Charly mit ihren Eltern lebte. Mein Fahrrad stand verloren an der Bank vor dem Küchenfenster, und die Touristen, die hinter einem Guide vom Tourismuszentrum durch die historische Fischersiedlung liefen, warfen mir komische Blicke zu. Sie hatten ja keine Ahnung! Und mir war einfach nur alles egal!

»Oh damn!«, war das Einzige, was Charly sagte, ehe sie mich in den Flur zog und die schwere Holztür hinter mir zuknallte.

Während ich schniefend aus meinen Schuhen schlüpfte und mich umständlich aus meiner Jeansjacke befreite, war sie schon in die Küche gehechtet.

»Hier.« Sie reichte mir ein Wasserglas mit einer Pfütze rosafarbenen Schnaps. »Saufen wir uns den Typen aus dem Kopf. Ich habe noch Schokoeis gefunden und der Fernseher in meinem Zimmer ist schon an.«

Tief holte ich Luft. Das war vielleicht keine Lösung, aber es war etwas. In einem Schluck stürzte ich diesen improvisierten Shot herunter und verzog augenblicklich das Gesicht. Was auch immer es war, es brannte wie sonst was!

Charly, die selbst auch so einen Shot hinter sich gebracht hatte, hustete. »Scheiße man! Ich sollte echt die Finger von Mamas im Thermomix Gebrannten lassen.«

»Man kann so Teufelszeug im Thermomix machen?«, krächzte ich und nahm Charly die Wasserflasche aus dem

Arm, die sie mit in ihr Zimmer hatte nehmen wollen.

Charly krallte sie sich zurück, kaum dass ich drei Schlucke getrunken hatte. »Was kann man in dem Ding nicht machen? Würde mich nicht wundern, wenn man darin auch bald Gras anbauen kann.«

Liz hätte in diesem Moment lachend auf dem Boden gelegen und uns wohl einfach für mehr solcher Gesprächsdiamanten nachgeschenkt, aber so trank Charly die halbe Flasche leer und holte dann lieber etwas Kirschsaft und eine Flasche Wodka.

Zusammen saßen wir auf ihrem beigefarbenen Flokatiteppich umringt von Schüsseln mit Süßkram und einer Schachtel mit Keksen von Ellie. Sofort nahm ich mir einen Schokokeks und biss hinein. Das waren einfach die besten Seelentrösterchen.

»Was wollen wir gucken?« Charly griff in eine Chipstüte vor sich. »Lass mich raten, nichts mit Liebe? Wie wäre es mit Zombies?«

»Auch nichts mit Zombies. Die sind genauso herzlos wie dieser Vollpfosten.« Meine Kehle schnürte sich schon wieder zu und ich musste an mich halten, nicht in Tränen auszubrechen.

»Gut dann … Raumschiffe und Außerirdische?«

»Denen gebe ich gerne seine Adresse, dann muss ich ihn wenigstens nie wieder ertragen.«

Unweigerlich musste Charly lachen. »Die geben den doch auch ab. Dann eben eine Kinderserie.« Schulterzuckend wählte sie eine Serie aus, die ich tatsächlich in meiner Kindheit ab und an mal gesehen hatte, und lehnte sich zurück gegen ihren am Boden liegenden Boxsack. »Will ich wissen, was er gesagt hat?«

»Ich bin sein Problem«, nuschelte ich leise gegen meinen Keks und seufzte theatralisch.

Charly rollte mit den Augen und zog ein Haargummi von ihrem Handgelenk, um sich unordentlich, die Locken in einen Dutt zudrehen, der hinterher eher aussah wie ein Vogelnest. »Männer ... braucht keiner und eigentlich sind sie selbst ihr größtes Problem. Sei froh, dass du ihn los bist.« Sie griff wieder in die Tüte. »Ich meine ...« Sie schob sich einen Chip in den Mund. »Warum solltest du sein Problem sein? Der hat sie doch nicht alle! Hatte er damals auch nicht, wenn du mich fragst.«

Vor wenigen Stunden hätte ich das noch persönlich genommen. Jetzt schniefte ich nur zustimmend und wischte mit dem Handrücken über die brennenden Augen. Nach meinem Glas mit einer von Charlys viel zu starken Mischen greifend, versuchte ich mich auf das Intro der Serie zu konzentrieren und damit vielleicht sowas wie eine Spur von Nostalgie zu empfinden, die diesen Schmerz für einen Augenblick überlagern konnte.

»Boah, diese Schuhe ... Red Flag!«, kommentierte Charly prompt die wie aus einer anderen Epoche wirkenden Sneaker der männlichen Hauptfigur. »Da weiß man doch direkt, dass man so ‚nen, mit sich selbst unzufriedenen, aber natürlich das nicht zugeben wollenden Typen bekommt. Wahrscheinlich heult er einem was vor, von er sei zu lieb und deswegen würden alle Frauen ihn nicht wollen. Alter, dass er das Problem ist, weil er einfach nicht blickt, dass er unbewusst Druck macht oder so? Ey, er ist ja ein ganz Lieber!«

»Wenigstens ist der aus der Serie nett.« Ich schob mir noch den Rest des Schokokekses in den Mund und zog die Nase hoch.

»Hmh«, machte Charly lediglich und griff sich ihr Glas. »Ich habe so die Schnauze voll von all diesen Ich-bin-ja-so-lieb-Typen. Sobald sie sagen, sie seien zu nett. Honey, renn!«

Ich musste schmunzeln. Das war etwas, was ich von Lukas eindeutig nie hören würde. Im Gegenteil. Und Zack, da war es wieder, dieses scheiß Gefühl.

Charly legte die Stirn in Falten und griff wieder in die Chipstüte. »Obwohl Menschen ohne Red Flags sind, eine Red Flag in sich. Ich meine, keiner ist so perfekt.« Sie betrachtete eingehend den Kartoffelchip in ihrer Hand. »Da muss es doch ein gutes Mittelmaß geben. Vielleicht so zwei, die noch so klar gehen.«

»Die noch so klar gehen?« Hatte Charly ein Rad ab oder beim Training zu oft eine gegen den Kopf bekommen.

Sie seufzte. »Ja, eben solche, die nicht so schlimm sind. Also Wäsche liegen lassen, oder so. Es wird doch alles sofort als Red Flag verschrien. Aber dann sind wir ja alle voll problematisch und sollten keine Beziehungen haben. Deswegen bin ich für ein minor Red Flag Limit von zwei, maximal drei.«

»Aha«, machte ich gedehnt und ließ mich weiter an ihrem Bettgestell heruntersinken, bis ich fast auf dem beigen Teppich lag. »Ich finde trotzdem nur genau den Typen toll, der sich aus all seinen roten Flaggen ohne Probleme einen Leuchtturm bauen könnte, den man noch bis in den Weltraum sieht. Mit dem bisschen, dass er richtig macht, könnte er immerhin den unteren Teil mit grünen Streifen verzieren.«

Charlys zog beide Augenbrauen zweifelnd zusammen. »Das reicht für Streifen? Er ist ein Lügner, haut immer, ab wenn es Probleme gibt, und schafft es nicht mal auch nur für eine Minute, zu dir zu stehen. Ich sehe da eigentlich kein Grün mehr. Nur noch rote Ausrufungszeichen und eine Leuchttafel mit den Worten: Renn!«

»Die Leuchttafel würde ich trotzdem übersehen.« Einfach, weil es er war. Er, mein Nonplusultra. Meine Achillesferse, mein dümmster Fehler und leider der Einzige, der mir das Gefühl gab, es könnte immer alles gut werden.

»Ja gut, bei dem Geld würde ich das wohl auch.« Sie schob sich den Chip in den Mund und biss krachend darauf.

»Überleg mal, was für ein Leben, der dir bieten könnte.«

»Betonung liegt, auf könnte. Er würde es nicht tun. Lieber würde er einen am langen Arm verhungern lassen.« Außerdem war mir sein Geld total egal. Es machte ihn nicht zu einem besseren Menschen.

»Na ja«, Charly fing an zu grinsen. »Kommt doch immer drauf an, wie man solche Typen einfängt, oder nicht?«

»Lukas kann man nicht einfangen. Du nicht, ich nicht, nicht mal seine Familie. Du hättest hören sollen, wie er sagte, er habe ein Leben in Wales, dass er für nichts und niemanden einfach so aufgeben würde.«

»Der labert doch. Oder hat der da 'ne heimliche Familie?«

»Zutrauen würde ich es ihm inzwischen. So wie er mit dieser Cathy gesprochen hat.« Ich seufzte und trank einen Schluck von der Wodka-Mische. Sie brannte im Rachen, obwohl sie eigentlich nur nach Kirsche schmeckte.

»Uh. Jetzt wird es spannend!«

Ich dachte an das Gespräch zurück, das ich im Stall belauscht hatte. Allein bei dem Gedanken an den Klang seiner Stimme wurde mir übel. Er hatte sich Sorgen um sie gemacht. So wie man sie sich um ein Kind machte. Er hatte die Person am anderen Ende zusammengestaucht, wie meine Mutter das ohne mit der Wimper zu zucken tun würde, wenn es um mich ging. Tränen stiegen mir in die Augen. Damit würde ich niemals mithalten können und ich wollte auch nichts zerstören. Wer wäre ich, einem kleinen Mädchen ihren Vater wegzunehmen, nur weil ich immer eine Chance, mit ihm hatte, haben wollen. »Vergiss es einfach.«

Kapitel 45

Wir hatten ausgeschlafen und wie früher noch lange nebeneinander im Bett gelegen. Ich war erst gegangen, als Charly zum Training musste und mit dem Versprechen, dass ich mich von Lukas fernhalten würde. Ich hatte die ganze Zeit nicht auf mein Handy geguckt. Einfach aus der Angst heraus, dass er sich doch noch einmal bei mir gemeldet hatte.

Das änderte sich allerdings, als ich durch die Haustür kam und niemand zu Hause war. Es war schon später Nachmittag und eigentlich wäre zumindest Papa da, aber seine Jacke fehlte. Lauf gegangen war er nicht, denn die Laufschuhe standen ordentlich unter der Garderobe. Mamas Stallschuhe standen ebenfalls matschverkrustet neben der Haustür. Ich war also mal wieder allein.

Eigentlich hatte ich gehofft, Mama wäre am Malen und ich könnte mir einige ihrer Zeichnungen ansehen. Mir war danach, in diese heile Ponyhof-Welt einzutauchen.

Noch während ich aus meinen Sneakern schlüpfte, fischte ich mein Handy aus der Jackentasche. Drei neue Nachrichten.

Eine von Mama, dass sie sich spontan mit Hannah und Steffi auf einen Kaffee in der Stadt treffen würde und ich mir einfach etwas vom Mittagessen aus dem Kühlschrank warm machen sollte, oder falls ich einen Kater hatte, auch noch Pizza in der Tiefkühlung war. Sie kannte mich ein-

fach zu gut.

Die Zweite war von Papa. Ein liebevoller Hinweis, dass es Kopfschmerztabletten im Badezimmerschrank gab und er heute länger zu tun hatte. Ich sollte mich allerdings melden, falls ich Redebedarf hätte. Ganz süß, aber er wäre der Letzte, mit dem ich über Lukas reden würde. Papa hatte seine Meinung schon sehr gefestigt und einfach zuhören könnte er auch niemals. Insgeheim würde ich immer sein kleines Mädchen bleiben. Männerprobleme gehörten nicht in dieses Bild von mir.

Und dann sah ich die Letzte. Sofort schlug mein Herz schneller und ich konnte einfach nur breit grinsen, als ich aus meiner Jacke schlüpfte. Sie war von Liz.

»RUF MICH AN!«

Flink tippte ich zurück, »Wann?«

Kaum gesendet, klingelte mein Handy.

»Gib mir eine Minute«, nuschelte ich ins Telefon, das ich mir zwischen Schulter und Ohr klemmte, um meine Jacke aufzuhängen.

»Hast du einen Kater?«, kam es prompt von Liz. »Seit wann trinkst du?«

»Seit du weg bist und Charly wieder da.«

»Was hat die Chaosqueen angestellt? Hat sie Einreiseverbot in Berlin?«

»Nein. Keine Ahnung. Frag sie selbst.«

Liz schnalzte. »Ich habe gerade mit ihr gesprochen, aber davon hat sie natürlich nichts erzählt.« Sie machte eine Pause und seufzte. »Warum hast du mir nichts gesagt?«

»Wann denn?« Sie hatte doch nie Zeit für mich gehabt.

»Was weiß ich. Du hättest doch einfach was sagen müssen. Du kannst mir immer eine Nachricht schicken. Ich dachte, du weißt das.«

Zittrig atmete ich ein. »Ich dachte, du hast zu tun. Ich wollte einfach nicht im Weg sein.«

Liz stöhnte auf. »Marie, du bist nie im Weg! Klar waren

die letzten Tage wirklich busy, aber deswegen würde ich dich nie einfach ignorieren. Also, ich habe jetzt Zeit, hau raus. Ich will die ganze Geschichte.«

»Willst du nicht. Du denkst danach, ich wäre bescheuert.«

»Ich kenne dich lang genug. Damit ich dich bescheuert finde, muss ne Menge passieren und das mit Lukas ... Mein Gott, das konnte nur schiefgehen. Der Typ hat mehr Probleme, als er zugeben möchte.«

»Red nicht so über ihn.«

»Doch. Was wahr ist, muss wahr bleiben. Also, wie hat er dich ins Bett bekommen?«

Ich knirschte mit den Zähnen. »Darf ich mir vorher noch was zu essen machen?«

»Ich habe nichts dagegen. Du kannst mir dabei erzählen, was passiert ist.«

»Was soll schon passiert sein? Er ist eben passiert. Die Naturgewalt Lukas Stüwe.«

Liz kicherte. »Naturgewalt? Wirklich? Seine Mutter ja. Das ist eine richtige Charakterfrau, so eine vor der man nur Respekt haben kann. Er hingegen ist so ein kleines feiges Würstchen, dass ich niemals auch nur einen Funken Respekt für ihn haben werden.«

»Er ist nicht so. Jedes Mal, wenn er weg war, hatte er einen Grund.«

»Und trotzdem bricht er dir immer wieder das Herz. Um ein Haar würde ich sagen, dass das zwischen euch nicht mehr gesund wäre, aber da fällt mir nur wieder ein, dass es schon seit acht Jahren nicht mehr gesund ist.«

»Was soll das jetzt heißen? Wir hatten bis vor kurzem nichts miteinander.«

»Genau das ist der Punkt. Er zieht dich zu sich und stößt dich direkt wieder weg und du machst dir Hoffnungen. Das wird nie ein für immer.«

»Liz, das weiß ich.«

»Bist du dir da sicher?« Ihre Stimme wurde sanfter. »Dein Kopf weiß es vielleicht, aber dein Herz nicht.«

Warum musste sie es immer so auf den Punkt bringen. Ich musste schlucken und blinzelte gegen die Tränen an. »Er war da, als niemand sonst da war. Du kennst ihn ...«

»Das stimmt. Mausi, sowas nutzen solche Typen aus. Die wittern einsame Mädchen.«

Ich zog die Nase hoch. »Mit ihm vergisst man alles. Ich komme mir doch selbst so dumm vor.«

»Dumm würde ich dich nicht nennen. Du bist einfach über beide Ohren verliebt und das seit Jahren in denselben Typen. Du kannst nichts dafür, dass er so ist. Also, wie hat das angefangen?«

Ich seufzte tief. »Keine Ahnung.« Mit langsamen Schritten lief ich zur Küchentür. »Wir haben uns unterhalten und ich dachte erst, dass ich ihn als, ... ja Lückenfülle, nutzen kann. Bevor du ausflippst, ich weiß ganz schlechte Idee. Bei unserem ersten Treffen bin ich auch sehr schnell abgehauen.«

»Und trotzdem hat er dich um den Finger gewickelt. Wir müssen echt daran arbeiten, dass du immuner gegen hübsche Jungs mit grünen Augen wirst. Marie, der blendet dich doch nur.«

»Das sagte Ellie auch.«

»Siehst du. Ich könnte dir das jetzt psychologischen Standpunkt erklären, aber das lassen wir mal sein. Nur eins: Halt dich von ihm fern.«

»Weißt du, das macht mich so rasend. Jeder versucht, mir zu sagen, dass ich mich von ihm fernhalten soll. Ich weiß, dass er nicht so ist. Er lässt es die Leute nur glauben.«

»Oder aber er hat dir so den Kopf verdreht, dass du die Wahrheit nicht sehen willst. Lukas ist ein Arschloch, war er immer. Der kann so krass überheblich sein. Du bist doch viel zu gut für den!«

Mit einer Hand öffnete ich den Tiefkühler und zog eine Pizza mit Pesto, Mozzarella und buntem Gemüse heraus. »Irgendetwas ist passiert. Er musste schon wieder irgendetwas mitmachen, das er verarbeiten muss, aber ihm gibt keiner die Chance dazu.«

»Und das machst du woran fest?« Man konnte Liz deutlich anhören, dass sie diese Theorie für idiotisch hielt. In der Vergangenheit hatte er allerdings auch dichtgemacht, weil er mit etwas nicht klarkam.

»Ich war mit in Lüneburg bei seinen Großeltern.« Ich konnte Liz aufstöhnen hören und sah sie bildlich vor mir, wie sie sich gerade die Schläfe rieb. »Mit seinem Großvater scheint er wirklich ganz gut zu sein, aber ...« Ich biss mir auf die Unterlippe. Wie erklärte ich das, ohne dass Liz ihn für einen Psychopathen hielt? »Es ging um Wales, dass er sich für etwas entscheiden soll und daraufhin hat er seinem Großvater das Büro zerlegt.«

»Sympathisch und noch ein Grund mehr zu rennen. Du hast wichtigere Dinge in deinem Leben. Hör auf, ihm helfen zu wollen! Den Jungen hast du, nein, haben alle schon vor Jahren verloren. Du verschwendest Energie, die du für dich nutzen solltest. Du hast doch Träume, oder? Und du darfst auch nicht vergessen, dein Trauma ist noch nicht lange so ausgeheilt. Was ist, wenn er dich triggert? Kannst du gerade einen Rückfall verkraften?«

Der Pizzakarton landete krachend auf der Arbeitsfläche und ich ließ mich an den Küchenschränken heruntergleiten. Tränen sammelten sich in meinen Augen und verschleierten meine Sicht. »Nein. Er bleibt doch sowieso nicht.« Ich musste daran denken, wie er mich am Strand angesehen hatte. »Du wärst gestern so stolz auf mich gewesen.« Ich schniefte. »Ich habe ihm mein Handy mit einem Timer unter die Nase gehalten und gesagt, dass er nur fünf Minuten hat.«

»Du hast endlich mal Grenzen gesetzt! Klar bin ich da

stolz!« Es raschelte am anderen Ende. »Aber du musst dringend loslassen. Bei eurem letzten Gespräch, was hat er gesagt?«

»Dass er nicht meinetwegen und auch nicht wegen der Firma bleiben würde. Er soll wohl übernehmen, aber will es eigentlich nicht. Ich habe, wenn ich ehrlich bin, Mitleid.«

»Mitleid, ehrlich? Er hat dir eiskalt ins Gesicht gesagt, dass du ihm nichts bedeutest, und du nimmst ihn schon wieder in Schutz.« Sie seufzte. »Weißt du was, ich checke Flugpläne. Dich kann man nicht allein lassen, solange er noch in Kleinblommen herumrennt.«

»Das lässt du bleiben.« Dabei wünschte ich mir nichts mehr. Liz, die jetzt neben mir sitzen würde und genau die richtigen Worte hätte. »Ich muss lernen, allein mit sowas fertig zu werden. Ich kann mich doch nicht mein Leben lang auf dich verlassen.«

»Doch. Kannst du. Weißt du was? Ich rufe dich am Wochenende noch mal an. Hier kommt gerade eine Futterlieferung, ich muss mitanpacken. Ich hatte mir das als Selbstversorger ehrlich anders vorgestellt. Aber ich verspreche dir: Wir reden am Wochenende. Dann ist hier weniger los. Ich jetzt fühle ich mich wirklich schlecht. Ich habe dir versprochen, dass ich Zeit habe, mir alles anzuhören und jetzt kommt doch wieder was dazwischen.«

»Nicht schlimm. Charly hat das Gejammere gestern gut über sich ergehen lassen.«

»Ok. Geh vielleicht einfach ein bisschen in den Stall und denk nicht zu viel nach. Das wird alles schon wieder und wenn Lukas wieder geht, dann löst sich das Problem zumindest wieder in Luft auf.«

Nein. Würde es nicht. Lukas würde trotzdem das Maß bleiben und an das würde kein Mann je herankommen. Niemand konnte mir die Gefühle geben, die er mir gab. Ich würde ihn nie loslassen. Es ging einfach nicht.

Ich wollte gerade sagen, dass ich nicht in Stall würde, da

plingte mein Handy und zeigte mir an, dass Ellie mir ge-schrieben hatte. »Ich werde die nächsten Tage wahrschein-lich im Café aushelfen. Da komme ich garantiert auf andere Gedanken.«

»Das klingt gut. Ich muss jetzt echt. Tut mir wirklich leid. Wochenende, versprochen!«

»Tschüs …« Da hatte sie schon aufgelegt und plötzlich brach es über mich herein.

Liz war in Schweden, lebte ihr bestes Leben, wenn man ehrlich war, und ich machte ihr jetzt Kummer. Genauso wie Mama und Papa. Sie konnten zu all dem nichts. Sie hatten nicht gesagt, ich sollte mich auf ihn einlassen. Ich war blind ins Messer gelaufen, in der Hoffnung, meiner großen Liebe nah zu sein. Ich würde ihm nur nie nah sein. Das hatte er deutlich gemacht. Vielleicht war er glücklich in Wales. Ich würde es ihm wünschen. Hier in Kleinblommen würde er das nie sein. In Wales lachte er bestimmt mehr, vielleicht auch mit diesem Mädchen. Ich war einfach dumm gewesen, zu glauben, ich wäre es ihm wert zu bleiben.

Kapitel 46

Es war Donnerstag. Ich stand mit Ellie und ihrer Aushilfe Nora im Café und wir kamen alle drei ganz schön ins Schwitzen. Trotzdem hatte Ellie mitbekommen, dass etwas nicht stimmte und mir wie immer ein noch warmes Schokocroissant nach hinten gestellt, wie auch eine Tasse Kaffee. Dieses Mal mit viel Karamell und Milchschaum. Das war ihre Art, mir zu sagen, dass alles gut werden würde und mein Herz nur Zeit brauchte wieder zu heilen, nachdem er es so brutal in zwei gerissen hatte.

Am Wochenende hatte ich Liz leider doch nicht noch einmal bekommen. Sie hatte etwas von Sprachkurs gefaselt und mir zig Bilder von den Pferden geschickt. Tja, dann war sie wieder in ihrer Höhle verschwunden. Das tat beinahe genauso weh wie Lukas Worte, die seit knapp einer Woche durch meinen Kopf spukten und alles Gute zu zerstören schienen, als wären sie Streubomben, die einfach alles und jeden in die Luft jagten.

Nora, eine kleine Dunkelhaarige, die in der Findungsphase nach dem Abi war, lächelte mir verhalten zu, als sie an mir vorbei hinter den Tresen huschte, um ein Stück Sanddorntorte aus der Auslage zu nehmen. Ich mochte sie. Auf ihre Art war sie lustig und sie hatte etwas Beruhigendes an sich.

»Kannst du zu Tisch vier? Und hinten an Tisch eins hat jemand nach dir gefragt.«

»Äh was?« Warum sollte jemand ausgerechnet nach mir

fragen? Ich half zu selten aus, als dass man sich an mich erinnern könnte.

Nora schob den Teller mit Torte auf die Arbeitsfläche und drehte sich elegant auf den Absätzen zur Kaffeemaschine. »So ein hübscher, dunkelhaariger. Wenn du ihn nicht willst, nehme ich ihn.«

Ein Kloß bildete sich in meinem Hals. Sie musste gar nicht beschreibender werden. Hübsch, dunkelhaarig und fragt nach mir. Das konnte nur eins heißen ...

Ich seufzte. »Meinetwegen kannst du ihn gerne haben. Eigentlich dachte ich, wir wären durch miteinander.« Ich schnappte mir einen Block und nahm mir vor, einen Bogen um Tisch eins zu machen. Er war wahrscheinlich reingekommen, als ich gerade hinten war und neuen Kuchen geholt hatte.

Tisch vier war leicht gewesen. Drei Wasser, eine Limo und drei Brownies. Der Andrang lichtete sich und ich lehnte neben Ellie abwartend am Tresen. Da rutschte mein Blick doch zu Tisch eins. Nora hatte gerade einen Kaffee hingebracht. Ich sah ihn nur von hinten, aber das reichte schon, damit sich mein Herz tonnenschwer anfühlte. Es war komisch, ihn arbeiten zu sehen. Vor ihm stand sein Laptop und er machte sich mit einer Hand Notizen in einem kleinen Buch. Es wirkte, als wäre das eine Version von ihm, die es so nur in einem Paralleluniversum geben könnte. Lukas machte keine Notizen. Er war spontan, fand immer eine Lösung und machte Dinge einfach. Dieses Notizbuch passte nicht. Es war, als würde dieses kleine Ding das Abenteuer entzaubern, das ihn wie ein magischer Schleier umgab.

Ellie folgte meinem Blick. »Ist er das?«

Widerwillig nickte ich.

»Ein Wort und ich schmeiße ihn raus.«

»Lieb von dir, aber ...«

Nora unterbrach mich, als sie zu uns kam. »Also jetzt hat er mich gefragt, wann du Schluss hast.« Sie seufzte verträumt. »Wo hast du so einen Typen her? Ich will auch so einen!«

»Willst du nicht, Noralein! Solche Männer, merk dir das, bringen nur Probleme mit sich.« Ellie klopfte ihr auf die Schulter, dann wandte sie sich wieder an mich. »Du kannst auch schon gehen, wenn du willst.«

»Nein. Schon ok. Ich sag' ihm selbst, dass er gerne Kaffee trinken kann, aber danach das Café verlassen soll.«

»Traust du dir das wirklich zu?«

Tief atmete ich ein. Natürlich nicht. Ich konnte spüren, wie meine Knie anfingen zu zittern und mir lag auf der Zunge Ellie zu bitten ihn doch einfach für mich rauszuschmeißen. »Geht schon.«

Mein Herz schlug mir bis zum Hals, allein bei dem Gedanken ihm in die Augen sehen zu müssen. Wie mechanisch setzte ich mich in Bewegung, dabei ließ ich ihn nicht aus den Augen.

Er passte nicht in dieses helle, heimlige Café, nicht zu dem Lavendel auf dem Tisch, der zwischen weißen Kamillen in einer Glasvase steckte.

Optisch passte er heute eher in ein schickes Büro am Hamburgerhafen, mit Blick aufs Wasser und einer adretten Sekretärin im Vorzimmer. Die Frisur saß wie geleckt, der Hemdkragen stand abstoßend perfekt und er saß viel zu angespannt an dem kleinen Tisch am Fenster.

Wieder war er da, der erdrückende Kloß in meinem Hals, der mir das Gefühl gab, jeden Augenblick nicht mehr atmen zu können. Aber es half nichts.

Ich blieb abrupt hinter ihm stehen. Noch hatte er mich nicht bemerkt und ich könnte mich einfach umdrehen und, bis er ging in der Backstube verschanzen. Ellie würde das verstehen.

Meinem mulmigen Gefühl zum Trotz räusperte ich mich. »Du hattest nach mir gefragt?«

Er hob den Kopf blitzschnell vom Laptopbildschirm, auf dem sich Tabellen mit Zahlen aneinanderreihten, die für mich so schlüssig aussahen wie Ausbinder an einem Jungpferd beim Longieren. In seinen wunderschönen grünen Augen glomm etwas auf, etwas Rohes, Hoffnungsvolles. Der Ausdruck ging mir durch bis ins Mark. Ich musste schlucken und haderte plötzlich wieder mit mir, ob ich nicht einfach in der Backstube verschwinden sollte.

»Letzte Woche ...« Seine Stimme klang gepresst, als hätte er sich die Worte zurechtgelegt. Dennoch unterbrach ich ihn. Ich wusste, was er sagen wollte.

»Nein. Lukas, das geht so nicht. Du kannst mich nicht ständig von dir wegschubsen und dann wieder auftauchen und hoffen, dass ich es dir nicht mehr übel nehme.«

Er biss sich auf die Unterlippe und sah zu Boden. Tief holte er Luft, aber ich war noch nicht fertig.

»Trink deinen Kaffee, arbeite meinetwegen noch etwas, aber hau dann einfach ab. Selbst wenn du hier eine Szene machen würdest, es würde nichts ändern.«

Er zog die Augenbrauen zusammen. Überraschung huschte über sein hübsches Gesicht. Die schön geschwungenen Kieferknochen spannten sich an, als er hart schluckte und den Blick schließlich wieder vom Steinboden hob. »Können wir wirklich nicht noch einmal reden. Ich hatte an dem Tag ...«

»Stress. Ja. Habe ich mitbekommen. Nenne mir noch einen guten Grund, warum wir miteinander reden sollten. Es funktioniert einfach nicht.« Meine Stimme war überraschend ruhig und leise. Eigentlich hätte ich meinen linken Arm darauf verwettet, dass wir uns innerhalb von wenigen Sätzen an die Gurgel gehen würden. »Du hattest deine Chance. Mehr als das.« Und dann sagte ich das, was mir innerlich den Rest gab. »Ich wünsche dir, dass sich alles klärt und du ein schönes Leben in Wales hast. Pass auf dich auf.«

Ich wagte es gar nicht, ihn noch einmal anzusehen. Blitzschnell ging ich wieder zu Ellie und hielt den Blick stur auf den Boden gerichtet, dass ich dabei fast in Nora rauschte, die meinen Tisch übernommen hatte, war mir egal.

Mein Herz schmerzte wie nie zuvor. Vielleicht, weil es sich plötzlich so endgültig anfühlte. Ich hatte mich von ihm verabschiedet.

Kapitel 47

In der Backstube sammelte ich mich wieder.

Warum sagt einem niemand, wie weh es tut? Alle reden von der Liebe, als wäre sie etwas Wunderbares. Dabei war sie nur ein Gespenst. Etwas, das schrecklich schön war, bis es einen nicht mehr mochte, und dann anfing zu zerstören.

Ich zuckte zusammen, als neben mir die Tür schlug. Kalte Finger legten sich tröstend auf meine Schulter. Ellie sagte keinen Ton. Sie stand einfach nur da und sah mich mit dieser ruhigen Fürsorglichkeit im Blick an, den ich so sehr an ihr liebte.

»Ich habe ihm noch ein schönes Leben gewünscht«, platze es zittrig aus mir heraus.

Überrascht hob Ellie eine ihrer fein gezupften dunklen Augenbrauen. »Das ist unerwartet.«

Mit zitternden Fingern umklammerte ich die Kante der kühlen Arbeitsfläche und blinzelte in das warme Sonnenlicht, das aus zwei kleinen Fenstern in den Raum fiel. Unerwartet ... Ja. Vielleicht.

Ellie räusperte sich. »Loslassen tut weh. Aber es befreit. Jetzt fühlt es sich vielleicht wie ein Weltuntergang an, aber nächste Woche lachst du darüber und bist froh, dieses Desaster abgewendet zu haben.«

»Aber ... Aber ist es wirklich ein Desaster?« In meiner Brust wurde es eng. Hatte ich dieses Mal den Fehler ge-

macht? Was wäre, wenn wir eine wunderschöne Zukunft gehabt hätten und ich uns das gerade versaut hatte?

Ein warmes Lächeln legte sich auf Ellies Lippen. »Diese Zweifel sind normal. Weißt du, als ich damals mein Pferd verkauft habe, habe ich mich tausendmal gefragt, ob ich das Richtige tue. Ob ich Coco gehen lassen kann. Sie war so lange meine beste Freundin, aber ohne Lina ... Ich konnte den Stall einfach nicht mehr betreten, als hätte ich damals schon gefühlt, dass sie nicht mehr lebt und nie wieder neben mir ihr Pferd fertig machen wird oder mit mir im Reiterstübchen sitzen. Ich weiß, man kann das nicht ganz vergleichen, aber Verluste gehören zum Leben dazu.«

Ich seufzte. In meinem Kopf sah ich eine wunderschöne Zukunft, mit unzähligen Tieren, Nächten am Strand unter den Sternen, und einem sanften warmen Frieden in meinem Inneren, in Rauch aufgehen.

»Wenn er nicht zu dir steht und dich so behandelt, dann ist er nicht der Richtige für dich. Der wiederum läuft da draußen unwissend, dass es dich gibt, rum und träumt nachts von einem Mädchen wie dir.«

Alles in mir sträubte sich. Selbst wenn mein Kopf mir sagte, dass rein rational Ellie eindeutig recht hatte, schrie mein Herz mich förmlich an, sofort wieder in den Gast-raum zu gehen und mich ihm an den Hals zu werfen. Er war perfekt. Er war richtig.

Ich schluckte, wischte mir über die Augen und straffte die Schultern. »Vielleicht hast du recht. Ihm Nachweinen bringt zumindest nichts.«

»Das ist mein Mädchen. Du kannst auch wieder raus. Er hat einen kurzen Moment sehr verwirrt da gesessen, dann bezahlt und war weg. Wenn du willst, kannst du aber auch schon gehen. Der Andrang ist vorbei.«

»Ich bleibe noch eine halbe Stunde. Ich wollte sowieso in die Stadt. Papa hat ja bald Geburtstag und ich muss mir noch etwas einfallen lassen.«

Ellie lachte schallend auf. »Das ist doch einfach. Für

deinen Vater musst du einfach nur kochen oder du schenkst ihm ein Foto. Das, meinte er zumindest, würde auf seinem Schreibtisch fehlen. Seine Kollegen glauben alle, du wärst eine kleine Sechsjährige mit großer Zahnlücke und Pferdepulli.«

»Danke.« Das war Sinnvollste, was ich heute von jemandem gesagt bekommen hatte.

»Ich kann gerne weiter vorfühlen, wenn wir von heute auf Morgen mit deinen Eltern in Dänemark sind. Ich bin schon ganz gespannt auf das Essen. Eventküche hat man auch nicht jeden Tag.«

Das hatte ich schon wieder vergessen. So schön ich es fand, dass meine Eltern wieder so viel Zeit miteinander verbrachten und viel zusammen unterwegs waren, hätte ich sie dieses Wochenende lieber zu Hause gehabt.

Ich lächelte ihr zu. »Darfst du gerne tun. Für Ideen bin ich immer dankbar.«

Eine halbe Stunde später hing meine lavendelfarbene Schürze in der Backstube und ich verabschiedete mich von Nora und Ellie, die beide bis um kurz nach vier die Stellung halten würden.

Die Fußgängerzone war gut besucht und viele Menschen mit Badetaschen über dem Arm kamen mir entgegen. Die Möwen kreischten vom alten Hafen her über die Dächer der kleinen verwinkelten Häuser. Kurz überlegte ich, Charly anzurufen, um sie, falls sie im Studio war, auf ein Eis einzuladen. Aber ein Blick in den Himmel genügte, um zu wissen, dass der Sonnenschein nicht mehr ewig halten würde.

Ich rückte meinen Leinenbeutel der veterinärmedizinischen Fakultät der Uni Kiel auf meiner Schulter zurecht und suchte mit dem Blick nach dem Schild des kleinen Krimskramsladens direkt gegenüber vom alten Hafenbecken, in dem nur noch kleine Segelboote in den Nordseewellen schaukelten. Auch das Wasser deutete auf den kommenden Wetterumschwung hin.

Während ich mich von den Touristen ablenken ließ, die an mir vorbeiliefen, als hätten sie alle Zeit der Welt, bevor der Regenschauer auf sie niederprasseln würde, fiel mein Blick auf ihn.

Schnell suchte ich die Fenster der anderen Gebäude nach dem Kampfsportstudio ab. Wenn dort Licht brannte, könnte ich ganz schnell Charly anrufen.

Aber er hatte mich nicht bemerkt. Laptoptasche über der Schulter und viel zu formal gekleidet beugte er sich über das Kameradisplay, das ihm ein anderer Mann hinstreckte. Den kannte ich. Das war derselbe Fotograf wie vor wenigen Wochen am Strand. Als ich ihn lachen sah, war es, als würde etwas in meinem Herzen anfangen zu klingen. Als würde es ein ganz sanftes Lied spielen, das mich einlullen wollte, obwohl es gleichzeitig Glassplitter durch jede Faser meines Körpers jagte, und mir einredete, dass ich dieses Lachen jeden Tag hätte haben können, hätte ich ihm nur eine wirkliche Chance gegeben.

Mir wurde schlecht und ich bemühte mich, wieder nach dem Laden Ausschau zu halten. Er musste hier irgendwo sein und wenn ich Glück hatte, sah Lukas mich nicht zwischen all den Urlaubern, die zwischen Badengehen und Abendessen einen kleinen Abstecher in die Altstadt gemacht hatten.

Mit Mühe löste ich den Blick und atmete unweigerlich auf, als ich das verschnörkelte Schild mit der Aufschrift »Buddelkiste« sah. Von Bastelbedarf, bis zu Keramikfiguren von Flamingos in Lebensgröße fand man dort alles.

Kapitel 48

"Alle sagen, Schwedisch wäre so leicht zu lernen, ja klar." Liz seufzte und auf dem kleinen Bildschirm meines Laptops konnte ich sehen, wie sie das Gesicht verzog. "Aber es ist verwirrend, ok? Midag ist nicht Mittagessen, sondern Abendessen. Wo ist da die Logik?"

Ich musste kichern. Das war fast wieder wie früher in Englisch. »Vielleicht musst du einfach noch deine Sprachbegabung entdecken.«

»Mhm … klar. Sag mal, hat Lukas sich noch mal gemeldet?«

»Lenkst du ab?«

»Nein. Ich mache mir nur wirklich Gedanken um dich. Lukas ist ... Wie soll man das sagen? Schwierig? Neigt zur Impulsivität, die immer zurückfeuert, und vor allem hat er das Potenzial dich zu zerstören.«

»Ich habe ihn heute getroffen. Zweimal.« Ich konnte sehen, wie Liz am liebsten angefangen hätte zu schreien. »Aber ich habe ihm ein schönes Leben gewünscht, und ihn stehen lassen.«

Überrascht zog sie die Augenbrauen hoch. »Wow. Wir machen Fortschritte. Um ein Haar hätte ich dir geraten, dir einen Psychotherapeuten zu suchen.«

»Ich habe nur aufgehört, mir Hoffnungen zu machen. Was auch immer ich erwartet habe, er hat mich doch sowie-

so nur enttäuscht.«

»Sachen, die du über mich hoffentlich nie sagst.« Ole lugte über Liz Schulter und stellte eine dampfende Tasse Tee vor ihr ab. »Hi Marie. Ich habe die ganze Misere schon gehört.« Er schenkte mir ein aufrichtiges Lächeln, und drückte sanft Liz Schulter. »Ich gehe nochmal durch den Stall, und dann bin ich weg. Ich versuche gegen drei wieder da zu sein.«

Liz schnappte sich die Teetasse. »Marie unterhält mich schon. Viel Spaß mit deinen Kollegen und vielleicht beim Shuffel versuchen so oft zu verlieren, dass es noch sympathisch ist.«

Ole schüttelte grinsend den Kopf. »Als wenn ich das auch nur ansatzweise könnte. Langsam kann ich das Spiel nicht mehr sehen. Bin ich froh, wenn nächste Woche wieder Turniere sind.« Mit einem Winken verabschiedete er sich von mir, und drückte Liz noch einen Kuss auf die Stirn, ehe er verschwand.

»Manchmal glaube ich, er ist misanthroper, als ich dachte. Obwohl, Misanthrop ist zu drastisch. Nennen wir es einfach, sehr introvertiert. Und trotzdem ist er momentan ständig irgendwo eingeladen. Immer wenn er geht, guckte er mich so hilflos an. Ich meine, was soll ich machen? Wenn ich zu sowas mitgehe, redet sowieso jeder nur so halbherzig englisch mit mir und ich stehe dumm lächelnd in der Ecke.«

»Dann weißt du, wie es mir früher auf jeder Party ging.«

»So schlimm war es auch wieder nicht! Also zwei Partys warst du ja trotzdem ganz gut dabei.«

Und von beiden Partys war ich mit Lukas weg. »Schön fand ich sie trotzdem nie.«

»Was hast du jetzt eigentlich am Wochenende vor?« Sie trank einen großen Schluck aus ihrer Tasse.

»Mama reitet Sonntag ein Turnier an der Grenze und ich sollte eigentlich nachmelden, habe ich aber nicht getan. Ich denke mal, ich bleibe zu Hause. Vielleicht lese ich mal wieder ein Buch.«

»Bücher sind gut. Sind wohl sowas wie Gehirnjogging. Ich sollte wohl auch wieder mehr lesen. Aber geh hier mal in einen Buchladen. Alles schwedisch oder englisch.«

»Liz, was erwartest du? Du lebst nicht mehr hier in Kleinblommen.«

»Ich weiß. Trotzdem darf ich meine Kultur doch ein Stück vermissen, oder?« Sie seufzte. »Warum hast du nicht nachgemeldet?«

»Ich bin kaum selbst geritten. Viva ... Ich konnte einfach nicht so reiten, wie sie es brauchte.«

»Lukas?«

»Ja. Und Steffi sagte auch noch, ohne mit der Wimper zu zucken, ich sollte ihn fragen, ob er sie nicht für mich reiten würde, weil er ja so fein reitet.«

»Oh ...« Liz kräuselte die Nase. »Da war Steffi aber auf einem sehr dünnen Brett unterwegs. Was, war denn mit der los?«

»Keine Ahnung! Vielleicht treffe ich mich morgen spontan mit Charly.«

»Das finde ich, eine sehr gute Idee. Ich würde ja sagen, bin auch dabei, aber ich müsste erst eine Fähre und dann einen Flug nehmen.«

Ich wollte gerade anbieten, dass ich mir Charly unter den Arm klemmte und wir einfach spontan vorbeikämen, da klingelte es.

Seufzend erhob ich mich. »Ist bestimmt nur Amazon. Mama hat wahrscheinlich schon wieder Malsachen nachbestellt.«

»Um die Uhrzeit?«

»Die kommen doch immer bis spätestens 22 Uhr.« Ich zog eine Grimasse und schob meine Kopfhörer, sodass ich mit einem Ohr hören konnte. Liz ließ ich laut stellen.

Genervt riss ich die Tür auf. Diese Fahrer hatten echt einen scheiß Job, und ich wusste im selben Moment auch, dass ich unfair war, so die Tür zu öffnen. Obwohl nein. War ich nicht.

Denn mir gegenüber stand kein Fahrer, der ein Paket durch die Luft schwenkte, sondern Lukas. Und er trug Jeans, Hoodie und Wachsjacke, und keine Amazonuniform.

»Was machst du hier?« Ich blinzelte ihn verwirrt an. Er hatte Nerven!

»Einen letzten Versuch starten, mit dir zu reden. Also irgendwie.« Irgendwas war anders an ihm. »Leo sagte, es wäre eine dumme Idee, aber ich stehe aus irgendeinem Grund auf dumme Ideen.«

»Äh ... bist du betrunken?« Solche Redeschwälle kannte ich von ihm nicht. Von Charly ja, von Bea auch, aber nicht von Lukas.

»Mhm … nee. Dafür reicht es noch nicht. Vielleicht, irgendwie so dazwischen. Ich will mich da auch nicht festlegen.«

»Schick ihn weg!«, flötete Liz engelhaft durch die Kopfhörer in mein Ohr.

Ich stand wie ein Gartenzwerg in der Tür und brauchte einen Moment, um das gerade zu verstehen. »Sorry Lukas, aber was willst du wirklich hier?«

Er öffnete den Mund. Die Zahnräder in seinem Kopf ratterten förmlich. »Also habe ich dir das nicht erklärt? Ich habe mich mit Mum gestritten, nicht, dass wir uns in den letzten Wochen mal vertragen hätten, obwohl äh Mittwoch ... ja Mittwoch hatten wir ausnahmsweise mal eine gute Phase. Vielleicht sollte ich ihr mal eine Therapie vorschlagen, schlägt man sowas überhaupt vor? …«

Ich unterbrach ihn. »Du schweifst ab. Was habt ihr getrunken?«

»Küstennebel.« Die Antwort kam überraschend klar. »Also glaube ich zumindest. Ich bin mir da gerade nicht zu 100 Prozent sicher.«

»Oh Gott. Ich fasse mal zusammen, was ich verstanden

habe. Du hast dich mit Lena gestritten, dich mit Leo? - betrunken und schlägst dann hier auf, um mit mir zu reden, weil ... Ja, weil was?«

Liz seufzte mir ins Ohr. »Mach die Tür einfach zu!«

Lukas sah plötzlich sehr verloren aus im fahlen Lichtschein, der aus dem Flur auf ihn fiel. »Ich mich anders nicht getraut hätte.«

Sollte ich jetzt lachen? Oder weinen? Lukas war so verdammt schlagfertig und plötzlich muss er sich besaufen, um mit mir zu reden. Wo war die versteckte Kamera?

Fehlend blinzelte er mich an und ließ die Schultern hängen. Regentropfen verfingen sich in seinen Haaren und glitzerten wie kleine Perlen. Mein Herz zog sich zusammen. Ich konnte förmlich spüren, wie es zu einer weichen klebrigen Masse wurde.

Widerwillig seufzte ich, und trat aus der Tür.

»Du hast doch nicht? Ach man!«, stöhnte es genervt an mein Ohr.

»Ich verabschiede mich noch von Liz. Die habe ich oben, in einem Videocall.« Ich schloss die Haustür hinter ihm. Was tat ich hier nur.

»Wie geht's ihr in Schweden?« Die beiden waren nie gut miteinander ausgekommen. Warum fragte er jetzt? Oder fragte er nur indirekt nach Ole?

»Gut so weit.«

»Schön zu hören.«

Liz kreischte derweil so genervt in mein Ohr, dass ich mir sicher war, sie war nur Sekunden davon entfernt in ihre Tastatur zu beißen.

Schnell löste ich mich von seinem Anblick, und hastete die Treppe rauf.

»Du schmeißt ihn raus!« Liz' Blick loderte. »Sofort!«

»Du bist dramatisch.«

»Nein. Bin ich nicht. Raus mit ihm!«

»Ich höre mir an, was er mir zu sagen hat, und dann sehe

ich weiter.«

»Glaubst du, doch wohl selber nicht!« Sie schnaubte auf, und umgriff den Henkel ihrer Tasse so fest, dass ich Angst hatte, sie würde ihn jeden Moment abbrechen. »Ich rufe dich morgen früh an, und sollte er dann da sein ... Ich schwöre dir, ich finde einen Weg, ihm den Kopf abzureißen!«

»Ok, aber komm wieder runter. Dann bis morgen.«

Liz grummelte ein genervtes, »Bis morgen« in ihren Computer, und ich klickte sie weg.

Seufzend lehnte ich mich in meinem Schreibtischstuhl zurück und vergrub die Hände in den Haaren. Warum konnte nicht alles mal simpel sein?

Die Türklinke bewegte sich. Für einen minimalen Augenblick hatte ich Lukas vergessen, der nun betreten ins Zimmer guckte.

»Es hat sich bei euch irgendwie gar nichts verändert. Als wäre dieses Haus eine Zeitkapsel oder sowas.«

Wenn er meinte. Besoffene und Kinder sagten ja bekanntlich immer die Wahrheit.

Er ließ seinen Blick durch mein Zimmer schweifen. Plötzlich hatte er etwas von einem unbeholfenen Jugendlichen, der sich im Zimmer der großen Schwester seines besten Kumpels umsah. »Ich war hier, glaube ich nie.«

»Doch, aber das ist schon sehr, sehr lange her.« Ich sah uns beide wieder mit sechs und sieben auf meinem damaligen Teppich sitzen, und mit Buntstiften malen.

Immer noch stand er unschlüssig in der Tür, und mied es mich anzusehen.

»Komm rein.«

Tief holte er Luft, bevor er sich in den Raum schob. Die Tür schloss er lautlos hinter sich.

»Meine Eltern sind nicht da. Keine Sorge.«

Trotzdem lächelte er mich angespannt an. »Dein Vater

würde mich umbringen, oder?«

»Kommt drauf an, was du mir erzählen willst, und was ich daraufhin entscheide.« Sollte es als Witz gemeint sein, brachte ich es viel zu trocken herüber.

Lukas ließ sich auf die Bettkante fallen. »Tut mir leid, dass ich so ein scheiß Desaster bin. Ich will das alles doch gar nicht.« Er schloss die Augen, sackte in sich zusammen und fuhr sich mit einer Hand durch die Haare. »Ich habe das Gefühl, ich bringe nur Probleme mit. Egal, wo ich hingehe. Das hast du nicht verdient. Das hat niemand verdient. Aber besonders nicht du.« Seine Stimme zitterte. »Ich wünschte, echt, ich könnte etwas Gutes in deinem Leben sein. Ich will dich da nicht reinziehen. Ich kann aber auch nicht einfach abhauen und ...« Er schlug die Augen wieder auf, suchte meinen Blick und sah mich so verzweifelt an, dass mir schlecht wurde. »Ich bin ein schlechter Mensch. Ich kann verstehen, dass du mich nicht um dich haben willst«, flüsterte er und brach damit endgültig alle Mauern ein.

»Was redest du da?« Mein Stuhl ächzte, als ich mich erhob. »Du bist kein schlechter Mensch. Ich habe nur das Gefühl, in deinem Leben ist kein Platz für mich.«

Er schüttelte den Kopf. »Da ist Platz für dich. Ich muss ihn dir nur freiräumen. Ich habe nur Angst.«

Auch das musste man erstmal verdauen. Bis Lukas Angst hatte, dauerte es. Den erschlug nichts. Der war wie diese eine Trauerweide auf einem riesigen großen Feld. Um ihn konnte alles in Schutt und Asche gelegt werden, aber er würde noch stehen.

Ich ließ mich neben ihn fallen. Er roch nach Regen, Alkohol, und so vertraut, dass es schmerzte. Unweigerlich rückte ich näher, und riss mich noch gerade so zusammen, mich nicht an ihn zu schmeißen.

»Wovor hast du Angst?«

Er atmete zittrig ein, blinzelte. Aus dem Augenwinkel konnte ich sehen, wie er sich über die Augen wischte.

»Dass ich dich wieder fest in mein Leben lassen und dann
... dann passiert dir das, was ihnen passiert ist.«

Ihnen? Wem? Ich verstand nur Bahnhof.

Er sackte nur noch mehr in sich zusammen, verkrampfte,
und Tränen liefen ihm über die Wangen. »Ich will einfach
nur die Zeit zurückdrehen.« Immer mehr Tränen rannen
ihm die Wangen herunter, tropften auf seinen Pulli.

Nach einer kurzen Verwunderung über seine Offenheit
zog ich ihn in meine Arme.

Ich hatte ihn einfach nur festgehalten. Sein Kopf lag auf
meiner Schultern, und ich spürte, wie er langsam schwer
wurde. Die Tränen waren schon lange aufgebraucht, und er
hatte bestimmt eine Ewigkeit nichts mehr gesagt.

Die Nacht lag über Kleinblommen. Der Regen prasselte
rhythmisch und tröstend an die Fenster. Der Mondschein
brach sich in meinem Sonnenfänger. Schwache Regen-
bögen malten die Prismen an die Wände und unterstrichen
diese unwirkliche Atmosphäre nur noch.

»Was ist passiert?«, hauchte ich in die Dunkelheit, in der
festen Erwartung keine Antwort zu bekommen.

Lukas hatte mich trotzdem gehört. »Ich erkläre dir alles.
Google S and R Sporthorses, dann wird dir vielleicht schon
einiges klarer.« Er war schon wieder den Tränen nahe,
klang allerdings auch sehr matt und ausgelaugt. »Es tut mir
so leid«, nuschelte er noch an den Stoff meiner Sweatshirtjacke, dann war er eingeschlafen.

Kapitel 49

Ich hatte wachgelegen. Keine Ahnung, wie lange, aber lang genug, dass meine Gedanken Karussell hatten fahren können.

Lukas war zu durch gewesen, um irgendetwas mitzubekommen, und ich konnte ihm das nicht verübeln. Was auch immer passiert war, und was dieses ominöse S & R Sporthorses damit zu tun hatte, es fraß ihn auf.

Die Morgensonne stand hoch und strahlte durch die dünnen Vorhänge in meinem Zimmer, als ich die Augen aufschlug. Eigentlich hatte ich damit gerechnet, dass Lukas nicht mehr neben mir liegen würde, aber kuschelte sich immer noch an mich.

Ein warmes Gefühl machte sich in meiner Brust breit. Warum konnte es nicht immer so sein?

Na ja, dafür müsste er mir die Wahrheit sagen. Augenblicklich musste ich an seinen Satz vom Hafen denken. Ich will nicht, dass du mich gehen lässt.

Vorsichtig streckte ich die Hand aus und strich ihm eine Haarsträhne aus der Stirn. In diesem Licht hatten seine haselnussbraunen Haare einen sanften Rotstich. »Wie könnte ich dich jemals gehen lassen.« Allein der Gedanke, ihn in wenigen Wochen nur noch online auf irgendwelchen Bil-

dern zu sehen, drehte mir den Magen um.

Seine Augenlider flatterten.

Augenblicklich zog ich meine Hand weg und rückte ein paar Millimeter ab.

Er ließ ein leises unwilliges Knurren hören, ehe er die Augen aufschlug und mich für einen Augenblick verwirrt anblinzelte.

»Kater?«, fragte ich und richtete mich auf.

Für einen Moment sah er aus, als müsse er in sich hinein horchen, dann drehte er sich auf den Rücken und schüttelte den Kopf. Müde fuhr er sich über die Augen und gähnte. »War schon mal deutlich schlimmer.«

»Warum nehme ich dir das nur halb ab?«

Lukas hielt in der Bewegung inne und ließ die Arme wieder sinken. »Habe ich gestern so viel Scheiße gelabert?«

»Du hast eigentlich hauptsächlich geheult.«

»Wow. Also mal wieder meine beste Seite nach außen getragen.«

Ich schwang ein Bein über die Bettkante. »Musste vielleicht einfach nur alles einmal raus.«

Sein Blick bohrte mir in den Rücken. Liz hatte vielleicht doch recht und es war ein Fehler, ihn reinzulassen. Hätte ich ihn im Regen stehen lassen sollen?

»Tut mir leid.«

»Du hast dich gestern schon mehr, als genug entschuldigt.« Mein Mund fühlte sich trocken an. »Ich weiß nur nicht, ob das etwas ändert.«

Die Matratze sank hinter mir tief ein, als er sich ruckartig aufsetzte. »Wie meinst du das?« Alarmiert hallte seine Stimme in meinen Ohren wieder.

Langsam drehte ich mich wieder zu ihm um. »Wie soll ich an irgendetwas glauben, wenn du mir immer das Gefühl gibst, belogen zu werden. Du kennst gefühlt alle meine Geheimnisse, aber was weiß ich faktisch von dir?«

»Ich ...« Sein Adamsapfel hüpfte, als er schwer schlucken musste. Mit Mühe hielt er den Blick. »Was willst du wissen?«

Da musste ich gar nicht lange überlegen. »Alles.«

Er biss sich unschlüssig auf die Unterlippe und suchte mit dem Blick augenscheinlich nach etwas, mit dem er mich ablenken konnte.

»Ich meine, es ist dir überlassen. Sag mir alles und ich überlege, ob ich dich weiterhin in meinem Leben haben will, oder aber lass es und verschwinde.« Ein nervöses Kribbeln floss mir über den Rücken. Ich konnte ihn nicht verlieren.

Er musterte die Bettwäsche. Sein Brustkorb hob sich deutlich. Wenn ich meine Hand an seine Brust legen würde, könnte ich sein Herz wahrscheinlich rasen spüren.

»Ich bin nach Wales, weil ich es hier nicht mehr ausgehalten habe.«

So weit waren wir schon mal gekommen. »Draus mache ich dir auch keinen Vorwurf.« Zumindest nicht mehr, seit ich selbst gesehen hatte, wie viel seine Familie von ihm erwartete.

»Gerade fühlt es sich nur so an, als würde alles auf mich einstürzen. In Wales läuft nichts, wie es soll. Hier geht auch alles viel langsamer von der Bühne, als ich dachte.« Er fuhr sich nervös durch die Haare. »Du warst wie früher. Die einzige Konstante. Ich habe mich einfach in die Idee verliebt, dass alles immer so sein könnte. Ich dir nur das aus meinem Leben zeigen muss, das gut läuft, damit all die Schatten uns nicht in die Finger bekommen.«

Mein Herz zog sich unweigerlich schmerzhaft zusammen. »Aber so läuft das nicht. Ich kann nicht nur diese eine Facette von dir lieben, die du mich sehen lässt. Du musst mir schon ein bisschen mehr geben. Nach allem solltest du eigentlich wissen, dass mich weder Schatten noch Gespenster, erschrecken können.«

Er hob den Blick, musterte mich schon wieder so forschend, als müsse er meine Reaktion abschätzen. »Ich …

347

Ich habe ...« Lukas brach ab und schüttelte den Kopf.

Er hatte was? Ein Verbrechen begangen? Angefangen zu spielen und sich verzockt? Eine Familie, von der niemand wusste? Eine Tochter?

Wie von selbst griff ich nach seiner Hand. Sanft strich ich mit dem Daumen über seinen Handrücken. »Du kannst mir alles sagen. Ich denke garantiert nicht schlechter von dir. Bei dir hatte alles schon immer einen Grund.«

In seine Augen trat ein so tief trauriger Ausdruck, dass mir ein Schauer über den Rücken lief. Hatte ich sonst das Gefühl, die Sterne in seinen Augen zu sehen, war da nur noch eine schwarze konsumierende Leere im Blick. »Nein. Dieses Mal fühlt es sich selbstsüchtig an.« Er musste wieder schwer schlucken. »Ich will sterben.«

Alle Härchen stellten sich auf. Ich hatte das Gefühl, keine Luft mehr zu bekommen. Mein Herz schlug so schnell, dass ich glaubte, jeden Augenblick einen Herzinfarkt zu erleiden. In meinen Ohren rauschte es. Trotzdem umfasste ich seine Hand nur noch fester.

Es hätte mich nicht so aus der Fassung bringen sollen. In so vielen Momenten hatte ich es schon bereut, ihn allein gelassen zu haben.

Aber es zu hören war der Schlag ins Gesicht, der es so plötzlich greifbar machte. Tränen stiegen mir in die Augen. Viel zu heftig schmiss ich mich ihm in die Arme, als könne ich ihn so dazu bekommen, für immer bei mir zu bleiben. Als könne ich so dafür sorgen, dass er hierblieb und ich ihn immer im Blick hätte.

Der Schwung warf uns zurück in die Kissen. Ich lag auf ihm. Bilder von damals zuckten durch meine Gedanken, wie Stofffetzen, die im Wind hin und her wehten, und man kaum noch etwas von ihrem Print erkennen konnte. Er, blass, mit tiefen Ringen unter den Augen und vom Trauma gezeichnet. Mehr tot als lebendig.

Ich musste ihm das Atmen schwer machen, sowie ich auf seinem Brustkorb lag und mich an ihn krallte. Er beschwerte sich mit keinem Wort, stattdessen strich er mir über den Rücken, als wäre ich diejenige mit den Suizidgedanken.

»Wieso?«, flüsterte ich leise. Diese Frage brannte unangenehm auf meiner Zunge.

Er atmete hörbar aus. »Ich sitze schon mein Leben lang in einem fest verschlossenen goldenen Käfig. In Wales, bei Peter und Jenna, war ich frei. Sie haben mich immer aufgenommen wie ein verlorener Sohn. Jedes Wochenende war ich oben in Saint Davids, habe es jedes Mal verflucht, wenn es wieder Sonntag war und ich zurück nach Cardiff musste. Ich wollte nicht nach London. Es fühlte sich an wie der Schritt zurück in diesen viel zu engen Raum, in dem mein Leben vorgeplant vor mir liegt und ich nur Zuschauer sein soll.«

»Aber ... aber wissen sie nicht davon?« Ich hob den Kopf, sah ihm wieder direkt in die Augen. Wie konnten sie ihm das nur antun? Robert hatte auf mich gewirkt, als wenn er sich wirklich um ihn sorgen würde. Das passte doch alles nicht zusammen!

Lukas lachte trocken auf. »Opa weiß es. Er hat mich in Lüneburg davon abgehalten, mir die Pulsader aufzuschneiden. Das ändert nichts. Es wäre alles weniger schlimm, wenn ... wenn ...« Ein verräterisches Glitzern trat in seine Augen. Sofort presste ich mich nur noch enger an ihn. »Wenn Peter und Jenna noch leben würden, Cray nicht so ein Wrack wäre und ich mich nicht für Cathy verantwortlich fühlen würde.«

Ganz langsam setzte sich vor meinem inneren Auge das Puzzle zusammen. »Wann? Wann ist das passiert?«

»Vor zwei Jahren. Ich habe in London sofort hingeschmissen, als ich angerufen wurde. Sie waren auf dem Heimweg von einer Hengstschau. Ein Lkw hat sie übersehen. Dass Cray überlebt hat, war pures Glück. Nicht viel und Cathy hätte niemanden mehr gehabt.«

In dem Moment ergab sein Satz plötzlich Sinn. Unter

diesem Umstand hätte ich immer ein schlechtes Gewissen, ihn bei mir behalten zu wollen.

»Ich habe mit Cray einen Deal gemacht. Mir gehört die Hälfte des Gestüts. Sonst wäre alles schon längst bei der Bank gelandet. Cray kann vielleicht reiten, aber Finanzen sind nicht sein Ding. Ohne mich macht er nur Dummheiten, zum Beispiel unsere Verwalterin vögeln, und kümmert sich kein Stück um seine Schwester.«

Ich legte eine Hand an seine Wange. Liebevoll strich ich ihm den Wangenknochen hoch, ließ meine Finger durch seine Haare fahren. »Und deine Familie will, dass du bleibst, um die Geschäfte hier zu übernehmen«, fasste ich seine Zwickmühle zusammen.

Ein müdes Lächeln schlich sich auf seine Lippen, als hätte er genau diesen Gedanken schon X-mal selbst gehabt.

»Kann ich irgendetwas tun?« Schon als ich die Frage stellte, kam ich mir dumm vor.

Sein Blick wurde weicher. »Du bist genug, so wie du bist. Ich könnte mir nie etwas antun, wenn ich wüsste, dass du da bist. Ich könnte dir niemals so wehtun.«

Jetzt konnte ich die Tränen nicht mehr zurückhalten. Wir waren beide so herrlich verkorkst, kaputt und doch zusammen etwas so Glitzerndes, golden glänzendes, dass alles nur halb so schlimm wirkte. Ein Teil von mir wollte ihn am liebsten zum nächsten Flughafen bringen, der andere fest dran glauben, dass wir eine Lösung finden würden.

»War das gerade eine schlechte Liebeserklärung?«

»Kann man wohl so nennen. Am liebsten würde ich dich einfach mitnehmen.« Ein Blick genügte und ich wusste, er meinte es absolut ernst.

Mein Herz schmerzte und fühlte sich voll zur Gleichenzeit an. Wie ein Glas mit einem ganz feinen Riss darin, der sich immer weiter ausweitete. »Was soll ich denn in Wales?«

»Wir können immer eine Tierärztin gebrauchen.« Er lachte. »Ich weiß doch, dass du hierher gehörst.« Vorwitzig stupste er mir gegen die Nasenspitze. »Du würdest Wales vielleicht für ein halbes Jahr mögen und dann würde dir das Leben so fern ab von allem auf die Nerven gehen.«

»Tu nicht so, als würde dich das nicht stören!« Früher hätte ich meine Hand dafür ins Feuer gelegt, dass er niemals in der Einöde Frieden finden würde.

Schmunzelnd fuhr er mir dem Zeigefinger die Kontur meiner Oberlippe nach. »Es hat seine Vorzüge. Ruhe vor Nachbarn, man kann viel mehr tun, alles, was man will, und ganz wichtig keine Väter, die eventuell die Tendenz hätten mich umzubringen.«

»Mein Vater hat nur das Bedürfnis, dich zu töten, wenn du mir weiterhin so wehtust und natürlich, falls er mitbekommt, dass du mit mir geschlafen hast.« In meinem Kopfkino konnte ich förmlich schon sehen, wie Papa Lukas anbrüllte, und mit einem Küchenmesser bedrohte. »Küssen darfst du mich, glaube ich, ohne Angst haben zu müssen, eine Gliedmaße zu verlieren.«

»Wenn es nur immer so leicht wäre, dann aufzuhören.« Der Schalk funkelte in seinen grünen Augen. Es fühlte sich verdammt gut an, zu sehen wie gelöster er war, dass nun alles raus war.

Ich rutschte etwas weiter hoch, sodass unsere Nasenspitzen sich beinahe berührten. »Meinetwegen müssen wir da auch nicht aufhören.«

Kapitel 50

Mein Computer riss mich wenig später wieder aus einem Dämmerzustand, den ich an ihn gekuschelt in vollen Zügen genossen hatte.

Penetrant und nervig kündigte das monotone Bimmeln einen eingehenden Videoanruf an. Das konnte nur eins heißen.

So schnell war ich noch nie in meinem Leben aus meinem Bett gesprungen und hatte mir einfach nur auf die Schnelle eine Kleinigkeit übergeschmissen.

Auf dem Bildschirm blinkte Liz' Name unter ihrem Profilbild auf und allein der Gedanke daran, mit meiner besten Freundin zu reden, ließ mein Herz tanzen. So viel hatten wir zuletzt vor Monaten miteinander geredet, oder so kam es mir zumindest vor.

Bevor ich den Anruf annahm, warf ich noch einen schnellen Blick auf Lukas, der jedoch friedlich weiterschlief. Ich tippte einfach mal auf Restalkohol, sonst hätte er bei der Geräuschkulisse auch senkrecht im Bett gesessen.

»Ich dachte schon, du gehst gar nicht ran!« Liz funkelte beleidigt in die Kamera.

»Nenn mir einen Grund, warum ich nicht rangehen sollte, wenn du mich anrufst.«

»Spontan fällt mir da nur einer ein und den hast du hoffentlich gestern rausgeschmissen.«

Ich bemühte mich, nicht in den oberen Bildschirmrand zu

linsen, und setzte ein fröhliches Lächeln auf. »Was steht bei euch heute an? Mir geht es etwas auf die Nerven, dass wir nur über ihn reden.«

Misstrauisch musterte sie mich. Wenn sie etwas gemerkt hatte, dann ließ sie sich das zumindest nicht anmerken. »Nicht viel. Entspannt etwas ausreiten, dann noch etwas Dressurarbeit mit drei Pferden und das war's. Hilfst du deiner Mutter zumindest einflechten?«

Ich seufzte. »Werde ich wohl müssen. Sie sind immer noch nicht wieder da. Keine Ahnung, wann sie startet, aber könnte eventuell echt knapp werden.«

»Na dann Hop! Rein in die Stallklamotten und das Kuhpony fertig machen.« Liz kicherte. »So schlimm wie Viva wird er hoffentlich nicht aussehen. Gott, ich vermisse deine tägliche Verzweiflung auf dem Putzplatz.«

»Lach nur. Haddy sieht im Sommer immer aus wie aus dem Ei gepellt!«

Sie grinste immer noch breit in die Kamera und für einen Augenblick fühlte es sich an, als würden wir einander wirklich wieder gegenübersitzen. »Habe ich dir eigentlich schon gezeigt, dass ich gestern beinahe drei Pferde im Wohnzimmer stehen hatte? Da war die Litze nicht richtig zu und die drei dachten sich, dass sie mal spontan durch die offene Terrassentür reingucken wollten.«

»Ich würde als Pferd auch wissen wollen, wie Menschen leben!« Ich musste schmunzeln und stellte mir vor, wie Haddy mit dem Vorderhuf prüfend über den Teppich scharrte.

»Das fand ich nicht so witzig! Ich schwöre dir, Ole hat sich so eine Abreibung eingefangen. Er hat schließlich rausgestellt.«

»Aber dass die Litze nicht richtig zu war, passt nicht zu ihm.« Dafür hatte ich ihn als viel zu gewissenhaft kennengelernt.

Liz seufzte. »Tja, hat sich dann auch herausgestellt, dass da die Tochter der Nachbarn ihre Finger im Spiel hatte.

Bei den Vorbesitzern war sie oft bei den Pferden und na ja ... Ole hat das geklärt. Freundlich und diplomatisch wie immer. Ich hätte dem Mädel den Kopf abgerissen. Sie war auch gerade da und hat sich entschuldigt. Ihre Eltern haben darauf bestanden, dass sie im Stall hilft.«

»Ist doch noch mal alles gut gegangen. Wenn sie im Stall hilft, habt ihr auch was davon.«

Liz hob eine Augenbraue. »Ich weiß nicht. Sie soll morgen beim Misten helfen. Eine richtige Stallhilfe wäre mir lieber.«

»Liz, du bist zu Hause, oder nicht?«

»Ich schreibe an meinem Bachelor, oder nicht? Der schreibt sich auch nicht von selbst und dann kann ich nicht den ganzen Tag im Stall verbringen und im besten Fall Ole noch seine Pferde fertig machen.«

»Du wusstest von Anfang an, worauf du dich einlässt.«

Sie rollte mit den Augen. »Ich will mich ja nicht beschweren, aber ...«

»Dann beschwer dich auch nicht!« Unterbrach ich sie lachend. »Sei doch einfach froh, diesen Luxus zu haben. Überleg mal, wovon du dein ganzes Leben lang schon geträumt hast.«

»Es ist aber so anders als in den Träumen.«

»Ist es das nicht immer?« Ich hatte mir meinen Sommer zumindest auch anders vorgestellt.

»Manchmal hasse ich dich!«

»Ich dich auch.«

Ole lugte einmal kurz ins Bild, winkte und wollte sich dann schon wieder wegbewegen.

»Stopp!«, bremste ich ihn. Mit ihm wollte ich sowieso nochmal reden.

Liz zog verwirrt die Augenbrauen zusammen, bis sie realisierte, dass ich Ole meinte. Er schob sich hinter sie ins Bild und blinzelte wie immer einem viel zu loyalen Golden

Retriever gleich in die Kamera.

»Hat Lukas sich bei dir gemeldet?«

Er schüttelte den Kopf. »Nichts von ihm gehört.«

»Meldest du dich dann vielleicht bei ihm. Da ist einiges im Argen und hast du da nochmal einen anderen Blick drauf.«

»Klar kann ich machen, also wenn er die Nachricht liest.«

»Ich bin mir sicher, er wird sie lesen.« Das sagte mir zumindest mein Bauchgefühl. »Ansonsten, wie war der Abend gestern?«

Liz lachte. »Er war um zwei wieder da. Ist einfach ins Bett gefallen und hat nur noch gemurmelt, dass er nie wieder in eine Bar will.«

»Ehrlich, es war schrecklich. Vor allem kann man sich da so schlecht rauswinden. Wenn ich in Kleinblommen mit den Jungs unterwegs war, konnte ich wenigstens irgendwann sagen, dass ich am nächsten Tag Training habe. Was ich aber noch nerviger fand, waren die Fragen. Keine Ahnung, was die alle denken, wie das Leben in Deutschland ist, aber ...« Er schüttelte den Kopf.

»Die sind eben neugierig. Als wärst du hier nicht auch schon X-mal nach Schweden und Stockholm gefragt worden.«

»Gut, die Geschichten über Schwedenurlaube waren irgendwann auch anstrengend, gebe ich zu, aber sind nichts gegen besoffene Schweden, die dir ihre gebrochenen Deutschkenntnisse aus der Schule präsentieren, und sehr indirekt danach fragen, wie deine Freundin drauf ist.«

Liz drehte sich zu ihm. »Oh, drauf will ich die Antwort hören!«

Er zuckte mit den Schultern. »Nicht anders als andere auch und auf ihre Art einfach wundervoll.« Gut aus der Affäre gezogen. Musste ich im Lassen.

Liz hob nur eine Augenbraue und wandte sich mir zu, da sah ich bei einem flüchtigen Blick in die Anzeige meiner eigenen Kamera, wie sich eine Hand unter meiner Bettdecke hervor schob und über die Seite des Bettes strich, auf der ich gerade noch gelegen hatte.

Automatisch hielt ich die Luft an und betete, dass Liz es nicht gesehen hatte.

»Schweden, das indirekteste Volk, das ich kenne.« Liz seufzte. »Was macht Viva?«

»Keine Ahnung. Ich wollte Steffi noch schreiben und fragen, wie sie letzte Woche gelaufen ist. Mama meinte, sie wäre ganz locker gewesen.«

»Ich vermisse Steffi. Kannst ihr gerne Grüße bestellen.«

Ole wollte sich gerade wieder verkrümeln, da stutzte er plötzlich und beugte sich vor, ehe er die Lippen zusammenpresste und mir einen warnenden Blick zuwarf.

Lukas hatte sich aufgerichtet und blinzelte verschlafen in meine Richtung.

Beinahe im selben Moment konnte ich beobachten, wie Liz allmählich rot anlief. »Warum hast du ihn nicht rausgeschmissen? Sag mir, dass das ein Witz ist!« Ihre Stimme überschlug sich beinahe und wurde seltsam schneidend.

Ole legte ihr eine Hand auf die Schulter, die sie jedoch abschüttelte.

Ich atmete tief ein. »Reg dich nicht auf. Wir haben uns ausgesprochen. Es ist alles gut, Liz!«

»Nicht aufregen? Du hast Nerven! Ist dir noch zu helfen?«

Ole räusperte sich und öffnete den Mund.

Liz gab ihm jedoch keine Chance, etwas zu sagen. »Ich glaube es nicht! Was zur Hölle soll das? Warum tust du dir das an?«

»Liz …« Ole klang beneidenswert ruhig, während ich am liebsten im Boden versunken wäre.

»Nein! Ich will mich gerade nicht beruhigen! Er hat so eine linke Nummer mit ihr abgezogen und sie tut einfach, so als wäre mit einem Gespräch alles erledigt!«

»Liz. Du weißt nicht, was da sonst noch war.«

Sie schnaubte auf. »Doch. Ich habe Augen im Kopf!«

Ole warf mir einen Blick zu, der mir wohl bedeuten sollte, dass er sie schon irgendwie für mich beruhigen würde,
aber ich wusste, dass er kaum Erfolg haben würde. Liz'
Meinung zu Lukas war viel zu gefestigt. Das konnte nur die
Zeit geradebiegen.

»Darf ich auch mal wieder was dazu sagen?«, fragte ich und hoffte, sie würde mich nicht jeden Moment
wegklicken.

Sofort hatte ich die ungeteilte Aufmerksamkeit. Nicht nur
von Liz und Ole, sondern auch von Lukas. Ob er allerdings
wusste, dass es um ihn ging, wagte ich zu bezweifeln.

»Wir haben uns ausgesprochen. Alle Fragen sind geklärt
und es gibt keinen Grund, sich so aufzuregen. Ich kann
verstehen, dass du dir Sorgen machst, Liz. Wirklich. Aber
es hat sich gestern gezeigt, dass einige Dinge anders sind,
als sie sich dargestellt haben. Man wird sehen, wie sich das
alles entwickelt, aber gerade braucht er mich.« Ich machte
eine Pause. »Und Ole, dich auch.«

Aus dem Augenwinkel konnte ich sehen, wie Lukas fragend den Kopf schief legte und die Augen zusammenkniff,
dann kam Leben in ihn.

Plötzlich stand er neben mir. »Alter! Wie lange haben wir
uns nicht mehr gesehen.« Fasziniert wanderte sein Blick
über Oles Unterarme. »Krass! Wann sind die denn dazu
gekommen?«

Ole wies fragend auf die Ranken, die sich filigran und
verschnörkelt über seine Unterarme schlängelten. »Vor ein
paar Wochen. Du hättest dich ruhig mal melden können.«

Lukas biss sich auf die Unterlippe.

»Das könnt ihr auch allein klären.« Liz Stimme klang
gepresst und sie sah Lukas an, als würde sie ihn am liebsten töten wollen. »Ich habe nur noch eine Frage, bevor ich

erstmal etwas brauche, um hiermit klar zukommen. Was ist das zwischen euch?«

Ich konnte spüren, wie Lukas nervös wurde. »Das hängt einzig und allein an Marie.«

Super. Gar kein Druck. Alle Blicke lagen auf mir. Lukas hielt förmlich die Luft an.

Was sollte ich jetzt sagen? Zum einen würde ich gerne sagen, dass wir ganz offiziell zusammen waren, aber gleichzeitig war mir heute Morgen auch sehr bewusst geworden, dass ich ihn nicht hierbehalten konnte.

Ich räusperte mich. »Also … wir …« Oh fuck! »Wir sind zusammen, ja, aber, ob es langfristig halten wird, kann ich nicht sagen.«

Liz nickte langsam. »Ok. Das muss ich sacken lassen.«

»Hätte man sich denken können. Glückwunsch, dass ihr das endlich mal geklärt habt.« Ole grinste.

Ich wagte es, kaum Lukas anzusehen. Vielleicht hatte ich doch das Falsche gesagt, aber er hatte ja gesagt, ich solle entscheiden. Trotzdem war ich plötzlich wieder unsicher.

Liz seufzte. »Gut, wir lassen euch allein und meld dich die Tage nochmal.«

Kapitel 51

Ich starrte noch einen Augenblick auf den schwarzen Bildschirm, dann wandte ich mich Lukas zu. "Also äh ...", stammelte ich und mein Herzschlag hallte viel zu laut ihn meinen Ohren wieder. "Ich ..."

Er lachte. Er lachte so befreit auf, dass alle meine Bedenken in Rauch aufgingen. »Mach dir keinen Kopf. Wir halten es, wie du es gesagt hast. Für jetzt ist doch alles gut und ... dann sehen wir einfach weiter.«

Ich musste schlucken. »Und jetzt?«

»Frühstück? Vielleicht erstmal ein Schritt nach dem Anderen. Ich springe eben rüber in den Stall. Ich habe noch Klamotten da, und dann helfe ich dir meinetwegen beim Fertigmachen des Pferdes deiner Mutter. Einflechten kann ich inzwischen, als würde mein Leben davon abhängen.«

Mein Herz wollte sich gar nicht beruhigen. Das war alles viel zu surreal! Das konnte doch gar nicht sein. »Kannst mir bitte noch mal sagen, dass ich das nicht träume?«

Sanft lächelte er mich an. Sein Blick sprach Bände. »Dass du dich so entschieden hast ... Ich weiß gar nicht, was ich sagen soll. Ich hatte ehrlich Angst, dass du was anderes sagst.«

»Wie könnte ich etwas anderes sagen?«

Er war alles. Und jetzt auch meins. Ganz offiziell und

auch nur, weil ich mich dafür entschieden hatte.

»Ich hätte es verstanden, wenn du mir gesagt hättest, dass alles zwischen uns ein Fehler war und ich schauen soll, dass ich Land gewinne.«

»Oh Gott, nein. Ich war zwar sauer auf dich, aber ... Aber doch nicht so sehr!«

Er hob eine Hand. Liebevoll strich er mir über die Wange. »Du hast ein viel zu gutes Herz.«

Ich schüttelte den Kopf und griff nach seiner Hand. Verwob unsere Finger miteinander und genoss das angenehme Prickeln in meiner Magengegend. »Ich bin nur über alle Maßen in dich verliebt und das schon viel zu lange.«

Lukas blinzelte und beugte sich vor. »Du kannst dir gar nicht vorstellen, wie erleichtert ich bin, dass es dir auch so geht.«

Ganz sanft küsste ich ihn. Dieser Kuss fühlte sich an wie ein Versprechen. Mein Herz tanzte, jede Faser meines Körpers wollte schreien, wie glücklich sie war.

Keine halbe Stunde später saßen wir unten in der Küche. Lukas hatte sich am Stall seine Klamotten geholt und trug nun eine schwarze Reithose, dunkles Poloshirt und passende Reitsocken. Man könnte auf den ersten Blick meinen, dass er nur schnell für einen Kaffee vorbeigekommen war.

Ich genoss es, dass er mich nicht aus den Augen ließ, mich ansah wie das wertvollste, was er jemals besessen hatte. Es tat so verdammt gut.

Jede Schramme, die mein Herz in den letzten Wochen und Monaten davon getragen hatte, fühlte sich an, als hätte jemand ein Pflaster über sie geklebt.

Das Schönste war jedoch, dass wir keine Worte brauchten. Es reichte, dass er da war, dass wir zusammen waren.

Ich stellte gerade zwei Tassen Kaffee auf den Tisch, wir hatten beide nicht wirklich Hunger, da hörte ich einen Schlüssel im Schloss der Haustür. Sofort wurde mir schlecht. Dieses Warme-Kuscheldecken-Gefühl ließ nach und wich einer unangenehmen Nervosität.

Lukas schien es ähnlich zu gehen, denn er saß deutlich gerader als eben noch und etwas Wärme war aus seinem Blick gewichen. Er überspielte es jedoch mit einem unbedarften Lächeln.

Mama lugt als Erste in die Küche. »Super Kaffee! Bekomme ich auch ...« Sie brach ab, als sie Lukas sah und hob fragend beide Augenbrauen.

Schnell erhob ich mich wieder. »Natürlich bekommst du auch einen. Soll ich dir helfen, Doni fertig zu machen?«

Sie hörte mir jedoch gar nicht zu. »Was machst du hier?«

»Kaffee trinken.« Lukas klang fragend und so zögerlich, dass ich am liebsten losgelacht hätte.

»Das sehe ich. Deine Mutter hat mich gerade schon drei Mal angerufen. Du weißt schon, dass sie dich wieder mal sucht?« Mama sah zu mir rüber. »Dich habe ich auch schon vier Mal angerufen.«

Ich wurde rot. »Ich hab vergessen, mein Handy an den Strom zu hängen.«

Sie nickte gemächlich und sah wieder zu Lukas. »Sei lieb zu ihr!«

Abwehrend hob er die Hände. »Keine Sorge. Ich hab aus meinen Fehlern gelernt und auch keine Lust, dass Mum mich köpft.«

Mama schmunzelte. »Ihr beide seid immer für eine Überraschung gut! Aber Lukas, meld dich mal bei Lena, sonst wird sie noch wahnsinnig.«

Er verzog das Gesicht. Nach heute Morgen konnte ich sein Zögern verstehen.

»Willst du jetzt einen Kaffee?«, lenkte ich ab und deutet auf die immer noch blinkende Kaffeemaschine.

Mama nickte. »Nur Till sollte vielleicht erst einmal nichts wissen.«

Lukas sah ebenfalls zu mir. »Bin ich auch für. So sehr

hänge ich dann doch noch an meinem Leben.«

Ich musste unweigerlich lachen. »Ansonsten hätte ich Liz nach den nächsten Klinken gefragt.«

Mama seufzte. »Ich will dazu wohl nicht mehr wissen, oder?«

Ich schüttelte den Kopf und holte eine Tasse aus dem Küchenschrank über der Maschine.

»Gibt es noch Kaffee? In diesem Hotel ... das war eine Plörre.« Papa schob sich neben Mama in den Raum und starrte genauso wie sie vorher Lukas an. »Hab ich etwas verpasst?«

»Ich habe ihn am Stall getroffen«, sagte ich zur Kaffeemaschine gedreht, sodass er nicht sehen konnte, dass ich log. »Ich mache dir auch eine Tasse. Wie war das Essen?«

»Ganz nett.« Papa klang nachdenklich und sah mich immer noch nicht an. »Lange Nacht gehabt?« Die Frage richtete sich eindeutig an Lukas.

»Kann man so nennen, ja. Hab bei einem Kumpel auf dem Sofa geschlafen. Mache ich nie wieder, genauso wie ich keinen Küstennebel mehr sehen kann.« Lukas war wirklich so schamlos. Gruselig und beneidenswert zugleich, dass er so lügen konnte.

»Küstennebel ist auch böse. Hat jetzt eigentlich irgendwer Lena Bescheid gegeben?«

Wir schüttelten alle den Kopf.

Papa seufzte. »Die steht uns gleich vor der Tür, um einen Suchtrupp zu organisieren.«

»Nein. Sie würde sich direkt Mantrailer organisieren. Die Frau kennt da keine Grenzen.« Lukas setzte seine Kaffeetasse an die Lippen und grinste. »Ich habe schon zu Marie gesagt, dass ich gleich gerne einflechten helfe.«

»Davor rufst du deine Mutter an. Zur Not zwinge ich dich dazu!«, drohte ich ihm mit erhobener Augenbraue. Das klang wirklich, nicht mehr als wenn dieser Streit harmlos gewesen wäre, und vor allem bewies es, dass er Lena mehr bedeutete, als er glaubte.

Am Stall brummelten uns die Pferde schon vom Zaun entgegen. Viva, Doni und Libby grasten auf der Weide an der Auffahrt und Hannah brachte gerade Pantas und Blaze raus.

»Moin. Habe ich dich nicht gerade schon gesehen?«, begrüßte sie Lukas.

»Ja. Kann sein. Soll ich sie nehmen?«

»Lass mal. Geh du mal lieber ins Reiterstübchen und sprich mit deiner Mutter. Die wartet da schon fast ne Stunde. Sieht nicht glücklich aus.« Hannah hob beide Augenbrauen und sah zwischen uns hin und her.

Lukas seufzte. »Ok.« Er drehte sich zu mir. In seine Augen trat wieder dieser warme Ausdruck. »Ich helfe dir gleich. Sollte nicht lange dauern.«

Das glaubte ich ihm nicht. Mit einem zuversichtlichen Lächeln griff ich nach seiner Hand und drückte sie sanft, bevor ich sie direkt wieder losließ. Er sollte sich keine Gedanken machen. Zur Not würde ich das auch allein schaffen.

Hannah wies zwischen uns hin und her. »Mag ich das?«

»Du meintest doch, wir sollten uns zusammentun.« Lukas zwinkerte ihr zu. Im Vorbeigehen strich er Pantas über die Seite. Der hübsche Rappe spielte mit den Ohren und sah ihm fragend nach.

»Hat er nicht unrecht. Aber ist jetzt nicht offiziell, oder?«

Ich nickte. »Doch schon. Ich weiß nur nicht, ob daraus auch eine langfristige Beziehung wird.«

Die Pferde traten von einem Huf auf den Anderen und zogen zum Weidetor. Hannah hatte Mühe, die beiden zurückzuhalten. »Kann ich verstehen. Fernbeziehungen sind nicht so das wahre. Dann wünsche ich euch mal viel

Glück.« In ihren Augen konnte ich sehen, dass sie uns das von ganzem Herzen wünschte.

Ich musste mich bemühen, meine Freude zu zügeln. Am liebsten hätte ich jeden umarmt und von meinem Glück erzählt, aber es war eigentlich nur eine Frage der Zeit, bis die Realität uns wieder einholen würde.

Kapitel 52

So kam es auch. Es waren unglaubliche Wochen gewesen. Noch nie in meinem Leben hatte ich mich so geliebt gefühlt, so gesehen ... Meine Prüfungen hatte ich, gut über die Bühne bekommen, obwohl ich das Lernen hatte ein wenig schleifen lassen. Ich war Viva wieder aktiver geritten, woran Lukas nicht unschuldig war.

Aber es war klar gewesen, dass es nicht für immer hatte sein können. Besonders, da Lukas sich einfach nicht mehr wirklich mit seiner Mutter vertragen hatte. Egal, wie oft ich bei ihnen war. Ich flüchtete immer, sobald beide zu Hause waren.

Alles hatte sich in den letzten Wochen so verdammt leicht angefühlt. So als wenn mir nichts etwas anhaben könnte. Als müsste es immer so sein.

Ich hatte es immer geschafft, erfolgreich zu verdrängen, dass Lukas nicht bleiben würde. Er saß auf gepackten Koffern und wir waren eigentlich nur um dieses Thema herum getanzt, als wenn man es so aus der Welt schaffen konnte.

Diese rosarote Blase platzte wenige Tage vor Unianfang.

Ich hatte mich am Abend noch bis spät in meinen Büchern verloren, gelernt was das Zeug hielt, und konnte gefühlt mit geschlossenen Augen jeden Knochen eines Pferdes benennen. Eigentlich hatte ich das auch nur getan, um Papa zu

besänftigen. Die Sache mit Lukas schmeckte ihm überhaupt nicht. Wer hatte auch anderes erwartet?

Egal wie Lukas sich ihm gegenüber verhielt, es passt ihm hinten und vorne nicht. Lukas konnte dazu am wenigsten. Er war immer freundlich und wie immer. Das Problem war eindeutig Papa, der das natürlich ganz anders sah.

Entsprechend müde, lehnte ich am Weidetor, hinter dem Viva in ihrer Weidegruppe friedlich graste. Wie immer zierte meine Fuchsstute eine dicke Staubschicht. Woher auch immer sie diesen Staub bekam ... Die Wiesen waren trocken und der ausklingende Sommer hatte seine Spuren hinterlassen. Die Felder waren von Rissen durchzogen und selbst auf den Wiesen war das Gras nicht mehr sonderlich grün, weswegen Hannah und ihr Team schon angefangen hatten zuzufüttern.

Der Himmel strahlte. Keine Wolke war zu sehen. Die Vögel zwitscherten und man hörte sonst nur die aufgeregten Stimmen der Reitkinder aus dem Schulstall.

Ich musste an Liz denken, an all die Bilder, die sie mir fast täglich aus Schweden schickte. Sie mussten eindeutig noch nicht zufüttern und waren vorgestern erst auf einem großen Turnier gewesen. Neidisch hatte ich mich durch die Bilder geklickt. Ole war verdammt gut gewesen und auch Liz hatte sich, vor allem zu ihrer eigenen Überraschung, prompt in einer kleineren Prüfung platziert. Zu gerne wär ich da gewesen. Zu gerne hätte ich mit beiden den Rummel genossen.

»Hey, was stehst du hier so verloren rum? Ich habe dich, glaube ich, schon zweimal angerufen.«

Ich zuckte zusammen und fuhr herum.

Im Licht der Sonne schimmerten seine Haare wieder leicht rötlich und die grünen Augen funkelten. Automatisch hielt ich die Luft an, als könne ich immer noch nicht glauben, dass er nun ein fester Teil meines Lebens war. Ich konnte ihn meinen Freund nennen. Meinen festen Freund. Damit hatte eigentlich schon vor Jahren geglaubt, abgeschlossen zu haben.

»Sorry, mein Handy liegt zu Hause. Mir war danach einfach mal, ohne unterwegs zu sein.«

Lukas zuckte bloß mit den Schultern. »Wenn du meinst. Wie lief das Lernen gestern noch?«

Ich holte tief Luft. Je länger er nur da stand und mich nicht in seine Arme schloss, desto nervöser wurde ich. »Ganz gut eigentlich. Ich bin zuversichtlich, dass ich gut vorbereitet ins nächste Semester starte.«

»Also hat dein Papa sich beruhigt?«

Ich nickte. Warum klang er so komisch? Wo war der Witz? Der lockere Spruch?

Lukas sah zu Boden und machte einen Schritt auf mich zu. Als er wieder aufsah, wusste ich, ohne dass er etwas sagte, unsere Zeit war vorbei.

Meine Unterlippe fing an zu beben und Tränen stiegen mir in die Augen. »Wann?«, piepste ich. Mein Herz zog sich zusammen. Ich wollte die Antwort eigentlich gar nicht. Alles krampfte.

Sanft fasste er mich an den Schultern. »Hey, beruhig dich. Es ist nicht für immer. Ich komme wieder.«

Klar und wann? In fünf Jahren? In sieben? Vielleicht auch in zwanzig? Vielleicht, wenn Robert starb und er keine Ausrede mehr hatte.

Am liebsten hätte ich seine Hände einfach von meinen Schultern geschoben und wäre abgehauen. Aber das war ungerecht. Nach allem, was ich inzwischen wusste, wäre es egoistisch von mir zu sagen, dass ich ihn um jeden Preis behalten wollen würde. So versuchte ich krampfhaft, meine Tränen herunterzuschlucken und möglichst tapfer zu nicken.

Lukas streichelte meine Schultern, als könne er mich so beruhigen. »Durchatmen. Mein Flug geht in zwei Tagen.

Wir haben also noch heute und morgen.«

»Und wann kommst du wieder?« Meine Stimme klang gepresst. Wieder kam der Wunsch in mir hoch, seine Hände einfach wegzuschieben. Aber auch er konnte nichts dazu. Besorgt suchte ich seinen Blick.

Er hatte die Stirn in Falten gelegt und ich wusste, auch das würde wieder eine bittere Pille werden. »Spätestens Weihnachten bin ich für drei Wochen wieder da.«

Für drei Wochen? Und konnte mir schon vorstellen, wo er sie verbringen würde. Nicht bei mir und schon gar nicht in Kleinblommen. »Und ... Und was soll mit uns werden?«

Lukas nahm eine Hand von meiner Schulter und strich mir eine Haarsträhne hinters Ohr. »Ich habe keine Ahnung. Ein Teil von mir, möchte, dass du dann hier bist und auf mich wartest, ein anderer dich freilassen.«

Trennte er sich etwa gerade von mir? Nach so kurzer Zeit? So hatte ich mir meine erste Beziehung nicht vorgestellt. Ok, eigentlich hatte ich sie mir ganz anders vorgestellt, aber ich hatte nicht damit gerechnet, dass sie so prompt erlöschen würde.

Plötzlich fühlte sich das Gefühl seiner Finger auf meiner Haut anders an. Intensiver, prickelnder und gleichzeitig auch so schmerzhaft, dass ich sie nur schwer ertrug.

Ich hielt den Atem an. Was sollte ich jetzt sagen? Vor wenigen Wochen hatte er mir die Wahl gelassen. Ich hatte entschieden, dass wir offiziell zusammen waren. Nicht er. Ich hatte mich aktiv hierauf eingelassen. Ich hatte gewusst, dass es so kommen würde. Von Anfang an.

»Okay«, stammelte ich mit tränenerstickter Stimme. Nichts war ok. Nichts würde je wieder ok sein. Verdammt noch mal! Warum konnte er nicht einfach einmal ganz klar raus, Klartext mit mir reden?

Er hob beide Augenbrauen. »Okay?«, wiederholte er. Verwirrung zeichnete sich in seinen grünen Augen an. Sein

Blick wurde prüfend, als würde er sich fragen, ob er mich endgültig kaputt gemacht hatte.

Beherzt schob ich ihn endlich von mir. »Was soll ich sonst sagen? Du sagst mir, dass du zurück nach Wales fliegst. Ich habe von vornherein damit gerechnet. Ich wusste, dass du nicht bleibst, egal was zwischen uns ist. Aufhalten kann ich dich nicht, dann würde ich dich unweigerlich ertrinken sehen, und das könnte ich noch schlechter ertragen, als dich gehen zu sehen. Aber es tut eben trotzdem weh.«

Lukas Mundwinkeln zuckten und sein Brustkorb hob sich deutlich, als er Luft holte. Das erste Mal, seit er vor mir stand, löste er den Blick von mir.

Ich wollte wirklich nicht weinen, aber genau diese Reaktion brach den Damm. Vielleicht war es Verzweiflung, vielleicht einfach nur die Angst davor, dass ich ihn nur verlieren konnte. Er rann mir wie Sand immer wieder durch die Finger. Glaubte ich einmal, ich hätte ihn, dann war er auch schon wieder weg.

In diesem Moment beneidete ich Liz zum ersten Mal um Ole. Er war beständig, würde sie niemals einfach stehen lassen und vor allem rannte er nicht immer sofort weg, sobald es kompliziert wurde.

Lukas hierbehalten war so ähnlich, wie ihm selbst das Messer in die Hand zu drücken und dabei zuzusehen, wie er sich nur um meinetwillen stumm und heimlich immer mehr Schmerzen zufügte. Sein Herz war nicht hier. Seine Seele schon lange nicht mehr, die hatte seine Familie unbemerkt schon vor Jahren, bei dem Versuch, ihn zu formen, in so viele kleine Teile zerbrochen, dass man sich an ihren Fragmenten nur noch schneiden konnte.

Ich wandte mich ab. Er sollte nicht sehen, wie sehr mich das alles mitnahm. Sein Gewissen war schon viel zu geschunden. Es war egal, dass ich mir gerade vorkam, als könnte ich nicht atmen, als würde ich nie wieder atmen können.

Der Tag kam mir nur noch halb so schön vor, ach was, er war so grau, dass es auch tiefster Winter hätte sein können!

Die Weiden verschwammen vor meinen Augen zu einem grün-gelben Zerrbild, die Pferde waren nur noch Zerrfiguren in Rotbraun, Schwarz, Braun-Weiß und Beige.

Lukas Blick brannte sich in meinen Rücken. Auch wenn ich ihn nicht ansah, konnte ich seine Bedrücktheit, seine Verzweiflung und Trauer über diese Situation aus der Luft greifen. All diese Gefühle fraßen sich durch meine Haut, setzten sich tief in meinen Venen fest und wollten mein Herz am liebsten lahmlegen.

»Ich würde dir so gerne sagen, dass wir das schaffen können.« Rau hallte seine Stimme in mir nach. Ich hasste es, wenn er so klang. So endgültig. Wie in Trance nahm ich wahr, dass er hinter mich trat und die Arme tröstend um mich schlang. Als könne er uns beide trösten ...

Wir waren verflucht. Wir würden immer scheitern, hatten immer unter dem falschen Stern gestanden. Egal, wie oft ich meinte, in seinen Augen meine Zukunft zu sehen, sie war bloß eine schillernde Seifenblase gewesen.

»Wir sind etwas Besonderes«, hauchte er an mein Ohr. Ein Schauer rieselte über meinen Rücken. »Ich habe nie jemanden geliebt wie dich. Das werde ich auch nie.«

Geräuschvoll zog ich die Nase hoch und griff nach seiner Hand. Aus Reflex strich ich mit dem Daumen unablässig über seinen weichen warmen Handrücken. Ich prägte mir jede Unebenheit ein. Selbst die kleinen Narben, an den Stellen, an denen vor Jahren mal Zugänge gestochen worden waren. Die Stellen, an denen sich die Adern aus der weißen, sonst makellosen Haut hervorhoben. Die Berge und Täler erzeugt von Knochen und Sehnen.

»Aber was ist, wenn ich auf dich warten möchte?«

Er lachte leise auf. »Dann würde ich dich bescheuert

nennen. Ich will, dass du glücklich bist.«

»Aber das bin ich nicht ohne dich. Ich habe schon Jahre auf dich gewartet. Dagegen sind ein paar Wochen, Monate, doch ein Witz.« Ich klang, als hätte ich wirklich einen an der Klatsche. Vor ein paar Wochen hätte ich lächelnd zum Abschied gewunken und drei Kreuze in den Kalender gemacht. »Hau nur nicht wieder ab, ohne ein Wort. Versprich mir das! Und meld dich. Meinetwegen jetzt nicht stündlich, aber eine Nachricht am Tag tut es schon. Sonst habe ich leider sehr schnell das Bedürfnis, nach Wales zu fliegen und zu sehen, dass es dir gut geht. Und stampf diesen verdammten Instagramaccount ein. Das bist doch nicht du!«

Lukas zog mich näher. Sein ganzer Körper schien zu vibrieren, als er laut loslachte. »Alles, alles, was du willst. Meinetwegen lege ich dir auch das halbe Universum zu Füßen, kaufe das teuerste Springpferd der Welt. Nur über deinen letzten Punkt müssen wir verhandeln. Darüber verkaufen sich Pferde leider sehr gut.«

»Das Springpferd kannst du behalten. Ich könnte es sowieso nicht reiten. Das ist eher dein Kaliber. Kannst du dann nicht wenigstens keine Ahnung, Bilder posten, die … äh … anders sind?«

»Im Klartext, weniger gestaged.«

Ich nickte. »Bitte, oder ein ganz privater Account nur für enge Freunde und Familie?«

»Meinetwegen.«

»Küsst du mich jetzt? Oder muss ich weiter Panik schieben?«

Da ließ er sich nicht zweimal bitten. Und ich nahm jeden Moment ganz tief in mir auf.

Kapitel 53

Zwei Tage später hatte ich mich an den Strand zurückgezogen. Die Weite tat gut. Lukas hatte sich vor gut einer Stunde verabschiedet. Sein Opa brachte ihn zum Flughafen. Mit seiner Mutter hatte er nur kurz gesprochen. Sie hatte keine Umarmung mehr bekommen, nur ein flüchtiges: "Bye. Call you."

Das Rauschen der Wellen übertönte meine Gedanken und ich ließ den Blick über den Horizont schweifen. Alle meine Freunde waren irgendwo, aber nicht hier. Von Charly mal abgesehen, die mich heute Abend ins Kino einladen wollte.

Bea und Emma waren irgendwo in Deutschland und es kam mir vor, als hätte ich sie Jahre nicht gesehen, geschweige denn etwas von ihnen gehört. Trotzdem wusste ich, rein intuitiv, sollte etwas sein, ich könnte sie anrufen.

Mein Blick schweifte zur Landzunge, die Nord- und Ostsee voneinander trennte. Ich konnte die Ostsee nicht mal sehen, trotzdem hatte ich das Gefühl, Liz winken sehen zu können.

Ich vermisste sie. Jeden Tag, aber sie war glücklich und das machte auch mich glücklich. In jedem Bild funkelten ihre Augen. Sie erlebte das Abenteuer ihres Lebens. Auch wenn ich nur in Form von Bildern und Erzählungen dabei war, es fühlte sich an, als wäre ich zumindest ein kleiner Teil davon. Lukas und ich hatten darüber gesprochen, dass

wir eventuell für eine Woche im neuen Jahr hochfliegen würden. Zumindest, falls die beiden nicht hier wären. Liz hatte das jedenfalls fest geplant und würde zur Not auch ohne Ole kommen.

Ich richtete meinen Blick gegen Himmel. Ein Flugzeug schob sich zwischen die Wolken. Die Liebe meines Lebens verließ mich wieder. Zum zweiten Mal. Nur dieses Mal mit dem Versprechen zurückzukommen. Zurück zu mir. Komischerweise fühlte sich der Schmerz nur halb so kalt an wie sonst. Viel zu viel löste Hitze und Kribbeln aus, wenn ich an Lukas dachte. Seine verstrubbelten dunklen Haare am Morgen, die Grübchen, wenn er lachte, das Funkeln seiner wunderschönen grünen Augen. Ich konnte seine Stimmer immer noch in meinem Ohr hören, ihn noch auf meiner Kleidung riechen. Es würde nur vier Stunden dauern, dann würde er mich auch schon anrufen. Mir von seinem Flug erzählen, ungeduldig auf Cray warten, der wohl oft zu spät zu solchen Sachen kam. Er würde mir spätestens am Abend Fotos schicken, von den Pferden, der Anlage und von diesem zarten dünnen Mädchen, für die er auf eine Art die Vaterrolle eingenommen hatte. Nachdem ich zwei Fotos gesehen hatte, hatte ich verstanden, warum Cathy ihn brauchte. Und ich hoffte, es würde ihr bald besser gehen.

Ich wunderte mich selbst über meine Ruhe, aber es war, als wäre alles nicht so schlimm und schon gar nicht endgültig.
    Grinsend sah ich ein paar Möwen dabei zu, wie sie Touristen ärgern wollten, die mit Fischbrötchen in der Hand in die Richtung des alten Bootshauses gingen. Eigentlich sollte ich wohl am Boden zerstört sein.

Tief atmete ich die kräftige Seeluft ein und lief weiter am Wellensaum entlang. Lukas war wie diese Wellen. Liz war wie diese Wellen. Sie würden wieder kommen, weil der

Wind sie zurück an den Strand drückte und der Mond ihre Bahn kontrollierte.

Ich war nicht allein. Ellie war auch noch da, als chaotische, ältere Freundin, die es nur gut mit mir meinte. Steffi war da, als beste Trainerin, mit der ich über alles reden konnte. Hannah war da, als die immer rücksichtsvolle und verständnisvolle Stallbesitzerin, die irgendwie zur Freundin geworden war. Frank war da, der eindeutig zu meinen Freunden zählte und ich mir so sehr als Mentor wünschte.

Schnelle Schritte hinter mir. Durch den Sand wurden sie so gedämpft, dass ich sie erst hörte, als sie wirklich schon nah waren. Bestimmt ein Jogger, aber kein Jogger, würde meinen Namen rufen.

Ungläubig wirbelte ich herum. Das war nicht sein Ernst!

»Was machst du hier? Müsstest du nicht im Flieger sitzen? Oder zumindest im Check-in?«

Lukas bremste nur knapp vor mir ab. »Ich kann noch nicht weg!«, keuchte er und rang um Atem. »Opa hat eine Lösung gefunden und ...« Er sah mir direkt in die Augen. Mein Herz fühlte sich an, als wolle es stehen bleiben. »Wir hatten einfach noch viel zu wenig Zeit.«

Wie hatte er mich überhaupt gefunden? Und was war mit Wales? Das musste ein Traum sein.

»Ich kann dir vielleicht kein für immer anbieten, aber ein für bis du mich satthast und dass ich noch vier Wochen länger bleibe, danach für zwei Monate nach Wales fliege und mich ganz langsam aus der Aktiva rausziehe.«

»Ich verstehe nur Bahnhof!«

»Ist mir egal.« Er machte einen Schritt vor und küsste so stürmisch, dass mir schwindelig wurde. Der Kuss schmeckte nach einem Versprechen, nach Abenteuer und nach Zukunft. Alles drehte sich. Da waren nur wir. Mein Herz schlug schneller, alles kribbelte und ich schäumte vor

Glück förmlich über. Es kam mir fast schon vor, als würden wir Funken sprühen. Ich fühlte mich so tief berührt, wie nie zuvor. Als hätte ich das vorher nicht zulassen können. Auch wenn ich nicht wusste, was es mit diesem Plan auf sich hatte, was er genau bedeuten würde. Ich liebte ihn! Wenn es hieß, dass wir eine realistische Chance hatten, dann war das hier nur der Anfang und nicht mal der Vorgeschmack auf ein Ende.

Ende

Chefinnen küsst man nicht

Ein Gestüt, ein charismatischer Pferdewirt mit Bindungs-phobie und eine Chefin, vor der alle in die Knie gehen.

Justus kann es kaum fassen, als Annabelle Muhlsee das Gestüt Birkengrund übernimmt. Die hübsche junge Frau bringt nicht nur alles durcheinander, sondern droht auch mit Kündigungen, sollten die Mitarbeiter ihren Ansprüchen nicht genügen. Er ist fest entschlossen, dieser Frau aus dem Weg zu gehen- soweit das als Stallmeister eben möglich ist. Das ändert sich schlagartig, als durch sie der beeindruck-ende KWPN Wallach Belle Valentino in sein Leben tritt und seine längst verdrängten Träume plötzlich wahr werden könnten. Doch auf dem ersten Turnier geht alles schief, und Justus muss nach einem Plan B suchen um seinen Job zu retten, dabei tappt er genau in ihre Falle.
Damit nimmt das Verhängnis seinen Lauf.
Eine leichte, herbstlich/winterliche Lektüre im Reitsportset-ting.

Die komplette Reitclub-Reihe

Band 1 "Verschwiegen"
ISBN: 978-3-758318269

Band 2 "Verfolgt"
ISBN: 978-3-769303124

Band 3 "Verlassen"
ISBN:978-3-769306774

Im neuen Jahr wird es dystopisch!

To be announced!

Über die Autorin

Marina Blue ist 2000 in Westfalen geboren. Ihre Kindheit verbrachte sie mit Lesen, Schreiben und Reiten. Ihre Leidenschaft gilt auch nach über 20 Jahren immer noch den Pferden und dem gepflegten Umgang mit ihnen.

Ihr erstes Schülerpraktikum machte sie daher mit 16 auch auf einem Haflingergestüt. Mit 17 fing sie an, als Trainerin im Kinderbereich ihre damalige Reitlehrerin zu unterstützen. Aus dieser sehr lehrreichen Zeit konnte sie viel für ihre eigene Reiterei, den Blick auf den Reitsport und ihr Schreiben mitnehmen. Ihre Zeit im Sattel endete je, als sie mit 19 nach Schweden zog und dort keinen Zugang mehr zu Pferden hatte. Ihre Universitätszeit verbracht sie daher im Ruderboot. Die Liebe zum Reitsport blieb erhalten.

2021 schrieb sie ihren Bachelor über den Export von Sportpferden. Diese Recherche hat ihre Sicht auf den Sport und die Zucht noch einmal grundlegend verändert. "Mit Chefinnen küsst man nicht" erschien 2023 ihr Debüt, in dem sie vieles anspricht, was sie als problematisch im Pferdesport betrachtet.

Heute lebt sie wieder in Westfalen, gemeinsam mit ihren Hunden Tilda und Tova. Sie hat inzwischen einen Master in Strategic Entrepreneurship und gibt ihr Wissen, als Autorin auf YouTube in kleinen Videos weiter.

Instagram: @marinablue_autorin
Patreon: Marina09Blue
Wattpad: Marina09Blue